未来

湊かなえ

双葉文庫

目次

未来

序章

カラカラの喉をさらに乾燥させるかのように、開いたままの口に大量の空気を送り込みながら、全力で走る、走る、走る……。

駅が見えてきた。高速バス乗り場には、大型バスが一台停まっている。すでに、改札が始まっているようだ。バスの乗車口前には、長い列ができている。

夏休み中とはいえ、平日だからか、家族連れよりも、高校生や大学生っぽいグループの方が多い。八割方女子だ。これから約八時間、深夜のバス旅が始まるというのに、ほとんどの人たちがヘアスタイルもメイクもバッチリ決めていて、すでに、クマの耳が付いたカチューシャを着けている人さえいる。皆、笑顔だ。おしゃべりの声も止まらない。

午後一一時前とは思えない、昼間のファストフード店並みの賑やかさだ。

だから、かえって目立って見えた。待合室の一番奥のベンチに背中を丸めて座り、キャップを深くかぶっていても暗い顔をしていることがわかる、彼女の姿が。

彼女はわたしを見つけると、駆け寄ってきた。ずっと待ち続けていた恋人が現れたかのように。わたしの右肩に両手をかけてすがりつく。

「あ、あのね、あたし……」

座っていたはずなのに、息はわたしよりも弾んでいた。彼女も到着したばかりだったのかもしれない。わたしは左手の人差し指を立てて、自分の唇に当てた。

「余計な話は、しなくていい。バスに乗ろう」

声を潜めてそう言うと、彼女は静かに頷いた。短くなった列の最後尾につき、背負っていたリュックのポケットから、バスのチケットを取り出すと、彼女も同じ動作をした。チケットを二枚買ったのはわたしだけど、事前に彼女に一枚渡していた。もし、どちらかが来られなくても、一人でバスに乗ることができるように。でも、こうして二人一緒に乗ることができた。

二列シートが両側に並んだバスの、わたしたちの席は、運転手側の後ろから二番目だった。最後尾は荷物置き場になっていて、乗客はいない。彼女に窓際の席を譲った。

「酔わない？」

こんな状況でも、ぶっきらぼうな口調で気遣ってくれる彼女を、改めて好きだと感じた。

「ありがとう。薬も持ってる」

酔ってから飲んでも効くタイプの薬だ。これなら、家で飲んでこなくてもいい。リュックを足元に置いて、二人並んで座った。グリーン車ではないものの、やせっぽちの女子二人にとっては十分なスペースなのに、彼女の左肩はわたしの右肩にピッタリとくっついていた。震えが伝わってくる。わたしは彼女に近い方の手で、彼女の手をしっかりと握りしめた。

プシュウ、とバスのドアが閉まる音がした。ではこれより出発します、と男性乗務員のアナウンスがあり、バスはゆっくりと動き出した。

「もう、大丈夫。何も考えずに寝ればいい」

わたしがそう言うと、彼女はまた静かに頷いて、キャップをかぶったままの小さな頭を窓にくっつけ、まばたきを数回繰り返してから目を閉じた。

駅のロータリーを抜けたバスは、高速道路に上がるまで、しばらく薄暗い田舎道を走る。まるで、今のわたしたちのようだ。だけど、暗闇がずっと続くわけではない。

夜の道を何時間も走り続けて、夜明けとともに辿りつくのは、光溢《あふ》れる夢の国、未来の自分が導いてくれた場所だ。

握っていた彼女の手をそっと放し、彼女が起きる気配がないことを確認してから、リュックのファスナーを開けると、内ポケットから封書を一通取り出した……。

一〇才の章子《あきこ》へ

こんにちは、章子。わたしは二〇年後のあなた、三〇才の章子です。

つまり、これは未来からの手紙。あなたはきっと、これはだれかのいたずらではないかと思っているはず。大好きなお父さん（あなたはパパとよんでいましたね）をなくしたばかりのわたしをからかうなんてひどい、とおこっているかもしれません。

しかし、これは本物の未来からの手紙なのです。

うたがわれたままだと、続きを読んでもらえないかもしれないので、しょうこ品を同ふうします。あなたがお父さんと、たい院したら必ず行こうと約束していた、東京ドリームマウンテンのシンボルキャラクターである、ドリームキャットのしおりです。

ほら、右下にきざまれた文字を読んでみて。

〈TOKYO DREAM MOUNTAIN 30th Anniversary〉

英語はまだ読めないかな？ 東京ドリームマウンテン三〇周年記念、という意味です。

そう、三〇周年。あなたが今年のお正月にお父さんからもらったお年玉で買ってきて、入院中のお父さんの病室でベッドにもぐりこみ、二人一しょに何度もながめた最新ばんのガイドブックには、一〇周年と書かれているはずです。

にせ物ではありません。ドリームキャラクターの、無きょかの使用がきびしく取りしまられている事は、あなたが一番よく知っているはず。

わたしの記おくにもハッキリと残っています。

あなたは三学期の図工の時間、木の小箱せい作の、ふたの部分にちょうこくする図案として、ドリームキャットを選んだ。ガイドブックの表紙にのっていた、チロリアンハットをかぶったドリームキャットのイラストを上手に写し、ぼうしのハネかざりや、キャットのフワフワした毛なみの一本一本にいたるまで、大小の丸刀や角刀を使い分けて、根気よくほっていった。

完成品をお父さんにプレゼントしたかったから。お父さんがたい院したら、家族三人で東京ドリームランドとドリームマウンテンの両方に行って、箱の中を記念写真でいっぱいにするのだと、あなたは赤いビロードのきれを、箱の内側に一面ずつ、しわ一つないよう、ていねいにはりつけていった。

あなたはドリームランドよりマウンテンの方が楽しみだった。だって、ドリームマウンテンのオープンした日、九月九日は、あなたの生まれた日でもあるから。

完成した木箱はボンドをかわかすために、教室の外のろう下にならべたつくえの上にしばらく置いておく事になった。クラスの子たちのほとんどが、あなたの箱の前に立ち、すごいすごい、とかん声を上げていた。

「ギフトショップで売っている、本物みたい」

実さいに、ドリームマウンテンに行った事がある子にそう言われ、あなたはほこらしい気分になった。

「アッコは作文だけじゃなく、工作も得意なんだね」

そんなふうにもほめてもらえた。自分で言うのもなんだけど、あなたの、そして、わたしの長所は、想ぞう力と集中力なんじゃないかな。

休み時間の教室がどんなにさわがしくても、本をめくる手は止まらなかった。何より、教科書にのっているくらいの文章なら、三回声に出して読めば暗記する事ができた。

国語のじゅ業中、お父さんの事が心配でぼんやりしていたあなたは、本読みを当てられた。あわてて立ち上がったけれど、教科書を開いてもいなかった。となりの席の男子が文頭を小声でささやくと、あなたは「ああ、そこね」と寒い季節にもかかわらず、ひたいにういたあせを手のこうでぬぐいながら前を向いた。そして、教科書を手に取らないまま、一だん落分を暗唱し始めたのだから、教室中のみんなが目を丸くしておどろいていた。

それ以来、あなたは天才少女なんてよばれるようになった。はずかしがり屋のあなたは「やめて、いつも通りのアッコがいいよ」と顔を真っ赤にしながら、必死でうったえていた。

そういう所は、今でも同じ。

そんなあなたにいじわるな事を言う子もいた。あなたは今、自分はおとなしいため、せいかくが暗いと思われて、クラスの中心にいる活発な女子たちからさけられているのだ、となやんでいるかもしれない。だけど、おとなになったわたしには、それがまったくの見当ちがいだった事が分かります。

あなたはしっとされているだけ。だから、学級委員長の実里《みのり》ちゃんはこう言った。

「シロウトがお金目的で作ったものじゃなくても、ドリームキャラクターを勝手に使っちゃダメなんだよ。わたしのいとこのお兄ちゃんの知り合いの小学校で、卒業記念に体育館のかべに、みんなで、ドリームランドのメインキャラ、ドリームベアの絵をかいたら、アメリカのドリーム社から、すぐに消すようにってこう議の連らくがあったらしいんだから」

そのとたん、あなたの顔はこおりついた。木箱をぼっしゅうされるだけでなく、ルール違反をしたせいで、ばっ金を払う事になったらどうしよう。それよりも、ドリームランドやマウンテンに立ち入りきん止にされたらどうしよう、と。

あなたは泣きながら、たん任の篠宮《しのみや》真《ま》唯《い》子《こ》先生に相談しに行った。すると先生は「まだ見つかっていないから、大じょう夫よ」と笑いながらあなたをはげまし、もう百点満点をつけたからと、その日のうちに木箱を持って帰らせてくれた。

「パパに、すごく上手だってほめてもらえたよ」

学校帰りに病院によったあなたは、よく朝、うれしそうに先生にほう告したよね。だけど、その木箱に、家族三人でのドリームランドとマウンテン旅行の写真を入れる事はできなかった。木箱ができたよく週、あなたのお父さんは天国へと旅立ったから。

ひと月前の事ですね。

その時に、この手紙を送る事ができたらよかったのだけど……。未来からの手紙はかん単にか去へ送れるものではありません。いつ、だれが、だれに、どういった目的で送るのか、きびしいしんさがあるのです。よく考えてみて。かん単に送る事ができたら、たからくじの当選番号を伝える事もできるでしょう? みんながそれをしたらどうなると思う? そんなのはくだらない例だけど、たとえば、一部分の不幸な未来を知り、そのステージをさけようとする人だっているかもしれない。

知らなければ、そのステージを乗りこえた先に、大きな幸せが待っていたかもしれないのに。

わたしがこの手紙に、げんざいの名字やしょく業を記していないのも、それらをきん止されているからです。この先、あなたがもう少し成長すれば、自分がなぜこの世に生まれてきたのかを、今までよりも真けんに考えるかもしれない。

だれと出会うために、何をするために、などとなやんだり、色々な方法をためしてみたりしながら、人生は自分自身で切りひらいていくものです。なのに、先の事が分かってしまったら、だれかに決められた人生を歩んでいるだけなのだと思いこんでしまったら、努力をしない人間になってしまうかもしれません。もしくは、わざと反発しようとするかもしれません。

未来など、知らない方がいいのです。

それでも、わたしがあなたに手紙を書く事にしたのは、あなたの未来は、希望に満ちた、温かいものである事を伝えたかったからです。

やさしかったお父さんをなくして悲しんでいるのは、あなただけではない。おそう式の日、お母さんはあまりの悲しみにたえ切れなくなってたおれてしまった。あなたはそんなお母さんの代わりに、自分がお父さんを見送るのだというように、必死でなみだをこらえ、親族席に一人ですわっていました。

お母さんはそれからも、たびたび起きられなくなる事があって、お父さんのしょく場の社長さんご夫さいや同じマンションの人たちは、あなたに、お母さんを元気づけてあげてね、お手伝いしてあげてね、などと言ったけれど、あなたがお母さんをささえようと必死にがんばっている事は、わたしが一番よく知っています。

夕飯のおべん当を買いに行ったり、ゴミ出しをしたりといった、家の事だけではありません。あがりしょうなのに、お母さんに喜んでもらいたくて、クラスで一人だけ選ばれる六年生を送る会で手紙を読む係に、自分から手をあげて立候ほしたよね。

あなたにとっては、先週の出来事です。これには、すいせんされるのを待っていた実里ちゃんもおどろいて、いつものように文くを言いませんでしたね。

努力した先の未来には、楽しい事が待っている。これは、お父さんがよく言っていた事。あなたはなみだがこみ上げそうになるごとに、おく歯をギュッとかみしめて、最後まで堂堂と読み上げました。一ぱん公開していたものの、そこに、お母さんのすがたはなかったけれど、体育館中にひびいた大きなはく手は、きっと、天国のお父さんの元にとどいたはずです。

あなたは、このままお母さんの具合がよくならなかったらどうしようと、心配になっているかもしれません。この間まで、毎ばんふとんの中で泣いて、目を真っ赤にはらして登校していたでしょう？　先生には、大じょう夫、と作り笑いをうかべながら。そして今は、泣いた事がバレると、周囲のおとながお母さんに、もっとしっかりするように、と直せつ言いに行く事をおそれて、だれもいない所でさえ、なみだをがまんするようになってしまった。

どうか、そんなに悲しまないで。自分を追いつめないで。

さびしい時は本を読めばいい。心にうかんだ事を書いてみるのもいい。

お父さんがあなたの名前にこめた思いを知っていますか？　あなたがこの先知るであろう事を、ここに書くのはルールい反かもしれない。だけど、わたしは今のあなたにこの事を伝えたい。

言葉には人をなぐさめる力がある。心を強くする力がある。勇気をあたえる力がある。いやし、はげまし、愛を伝える事もできる。だけど、口から出た言葉は目に見えない。すぐに消えてしまう。耳のおくに、頭のしんに、焼きつけておきたい言葉でさえも、時がすぎればあいまいなすがたに変わり果ててしまう。

だからこそ、人は昔から、大切な事は書いて残す。言葉を形あるものにするために。えい遠のものにするために。

それが「文章」です。

お父さんは一〇代のころ、小説家になりたかったんだって。家のどこかをさがしてみると、お父さんが書いた小説が見つかるかもしれないね。

あなたのお母さんの名前、文乃《あやの》には「文」という字が入っている。だから、お父さんはあなたの名前には「章」という字を用いる事にした。小学校に上がったころ、お父さんに、もっとかっこいい名前がよかった、とだだをこねてこまらせた事があったよね。

「どうしてこの名前にしたのか、章子がもう少しおとなになったら教えてあげるよ」

お父さんはそんなふうに言っていたよね。その答えが、今書いた事なのです。

章子の「章」は文章の「章」。そんなあなたに、文字が、言葉が、文章が、そして物語が味方をしてくれないはずがない。

未来からの手紙であるしょうこ品として、数多くあるドリームグッズの中から、わたしがしおりを選んだ理由も分かったでしょう?

どんなしょく業についているかは教えられないと書いたけれど、あなたが本を読む事は、文章を書く事は、決して、今のさびしさをまぎらわすための行いだけではなく、あなたを未来のあなた、つまり、わたしにみちびいてくれる大切な役わりを果たすものになるはずです。

章子、二〇年後のあなたは、むねをはって幸せだと言える人生を歩んでいます。

悲しみの先には、光差す未来が待っています。それを、あなたに伝えたくて。

がんばれ、章子!　この手紙が、あなたの人生のささやかなエールとなりますように。

三〇才の章子より

追しん　しおりはだれにも見せないで。あなたとわたしだけのヒミツの品だから。

あと五分で消灯するというアナウンスが流れた。

便箋《びんせん》を封筒の中に戻し、指先でプレート状の金属の感触を確かめてから、手紙をリュックに片付けた。もう一度、彼女の手を握り、ゆっくりと目を閉じる……。

この手紙が届いたのは、小学四年生の終わり、三月末のことだ。

三学期の終業式を終えて一人、自宅マンションに戻ると、ポストの中に封書が一通入っていた。白い縦長の、どこの文具コーナーにでも置いてあるような、最も特徴がないと言える封筒に、「佐伯《さえき》章子様」と黒いペンで書かれていた。住所も差出人の名前もなく、切手も貼られていなかった。

郵便で届いたものではない。ふと、この手紙はママが書いたものではないかと考えた。ママはわたしにこの手紙を残して、家を出ていってしまったのではないか。パパの後を追いかけようとして。まだ肌寒い季節にもかかわらず、脇の下に冷たい汗が流れるのを感じた。

宛名の筆跡がママのものであるか、すぐには判別がつかなかった。

わたしの持ち物への名前、学校に提出する書類などは、すべてパパが書いてくれていたからだ。当然、パパの筆跡とは違う。

パパが死んだ後は、夜、提出物に記入しておいてほしいとママに頼み、ダイニングテーブルの上にプリント等を出しておいても、朝、何かが書き込まれていることはなかった。仕方なく、自分で記入した。文字を少し崩したり、繋《つな》げたりしながら、おとなが書いたものに見えるようにして。

心臓がバクバクと高鳴るのを感じながら、封書におそるおそる手を伸ばした。裏面には何も書かれていない。封筒の口は、子どもの細い指を入れる隙間もないほどに、ビッシリと糊《のり》付けされていた。それが、少しママらしくないと感じて、ホッと息をつくと、見られてマズイものではないのに、片手で手紙をパーカーの内側に隠すように持ち、もう片方の手でポケットから鍵を取り出して、家の中に入った。

ただいま、といつもより大きな声を出してみた。返事はなかった。

ドアを開けたままのリビングから、積み重ねていたはずの分厚いファッション誌が、雪崩《なだれ》のように崩れて廊下を塞いでいた。それをまたいで歩きながらリビングを覗くと、ママの姿があった。窓辺を向いたお気に入りの籐《とう》椅子に座り、どこか遠くを見ていた。

一瞬でも心配したことがおかしく思えてきた。ママが一人で外に出ていけるはずがない。

だって、今のママは人形なのだから。

ものすごく調子のいい時、ものすごく調子が悪い時、ママのコンディションはこの二種類しかない。パパとわたしは、前者を人もしくはオンと呼び、後者を人形もしくはオフと呼んでいた。人の時が二割、人形の時が八割といった具合だった。

とはいえ、人であるママが活発だったわけではない。ベッドから起きて、簡単な家事をしていたくらいだ。マックスで、お菓子作りだった。パパやわたしと一緒なら、外出もできた。だけど、大概、翌日には人形に戻ってしまう。ベッドから起き上がることができなくなったり、椅子に座ったままぼんやりと一日を過ごしたりするだけの、人形に。

ママの様子を確認して、食事の支度は後回しにしても大丈夫そうだと、四畳半の自室に向かった。担任の篠宮先生の話が長かったせいで、わたし自身空腹だったけれど、手紙の中身が気になったからだ。

もしや、篠宮先生がクラスの子たち全員に手紙を書いたのだろうか。そう思ったものの、一年間ほぼ毎日見続けた、篠宮先生が黒板に書く文字は、大きく角ばった、男性っぽいものだった。これは、流れるように整った、女性っぽい文字だ。

それが、開けてビックリ！　まさか未来の自分からの手紙だったとは。

たとえ、一〇歳の子どもでも簡単に信じられるはずはない。だけど、信じているあいだは、この手紙は本物の未来からの手紙だということを、あのころのわたしは知っていた。だから、その夜から返事を書くことにしたのだ。

未来の自分に――。

章子

三〇才の、大人章子へ
手紙をありがとう。終業式から帰ってポストをのぞくと、手紙が入っていたからおどろきました。しかも、未来のわたしからだなんて！

わたしあての郵便物なんて、年賀状かダイレクトメールくらいだったのに。

夜になってもまだ信じられない。でも、パパは「疑う事で、楽しいゆめが一つ消えてしまう」と言ってた事があるので、こんな事はあり得ない、だれかのイタズラだ、などと考えるのは、やめておきます。

パパがわたしにその話をしたのは、去年、今は三月だから（ややこしいですね）正確にはおととし？　三年生のクリスマス前だったけど、大人章子は覚えていますか？

給食の時間、同じ班の子達と、今年はサンタクロースに何をお願いするのかを話していると、となりの班の亜里沙《ありさ》ちゃんが突然、「バカじゃないの。サンタクロースなんているわけないじゃん」と言い出して。そんなのウソだ、って言い返す子もいれば、うちのお兄ちゃんもそう言ってた、と亜里沙ちゃんの味方をする子もいた。

わたしは本当にいると信じていたから、ショックで声も出せずに、みんながワイワイと言い合うのを聞いていた。

おどろいたのは、サンタクロースを信じる派にも二種類あったこと。空の向こうにサンタの国がある、と思っている子達（わたしはこっち）と、フィンランドにサンタクロース村があって、そこからプレゼントが送られて来る、と思っている子達。

亜里沙ちゃんも、「そういうサンタなら、認めてあげてもいいよ」と少しバカにするように笑ってた。メルヘン派と現実派、だって。

アッコはどう思ってるの？　と信じる派の子に聞かれたから、「毎年、サンタに手紙を書いて、パパに送ってもらっているよ」と答えた。

「子供を持つ親だけが教えてもらえる、サンタポストにこの手紙を入れて来るよ」

小さなころから、パパがそう言ってくれるのを、わたしは信じていたけれど、その手紙がどこへ運ばれて行くのかを深く考えた事はなかった。空の向こうにあるサンタの国、森のおくには世界のサンタ工場があって、大勢のサンタ達がプレゼントの用意をしている……。それが地図にのっているどこかの国だなんて、考えた事もなかった。

サンタに手紙を書いた事があるのは、わたしだけじゃなかった。メルヘン派（なんかイヤだけど）も、現実派も、サンタを信じるほとんどの子が、毎年、手紙を書いていると言っていた。それを、わたしと同じように、親にわたす子もいたし、まくらの下に置いておく子、ベッドの横につり下げた大きなクツ下に入れておく子、七夕の短ざくのようにひもを通して、ツリーにつり下げておくという子もいた。

幼ち園の時から英会話を習っている、大人章子の手紙にも登場した実里ちゃんは、サンタは外国人なので英語で手紙を書いている、と自まんして、仲良しグループの子達から、すごい、と感心されていた。

手紙の事でもり上がっていたら、また、亜里沙ちゃんが、バカじゃないの、と今度はため息をつきながら言った。亜里沙ちゃんは時々、大人っぽく見える事がある。

「それこそ、親がプレゼントを用意している証こじゃん」

給食を食べているとちゅうなのに、立ち上がって両手をこしに当て、勝ちほこったように言っていた。

「ウソだと思うなら、絶対に中を見ないで、と言って、白紙の便せんを入れたふうとうをわたしてみたらいいよ。そうしたらきっと、困った顔して、もう一回書いたら？　とか言われるはずだから。それって、中を見たって事でしょう？　プレゼントをサンタが用意してくれるなら、親は手紙を読む必要ないのに」

サンタを信じているはずなのに、わたしも、信じる派のだれもが、ならそうしてやる、とは答えなかった。何も言い返せず、うつむいて給食のシチューを口に入れると、すっかり冷たくなっていて、なんだか泣きたくなってきた。

亜里沙ちゃんだけが得意げな顔をしていたけれど、ドッジボールでクラスで一番活やくした時の表情とはちがっていた。ドッジの時は、くちびるの右側がクイッと上がるけど、その時の亜里沙ちゃんのくちびるは、真ん中で少しとんがっていた。

それから、学校でサンタの話をする子はいなくなった。でも、わたしはどうしても確かめたかった。家に帰ってすぐ、ママに聞こうかと思ったけど、その日のママは人形だったから、パパに聞くことにした。ママが人形の日は、パパの帰りが早かったからね。

「パパ、サンタって本当にいるのかな」

夕飯後、キッチンで、パパが洗っている食器をとなりですすぎながら、さりげなく聞いてみた。

ねえ、大人章子、パパがどう答えたか覚えてる？

小さいころのつまらない事は忘れていても、パパが教えてくれた大切な事は、きっと、昨日言われた事のように、パパの声やしゃべり方もそのままに、耳のおくに残っていると思うけど、わたしが今、パパの声を聞きたいので、ここに書きます。

「サンタは、サンタを信じている子の所に来てくれるんだよ」

その一言で十分だった。サンタがいるという言葉も、いないという言葉も、これ以上口に出してしまったら、わたしの中からサンタクロースが消えてしまうような気がして、分かった、とだけ答えると、食器の片付けに集中した。多分、パパはあわだらけのスポンジを持っていなければ、わたしの頭をなでてくれたんじゃないかと思う。

パパは本を読んだ後、よく、わたしを呼んで、しおりをはさんだページを開いて、ここを読んでごらん、と言ってたでしょう？　大人の本だから難しかったけど、どう感じたのかを精いっぱい伝えると、ニコッと笑って頭をなでてくれた。

「アッコはかしこいだけじゃなく、他人の気持ちを想像出来るやさしい子だな」

そう言って。やっぱりなみだが出て来ます。大人章子はもう、パパの事を思い出しても悲しくなりませんか？　そうそう、サンタの話ね。

わたしはその夜、さっそく、サンタに手紙を書いた。マラソン大会で速く走る事が出来るクツをください、と。それが、サンタからの最後のプレゼントになったけど。

三カ月前、去年のクリスマスは、パパの病気を治す薬をください、と手紙に書いて、入院しているパパの所に持って行った。サンタポストに出しに行けるかと心配していたら、ママに頼むからだいじょうぶ、とパパはえがおで言ってくれた。そのころ、ママはずっと人が続いていたから（パパが病気になってからは、ママはがんばって人でいたよね）、安心していた、のかな。

だけど、その時、耳のおくで、亜里沙ちゃんの声が聞こえたような気もしました。

結局、クリスマスの朝にまくら元に置かれていたのは、マフラーと手ぶくろだった。カードには『寒さに負けず、今年もマラソン大会ガンバレ！』とパソコンで打った文字で書かれていた。

こんなの、わたしはたのんでいない。お願いした物が届かなかったのは、サンタなんて本当にいないからなのか。わたしが少しでも、サンタはいない、と思ってしまったからなのか。

この手紙も、わたしが疑ってしまうと未来からの手紙ではなくなってしまう。

それに、だれかのイタズラだとしても、こんなにくわしく書ける人を、わたしは思いうかべる事が出来ない。パパとドリームランドとマウンテンに行く約束をしていた事を、クラスの子にも、先生にも、だれにも話した事はない。

ママは知っているけれど……。

実は、手紙を読み進めて行くうちに、心ぞうがドキドキして来ました。これはパパからの手紙かもしれない、と思ったから。パパは病気が治らない場合の事を考えて、わたしをはげますための手紙を書いてくれていたのかもしれない。それを会社か病院の人にあずけていて、終業式の日に届けてくれた。

今のわたしが知らない名前の由来を、大人章子がどうやって知ったかは書かれていないけれど、書いたのがパパなら、答えはかんたんだもんね。

だけど、パパはわたしが学校で、実里ちゃんから木箱について文くを言われた事を知らない。パパのお見まいには学校帰りに毎日行って、話もよくしたけれど、少しでも心配させるような事は絶対に言わなかった。もちろん、ママにも良かった事しか話さないから、ママから伝わるという事も、百パーセントない。

何といっても、ドリームマウンテンのしおりだ。

パパのパソコンは解約していないから、ネットでドリームグッズを調べてみたけど、にせ物が出回っているという書きこみはなかった。大体、ドリームマウンテンの三〇周年グッズとか、にせ物だって作る意味がないだろうし、ランドの方だって、三〇周年をむかえるのはまだ、さ来年だ。

だから、わたしは、やっぱりこれは本物の未来からの手紙だって信じる事にした。

パパが言ってた事が、他にもある。

パパが子供のころはケータイなんかなくて、まさか電話をかんたんに持ち歩ける時代が来るなんて、想像もしていなかった。ケータイメールだって、初めはカタカナを数文字送る事しか出来なかったのに、あっという間に長い文章のやり取りが出来るようになった。そのうち、写真も動画も送れるようになって。それがたった十何年かの間の出来事なのだから、この先、もっとすごい事が出来るようになってもおかしくないな、って。

時空をこえて手紙を届けるのも、今は想像出来ない事だけど、それが当たり前になる時代が来たっておかしくない。

大人章子のいる二〇年後はまだ、当たり前ではなさそうですね。しんさがあるって書いてるし、こちらからの返事の送り方は書いてくれてないし。だけど、そう遠くないうちに、もっとかんたんに文通が出来るようになる日が来るんじゃないかとも思う。

だから、わたしは少しずつ手紙を書いて、サンタポストのように、未来ポストの場所が分かるまで、手紙は木箱に入れておく事にします。

章子の「章」は文章の「章」だもんね。

大人章子がわたしを応えんしてくれているように、わたしも大人章子を応えんしているよ。

おたがい、がんばろうね。

一〇才の章子より

大人章子へ
今日から五年生です。

ママはまだ、一日のほとんどをベッドの中で過ごしているけれど、少しずつ元気になっているような気がします。パパが死んですぐのころは食事が全く出来ず、何とかがんばってカップスープを飲めるくらいだったけど、今は少しずつふつうのおかずが食べられるようになったから。

パパが死んで、生活費とかどうなるんだろうと心配していたら、パパが働いていた印刷会社の社長のおくさんが、パパはいい保険に入っていたからだいじょうぶよ、と言ってくれました。だけど、わたしにはそれがいくらなのか分からないし、お金が必要になれば、ママに言ったら、ベッドの横の引き出しからふうとうを出して一万円をくれるけど、毎日コンビニのお弁当やスーパーのお総菜じゃ、やっぱりお金がかかるので、材料を買って来て、自分で作るようにしています。

パパからカレーの作り方は習っていたから、シチューとハヤシライスも出来るし、ルーをダシ入りしょう油やコンソメにすると、肉じゃがやポトフになる事にも気付きました。これは大発見で、章子天才！　って自分をほめています。

ママはポトフを気に入って、大きめに切ったじゃがいもやにんじんも残さずに食べてくれたので、本当にうれしかった。

大人章子はもっと色んな料理を作れるようになっているんじゃないかな。もしかして、料理人になっていたりして。それなら、パティシエ、ケーキ屋さんがいいです。

ママは絶好調になると、マドレーヌを作ってくれたのを覚えてますか？　学校での給食時間中の小さなやり取りを手紙に書いているくらいだから、忘れるはずないか。

「いつもマドレーヌだから、たまには別の物がいいな」

パパにこっそり言った事がある。パパは料理だけじゃなく、おかし作りも得意で、難しそうなチーズケーキやシフォンケーキも、お店で売っているようなのを作ってくれたから、ママに教えてあげたり、いっしょに作ればいいのにと思ってた。

だけど、ママが少し重そうな荷物を持ち上げようとしただけで、大あわてでかけ付けるパパなのに、なぜか、マドレーヌ作りの時は全く手を出そうとしなかった。ママがオーブンの熱い鉄板で指先をやけどした時も、ばんそうこうは巻いてあげても、ぼくが代わりに焼くよ、とは言わなかった。

「パパの大好物はママのマドレーヌだから、他の物をリクエストしちゃあダメだぞ。アッコの大好物はパパが作ってあげるから」

パパにそう言われると、わたしの大好物もマドレーヌにしたいと思った。

「ママのマドレーヌ、大好きだよ」

宣言するようにママに言うと、ママは、うれしい、と笑ってくれた。ママの顔は他のだれのお母さんよりもきれいだと思っていたけれど、その時のママはそれまでに見た事もないようなえがおで、テレビで見る女優さんよりもきれいだなって感動した。

マドレーヌ・スマイルだね！

そうだ、今度の休み、ママにマドレーヌを作ってあげようかな。そうしたら、もっと元気になってくれるかもしれない。

新しいクラスは、実里ちゃんや亜里沙ちゃんがいます。どっちも苦手なタイプ。今朝、学校に行くなり実里ちゃんがわたしの所にかけ寄って来て、「アッコ、困った事があったら何でも相談してね」とだき付いて来たのは、何というか、心の底からイヤだなと思いました。

元々、手をつなぎたがる子とか、体にベタベタさわって来る子が苦手だったけど、そういうのとはちがうイヤな気分。いい子アピールをしたくて、授業中、たのまれてもいないのに、勉強の苦手な子に大きな声で答えを教えてあげている時に感じるアレ。

学校ではモヤモヤしたままだったけど、今なら文章で表現する事が出来ます。

あんたのアピールのために、わたしのパパが死んだ事を利用しないで。わたしをかわいそうな子に仕立て上げないで。

大人章子、やっぱり、書くって大事ですね。思いを形ある物に変えて、体から出すと、スッキリしました。

亜里沙ちゃんとは今日は口をきいていません。ふだんは亜里沙ちゃん、無口だからね。だけど、サンタクロースの時みたいに、突然、ワーッとしゃべり出す事があって、多分、亜里沙ちゃんもママほどじゃないけど、すごく調子がいい時と悪い時の差が大きいタイプなんじゃないかと思います。

余り好きじゃない子をママと似ていると認めるのはイヤだけど。だとしたら、亜里沙ちゃんもものすごくつらい思いをした事があるのかな。

パパが言ってたよね。

ママにはオン（人）とオフ（人形）がある。オフ（人形）の時、アッコはママに相手をしてもらえなくて、さびしい思いをするかもしれない。心配になるかもしれない。だけど、そこはアッコにガマンしてほしい。ママは子供のころ、とてもつらい思いをしていた事があるんだ。

人の心は目に見えないけれどとてもやわらかい物だと、パパは思う。だから、おいしい物を食べたり、きれいな星空を見たりといった、日常生活のささやかな出来事も受け止めて、包みこみ、幸せを感じる事が出来る。それとは逆に、やわらかいから傷付きやすくもある。アッコだって、悪口を言われたら泣いてしまう事もあるだろう。だけど、傷付いた心は幸せな事で修理する事が出来る。

パパはこの話をしながら、マシュマロをうかべた温かいココアを作ってくれたよね。だから、わたしは心の傷を治す薬はココアだと思ってる。

パパはいっしょにココアを飲みながらこう続けた。

「もしも、幸せな事が何もなくて、つらい事ばかりだったら心はどうなると思う?」

「こわれてしまう」

わたしは国語の文章問題を答えるような気分でそう言った。自分の事に置きかえず、どこかのだれかの物語として。だけど、これはママの事だった。

心がやわらかいままではつらい事が続くとこわれてしまうから、ママは心を守るために、心を石のようなかたい物にする事にした。というよりは、心が勝手にそう変化して行った。きん急自動そう置みたいな物だね、って。

かたくなった心はこわれにくくなった代わりに、幸せも受け止められなくなった。だけど、永遠にかたいままでいるわけじゃない。ゆっくりととかして行く事が出来る。それが出来るのは、パパとアッコだけなんだ。

パパとアッコだけ。わたしはこの言葉が好きだった。だけど、そこからパパが消えて、残ったのは、アッコだけ。

アッコだけになってまだ、ママはオン、人になっていない……。

ダメダメ、こんなんじゃ。新学期一日目は楽しい報告をしようと思っていたのに。

担任は林優斗《はやしゆうと》先生。覚えているでしょう? 大学を卒業したばかりの若くてかっこいい先生なんだから。スポーツ好きで、明るくて、クラスの雰囲気も良くなりそうです。

でも、悲しい事をもう一つ。四年生の担任、篠宮先生が退職することは知っていたけど、り任式にも来られないみたいです。仕方ないよね。他の転勤した先生達は市内の学校への異動なのに、篠宮先生は東京に行ったんだから。結こんするというウワサがあるから、先生にとっては悲しい事じゃないのかな。

篠宮先生はこの町の出身だから、またどこかでばったり出会えたらいいのだけど。なのに、実里ちゃんは、先生はこの町に二度と帰って来ないはずだとお母さんが言っていた、なんて言いふらしています。昔、良くない事をしていたのがバレたのだとか。昔って何だろう。先生はまだ二〇代なのに。もしかすると、不良だったのかな。でも、大人になって、仕事をきちんとしている人に、昔なんて関係ないよね。

別の子からは、たった一人の身内だったおばあちゃんが亡くなっているので、古くなった家を売るためだと聞いたけど、そっちを信じる事にします。

わたしは篠宮先生が好きだった。木箱をこっそり持って帰らせてくれる前から。余りベタベタして来ないところがいいなと思った。実里ちゃんは、先生って冷たいよね、とよく言ってたけど、えこひいきしてもらえなかったからじゃないかな。

「相手の望んでいない善意は、ただのおせっかいです」

篠宮先生がそう言ったのって、実里ちゃんが何をした時だっけ？　大人章子、覚えてる？　というか、今のわたしが覚えてない事を、大人章子が思い出すなんて事あるのかな？
いや、あるか。一人で思い出せない事でも、四年生の時に同じクラスだった子と話していたら思い出せたり、その子が覚えていて教えてくれたり出来るもんね。

それから、単純な時差。

大人章子からの手紙で、わたしが一カ所、あれ？　と思ったのは、篠宮先生の下の名前が漢字で書かれていた事です。わたしは「まいこ」という名前は知っていても「真唯子」という漢字は知らなかったのに、大人章子はどうして知っているんだろう、って。この先また会えるのかな、なんて期待したのに。漢字を知ったのはもっと単純な事。今日配られた、先生の異動のお知らせプリントに漢字で名前が書かれていました。

小さな期待は裏切られたものの、大人章子の手紙はわたしをものすごく勇気付けてくれました。受け取った直後は分からなかったけど、春休みに何度も読み返しているうちに、気付いたのです。

未来からの手紙はかんたんに送る事が出来ない。もしかすると、一人一回かもしれない。そんな場合、いつの過去の自分に手紙を書くか。そういう事は人それぞれかもしれないけれど、大人章子はわたし。それなら、一番つらかった時の自分にあてて書く。がんばれ、がんばれ、ここを乗りこえたらだいじょうぶだから。そう応えんするように。

パパが死ぬ事以上に悲しい出来事なんて想像出来ません。だけど、世の中にはわたしと同じくらいの年で、同じような経験をしている子はたくさんいると思うし、もっと小さいころに親を亡くした子もいるはずです。

悲しいのは自分だけじゃない。これ以上悲しい事は起こらない。

そう自分に言い聞かせて、がんばって行こうと思います。

大人章子もがんばって！

大人章子へ

わたしって天才かもしれない！　本の暗記じゃなくて、おかし作り、正確にはマドレーヌ作りの天才です。いや、達人かな？

ママのためにマドレーヌを焼こうと、パパのパソコンでレシピを検さくしたけれど、オレンジピールやドライアプリコットといった近所のスーパーには売ってなさそうな材料が必要だったりするような物ばかりが出て来て、あきらめかけていました。

そもそも、ママのマドレーヌから果物の味やかおりがした覚えがありません。

だけど、ふと、ママはいつも紙を見ながら作っていた事を思い出しました。どうしてそれを忘れていたのか。同じ味の物を作るには、この方法が一番なのに。紙の場所はママに聞けばすぐに分かるけれど、それじゃあおもしろくない。

ベッドに横になってウトウトしていたり、半年以上前のファッション誌（新しいのを買って来ようかと聞いたけど、これでいいんだって）をながめていると、キッチンからバターのかおりがただよって来る。これはもしかして！　というサプライズの方が喜んでもらえそうでしょう？

宝さがしは思ったよりかんたん、食器だなの引き出しに入っていました。雑誌の付録っぽい花がらのクリアファイルに、プリントに使われる茶色っぽい紙に印刷されたレシピが一枚。学校の調理実習のプリントのようでした。

ママは三〇才。なんと、大人章子と同じ年！　今、気付きました。

油のシミが付いたプリントを一〇年以上も大切にしていた事になります。

材料は近所のスーパーどころか、家の冷ぞう庫にそろっているような物ばかり。バターはマーガリンが混ざったトースト用を使う事にして、バニラエッセンスも冷ぞう庫のおくの方にありました。くさってないかな、と少しなめてみたらひどい味。でも、薬品っぽいだけで、くさってるわけじゃなさそうだからそのまま使う事にしました。

型も見付かったので、中にしく紙だけ買いました。

パパのおかし作りを手伝った事もあるので、計量はかんたん。小麦粉、マーガリン、たまご、牛乳、そして、バニラエッセンス少々をボウルに入れて、混ぜて、紙をしいた型に流して、オーブンで焼くだけ。

焼き始めて五分もしないうちに、キッチン中がホワンとしたいいかおりでいっぱいになった。そうしたら、なんと、ママが来たの！

「マドレーヌを焼いているの？」

そう言って、オーブンをのぞきながらあまいかおりを吸いこむように深呼吸すると、大きな目を細めてわたしに笑いかけてくれた。わたしはうれしくてなみだがジワッとこみ上げて来たから、手でふくと、粉が付いたみたいで、目がチリチリして、洗面所にかけこんでしまった。

そこで少し泣いて、顔を洗ってからキッチンにもどると、ママがカップを二つ出して紅茶を入れてくれていた。ティーバッグにポットのお湯を注ぐだけだけど、大人章子なら、それがどれほどすごい事か分かるでしょう？

やけどをするといけないからって、ママがオーブンから鉄板を出してくれた。

二人いっしょにテーブルにつくのは、パパが死んで以来、初めてだった。焼き立てのマドレーヌは、ママが作ってくれるのと同じ味がした。

「ママがマドレーヌを初めて作ったのは中学生の時だったけど、章子は小学生で作れたのね。えらいわ」

ママが自分の事を話してくれたのはいつ以来だっただろう。ママがわたしをほめてくれたのはいつ以来だっただろう。もしかすると、初めてだったかもしれない。

それから、ママに学校の事を聞かれて、図書委員になった事や、家庭訪問のお知らせをもらった事を話した。一年生の時からずっと、家庭訪問の日はパパが会社を休んで、ママといっしょに先生の話を聞いていてくれていたから、一人でだいじょうぶか心配になったけど、ママはお知らせのプリントを見ながら、げん関を片付けておかなくちゃね、と言ってくれた。

わたしはマドレーヌをほお張った。そうしないと、声を上げて泣いてしまうから。だけど、口をふさいだ分、なみだのひなん場所がなくなって、ボロボロとこぼれて来た。それをトレーナーのひじの辺りでぬぐおうとしたら、先に、ママが服のそで口でふいてくれた。何日も同じ物を着ているはずなのに、いいにおいがする、やわらかいピンクの生地が本当に気持ちよかったんだよ。

「ありがとう、章子。これからは、ママががんばらなきゃね」

そんな事まで言ってくれながら。

マドレーヌは八個焼いて、二人で四個ずつ食べた。スリムなママが四個もだよ。

わたしはお店で売っているマドレーヌを食べた事がないけれど、大人章子はありますか？　テレビでしょうかいされる有名な洋がし屋さんの物とか、おいしいマドレーヌはたくさんあるのかもしれない。だけど、わたしにとってはこの家で作るマドレーヌが世界一だと思っています。

パパが言っていたのはこの事だったんだね。

そして、家庭訪問も無事成功。

パパのおそう式は会社の社長さんがしてくれたし、社長さん夫婦からは、家族だと思って何でも相談してねと言われていたけれど、ママが連らくを取っている様子はありませんでした。元々、人の状態でも、パパぬきで他人と接する事が苦手なのだから、人形の状態で連らくなんか出来るはずがありません。おそう式のお礼を言ったのかどうかもあやしいくらい。だけど、向こうもママの事は分かっているので、そっとしてくれているのだと思います。

林先生はパパが死んだ事を学校の他の先生から聞いて知っていたけど、ママに人の時と人形の時がある事は知らないのに(多分、どの先生もだけど)、一度目の家庭訪問で、母子家庭が市から補助を受けられる制度などの手続きを、ママが全くしていない事が分かると、家庭訪問の最終日にもう一度、うちに来てくれました。

わざわざ、インターネットで調べた物をプリントアウトして、市役所のどの窓口に行くかとか、分かりやすくメモ書きまでしてくれていました。昼休けいは本を読みたい日だってあるのに、クラス全員でドッジボールをしようとか、少し面どうな先生だと思っていたけれど、今は林先生が大好きです。

マドレーヌを食べてから、ずっと人の状態が続いているママ(すごいでしょう!)は、翌日、一人で市役所に行って、手続きをして来ました。もう、キセキです。

ゴールデンウイークには、市民公園の骨とう市に行って来たよ。パパが好きで毎年行ってたけれど、今年は無理だろうってあきらめていたのに、ママから提案してくれました。

湯のみを三つ買いました。でも、パパが毎年買っていたガラス細工は買いませんでした。節約しないといけないから。

パパはガラス細工が好きだったよね。パパの仏だんはまだないけれど、鳥や動物、熱帯魚達のガラス細工を並べたケースに、お位はいを置いたら喜んでくれるんじゃないかと思うくらい。

パパにとってはママもガラス細工だったのかもしれません。

ママは心を石のようにかたくした。だけど、それは石ではなくガラスで、かたくはあるけれど強いしょうげきにはもろいから、大切に守ってあげなければならない。

でも、ママは市役所にも骨とう市にもパパなしで行けるようになった。それをパパは天国でさびしく感じるかもしれないけれど、わたしは、安心してね、と言いたいです。

大人章子、多分、わたしはこれから先も、去年の今ごろはパパとこれをしていたのに、と何度も思い出してさびしくなるとは思うけど、一つずつ、ママと乗りこえて行けるような気がします。

再来週の遠足のお弁当も、ママが作ってくれるんだって。一番悲しい所は通り過ぎた。そう思うと元気になれます。

ありがとう、大人章子。


大人章子、お元気ですか?

わたしは元気だけど、ママはまた人形になってしまいました。人の日がこれまでよりも長く続いていた事を喜ばなければならないんだろうけど、やっぱり、気分はどんよりしています。

パパが早く帰って来てくれるという楽しみもないし。ペットを飼いたいけれど、うちのマンションは禁止みたい。それに、これ以上、家の中が散らかるのも困ります。ママはパパが買ってくれた物を捨てたくないし、パパのかみの毛やにおいが家から消えてしまうと言って、人にもどってもそうじをしなかったし、わたしにもさせてくれません。気持ちは分かるんだけどね。

大人章子はどんな所に住んでいますか？　かわいいネコといっしょにいるんじゃないかなあと、勝手にうらやましく思っています。

でも、未来のわたしって事だもんね。こうやって、やりたい事を紙に書いておけば、将来、一つずつかなえて行けると信じています。

ママが人形にもどってしまったのは、遠足の前日です。お弁当の材料を買うために、一人でスーパーに行った時に何かあったのかもしれません。ママが直接イヤな目にあったというよりは、どなりながらクレームを付けている人とかを見てしまったのかもしれない。

「ママはよその人のつらい事でも、自分の事のように受け止めてしまう、やさしい人だからね」

パパがそう言っていたよね。

林先生が「みんなはもう五年生なんだから、新聞やテレビのニュース番組もしっかり見て、今の日本や世界がどうなっているのか、興味を持とう」と言って、朝の会で日直は「今日の一行」を発表する事になりました。自分が一番気になっている事を、新聞の見出し風に、みんなの前で言うのです。

だけど、テレビでニュース番組を見る事はわが家では出来ません。殺人事件や火事などのニュースを見ると、ママは人から人形になるだけでなく、ガラス人形になってこわれそうになってしまうから。

パパは新聞を毎朝しっかり読んでいたので、近ごろは、わたしもそうするようになったよ。節約のために、新聞はやめた方がいいんじゃないかと思ってたけど、ママを通じて手続きしないといけない事は時間がかかるのが、今回はかえっていい結果になったみたい。

今のところ、ドリームマウンテンのにせ物のしおりを作った人がたいほされた、っていうニュースもないしね。

でも、正直な気持ち、政治の事も、アメリカの大統領の事も、わたしにはどうでもいいです。毎日きちんと生活する。これで精いっぱいだから。

ママが人形の時、パパがものすごくがんばってくれていた事が、今になって分かりました。体そう服をカバンの中に入れっ放しにしていても、出して、洗たくして、またカバンの中に入れておいてくれる。それに対して、わたしは、ありがとう、と言った事があったっけ？　いいや、ない。洗たくをしていない体そう服を三回続けて着て、男子の体そう服より茶色くよごれている事に気付き、はずかしくてどうしようもなくなって、パパを思い出したんだから。

未来へ手紙を届けられる日が早く来てほしいけれど、天国に手紙を届けられるようにもなってほしいです。

遠足は結局、自分でお弁当を作りました。おにぎりと形の悪いたまご焼き、切り目を入れて焼いたウインナー、レンジで温めるだけのミートボール、プチトマト。かんたんな物ばかりだけど、ママがハートの付いたピックを買って来てくれていたから、割とかわいいお弁当が出来たと思っていたのに……。

「あれ？　死んだのお母さんだっけ？」

どう思う、このセリフ。

今年の行き先はとなり町のニコニコ牧場で、バター作り体験も楽しかったのに、しばふ広場でクラス全員でかたまってお弁当を広げたら、近くにすわっていた実里ちゃんが体を乗り出してわたしのお弁当をのぞいて、そう言った。

この間まで同情モードだったのに、無視していたら今度はこの態度。実里ちゃんのお弁当を横目で見ると、おかずやふりかけでドリームキャットのもようが出来ていた。キャラ弁って、二〇年後もありますか？

「自分で作ったから」

言い返したい事はたくさんあったけど、これだけしか答えなかった。実里ちゃんは今、テレビドラマにでもえいきょうされたのか、将来は弁護士になりたいらしく、とにかく口げんかをふっかけては、自分が勝つまで引き下がらない、なんて事をよくやってます。ろん破、と言うらしいけど、みんな、相手にしたくないから、言い返さないようにしているだけ。

「えー、遠足なのに？　何で？　かわいそう」

実里ちゃんはクラス全員に聞こえるくらい大きな声でそう言った。

林先生の方を見ようとしたら、助けぶねを出してくれた子がいた。なんと、亜里沙ちゃん。

「あたしも自分で作ったよ、ほら」

亜里沙ちゃんのお弁当は、おかずはわたしのとほとんど同じだったけど、カットしたのりをていねいにはり付けたおにぎりがサッカーボールになっていたし、ゆでたまごは白いカラをかぶったひよこになっていた。

近くから、かわいい、って声が上がると、実里ちゃんがそれをかき消そうとするかのように息を吸ったけど、先に大きな声を出したのは林先生だった。

「手作り弁当なら、先生も負けないぞ。独身だから、早起きして自分で作ったんだ。ほら、バクダンおにぎり！」

林先生が両手に一つずつ持ち上げたのは、大きくて丸いおにぎりだった。のりをびっしり巻いて、確かに、バクダンみたいに見えた。

「ご飯を丸めただけじゃん」

近くにいた男子がからかうように言うと、先生は得意げにおにぎりをガブリとかじってみんなの方に向けた。

「ハンバーグだ。ちなみに、この辺りはたまご焼きで、この辺りはシャケかな」

先生はおにぎりをクルクルと回しながら説明した。そして、またかぶり付く。

「ハズレ、チーズだ」

わたしもみんなも、先生のおにぎりが楽しくて、うらやましくて、自分なら何と何を入れるとか、チーズはなしだろ、なんて言い合った。

たくさんの人達が、ワイワイガヤガヤさわいでいても、一人が息つぎをせずにしゃべっているのではないから、言葉にはつぎ目があると感じる事があります。

わたしはそこにひょいと言葉を差しこむのは苦手で、話したい事があったのに別の話題になってしまったという事がよくあるけれど、林先生は得意そうです。

だから、小学校の先生になれたんだろうけど。

おにぎりトークのほんのいっしゅんのつぎ目に林先生は大きく手を打った。

「家の人に弁当を作ってもらった人は、それが当たり前だと思っちゃいけない。自分で弁当を作った人も、食べ物がかんたんに手に入る事を当たり前だと思っちゃいけない。

みんなの当たり前は、大勢の人に支えられた当たり前なんだ。だから、感謝して、残さずに食べるんだぞ」

その後、実里ちゃんは何も言って来なかった。わたしはママにお弁当を作ってもらえなかった事が悲しくて、自分だけが大変だと思っていたけど、そんな事を考えるよりは、亜里沙ちゃんや先生のように、もっと楽しいお弁当や料理を作れるようになりたいと思います。ママにもバクダンおにぎりを作ってあげたら、喜んで食べてもらえるかな。人形になって、また食よくが落ちちゃったから。

林先生はみんなの前ではわたしの家の事にふれず、自分のおにぎりで話をそらしてくれたけど（きっと、そうなんじゃないかと思う）、バスが学校に着いて解散した後、すっとわたしの横に来て、「お母さん、具合が悪いのか？」と聞いてくれました。だいじょうぶです、と答えると、それ以上はママの事を言わず、今日はえらかったな、と頭に手を乗せてくれました。

こんな事をパパ以外の大人にされたのは初めてです。わたしはいとこや親せきといった人達に会った事がないけれど、みんながたまに話しているいとこのお兄さんとかおじさんはこんな感じなのかな。

林先生はわたしの次に、亜里沙ちゃんの所にも行って、同じように頭に手を乗せていました。亜里沙ちゃんの家にどんな困った事や悲しい事があるのか分からないけれど、わたしが知られたくないような事は亜里沙ちゃんも知られたくないと思います。

だけど、林先生がいたら、わたしも亜里沙ちゃんもだいじょうぶな気がしました。

実里ちゃんが先生の後ろすがたに向かって、「フン、えこひいき」とつぶやいていたけれど、わたしには実里ちゃんの気持ちがよく分かりません。ドリームキャットのお弁当を作ってくれる家族がいるのに、先生からも気にかけてもらいたいなんて。

大切な人は一人いれば十分。わたしにとっては、ママなのかな。

大人章子の一番大切な人はだれですか？　結こんしているのかな、子供はいるのかな。

手続きは難しいかもしれないけれど、またお手紙ください。

洗たく機が止まったので（雨がふっているので外に干せません）、今日はこれで終わります。

大人章子へ
毎日、暑いです。温暖化って、毎年、言われているような気がするけれど、二〇年後はもっと暑くなっているのかな。日本がハワイみたいになってたりして。行った事ないけど。
最近は、テレビでもニュース番組を時々見るようになりました。ママがここ数日、人の状態でいるから、というか、ママの方から外の事に興味を持ち始めたからです。
遠足の後、林先生が家庭訪問に来てくれました。その時に、先生はママにけい帯電話の番号をたずねました。

この春から、学校からの連らくや学級連らくもうは電話連らくではなくメールでいっせい送信される事になった、という事は、始業式の日に配られたプリントで知っていました。そこに、ケータイの番号とメールアドレスを書いて提出する事になっていたけれど、ママは持っていないので、わたしが「固定電話への連らく希望」という所に丸をして提出しました。

丁度、そのころ、ママは人形だったから。パパのケータイはまだ解約していなかったので、その番号やアドレスを書いて、わたしが直接連らくを受けた方がいいんじゃないかと思ったけど、パソコンとちがってケータイは、メールを開いたりしなくても、さわる事自体にていこうがあって、どうするのか気になりながらも、パパの机の引き出しに入れっ放しにしていました。

「けい帯電話？……は持ってないです」

ママがいつものホワンとした感じで伝えると、林先生はすごくおどろいてた。

ママは外の事をほとんど知らない。バラエティ番組や歌番組は少し見て、ファッション誌はじっくりと見るから、芸人と歌手とモデルの名前なら知っているかもしれないけれど、日本の総理大臣の名前は知らないんじゃないのかな。

難しい事はパパが知っている。今まではこれで良くても、もうこのままじゃダメなのかもしれない。わたしがいくら新聞を読んだところで、ママがこのままじゃ、わが家は世間からどんどん取り残されて行きそう。

実際、先生がケータイの話をしたのも、五年一組で固定電話への連らくに丸したのは、わが家だけだったからです。

先生も、心配して家庭訪問してくれたというよりは、一けんだけ電話連らくするのが面どうなので、ケータイを持っているのに個人情報の事を気にしているんじゃないかとかんちがいして（他のクラスにはそういう人が何人かいるみたい）、説得するつもりで来たんじゃないかと思う。

先生は自分のケータイで学校のホームページを開いて、どんな感じでお知らせが届くのかを、ママとわたしに見せてくれた。きん急連らく以外でも、遠足や六年生の修学旅行の報告を読む事が出来る。遠足の所を見てママは、ごめんね、と小さくつぶやいた。すると、林先生は自分の母親も病弱だった事を話し始め、最後に、だけどこんなに大きく育ちました、と白い半そでポロシャツから出たうでに力こぶを作って見せた。わたしもママに先生のおにぎりがとてもおもしろくておいしそうだった事を話すと、それならわたしにも作れそうだわ、とママはえがおになってくれたよ。

そして、ママはケータイを持つ事に決めました。林先生はお店にいっしょに行こうかと言ってくれたけど、ママは一人でだいじょうぶだとはっきり断って、わたしは少しびっくりしました。そういえば、ママは何も出来ない割には、他人を全くたよりません。パパの会社の社長さん夫婦を、パパは親のように信らいしていると言ってたけれど、ママが二人をそんな風に感じているとは思えないし。

結局、家電ショップは土日も開いているので、わたしと二人で行く事になりました。

当日、おどろいたのは、家を出る時に、わたしが財布やカギの確認をしてあげないと忘れてしまうママが、パパのケータイとノートパソコンを用意していた事です。存在すら知らないのではないかと思っていたのに。しかも、市役所で書類までもらって来ていました。

それよりもっとおどろいたのは、解約ずみになったパパのそれらをママが、いらない、と言った事。パパが生前につづった言葉や、友達のリストを、たとえ見ないとしても手放すなんて、わたしには考えられない。

「パソコンは、わたしにちょうだい」

店員さんの手からひったくるように取って、両うでにかかえました。それについて、ママは何も言わず、自分用の機種選びに集中していた。

もしかするとママはケータイやパソコンの保存機能を知らないのかもしれない。

わたしは無理矢理そう思う事にしました。ファッション誌に「ストーカー対策として、迷惑メールも保存しておく」と書いてあったような気がするけれど、そういう記事をママは読んでいない、むしろ、これが正しい処分の方法なのだ、と自分に言い聞かせて。

ママは人の状態とはいえ、店員さんの説明を五分も続けて聞いていられなかった。先に解約の手続きをしたせいで、一日のエネルギーを使い果たしてしまったんだと思う。

だから、わたしがママの横から体を乗り出してケータイの画面をながめて、「へえ、なるほど。このボタンは何ですか？」なんて大きな声で質問した。

早々に、自分専用になるんじゃないかとも思いながら。

ママでも覚えられる暗証番号やメールアドレスを設定して、すぐに使える状態になったケータイを手渡された時には、わたしの頭の中も真っ白になっていた。なのに……。

「このパソコン、中身を全部消して、買った時の状態にしてもらえますか？」

ママはわたしがテーブルのわきに置いていたパソコンを指差して、はっきりとした口調で店員さんにたずねた。目のしょう点もしっかり定まっていた。

ママが人の目を真っすぐ見て話すのを見たのは、初めてです。パパでもなくわたしでもない。初期化は自宅でかんたんに出来ますよ、と言われたしゅん間、ロウソクの火が消えたようになったけど。

それでも、家に帰るとまず先に、ママは買ったばかりのケータイで林先生に電話報告をして、その延長で、パソコンの初期化の方法を教えてもらいながら操作をし始めました。

「待って。パパの日記とかあるかもしれないよ」

「え、あ、そうだったの？　そんな事も出来るの？」

ママはおどろいたように手を止めたけど、すでに初期化は始まった後でした。やはり、早く教えてあげていれば良かったと、ものすごく後かいです。

「それに、パソコンがあると料理の作り方とかを調べられたし、ニュースとかも、いや……、それはいいんだけど」

なるべくグチっぽく聞こえないようにママの前で残念がると、料理の本を買っておいでと、千円くれました。それもうれしかったけど、もっとすごい事がありました。

「ニュース番組もこれからはテレビでいっしょに見ましょう」

ママは外に目を向ける努力をし始めたのです。

夕飯にママとそうめん（これもママ作です。少しゆで過ぎたみたいだけど）を食べながらテレビを見ていると、ドリームマウンテンの特集が始まりました。

一〇周年のイベントもこの夏休みで終りょう、期間中、こんなイベントをやっているので、ぜひ家族でおこしください、って感じの。

パパと何度も見たガイドブックは、今でも時々、ねる前に開いている。でも、元気になったとはいえ、ママと二人でドリームマウンテンはまだ難しそうだから、全く興味がありませんって風にそうめんをほお張っていました。

「どこか、行く？」

空耳かと思った。そうしたら、もう一度、聞こえてきた。声の方に顔を向けると、ママと目が合った。いっしゅんからみ合うくらいだと、人の時のママならめずらしい事ではない。でも、頭の中で五つ数えても、ママの視線はそれず、逆に、わたしがドキドキしてそらしてしまった。

吸いこまれるかとこわくなったから。

どうして、わたしの目はママの半分の大きさしかないのだろう。まあ、パパにそっくりだから仕方ないんだけど。

「どこが、いい？」

わたしがドキドキしている事なんかお構いなしに、ママは聞いて来た。

「ケータイで申しこみ出来るのかしら」

ママはクスッと笑ってそう言った。何だろう、革命？

毎年、夏休みは家族で県境にある「清瀬《きよせ》渓谷キャンプ場」に行っていた。会社の車を借りて、パパと二人でバーベキューの材料と道具を積みこんで、全部の準備が整うと、ママをなだめながらそっと車に乗せる。大きな川のほとりにあるキャンプ場のバンガローで、ママは、わたしとパパがバーベキューの用意をするのを静かにながめている年もあれば、そこにいる間中タオルケットをかぶってねている年もあった。多分、そっちの方が多かったはず。

それなのに、ママが申しこみ！

だけど、明日人形になるかもしれない。もしかすると、今の人の状態はかなり無理をしていて、すごい反動が来るかもしれない。

取りあえず、行き先は清瀬渓谷キャンプ場に決まりました。車は？　バーベキューは？　と心配になったけど、駅前からバスが出ていたり、バーベキューの準備付きプランもあったりするみたい。キャンプ中のママが楽しそうに見えた事は余りなかったけど、ねこんでいても、ママなりに楽しかったんだなって事を初めて知りました。

パパはそれを知っていたのかな。わたしが心配する事じゃないか。いや、パパが言っていた。

「ママには、パパやアッコの姿が見えていないのかもしれない。声が聞こえていないのかもしれない。そう不安になる事があるかもしれない。だけど、ママは表情や声に出さないだけで、胸の内ではしっかりと愛してくれているんだよ」

パパの言葉は正しかった。なんて、パパがまちがった事やウソを言ったことなんて一度もないのにね。

ママとのキャンプは楽しいかな?

これが実現出来たか。どんなものだったか。大人章子は知ってるんだよね。確かに、定期的に文通出来る事になったら、つまらなくなるかもしれません。前情報ナシの方が、絶対に感動出来るよね。

おみやげ買って来るからね、なーんて。

大人章子、夏休みもあと一週間です。

宿題はまあまあ終わり。自由課題の水さい画は清瀬渓谷キャンプ場でバーベキューをした絵をかきました。そう、行って来たのです。

あの後、ママが人形になる事はありませんでした。それどころか、とても明るくなって、キャンプの準備もほとんどママがしてくれたくらいです。信じられないでしょう？ケータイでネットショッピングをするようになり、家にスニーカーが届いた時には本当にびっくりしました。

まず、ママ用とわたし用が、色ちがいのおそろいだった事。そして、ママがスニーカーをはくという事。これまでのキャンプはいつも、ママ、サンダルをはいていたのに。しかも、買った理由が、パパはたくさん動いていたから。

わたしはずっと、ママの細くて白い足は歩き過ぎると折れてしまうと信じていたのに。張り切って動いて、たおれてしまったらどうしようと心配になりました。わたしはまだ、ママをおんぶ出来る自信はありません。

だけど、ママと二人切りの旅行は、キャンプ場に着いた時から、二人じゃなくなりました。

林先生がいたのです。もちろん、待ち合わせをしていたのではありません。先生は大学時代の友達五人と車で来ていて、わたし達を見て、とてもおどろいていました。

バンガローはとなり同士で、荷物を運ぶのを先生が手伝ってくれました。

ママも最初は、つりをしようかしら、なんて張り切っていたけど、キャンプ場の人の多さにつかれたみたい。人形の状態にまではならなかったけど、バンガローのベッドで静かに横になっていたいと言われました。結局、いつもと同じ。でも、相手をしてくれるパパはいない。

そこに声をかけてくれたのは林先生です。わたしを渓谷の散策に連れて行ってくれました。遊歩道わきの花や木の名前を教えてくれたり、山の名前を教えてくれたり。楽しかったけれど、何だかえこひいきされてるみたいで、少し居ごこちが悪かった。先生の友達はラフティングをすると言っていたから、本当はそっちをしたかったんじゃないかな、と申し訳なくなったり。

林先生はわたしにパパはどんな人だったのかと聞いて来ました。本当はもっと早くに学校で聞かなきゃいけなかったのに、と謝られたけど、先生は何も悪くないよね。

わたしはパパの事、いっぱい話したよ。ママが人形になる事はだまっておいて、おいしいご飯を作ってくれた事、勉強を教えてくれた事、毎年、骨とう市や、ここに連れて来てくれた事。話しているうちになみだが出て来てしゃべれなくなったけど、そうなると、今度は先生が先生のお母さんの事を話してくれた。

得意料理は肉じゃが。パパはコロッケ。好きな色はオレンジ。パパは緑。なんて言い合っているうちに、先生も泣き出した。先生のお母さんも、先生が中学生の時に死んでしまったんだって。

夜にはママも元気がもどって、先生や友達、みんなといっしょにバーベキューをしました。おいしかったな。食事の後は、先生とママと三人で星を見て。まばたきするのがもったいないくらいの星空は、本当にきれいだったし、先生が星座を教えてくれたけど、その場はママと二人切りが良かったな。

一ぱくだけの短い旅行だったけど、無事行けて、本当に良かった。

ママはやっぱりつかれがたまってしまったのか、帰った翌日から人形になってしまいました。毎晩、わたしがご飯を作っています。って、そうめんばかりだけど。いいよね、この町の名物なんだから。

おぼんには、パパの遺骨の前にも色々なお供えをしました。お墓、まだないの。

パパもママもこの町の人じゃないし、生まれた町にはもう、パパの親もママの親もいないから、帰る理由がない。そうパパから言われた事があるよね。

友達はお正月やおぼんに、おじいちゃんやおばあちゃんの家に行くのに、わたしはどうして行かないの？　って聞いた時だったかな。

パパとママが育った町を一度見てみたかったけど、連れて行ってあげるとは言ってくれなかった。

「みんなが生まれ故郷で幸せに過ごせるというのは、難しい事だからね」

パパはわたしにやさしくそう言った。幸せに過ごせていなかったのはママの事じゃないかと想像出来たから、それ以上、お願いした事はない。結局、町の名前も知らないままだし、当然、ママには絶対に聞けません。

そうだ、大事な事を忘れてた。

パパのお墓がどうして今までなかったのか、つい昨日、知ったのです。

パパは病気になってから、ママにもわたしにも内しょで死後の準備をしていたみたい。「樹木葬」というのに申しこんで、すでにお金もはらっているらしく、樹を植えるのに最適な季節になったら、清瀬渓谷の近くにある樹木霊園「輪」(りん、と読みます)にお骨を持って行く事になっているのだとか。

昨日久しぶりに家を訪ねてくれた社長さん夫婦から書類を見せてもらいました。

「章子ちゃんのお父さんは、生前のしがらみをすべて断ち切って、自然にかえる事を選んだんだよ」

社長さんはそう言っていました。いつもえがおだったパパにもつらい事があったのかと、その時初めて考えたけど、それが、ママやわたしについてだったらどうしよう、と不安になりました。だけど……。

「もう、病気と戦う必要もないからね」

社長のおくさんがそう言うのを聞いて、ハッとしました。病院でも、パパはわたしが行くと、いつもニコニコしていたけど、痛みをこらえて無理して笑っているんじゃないかと感じた事があったのを思い出しました。

樹になれば、もう痛みを感じる事もない。

何の樹なんだろう?

大人章子はきっと何度もパパの樹にお参りに行っているはずだから知ってるよね。大きく生長していますか？　パパなのに、これもヘンか。

パパの事を考えるとつらくなるから、余り考えないようにしていたけど、そうすると今度はさびしくなります。パパのようなどっしりと温かい樹があれば、つらくならずに思い出す事が出来るかもしれません。

何だか、樹を植えるのが楽しみになって来ました。

大人章子が今一番楽しみにしている事も知れたらいいのにな。

じゃあ、またね。


大人章子、元気ですか？

先週の日曜日、パパの樹を植えに行って来ました。深く穴をほった所にお骨をまいて、その上から植樹をするのです。

ママはまだ少し人形。ねこんではいないけど、ぼんやりした状態のままなので、林先生が車を出してくれました。学校でいきなり、もう樹は植えたのかと聞かれて、どうして知っているのかとおどろいたけれど、そういえば、キャンプでパパの事を話している時、法事とかはだいじょうぶなのかと聞かれて、そういった事はパパが働いていた会社の社長さんがやってくれていると答えたら、念のために会社名を教えてほしいと言われて、伝えたので、多分、社長さんに連らくしたのだと思う。

保護者がママだけでは、先生も心配になったのかもしれません。

樹木葬には、社長さん夫婦も来てくれたので、ホッとしました。どうしてだろう？林先生とママとわたしの三人で樹を植えるのがイヤだった、という事かな。何でこんな風に思ってしまうんだろうね。

ポプラの樹でした。

二〇種類くらいある樹の中から、パパが選んだそうです。バラやツバキのように、花をつける背の低い樹も選べるらしく、自分だったらどれがいいかと思ったけど、そういう話をするのは良くないような気がしたのでだまっていました。

すると、ぼんやり立って植樹の様子を見ていたママが、ポツリと言いました。

「わたしも、樹になりたい。花がさかない、小さな樹」

ゾクッとした。わたしも死にたい、って言われたような気がして。自分だって、心の中では同じ事を考えていたはずなのに。だけど、不安な気持ちは林先生がかき消してくれました。

「ぼくは桜の樹がいいなあ。ここへの道順をネットで調べている時に、他の案内も見たんですけど、桜が一番人気みたいですね。分かるなあ、それ。何の実績もない新米教師が口にするのはおこがましいけど、花の季節になったら教え子達に、ぼくの樹の下でえん会を開いてもらいたいですね」

ママの声が聞こえていたのかどうかは分からない。だけど、先生は楽しそうにそう言った。

「あらあら、若い人が何十年先の話をしているのかしら」

社長のおくさんが笑いながら言いました。

「おれは一一月生まれだから、モミジがいいなあ」

これは、社長さん。

「じゃあ、わたしはボタンにしようかしら」

「よし、もう一人だれか呼んで来て、イノシカチョウを作ろうか」

「まあ、あなた、そうしたい女の人でもいるんじゃないでしょうね」

「イノシシ役をか？」

社長さんとおくさんが何を言ってるのかさっぱり分からないわたしに、先生が、花札の事だと教えてくれました。やらなくていいけどね、と。

結局、わたしは何がいいか言わずじまいだったけど、パンフレットにのっている樹の中では、白いハナミズキがきれいだなと思いました。赤の方がめずらしいから人気があるみたいだけど、わたしは赤ってイメージじゃないよね。

大人章子だったら、どう答える？　ハナミズキじゃない方が、二〇年の間に思い出の樹や花が出来たのかな、何だろう、と想像がふくらんで楽しいのだけど。

それから、これは大ニュース！　全部知っている大人章子に、こんな書き方をするのはおかしいのは分かってるけど、やっぱり、大ニュース！

ママが病院に行く事になりました。

林先生の知り合いが心りょう内科の病院をやっているそうで、樹木葬の後にみんなでご飯を食べに行った時に提案されました。

ママは行きたくなさそうに、でも……、と困った顔でつぶやいたけど、社長さん夫婦にもすすめられたので、仕方なさそうにうなずいていました。

「章子ちゃんのためにも、ね」

社長のおくさんがそう言ったのを聞いて、わたしはパパに申し訳ない気分になりました。これって、わたしでは、ママを守ってあげられていないって事だもんね。

正直なところ、病院に行ってママがずっと人の状態でいられるなら、わたしも行った方がいいと思います。だけど、少しモヤモヤしているのは、パパがいたらこの提案に反対したかもしれないと思うから。病院でかんたんに治せるのなら、パパがとっくにそうしているはず。なのに、そうしなかったのは、病院に行ったらママに何かつらい事が起きるからかもしれない。

だけど、話は先生と社長さん夫婦とでどんどん進んで行って、わたしもママも何も口をはさめなくなりました。

わたしがママのために出来る事って何だろう。

まずは、来週の運動会をがんばろうと思います。走るの、あまり速くない事は、大人章子に今さら知らせる事じゃないけれど。そんなの忘れてた、っておどろかれるようなキセキがこの先、待っていませんか？　まあ、こういうのは一生変わらないんじゃないかな。

ただ、全力でがんばるっていうのは、毎年、パパと約束して来た事だからね。最後まであきらめないハートが大切なんだぞ、と言ってくれた事、しっかり胸に焼き付けておこうと思います。

ママはお弁当を作ると言ってくれてるけど、自分で作る事にしました。

亜里沙ちゃんに、運動会のお弁当はどうするの？　って聞かれたから。分からない、って答えると、おたがい自分で作って見せ合いをしよう、と言われたので受けて立つ事にしたよ。

林先生のマネをして、バクダンおにぎりにしようかとも思うけど、それじゃあ亜里沙ちゃんに単純だとバカにされるかもしれないので、特大サンドイッチにしようかなとか、今、考え中。

それでもやっぱり、運動会やマラソン大会がない大人がうらやましいです。

ああ、早く大人になりたい。

大人章子へ
メチャクチャむかつく事がありました。忘れてた、元気ですか？　秋を通りこしていきなり冬が来たんじゃないかと思うくらい、今日は寒いです。温暖化はどこに行っちゃったんだろう。

大人章子の暮らしている日本は、どんな気候ですか？　いやいや、もしかすると外国に住んでいるかもしれないけれど、そんな事、今は置いといて……。

今日、学校で実里ちゃんがヘンな事を言って来ました。朝、登校すると、わたしの席に実里ちゃんがすわっていて、待ち構えていたのです。

「林先生とアッコのお母さんは付き合ってるの？　いっしょに車に乗っている所を見たんだけど」

ああ、もう。こんな事、文章にするのもイヤだけど、聞いてくれるのは大人章子しかいないからね。というか、仲のいい子（と呼べるほどではないけど、おとなしいグループの結衣ちゃんとか、真帆ちゃんとか）にだって、こんな話はしたくもないし、知られたくもない。

だけど、実里ちゃんは歩くスピーカーなので、みんなに言いふらすんだろうな。自分のケータイも持ってるし、ああ、どうしたらいいんだろう。

もちろん、言い返しました。ママが先生の車に乗っていたのは、病院に連れて行ってもらっているからだって。本当はママが病気だという事も言いたくなかったけど、こうなると仕方ないよね。

「ママは難しい心の病気になっていて、先生の知り合いのお医者さんに、先月から週に一度みてもらっているの。病院は、町外れの静かな場所にあるから、電車やバスじゃ行きにくいし、ママは運転めん許を持っていないから先生にたのんでいるの。わたしも一度、いっしょに行った事があるけど、グネグネの山道によってしまったから、次から留守番する事にした。でも、そんな言い方をされるなら、来週からまた付いて行く」

ここまで言ったのに、実里ちゃんは納得してない様子。

「それでも、特定の保護者にだけ車を出してあげるとか、やっぱりおかしいと思う」

特定、って。行き先は楽しい所じゃないのに。

「そんなに林先生とドライブしたいなら、実里ちゃんもいっしょに来ればいい。強いよい止め薬とエチケットぶくろは忘れないでよね」

そう言ったら、やっと引き下がってくれた。しかし、わたしも意地が悪い。

遠足の時、実里ちゃんが帰りのバスで気分が悪くなって、もどした事を知っていて、こんな言い方をするんだから。今まで全く乗り物よいの経験がないわたしでも気分が悪くなったのだから、実里ちゃんが無理なのは分かり切っている。絶対に実里ちゃんが行くって言わない事を前提で言った事は認めます。

でも、いいでしょう、これくらい。本当に腹が立ったんだから。ママと林先生が付き合うなんて。パパが死んでまだ一年もたっていないし、何十年たってもママには……、パパを好きでいてほしい。

とはいえ、ママに病院に行くのをやめてほしいとは思わない。

先生の大学の友達のお姉さんだというお医者さんは、ママに、無理をして元気になろうとしなくていい、とやさしい声で言ってくれました。そこから、ママはしん察室に入ったのでどんな治りょうが始まったのかは分からないけど、わたしにはママが病院に行くごとに元気に……、人らしくなっているように思えます。

その証こに、この間おかしを焼いてくれました。マドレーヌじゃない。カヌレって知ってる？　聞いた事もない物を、ケータイで調べながら作ったみたい。

少しこげたネチネチのマドレーヌ、っていう味だったけど、ママが新しい事に挑戦するっていうのがすごい進歩でしょう？

本当にうれしかったのに、実里のバカ、バカ、バカ、ついに呼び捨て。

だけど、こっちは何も悪くないのだから、これ以上心配しないようにします。

そうそう、運動会のお弁当、もう一カ月以上たってしまったけど、結局、サンドイッチにしました。ママもいっしょに作りたいと言うので、たまごをつぶしてもらったり、ツナマヨネーズを作ってもらったり。これは亜里沙ちゃんには内しょです。

他の具材はハムとキュウリ。ふつうだけど、全部の具材をいっしょにはさむと、スペシャルな物になりました。食べるの、大変だったけど。

亜里沙ちゃんはなんと、バクダンおにぎりです。こちらは、バカにするような事は何も言ってないのに、中身は先生のとちがうんだからね、と強気な口調で言ってるのが、何だかかわいかった。一つずつ交換して食べました。ギョウザがおいしかった。今まで意地が悪くて苦手だなと思ってたけど、ちゃんと話してみるとそうでもない感じ。

気持ちを言葉にするのが上手じゃないのかな。でも、それはわたしも同じ。いや、わたしの場合、頭の中で言葉に出来ても、口に出すのがダメなんだよね。

大人章子は、それ、こく服出来てる？

クラス対こうリレーは二位でバトンを受け取って、一人にぬかされて三位で次の子に。アンカーの実里が走る時には、かなり間を開けられてビリの四位になっていました。もしかして、それがくやしくてわたしに八つ当たりしたとか。

でも、こうやってグチを書いていると、ムカムカも晴れてきます。

聞いてくれてありがとうね。

大人章子へ

モヤモヤする事があります。イライラする事があります。

おっと、また忘れてた、お元気ですか？　わたしは、体は元気。ママも最高記録ではないかと思うほど、人の状態が長く続いています。病院に通っているおかげかもしれない。

なんと近ごろは、片付けやそうじをしています。表紙の部分に指の当たる所が白くなってしまった古いファッション誌がひもで束ねられてげん関に置かれているのを見ると、ようやくママの時間が動き始めたのだとうれしくなりました。だけど、その横に、パパが買い集めていた文庫本まで同じように束ねられているのを見つけて、ギュッと胸がしめ付けられるような気分になりました。

パパが大切にしていた物を捨てないで。

それをママに向かって言ってしまうと、雑誌は？　パズルの本は？　服は？　下着は？　クツ下は？　机の下のほこりの中にはパパのかみの毛が交ざっているかもしれないわよ、とわが家はまたゴミ屋しきにもどってしまうわけで、それは止めなければなりません。

幸い、ママはゴミの出し方をよく分かってないので、まだ回収された物はなく、わたしは自分の勉強机の整理をして、一番大きな引き出しをカラにすると、そこにパパの物をしまっておく事にしました。

この引き出しに入るだけの物を残しておいて、あとはいさぎよく捨てる。

そうなると、厳選に厳選を重ねなければならないのに、どれが一番大事な物かよく分かりません。何となく、ママにこの引き出しの事は知られたくなくて、片付けを手伝うフリをしながら、こっそりかくしておく事にしました。

まずは、初期化されたノートパソコン。茶わんと湯のみ。キャンプ道具の中にあった万能ナイフ。難問が三つ残っているパズルの本。何度も読まれてくたびれた感じの『罪と罰』の文庫本。後は、洋楽のＣＤが一枚。ボンジョビ、だって。わが家にはＣＤプレイヤーがないけれど、パソコンで一人静かに聞いていたのかもしれない。カッコいいよね。

アウトドアやカメラ、しょうぎの雑誌は残さない事にして、本だなから全部出すと、たなとかべの間に見慣れない物がある事に気付きました。うすいケースに入ったフロッピーディスクです。クイズ番組で知っていたけど、実物を見るのは初めて。たなに立てておいたけど、落ちてそのままになってしまった。そんなホコリの積もり方でした。タイトルの書かれたシールなどもはられてなく、捨ててしまおうかと思ったけど、仕事に関係する物なら困ります。社長さんは忘れっぽいというか、かなりのんびりした所がある人なので。

パパが元気だったころの事だけど、出張先で雨に降られてクツ下がビショビショになった社長さんに、予備のクツ下を貸してあげたら、一年以上たって返って来た事があるのだとか。パパがおかしそうに教えてくれたのを、大人章子はまだ覚えてる？

章子ちゃん、家にフロッピーはないかい？　なんて、社長さんから、ある日いきなり聞かれるかもしれません。

他にフロッピーは見当たらず、中身を確認しようにも、パパの使っていたパソコンにはフロッピーの差し込み口がなかったので、それほど場所を取る物でもないしと、取りあえず、引き出しの中にしまっておく事にしました。

引き出しの中に、パパがいる。

木箱の中に、未来のわたしがいる。

わたしは今、自分が丁度おさまるくらいの箱がほしいです。その中に入って、ぐっすりねて、起きたら大人になっていればいいのに。そうすれば、学校にも行かなくてすむのに。

林先生とママが付き合っている、なんてウワサも聞こえなくなるのに。

二人の目げき情報はもう、病院に連れて行ってもらっている、では通用しないくらい、日ごとに増えて来ています。多分、いくつかはウソが交ざっているんだろうけど、全部がウソとは思えません。

病院から帰って来る時間も少しずつ遅くなっているし、病院がない日まで、夜に林先生と出かけて行く事があるからです。セラピーのいっかんとして、クラシックコンサートや演劇かん賞に出かけているのだと、ママや先生からではなく、病院の先生から言われたのに、わたしはそれらが治りょうのためだと、みんなの前で断言する事が出来ません。

たとえ、ママのしょう状が本当に改善しているとしても。

何よりも、今日の放課後に言われた、林先生の言葉がイヤだった。

「おかしなウワサが流れてるけど、文乃さんと章子は先生が守るから」

先生は生徒を名前で呼び捨てにするから、章子はいいけど、文乃さんって。ちょっとお世話をしてあげているからといって、慣れ慣れし過ぎます。パパ以外の人が、ママを名前で呼ぶなんて。守ってくれなくていい。もう、ママの事はほうっておいてほしい。

そんな風に思いましたが、帰りぎわ、実里からとんでもない話を聞かされました。林先生が校長先生やPTAの人達から聞き取り調査をされるというのです。実里の親はPTAの役員だから、これは確実な情報です。

その上、ママも呼び出されるかもしれない、と。

そんな事をされたら、ママは人形にもどって、一生そのままになってしまうかもしれない。折角、前を向いて生きて行こうとし始めているのに。

わたしには、何が出来るのだろう。

ねえ、大人章子。わたしはこのピンチを一体どうやって乗りこえたのですか？

大人章子へ

大人達の話し合いの席に、わたしは呼んでもらえませんでした。

二学期の終業式の翌日、午後一時から、学校の会議室にママは呼び出されていたので、わたしもいっしょに行きました。前日の放課後に職員室に行って、教頭先生にわたしもママのとなりにすわらせてほしいとたのんだけれど、これは大人の話し合いだからと、同意してもらう事は出来ませんでした。

その日のママは歩いて学校に行く事は出来たけれど、目もトロンとしていて、このままではやっていない事までやった事にされるんじゃないかと心配になるほどだったのに。おまけに、来客用のげた箱の前では林先生が待っていて、だいじょうぶだから！　とわたしに向かって親指を立てて見せ、ママの背中に手を回してうながそうとしたので、なおさら心配になりました。ママが手に持っていたハンカチを落として、それを拾おうとしゃがんだから、先生の手は宙にういたまま、モゾモゾしながら引っこめる形になったけど、そういう態度が誤解を招くという事に、全く気付いていないのだから。

わたしは図書室で待っている事になりました。入ると、ストーブがついていて、わたしだけのために申し訳ないと思っていたら、たなのかげから、実里が顔を出しました。親はＰＴＡの役員だから仕方がないとして、どうして彼女まで来る必要があったのか。さっぱり分からなかったけど、この時ばかりは、実里のずうずうしさに感謝しなければなりませんでした。

感謝？　いや、助かった、くらいにしておきます。

「お母さんの事、気になるでしょう？」

実里はいつになく、やさしい声でわたしにそう言いました。わたしの口から何を聞き出したいのか。分からなかったので、だまったまま一度うなずきました。すると、実里はわたしのかたに自分のかたをくっ付けるようにして近付いて来ました。そうして、スカートのポケットに片手を入れてにぎりこぶしを出し、わたしの目の前でゆっくり開いたのです。

カギでした。プラスチックのプレートには「児童会室」と書いてありました。実里は今月の初めにあった選挙で、来年度前期の児童会長に選ばれていました。活動が始まるのは一月からだけど、引きつぎのための会議はもう何度か開かれていて、実里は常にカギを持たされているのだと、ほこらしげに言っていました。

でも、そんな自まんをどうして今されないといけないのか。疑問に思っていると、実里はクスクスと笑い出しました。

「分からないの？　児童会室がどこにあるのか」

バカにしたような言い方にムッとしたものの、それ以上に、ハッとしました。児童会室は会議室のとなりです。もしかしたら、声が聞こえるかもしれない。

「始まってから、しのび足で行こう」

実里はそう言って、わたしにウインクしました。何だか、わたし達はすごく仲良しのような気分になったけど、実里の目のおくに意地悪そうな光がともっている事は見のがしませんでした。実里には聞いてほしくない。いっそ、図書室に二人でいるよう説得した方がいいのかもしれないとも迷ったけれど、やっぱり、わたしもママの近くにいたいと思いました。

林先生がママを悪者にし始めたら、おこられるのを覚ごで会議室に飛びこもうと決意して、一時を一〇分過ぎてから、実里の後を付いて児童会室に入って行きました。まるで、同じ部屋にいるかのように、教頭先生の声が聞こえて来ました。本日はおいそがしいところ申し訳ございません、とPTAの人達に謝っていたので、すでに、ママは悪者として話し合いが始まっていたという事です。そうではありません、と大きな声を上げたのは、林先生でした。

『ぼくは、佐伯文乃さんを愛しています』

選手宣せいのような言い方におどろいたのか、内容におどろいたのか。ザワザワしていた会議室内はシーンと静まり返ったようでした。実里も口をポカンと開けていました。

わたしは……、佐伯文乃ってだれだろうと不思議な気分でした。

林先生はどんな顔で言ったんだろう。ママは今、どんな顔をしているのだろう。二人の顔をそれぞれ思いうかべようとしたのに、それをかき消すかのように、会議室内でざわめきが起こりました。

おどろきが時間差で声になったような感じです。

林先生はそれらの声をかき消すように、大きな声で続けました。

『ご主人を亡くされたばかりだという事を、学年主任の仙道《せんどう》先生から聞いていたので、家庭訪問時に、給食費めん除などの手続きについて話し合おうとしたのですが、精神的にそういった状態ではなさそうだという事が分かり、まず、そちらの回復の手伝いをしたいと思っていました。もちろん、担任としてです。しかし、それ以外の私情をはさんでしまったかもしれません』

「何だろうね」

実里がとなりでおもしろそうにつぶやきました。その声が会議室に聞こえたらどうするんだと、わたしはそちらの方がヒヤヒヤしました。

『実は、ぼくは数年前、いとこの姉を亡くしました。自殺でした。原因はこん約破きでした。ぼくは姉と親しくしていましたし、大学の同期に心理学を専こうしていた友人もいたのに、死を食い止めるどころか、姉がそんな精神状態に追いこまれている事すら気付けませんでした。それを、今でも後かいしています。他人に手を差しのべる行いが、姉へのつぐないになるかどうかは分かりませんが、精神的に傷付いている人を、今度こそ助けたいという気持ちがあった事実はいなめません』

「そんなに親しくなかったのに、死んだら一番の理解者だったような言い方をする人っているよね」

実里はニヤニヤしながら言いました。声は気になるものの、確かに林先生にはそういう所がありそうだなと思いました。いや、実里の意地悪な想像に乗ってしまってはいけません。

林先生は言い訳をしているのではないという事は、伝わって来ました。

『幸い、心理学を専こうしていた友人から、かれの姉が勤務しているという、評判のいい心りょう内科をしょうかいしてもらえたので、早速、文乃さんにすすめました。亡くなったご主人の会社の社長夫妻もその場にいて、いっしょにすすめてくれました。文乃さんは乗り気でなさそうでしたが、すぐ病院に行ける人は、そもそも行く必要のない人です。公共の交通機関を使うと複数回の乗りかえが必要で、時間がかかるという点からも、ぼくは自分が送げいする事を提案しました。むすめの担任とはいえ、男と二人で外出するのは不安だろうと、章子に同行してもらう事にもしました。そして、文乃さんは病院に行く事を受けてくれたのです』

文乃さん、章子。まあ、いいか。

『心りょう内科の治りょうは一回で終わりではありません。時間をかけて少しずつカウンセリングを受けなければならないのに、以後、二人で通うようになったのは、章子の乗り物よいがひどかったからです』

それも、事実だけど……。

『幸い、文乃さんは通院を前向きに受け入れてくれたため、ぼくは引き続き、送げいする事になりました。その間に、食事をとる事もあったし、医者から音楽や絵画のかん賞をすすめられた事もあり、クラシックコンサートやアート展のチケットを取り、同行もしていました。しかし、そんな風に二人で過ごしているうちに、ぼくは文乃さんの心のとう明さに引かれるようになり、一人の男として、文乃さんを愛するようになってしまったのです』

今度は間を空けずに、ざわつきが始まりました。

「ウソウソ、最初から顔に一目ボレしたから、がんばったんじゃないの？　お母さん、美人だもんね」

わたしは実里に何も答えず、会議室側のかべをじっとにらんで、林先生の声に耳をすませました。

『だけど、そこに何の問題があるのでしょう？　不りんではありません。児童の保護者と交際してはいけないというルールがあるのなら、ぼくは今日から、佐伯章子が卒業するまで、文乃さんと二人で会うのをやめます。章子をえこひいきするような事もいたしません。それでも、これまでの行動において何か責任を取る必要があるのなら、ぼく一人でそれを受けます。どうか、文乃さんをこの場で追きゅうするのはやめてください』

林先生がそう言うと、室内はさらにざわつきました。無責任とか、児童を混乱させている、といった声も聞こえてきました。

「ヒーロー気取りで、開き直ってるだけ。ていうか、アッコ、あんた完全にジャマ者あつかいされてるんじゃない？」

キラキラとこうき心にあふれた目を向けられて、ママは今、こんな目をわたしの何倍も向けられているのだ、と胸が痛みました。

『佐伯さんも何かおっしゃったらどうなんですか？』

その声を聞いて、ママだ、とつぶやいた実里がハッとした様子で口を両手でおさえました。親子がかべをはさんで同じ目をしているという事です。

『待ってください』

林先生の声が聞こえました。良かった、ママをかばってくれている。

『あの、わたしからも聞いてもらいたい事があります』

ざわめきの中から聞こえたのは、まぎれもなく、わたしのママの声でした。児童会室に入った時から、他の人の声は聞こえても、ママの声は小さくて聞こえないんじゃないかと心配していたのに、ちゃんと分かりました。決して、大きくないしゅっくりだけど、ちゃんとおなかから出ているような声でした。

わたしは体中の神経を耳に集中させせました。

『わたしには、林先生に対する、れん愛感情はありません。病院にも行きたくありませんでしたが、子供にめいわくがかかると思って通う事にしました。コンサートも美術館も、それにともなう食事なども、すべて、子供の担任の先生の言う事だから、従っていただけです。それなのに、この間、いきなりキスをされて、こちらも学校に相談して良いものかどうか迷っていたところだったので、今日の会合をありがたく思っています』

『何を言ってるんだ！』

『林先生、口を閉じてください。佐伯さん、続けてください』

教頭先生の声でした。

『だけど、こういう事……、林先生から心りょう内科をすすめられたのは、わたしが悪いのだと反省しています。夫が死んだショックで、むすめがしっかりしている事にあまえ、母親としてやるべき事が出来ていなかったのは事実ですから。家庭かん境が変わった事にともなう手続きや学校への提出物に対応出来ず、ごめいわくをおかけした事は、この場でおわび申し上げます』

かべごしに聞こえて来るのはママの声なのに、わたしには、かべの向こうにいるのが本当にママなのか、自信が持てなくなっていました。それほどに、ママの口調はしっかりしていた。まるで、パパが耳元で、こう言えばいいんだよ、と教えてあげているみたいに。

『どうして、そんなウソを！』

林先生がさけびました。

『ウソではありません。わたし、あなたに、何か誤解させるような事を、言ったでしょうか？』

ママが答えると、ガタンと、多分、イスがたおれたような音がして、ざわめきと共にそれがいくつか続き、落ち着きなさい、と言う声が聞こえて来ました。林先生がママにつかみかかったんじゃないか。

「ママ！」

声を上げた数秒後に、児童会室のドアが開けられました。学年主任の仙道先生と実里のお母さんが入って来ました。おこられるかと身構えたものの、静かな声で、図書室にもどりなさい、と言われただけでした。きっと、実里がいっしょにいるのを見て、だれがカギを開けたのか察し、お母さんに遠りょしたのだと思います。

それから一〇分くらいして、図書室にママがむかえに来てくれました。ママの顔は真っ青になっていて、立っているのもやっとという様子でした。かべごしには、ママは強そうに感じたけれど、やはり、ママはママだったのです。

ママのとなりには仙道先生がいたけれど、こういう時は女性の先生の方がいいだろうと、養護の先生が家まで車で送ってくれる事になりました。養護の先生は、前におなかが痛くなって保健室に行った時には、とてもやさしくしてくれたのに、その日は、ブスッとした顔をして、車に乗っている間中、まったく口をきいてくれませんでした。

ようやく家に着いたものの、長い一日はまだ終わりません。

ママはつかれたと言って、化しょうをした顔を洗わずに、服だけ着がえてねこんでしまいました。仕方ありません。日が落ちてもママが起きて来る気配がなかったので、わたしは一人でうどんを作って食べていました。

すると、ドアフォンが鳴りました。スコープから外をのぞくと、林先生の顔が見えました。真っ赤にじゅう血した目が大写しになっていてこわかった。どうしようと、身をかくすように横にずれると、カサ立てに体がぶつかり、大きな音を立ててしまいました。

『文乃さん、そこにいるんでしょう。開けてください。どうしても、あなたと話がしたいんだ』

林先生がマンション中に聞こえるような大声で言いました。ママを呼んで来ようか。だけど、そうしてどうなる。その場に立ちすくんでいると、今度は、ドアがドンドンと打ち鳴らされました。そんなにそまつなドアではないけれど、いずれ、つき破られてしまうんじゃないかという勢いでした。

『文乃さん。ぼくがあなたを愛している事、あなただって気付いてくれていたでしょう。キスをした時だって、あなたはこばまなかった』

もう、やめてくれ。耳をふさぎたい気分でした。だれか、助けて。パパ……。

そんな時、救いの神がやって来たのです。パパの会社の社長さんとおくさんでした。クリスマスが近いため、わたしにプレゼントとケーキを持って来てくれたのです。二人は林先生に、何をしているんだ、こんな事はやめなさい、などと声をかけたけれど、林先生は応じないどころか、おくさんをつき飛ばして、そのまま、走ってにげて行きました。

おくさんの悲鳴が聞こえたので、ドアを開けると、つぶれたケーキの箱の上におくさんがしりもちをついていました。

林先生はその場で通報されてしまいました。

わたしは社長さん達に付きそわれながら、警察の人に、ドアの前にいたのは林先生だという事を伝えました。密告したようで居ごこちが悪かったけれど、かくしても仕方のない事です。

ねえ、大人章子。林先生はどうなるんだろう。わたしは、家に来た時の林先生はこわかったけど、林先生を悪い人だと思いません。だけど当然、林先生にれん愛感情はないと言い切ったママだって悪くありません。お世話になったからって、付き合う必要なんてない。

なのに、どうしてこんなにつらい結果になってしまったんだろう。

絶対に気まずい事は承知で、三学期、林先生が学校に来てくれている事を、ろうそくの明かりに（ケーキに付いていたので）いのっています。これが、クリスマスの願いだと、サンタに思われたくないけどね。

まあ、サンタもいないんだろうけど。今日の文章は読み返してみると、少しよそよそしい感じ。でも、あなたの事はまだ信じているよ。

メリークリスマス、大人章子。


大人章子、あけましておめでとうございます。

と言っても、もう三学期が始まっていて、先生からも、いつまでも正月気分でいちゃダメだぞ、と帰りの会で言われたばかり。でも、この「先生」というのは、林先生ではなくて、仙道先生です。

林先生は体調不良のため休職する事になった、と始業式の日に言われました。体調不良が何を指すのか分からないけれど、林先生についてはおかしなウワサしか聞きません。

となりのクラスに、家がケーキ屋さんの子がいるのだけど、林先生は二五日（話し合いの日から三日後になるのかな）にクリスマスケーキを一つ予約していたらしく、閉店間ぎわになっても取りに来ないので電話をしたところ、シャッターを閉めた後からやって来て、ケーキを受け取るなり、店の外で箱の上からふみ付け始めたとか……。年末に家族で清瀬渓谷を訪れた子は、冬場は使われていないキャンプ場で、林先生っぽい人がお酒のビンを片手によっぱらっているのを見たとか……。

体調というのは、心の事かもしれません。スポーツ万能で、日に焼けて、元気いっぱいな人でも、心が弱ってしまう事があるのだと、今回の事で初めて知りました。人は見た目で判断出来ないものですね。

ママは自分を守るために心をかたくしているけど、もしかすると、かたくじょうぶそうな心の方がもろくこわれやすいのかもしれません。じゃあ、かたいとやわらかい、どっちが強いんだろう。答えが出ないのが心なのかも。

林先生の話になると、実里を中心にみんな、わたしの方をチラチラ見て来るけれど、面と向かって文句を言われたり、手を出されたりすることはめったにありません。

仙道先生がクラス全員の前でこんな話をしてくれたからです。

「病気になった人のしょう状や原因をおく測で語るのは、とても失礼な事です。病気だけでなく、みんなもこの先、どんな災難に見まわれるかは分かりません。それらに対して、事前に出来る事は、体調管理や防災グッズをそろえておく事だけではないと、先生は思っています。困った時はよろしくお願いしますと、周囲の人達と仲良くする事も大切な備えなのではないでしょうか。さんざん他人の悪口を言っていた人を、助けてあげようと思えますか？　元気な事、平おんな暮らしを送る事。それらは、当たり前の事ではありません。だれだって、何かしらの困った状きょうにおちいる可能性があります。そんな時助けてくれるのが、これまで口にして来た、ありがとう、や、よろしくお願いします、といった言葉じゃないでしょうか。これらの言葉は貯金が出来ます。おはよう、や、こんにちは、でもいいのです。どうか、みんな、今年は、友達や家の人、町の人達に、これらの言葉をたくさんかけて、貯金を増やしてみてください」

先生の話を聞いて、わたしは他人がイヤがる行いをした事はないつもりだけど、感謝の言葉も余り口にした事がなかったなと反省しました。特に、あいさつ。

三学期の間は、仙道先生が担任代理をしてくれる事にもなりました。

でも、実里は相変わらずです。

「わたし、篠宮先生は苦手だったけど、林先生は好きだったのになあ。……これって、ほめ言葉だよね、ね、ね」

なんて言ってるのだから。どうして、篠宮先生を引き合いに出さなきゃならないんだろう。比べてほめるという事は、比べた相手をけなしている事になるのに。

ママはねこんではいないけど、一日中、家でぼんやりと過ごしています。なんと、ケータイも解約してしまいました。林先生からの連らくを絶つためだけど、こんな物を持っていても意味がない、とも言っていました。折角、時々、かわいい服を買ってくれていたのに。

ああ、そうか。同じ人でも、過去と今を比べるのは良くないのかもしれません。今のママのいい所を探していかないとね。ネットショッピングをしないという事は、わが家の大きな節約につながります。

大人章子、あなたの貯金は今いくら？　現金じゃなくて（そっちも気になるけど）、言葉の方。

あなたの周囲に、困った時に助けてくれる人達が、どうか、たくさんいますように。

そして、あなた自身が、多くの人を助けてあげられる人でありますように。

わたしのがんばり次第？　だよね。


こんにちは、章子。

今日から、「大人」ナシにします。わたしは六年生になりました。

朝、げた箱の所で実里に会って、林先生と修学旅行に行きたかったな、とイヤミっぽく言われたけど、クラスがえの表を見て、気にしない事にしました。だって、クラスが別々なんだもん。わたしは一組、実里は三組です。本当に、これだけは最高にラッキーです。

亜里沙ちゃんは二組です。もしかしたらもう少し仲良くなれるんじゃないかと期待していたので、こちらは残念です。だけど、今度のクラスには仕切りたがりの女子がいないので、一年間、静かに過ごせそうです。担任の先生も、定年退職前のおばあちゃん、おっと失礼、ベテランの塚本《つかもと》先生です。

だけど章子、わたしの心はちっともおだやかではありません。この春休みにとんでもない事件が起きたからです。事件、と言うのは大げさかもしれない。だれも悪い事をしていないし、警察が来た訳でもないし。

それでも、わたしにとっては大事件です。そうだよね、章子。

三月の終わり、家に見た事のない女の人がやって来ました。げん関に出たのはわたしで、その人はわたしを見るなり「良太《りょうた》！」と目を大きく見開いたので、お父さんの知り合いかな、とは思いました。でも、それがまさか、おばあちゃんだったとは。

学校のみんなはおぼんやお正月に、おじいちゃんやおばあちゃんの家に行くのに、どうしてうちは行かないのかと、パパにたずねた事がある。そうしたらパパは、パパもママも生まれた家の家族はいないんだ。家族はパパとママとアッコの三人なんだよ、と答えてくれました。だからもう、そういう人達は死んでしまっているのだと信じていたのに。

それに、パパのおそう式にも、そういう関係の人はだれも来なかったし。

名前や年れいを聞かれながらどうしようかと思っていると、お母さんを呼んでちょうだい、と言われて、しぶしぶママを呼びに行ったんだけど。ママは林先生の件以来、ほぼ人形状態でいたのに、おばあちゃんっていう人が来た事を伝えると、ちゃんと起き上がったのです。

おばあちゃんを家の中に案内すると、リビングの散らかった様子にまゆをひそめていたものの、パパの小さな仏だんを見付けると、かけ寄って、写真の前で泣き出しました。ママはなんと、紅茶を入れていた。わたしはママとおばあちゃんの関係がよく分からなくて、二人を交ごに見ながら、ドキドキしていた。

泣きやんだおばあちゃんはイスにはすわったけど、紅茶を飲もうとはしなかった。ママをギュッとにらみ付けて、パパがなぜ死んだのかと、こわい声で聞いた。ママがかわいそうになって、わたしがパパが胃がんになった事を話した。

会社の春の健康しん断で再検査になったのに、仕事がいそがしくてパパはそれを後回しにしていて、秋ごろになっておなかが痛くなったので病院に行ったけど、その時はもう手おくれだった、と。わたしがパパやママから直接聞いた事ではなく、おそう式の時に会社の人達が話していた事を伝えた。

おばあちゃんはまた泣き出して、今度はママに、死んだ事くらい報告しろ、そう式になぜ呼ばなかった、とおこり始めた。

「そっちは、わたし達からかくれて生活していたつもりだろうけど、こっちは、何年も前から居所は知っていた。それでも、そっとしておいてやったのに、いつかは、連らくを寄こして来るんじゃないかと待っていたのに、そうしたら、かけ落ちの事も水に流そうと決めていたのに、あんたの事も受け入れる努力をしようとしていたのに、こんな裏切られ方をするなんて。こっちから連らくを取ろうとしたのも、お父さんが死んで、財産をいくらか良太にゆずろうと思ったからだ。いくら、親も家も県庁の職員という安定した職業も全部捨てて、女とにげたからといって、こっちにとってはたった一人のむすこなんだからね。わたしがとつ然連らくしたら、夜にげでもしかねないと思って、弁護士の先生にここの住所をお伝えしたら、むすこさんは昨年の二月の末に亡くなられたそうです、なんて言うじゃないか。その時の気持ち、あんたに分かるかい」

おばあちゃんが一方的におこっている間、ママはずっとだまって下を向いていた。

「ママを責めないで」

おばあちゃんも悲しんでいる事は分かったけど、ママがおこられるのは、見ていられなかった。パパが死んでつらい思いをして、林先生の事でたくさんの人から悪口を言われて、今度はまた、パパの事で責められて。このままじゃママがずっと人形になってしまう、と心配になった。

今度は、わたしがおこられるかと思ったのに、おばあちゃんはフッと表情をゆるめて、泣いているのか笑っているのか分からないような顔で、わたしをジッと見た。

「そんな時の顔まで、いっしょだなんてねえ」

視線を外さないおばあちゃんにとまどっていると、とつ然、通知表を見せてほしいと言われた。いきなりの要求よりも、少しでも目をそらせることにホッとして、わたしは自分の部屋に、終業式の日にもらったばかりの五年生の通知表を取りに行くと、おばあちゃんの正面に立ってわたしした。

「思った通りだ、頭もいい。体育が苦手なのは、気にする必要はないからね」

手にボワッと温かさが広がった。おばあちゃんが両手でわたしの手をにぎりしめたのだ。こんな事をされたのは久しぶりで、どうしたらいいのか分からず、かたまってしまった。すると、おばあちゃんは、今度は片手をはなし、その手でわたしの頭をゆっくりとなで始めた。

わたしの目からポロポロとなみだがこぼれ出したのは、それが、パパがいつもわたしにしてくれていたのと同じ動作だったからだ。テストでいい点数を取った時だけじゃない。お皿洗いをした時も、マラソン大会でビリから数えた方が早い順位だった時も、パパはまずわたしの手をギュッとにぎって、それから頭をなでてくれていた。

手の大きさこそちがうけど、温かさは同じだった。

ねえ、章子。そんなおばあちゃんにいっしょに暮らそうって言われたら、どう思う？

おばあちゃんはそれをわたしに言わず、初めはママに言った。

「わたしは今日、良太に線こうを上げるためだけに、ここに来た。子供はいるだろうと思っていたけど、あんたが産んだ子を孫と認める訳にはいかない。そう思っていたのに、どうした事だい、章子ちゃんは良太そのものじゃないか。顔だけじゃない。頭がいい所も、しっかりしている所も、そのままのあの子を見ているようだ。あんたの要素のかけらも見られない。大事に育てた良太はあんたにうばわれた。あんたに少しでも良心という物があるのなら、章子をわたしにくれないか。こんなせまい上に散らかり放題の部屋で生活するよりも、広いきれいな家に住む方が、章子のためにもなる。ピアノもバイオリンも見当たらないけど、学習じゅくにはちゃんと通わせているんだろうね」

ママはだまりこんでいた。わたしもなんと口をはさんでいいか分からなかった。

楽器を習った経験はないけれど、低学年のころはスイミングスクールに通っていた。周りの子と比べるとタイムは全然ダメで、行きたくない、とパパに言ったら、クロールで五〇メートル泳げるようになるまでがんばろうとはげまされて、それが出来るようになったと同時にやめたのだ。こんな事を言われるなら、続けていた方が良かったのかもしれない。

六年生から英語じゅくに通うという子もたくさんいるけれど、そういう事を考える余ゆうも、パパが死んでからはなかった。改めて考えてみると、収入のない我が家で、この先、じゅくや習い事に通うのは難しいのではないか。

ただ、わたしはそういう事を望んでいない。ママが「じゃあ、そうしてください」と今にも言い出しそうで、それがこわかった。わたしがいなければ、学校の先生がうちに来る事もないし、子育てをきちんとしているか、などと取り調べのような事を受ける必要もなくなる。

ママは一人で静かに暮らすことが出来るのだ。

無反応のママにしびれを切らしたのか、おばあちゃんは、ママのとなりに座っていたわたしの方に向き直った。

「ねえ、章子ちゃん、一度、おばあちゃんの家に来てみないかい。ここからだと、バスにも新幹線にも乗らなきゃいけないから、一日じゃしんどいけど、春休み中でも、五月の連休でもいいから、とまりに来るといい。お父さんがどんな所で過ごしていたのか知りたいだろう」

それには、興味を持ちました。パパは自分も水泳教室に通っていたとか、子供のころの話はしても、具体的な地名が出て来た事は一度もなかった。だけど、海水浴でおぼれてしまったと言っていたので、海の近くに住んでいたのかと聞いた事がある。それも、日本は島国だからねと笑ってごまかされたけれど、この町から海に行くのは日帰りでは難しい。

おばあちゃんの家に行くと、海が見られるんじゃないか。

「そうだ、お父さんが好きだったうどん屋にも行こうじゃないか。章子ちゃんの顔を見ると、きっと大将もおどろくんじゃないかね。注文する前に、お父さんの好物だった、きつねのたまごとじうどんを作り出すかもしれないねえ」

それも食べてみたいと思いました。おばあちゃんの家の子になるのではなく、遊びに行くくらいなら、と。

「学校にも行ってみようか。あいにく、小学校と中学校は合ぺいして、お父さんが通っていた所はなくなってしまったけど、高校はちゃんとある。頭のいい子達が通う名門校だからね……」

「やめて！」

ママがとつ然、大声を上げました。うっとりとおばあちゃんの話を聞いていたわたしは、自分がおこられたような気分になりました。だけど、わたしの方は見ていなかった。

「章子はわたしの、佐伯文乃と佐伯良太の子です」

ママが断言した言葉の意味を、わたしは深く受け止めていませんでした。当たり前の事を言っているだけだと思ったからです。だけど、おばあちゃんにとってはそうじゃなかった。

「佐伯ね。良太の名前にまでその名字を付けるっていう事は、樋口《ひぐち》の名前を捨てたとわたしにケンカを売ってるのかい」

おばあちゃんのくやしそうな顔を見て、わたしは初めて、佐伯という名字がパパの物ではなく、ママの物だという事を知りました。だけど、ママの次の言葉で、どっちの名字かなんてわたしにはどうでもよくなった。

「この子を連れて行かないでください」

ママはわたしをこの家に置いておく事を選んだ。それだけで、わたしがどんなにうれしかったか。

「ふん、ずい分とえらそうな口をきくじゃないか。名前や戸せきが変わっても、変わらない事だってあるんだ。まあ、今日は帰るけど、章子ちゃんについてはあんたが決める事じゃない」

　おばあちゃんは立ち上がると、わたしに向かってニッコリ笑いかけました。

「章子ちゃん、あんたはきっと、文章を書くのが得意だろう、お父さんの子だからね。良太は中学生のころ、勉強をしているフリをしながら、小説を書いていたんだよ。見せてもらえなかったけど、きっと、おもしろい話だったんじゃないかね。高校生の時に、親友を亡くすなんていうショックな出来事がなけりゃ、その後も書いていたかもしれないし、公務員になってりゃ、時間的にも経済的にも小説を書く余ゆうがあったはずだから、作家になっていたかもしれない。作文ではよく賞状をもらっていたよ。だから、うちに来てくれなくてもいい、良かったら、手紙を書いてくれないかね。無理して、お父さんの事を書かなくていい。学校でこんな事をしたっていう、日記みたいな物で十分だ。おばあちゃんには他に子供も孫もいないからね、一度でもそういう物がもらえると、うれしいよ」

　実は、おばあちゃんの話を聞きながら、ドキドキしていました。わたしの知らないパパの話、しかも、すごくカッコいい事をおばあちゃんは聞かせてくれたのだから。手紙を書けば、もっと色々なエピソードを知る事が出来そうで、これくらいはいいんじゃないかと、ママの方をうかがいました。

　ママはうつむいていた。顔が真っ白でくちびるがむらさきになっていて、だけど、目だけはしっかりとテーブルの上のティーカップにしょう点が合っているようで、人のまま、かたまっているように見えました。こんなママは初めてで、人形になった時よりも心配になりました。わたしに手紙を書いてほしくないのかもしれない。

「わたし、文章を書くのは苦手だから」

そう答えると、おばあちゃんはがっかりしたように鼻をフンと鳴らして、こちらを見ようともせずに、部屋を出て行こうとしました。だけど、一度だけふり向いてパパの遺えいを見つめていた。その顔がものすごく悲しそうで、パパのおそう式に来てくれたどの人達よりも悲しそうで、ママよりも悲しそうで、わたしはげん関ドアが閉まった後で、おばあちゃんを追いかけてしまいました。

「章子の章は文章の章です。パパが名前を付けてくれました」

章子が手紙で教えてくれた事。おばあちゃんはバッグを開けて、ハンカチでなみだをぬぐってから、手帳を取り出し、住所を書いてくれました。行った事のない遠い場所だけど、思った通り、海に近い所でした。

部屋にもどると、ママはベッドにもぐっていました。あれからずっと人形のまま。でも、人形になってくれて良かった。パパが言ってた事があります。

ママが人形でいる時よりも、人でいる時の方が、パパは心配になる事がある。人である時のママの心は、ガラス細工のような物だから。

その時はよく意味が分からなかったけど、人のままこおり付いていたママを見て、ようやく理解出来ました。だけど、それはママだけに当てはまる事じゃないような気がします。本当につらい目にあった時、自殺をしてしまう人もいるけれど、人形になって自分を守っている人だっているよね。

わたしは人形になれるという事は、いい事だと思う。

だけどその分、お弁当を買って来たり、洗たくをしたりしないといけないので、章子にも、おばあちゃんにも手紙を書く余ゆうはなかったんだけどね。おばあちゃんには何を書いていいのかも迷っていたし。

取りあえず、六年生になった報告と、また図書委員になった事を書こうと思います。もしかすると、パパも図書委員だったと返事が来るかもしれません。

おばあちゃんがママとの結こんを反対したから、パパは連らくを取らなかったんだと思うけど、心のどこかで会いたいという気持ちはあったんじゃないかと思います。だって、自分の親だもん。

だから、手紙を書いても、天国でおこったりしないよね。じゃあ、これから書こうかな。

章子もお元気で。

こんにちは、章子。

実里のいない教室は本当に天国です。あの子にイジメられている子がいるというウワサを聞くと、どうしてそんな事をするのだろうと腹が立つ半面、自分じゃなくて良かったとホッとしている部分もあります。よく、イジメられる方にも原因があるとか言われるけど、わたしはそうは思わない。

実里のイジメはただのウサ晴らしのような気がするから。じゃあ、実里にも何かなやみがあるという事だけど、たとえどんなに深刻な内容でも、他人を傷付けていい訳じゃない。

理由があれば何をしてもいい訳じゃない。

そういう事を心の中で思っているだけのわたしも、イジメに加担していると言えるのかもしれないけれど。

でも今のわたしは、学校の事なんてどうでもいいのです。

人形から復活したママが、おばあちゃんの所に行ってもいい、なんて言い出したのだから。

「章子の将来を考えたら、おばあちゃんの所へ行った方がいいのかもしれないわね。大学に進学したり、就職したり、ママは章子が夢をかなえるためのジャマをしてはいけないと思うの」

わたしのためを思って言ってくれているとは分かっても、なみだがポロポロこぼれて止まらなかった。ママにやっぱり出て行けって言われたような気がして。イヤならイヤってはっきり言えばいいのに、わたしには何が正しい選たくなのか分かりません。

章子は、ちゃんと働いているんだよね。幸せな毎日を送っているんだよね。

それは、どちらの選たくをした結果なのですか？

そうやって迷っている所に、さらに、追い打ちをかけるような事がありました。おばあちゃんから手紙が来て、ゴールデンウイークに遊びにおいでと、新幹線のチケットまで入っていたのです。

わたしは断るつもりで、ママに、おばあちゃんがしつこくて困るよ、と言いながらチケットを見せたのに、ママったら「一度、行ってみるのもいいかもしれないわね」なんて。それならママも行こう、とさそったら、絶対に出来ない、ときっぱり断られました。また、人間のままこおり付いてしまいそうな目で。

学校に行っても、どうしようかと、授業中まで考えこんでしまって、また、本読みの場所をまちがえてしまったくらい。でも、行ってみようと決めたのは、みんながゴールデンウイークの予定を話し始めたから。おばあちゃんの家に行って修学旅行のおこづかいをもらう、なんて言ってるのを聞くと、おこづかいはどうでもいいけど、自分も連休明けにおばあちゃんの家に行って来た話をしてみたくなりました。

泳ぐにはまだ早いけれど、海を見たいとも思いました。

ねえ、章子、おばあちゃんの家は楽しいかな。ママを一人にしておいてもだいじょうぶかな。心配事はつきないけれど、わたしの知らないパパに会えるかもと想像すれば、楽しみの方がまさります。

帰って来たら、すぐに報告するからね。

こんにちは、章子。今日は一日中雨でした。

おばあちゃんの家から帰ったら、楽しくても、そうでなくても、すぐに手紙を書くつもりでいたのに、もう一週間もたってしまいました。頭の中はパニック状態で、まだ落ち着きません。学校に行っても、ボーッとしてばかりです。

だけど、今日、昼休みに塚本先生に職員室に呼ばれて、ご飯は毎日食べている？ とか、お母さんの具合はどう？ とか聞かれて、しっかりしないといけない、と思い直しました。何もかもが、ママのせいにされてしまいます。

修学旅行もあるしね。

だから、章子に手紙を書きます。書けば、心の整理が出来そうだから。これからどうすればいいのか、冷静に判断する事が出来ると思うから。いや、そうなってほしいという、わたしの願望です。

おばあちゃんの家に行くにはまず、駅前から出る高速バスと新幹線に乗りました。でもまだとう着ではありません。新幹線の駅までむかえに来てくれていたおばあちゃんと在来線に乗り、三〇分ほどでとう着です。

お昼を少し回っていたので、家に向かう前に、パパが好きだったうどん屋へ行きました。おばあちゃんの予想通り、大将だというおじいさんは、わたしがパパにそっくりだとおどろき、パパの好物だったきつねのたまごとじうどんを作ってくれました。

大将はパパが料理を残した事がなかった事、店を出る時はちゃんとお礼を言っていた事などをわたしに教えてくれました。わたしはすごくうれしくて、やっぱり来て良かったと思ったけれど、それだけではありませんでした。

「良太はやさし過ぎたんだな。友達の妹ってだけで、これまでがんばって来た事を全部捨てて、自分の命までけずって、親より早くいっちまうなんてよ。でも、絹代《きぬよ》さん、いい子を残してくれたじゃないか。この子は良太そのものだ。これなら、かげ口たたくヤツもいねえだろう」

大将がそんな事を言うと、おばあちゃんはシッと人差し指を立てて口の前に寄せました。

「まだ、ちゃんと話していないんだから」

「そりゃあ、悪かったな。章子ちゃんだっけ、ジジイのねごとは忘れてくれ。だけど、章子ちゃん、お父さんの事は残念だが、これからはおばあちゃんと暮らした方がいい。それが章子ちゃんのタメにもなる。このジジイも、章子ちゃんが店に来てくれるようになったらうれしいよ」

大将はマジメな顔でそう言いました。お店にいる常連っぽいお客さん達も、わたしの方をチラチラと見ているように感じました。わたしがこの町に来るのは初めてなのに、まるで、みんながわたしの事を知っているような。それに、おばあちゃんと住んだ方がいいとか、わたしのふだんの生活を知らないのに、どうして断定出来るんだろうと、少し気持ち悪くて、胸がゾワゾワとしました。

パパとママの結こんをおばあちゃんが反対したから、パパはママといっしょににげて結こんした事は、前回のおばあちゃんの訪問で、何となく想像がついていました。地元での公務員の仕事も決まっていたけど、それも捨てて、今住んでいる町で新しい職についたという事も。

おばあちゃんは、パパの親友が死んだ、というような話もしていたけど、大将が言った友達はその親友を指していて、妹というのが、ママの事かもしれない、とも新たに推測しました。

おばあちゃんも大将も、ママの事を知っている。確かに、人になったり人形になったりする事まで知っていたら、パパとの結こんも反対するだろうし、わたしの事も心配するだろうな、とも思った。

パパの親が本当はいたように、この町にママの親はいないのかな、とも考えた。わたしだけじゃなく、ママもこの町に住むのはどうだろう。初めは、どこかアパートでママとわたしで暮らして、時々、おばあちゃんに会いに行く。それが一番いいのではないか。

おばあちゃんは夜にでもわたしに大切な話をするようだから、わたしからもこの提案をしてみよう。そんな事を思いながら、おばあちゃんの後を付いて歩いているうちに、家に着きました。

古い、和風の、お屋しきのような家を、わたしはしばらく口を開けてながめました。パパはお金持ちのおぼっちゃんだったのか。そりゃあ、大将もおばあちゃんと暮らした方がいいと言うはずだ。ママがわたしの大学や就職の事を考えると、と言ってたのも理解出来る。ママとの結こんが許されなかったのは、身分の差もあったからかもしれない、などと考えていました。

ドラマみたい、と少し興奮していたかもしれません。

おばあちゃんは二階にあるパパの部屋に通してくれました。いつか帰って来るはずだと、出て行った時のままの状態にしているのだと言われました。大学生の時は京都で一人暮らしをしていたので、ほとんど高校の時のままだ、とも。

勉強机の上に並んだ辞書にさわってみると、パパの手がわたしの手に乗り移ったような感覚になりました。だけど、ふと、ここにパパの物はたくさんあるけれど、大切な物は何もないのではないかという思いがわき上がりました。

ママとの新しい生活を始めるため、大切な物だけ持ち出した後のぬけがらではないのか、と。それでも、居間に下りて、パパの子供のころのアルバムを見せてもらうと、この家にも、パパの気配や大事な思い出はたくさん残っているのだと、思い直せました。

そして同時に、おばあちゃんと暮らす、もしくは、この町に引っこして来るという事は、パパとの思い出がつまった部屋を出て行くという事なのだな、とさびしくもなりました。かんたんに、この町に住む、なんて言っちゃいけない。

その半面、わたしは転校する事には何の未練もないのだな、と自分に対して少しおどろきました。はなればなれになってさびしい友達もいない。むしろ、林先生の事をいつまでも言われるのもイヤだし、転校はアリだなとか、区切り良く、中学生から新しい生活を始めるのもいいかもしれない、なんて思いもうかんで来ました。

海水浴の写真も見せてもらいました。まだ、パパが小学生になる前のころ、親せき達との海水浴の最中にパパがおぼれてしまった事があると、おばあちゃんは昨日の出来事のように話していました。

だからスイミングスクールをかんたんにやめさせてくれなかったんだよね、とつぶやくと、おばあちゃんはその話を聞きたがり、ちゃんと習い事もさせていたんだね、とうれしそうに言ったので、余り関係ないけれど、ママのポイントも少しは上がったのではないかと、わたしは期待していました。

パパがじゅう道をしていた事は初めて知りました。賞状がたくさんあって、わたしも中学生になったらじゅう道部に入ろうかとのんきな想像をしていたのだけど……。

夕飯はおばあちゃん手作りのからあげでした。おいしかった。あげ立てだから、外はカリカリ、中はジュワッと熱い肉じゅうがつまっていて、気が付いたら、お皿にのっていた五個が消えていました。

「ふだん、食べ慣れていそうな物より、ちらしずしにすれば良かったかと思ったけど、やっぱり、若い子はあげ物が好きなんだねえ。良太もそうだったよ」

　おばあちゃんの言葉に、わたしはうっすら笑い返しただけでした。食べ慣れてなんかいない。弁当屋やコンビニで買ったからあげなら時々食べるけれど、家で作ったあげ立てのからあげは、パパが入院して以来、食べた事がなかったのだから。

ママは人で、絶好調の時でも、あげ物を作る事が出来ません。でも、それをおばあちゃんに知られると困ります。なのに、おばあちゃんは全部お見通しでした。

「章子ちゃん、あんた、ちゃんとした物を食べていないんだろう。お母さんは一日中、ねたり起きたりで、ボーッと過ごしているんじゃないのかい」

その通りだったけど、わたしは元気な時のママの話をしました。夏にキャンプに連れて行ってくれた事や、カヌレというめずらしいおかしを焼いてくれた事。それから、病院にちゃんと通っていた事も。だけど、おばあちゃんはあまり感心した素ぶりを見せませんでした。それどころか、わたしにあわれむような目を向けました。

「章子ちゃん、いや、章子……。あんたは本当にやさしいねえ。良太そっくりだ。だけどね、良太がそうしていたからといって、章子までがお母さんを支えてあげる必要はないんだからね。良太があの人を選んだのは、責任感とか同情といったものが大きいだろうが、見た目にほだされた部分もあるはずだ。まあ、こんな事は言いたくなかったがね、おばあちゃんがちゃんと公平に判断しているという事を、章子に分かってもらいたいんだ」

それにはわたしもうなずきました。章子ちゃんもお母さん似だったら良かったのに、と一体何人から言われたことか。わたしはパパに似たこの顔がイヤだと思った事はないけど、ママに似たかったたな、とさびしい気持ちになった事は何度かある。それは、パパがそれを望んでいたんじゃないかと思った時。だけど、パパに確認した事はありません。

「おばあちゃんは章子の顔を好きだよ。良太はね、ひいおじいさんに似ているんだ。章子にとっては、ひいひいおじいさんだね。年れいと共に知性がにじみ出て、品のある美人になって行くはずだから、楽しみだよ」

おばあちゃんはまるで、わたしが顔の事でなやんでいるかのようになぐさめてくれました。だけど、おばあちゃんが言いたいのはそういう事じゃなかった。

「あの人との生活は、良太が選んだ事だ。だけど、章子は選んでそうしたのではなく、そういうかん境に生まれたというだけだ。章子にお母さんの面どうを見たり、お世話をしたりする義務はない。それどころか、お母さんといっしょにいたら、成長するに連れて、本来なら背負わなくていい困難を引き受けなきゃならないおそれがある」

困難が何なのか分かりませんでした。おばあちゃんは少し考えるような顔をして、わたしに食事をすすめました。食べ終わると、今度はおフロに。話したい事があるけれど、言おうかどうか迷っている様子でした。

おばあちゃんが口にするまで、わたしは聞いちゃいけなかったのかもしれません。そうです。あんな話をしたおばあちゃんをわたしはうらむ思いでいたけれど、こうして書きながら思い出しました。

質問したのは、自分だという事を。

おばあちゃんのしん室にふとんを並べてしいて、横になり、電気を消して豆電球をともすと、おばあちゃんは、手紙をありがとうね、とパパやママとは関係ない事を話し出しました。学校の委員会の事、修学旅行の事。行き先が京都と奈良だという事を伝えると、お父さんの中学の時と同じだねえ、と言われました。おばあちゃんも行った事があるよ、とも。

「でも、近ごろは、この辺の中学はみな、東京に行っているそうだよ。ドリームランドに平日に行けると孫が喜んでいたって、だれかから聞いた事があるねえ」

パパと行きたかったドリームランドの名前が出て、ドキリとしました。わたしが今住んでいる所だと、中学で九州、高校で北海道、と修学旅行でドリームランドを訪れる機会はありません。

そんな事で気持ちがゆれて、聞いてしまったのです。

「ママと暮らしていたら、この先、どんな困難があるって言うの?」

「そうだねえ……。子供に聞かせるような話じゃないんだろうけど、章子はかしこいから、ちゃんと理解してくれると信じて教えるけど、おばあちゃんをうらまないでおくれよ」

そんな風に念おしするおばあちゃんに、わたしは、約束する、と声に出して答えました。どんな事でも、自分は落ち着いて受け止める事が出来ると思っていたのです。だけど……。

「あの人は、人を死なせてしまったんだよ」

死、という言葉だけでわたしの心臓はバクバクと速打ちし始めた。それでも、車を運転していて、などと自分が受け入れられる状きょうを頭の中で作り上げて行きました。ママはめん許証を持っていないのではなく、過去に事故を起こしてしまったから、車の運転は二度としないと決めたのではないか、と。

だけど、それは仕方のない事ではないのか。ひ害者やその家族は許せないかもしれないけど。そう考えて、ひ害者がどんな人だったのか気になりました。

「子供とか、若い人？」

「いや、自分の父親と兄を」

いっしょに車に乗っていて事故にあい、ママだけが助かったのだろうか。わたしはまだ都合のいい解しゃくをしていました。ママにオンとオフが出来てしまったのは、この事故のせいではないか、とも。

「でも、それでわたしにどんな困難があるの？　だれに責められるの？」

「ああ、やっぱり、ごまかしながら話しちゃいけないね。章子は今、交通事故か何かを思いうかべていないかい」

わたしはおどろきました。まだ、会うのは二回目なのに、さすが、パパのお母さんだと。わたしが小さく息を吸ったのを感じて、おばあちゃんは想像通りだと察したみたいです。でもそれは、困ったアタリで、おばあちゃんは大きく息をはき出しました。

「あの人は、家に火をつけたんだ。父親と兄が家の中でねているのを承知で」

火をつけた、火、火？　しばらく、内容が理解出来なかった。いや、理解は出来ているけれど、ママがやったという事を受け入れられなかった。

「放火と殺人、二つの罪をおかした事になる」

おばあちゃんの口ぶりに、ママをうらむような感情は表れていませんでした。ただただ、わたしをあわれむような。かわいそうな子、と言われているようでした。

「でも、火事はわざとじゃないんじゃ」

それでもわたしは自分が受け入れられる理由がほしかったのだと思う。だけど、それはおばあちゃんに、言わなくていい事まで口にさせただけでした。

「いいや、あの人は、父親と兄を殺す目的で放火したと、警察に自分で言ったんだ。ただ、自分の頭がおかしいだけなのに、殺した相手の尊厳をそこなうようなウソまででっち上げてね。父親は立派な人だったのに。兄も良太と同じ高校に通う優しゅうな子だったのに。あの女は、二人を二度殺したんだ。おまけに、良太まで」

耳をふさいでしまおうと両手を耳の横まで持って行ったけれど、パパの名前が出て、わたしの手は止まりました。暗がりに目が慣れて、ようやく表情が見取れるようにもなっていた。

「パパはどうしたの？」

おばあちゃんは、しまった、というような顔をしました。ママの事だけを話すつもりだったのに、うっかり口にしてしまった事を後かいしたのかもしれません。その証こに、長いため息をつきました。ここまで来たら全部話そう、という風に。

「良太はね、あの女の死んだ兄と親友同士だったんだよ」

前に言ってたのは、この事だったのかと納得しました。

「家にも遊びに行った事があってね。だから、妹の事も知っていたし、妹の頭が少し弱くて、ほうっておくと何か仕出かしそうだ、という事も察していたのかもしれない。第三者である自分が、その段階でだれかに相談していれば、こんな悲劇は防げたかもしれないのに、とあの子は後かいしたんじゃないかと思うんだよ。その証こに、事件の後、しばらくふさぎこんでしまってね。集中力に欠くというか、気が付けば、ぼんやりとどこか一点をながめているような事が多くなったんだ。成績も落ちてしまったしね。あんな事件がなけりゃ、東大にも受かって、今ごろは国家公務員として日本を動かすような仕事についていたかもしれないのに」

おばあちゃんはまたため息をつきました。わたしはパパがどこの大学を出たのか知りませんでした。それをたずねようと思った事もないほど、パパは物知りで何でも出来るすごい人だと尊敬していたからです。後押しするためのかた書なんか必要ありません。

「まあ、事件があったのは高校二年生の時だったから、それでも自分を立て直して、京都の有名な私立大学に入って、県の公務員試験に受かっていたのに、そういう時に、あの女に再会したって言うんだから、運命の神様も残こくだよ。親友を殺したにくい相手であるはずなのに、結こんしようなんて思ったのは、自分も何かしらの罪を背負おうとしたのかねえ。責任感の強い子だったから。高校の時なんてね、自分でボランティア部を立ち上げて、じ善活動をしていたんだよ」

最悪な話を聞いている最中でも、パパの学校生活のエピソードがはさまると、耳に神経が集中してしまいました。パパはママをかわいそうだと思ったのだろうか。

「そうは言ってもね、そういう気持ちが八割方しめていたとしても、二割はあの女にほだされていたんだと思うんだ。デタラメな内容も、あのいかにもか弱そうな顔で話されたら、やさしいあの子は信じてしまうんじゃないかねえ。真っ当な人生を全部捨てて、あの子は幸せだったんだろうか。だれからも祝福されない上、平均じゅ命の半分にも届かないまま死んでしまうなんて、良太の人生は何だったんだろうね」

おばあちゃんの顔はいつの間にか、いかりの表情に変わっていました。つり上げた目からしぼり出すなみだは、くやしなみだ。それが段々、ハラハラと流れ続ける悲しいだけのなみだに変わって行きました。

パパは不幸だったのか。ママと結こんしたのは、罪のつぐないだったのか。それとも単に、ママにだまされていただけなのか。いずれにしても、そこに愛とか、夢とか、そんな温かい気持ちはなさそうで、そんな二人の間に生まれたわたしは何だったのだろうと、胸がしめ付けられるように苦しくなって来た。

　思い出の中のパパはいつも笑っている。だけどそれは、ウソ笑いだったのだろうか。ママもわたしもパパの宝物だと言ってくれたのも、ウソだったのか。

　たたみの上にしいたふとんに横になっているはずなのに、グニャリとゆがんでどこか深い所に落ちて行くような感覚におそわれました。こわくて、自分が消えてしまうんじゃないかとおそろしくなって、わたしは背中を丸めてかけぶとんをギュッとかかえ、声を張り上げてワンワン泣きました。

　おばあちゃんは体を起こして、わたしの背中をやさしくなでてくれました。温かい手でした。

「かわいそうに、子供には何の罪もないっていうのにね。本当はこんな話をしたかったんじゃないんだ。ふつうに、孫が祖父母の家に遊びに来る時のように、いっしょにご飯を食べて、学校での出来事なんかをおしゃべりして、楽しく過ごすだけで良かったんだ。明日はせめて、買い物に行こう。新学期が始まってまだ一月だと言うのに、クツもボロボロじゃないか。一度買ってサイズが分かれば、送ってあげる事も出来るからね。だけど、それよりは、この家でおばあちゃんといっしょに暮らさないかい。ここにいれば、殺人犯のむすめだと後ろ指をさされる事もないからね」

　おばあちゃんの言葉にわたしはうなずいたつもりはなかったけれど、少し首を動かしたのが、おばあちゃんにとっては同意の合図に思えたのかもしれない。

「ありがとう、いい子だね。もうゆっくり休もうね。今夜の話は全部忘れてしまえばいいよ。すべて悪い夢だったんだ」

忘れられるはずがない、と思いながらも、何も言わず、おばあちゃんにうながされるまま、ふとんをかぶって目を閉じました。長きょりを移動して体がつかれていたのか、頭がショートして思考停止になったのか、その後は、コトンと意識が切れて、深いねむりにつく事が出来たけど、早い時間にねたせいか、夜中に目が覚めてしまいました。

おばあちゃんを起こさないよう、こっそりふとんをぬけ出して、パパの部屋に行きました。電気をつけなくても、窓の外の月明かりで、部屋の様子はうすぼんやりと見る事が出来ました。

勉強机のイスにすわり、この部屋で過ごしていたパパに思いをはせたのに、頭の中にうかんで来るのは、おばあちゃんから聞いた事ばかりでした。この時は本当に、自分の記おく力の良さをうらめしく思いました。教科書のように文字を読んだ訳ではないのに、おばあちゃんの言葉が文章になって、頭の中に焼き付いているのです。

まさに、脳みそに刻みこまれたといった風に。それでも、自分を守ろうとする機能が最低限働いたという事かもしれません。画像で現れなかったから。ママが火をつける姿は、全く思いうかべる事が出来なかった。

だけど、わたしの心はザワザワして来て、頭の中の文字をかき消すためにも、ちがう情報を入れようと、スタンドの明かりをつけました。勉強机の横の本だなに並んでいるのは、辞書や参考書ばかりだったけど、はしっこに一つ、背の高い、箱に入った本がありました。卒業アルバムです。「神倉《かみくら》学園高等学校」とありました。

開いて初めて男子校だと分かりました。パパは三年二組でした。名字は佐伯ではありません。ふつうなら、若い時の方がカッコいいはずなのに、パパはほおに張りがある分、目が糸のように細く見えて（まさに、わたしの今の顔）、無愛想な顔に思えました。えがおでもないし、記おくの中にあるパパの顔の方が何倍もステキです。

この中に、ママのお兄さんの写真もあるかもしれないと、ドキリとしましたが、亡くなったのが高校二年生の時なら、クラスの集合写真にのっている事はありません。後半のページに一、二年生の時のコーナーがあったものの、学校行事などの写真を編集した物で、クラスごとの集合写真はなかったため、ママに似た人を探す事は出来ませんでした。

ただ、パパのえがおはあった。多分、調理室で、マドレーヌののった鉄板を両手でカメラの方に差し出すように持っている白衣姿のパパは、その出来栄えに満足しているのか、満面にあふれんばかりの笑みをたたえていました。

おそらく、事件前。パパのえがおは何度も見た事があるのに、それらは全部にせ物で、これだけが本物だと感じました。

にせ物のえがおの日々。

パパはどんな思いで毎日を過ごしていたのだろう。

スタンドの明かりを消し、アルバムを閉じると、またおばあちゃんの話が頭にうかんで来ました。同じ本を何度も朗読するように、終わってはまた頭から。もうやめて、とさけびたくなったけれど、夜中にそんな大声を出す事は出来ません。そのため、ばく発は頭の中で起こりました。そうして、わたしは気付いたのです。

自分がこの先、どうするべきかを……。

「今日は買い物に行って、その後、映画でも見ようか。近ごろの子供向け映画は、大人が見てもおもしろいって言うじゃないか。章子ならもう十分に、大人向けの映画も理解出来るだろうけどね」

翌朝、おばあちゃんは、昨夜は本当に何事もなかった様子で、朝食にホットケーキを焼いてくれながら、明るい声でわたしにそう言いました。おばあちゃんの家には初めから二はくする予定だったので、おばあちゃんの提案通りに過ごして、今夜、今後どうするかを伝えようと思いました。

でも、おばあちゃんとの楽しい思い出が出来てしまうと、折角心に決めた事を言い出せなくなってしまうかもしれない。あと、おばあちゃんといっしょにいる所を、町の人達にこれ以上見られたくない。

やはり、その場で伝える事にしました。

ホカホカした蒸気と共に広がるバターのかおりは、わたしにとって幸せの象ちょうです。そんな中で決意を口にするのはつらかったけれど、そうであるのは、ママが作るマドレーヌのかおりだからだという事を、自分に言い聞かせました。ずっと、それしか上手に作れないからだと思っていたけれど、昨夜のパパの写真を見て、マドレーヌは二人の大切な思い出の品なのかもしれないと思い直しました。

ホットケーキよりももっとこいバターのかおりは、佐伯家を守ってくれるかおりなのだ。

「おばあちゃん、わたしはおばあちゃんの家にはもう来ません。これまで通り、ママと二人で暮らします。おばあちゃんはパパを産んでくれた人で、わたしにもやさしくしてくれたけど、もう会いに来ないでください」

勇気をふりしぼったわたしも息がつまりそうだったけど、おばあちゃんも呼吸を忘れた様子で、目を見開いてわたしをじっと見ていました。二人の前にあったのが熱い紅茶ではなく、冷たい水なら、もう少し落ち着いて、その後の会話が出来たかもしれません。

「何を言い出すんだい。あの人が何をしたか、昨日、全部話したじゃないか。それなのに、あっちを選ぶと言うのかい。お、おまけに、わたしにもう来るなと」

おばあちゃんの声も手もふるえていた。裏切られた、そんな顔に見えました。

「人殺しの子として生きる方を選ぶって言うのかい」

おばあちゃんがバンとテーブルを両手でたたくと、その手のこうに紅茶が飛び散りましたが、おばあちゃんは手など見向きもせずに、わたしを真っすぐにらみ付けました。

「ちがうよ、おばあちゃん」

わたしは気持ちを落ち着けるよう、ゆっくりとおばあちゃんに向かって言いました。

「わたしが人殺しの子になってしまったのは、おばあちゃんが会いに来たからだよ。ママは事件の後、警察につかまっているんでしょう？　それで、今、ふつうの暮らしをしているという事は、ちゃんと罪をつぐなったという事でしょう？　わたしは子供だけじゃなく、大人からも悪口を言われた事があるけれど、人殺しの子とは言われなかった。それは、今住んでいる町の人がママの過去を知らないから。今のママしか知らないから。なのに、この町ではママは人殺しのまま。この町では、わたしは人殺しの子としてあつかわれるし、興味を持っただれかが、わたしからママの居場所や今の様子を聞き出そうとするかもしれない。わたしをきらいな人がわたしをおとしいれるために、ママの過去を全く知らない人達に、人殺しだと言いふらすかもしれない。インターネットに写真とかのせるかもしれない。おばあちゃんにまた会いたい気持ちはあるし、手紙を書きたいとも思うけど、あの町とこの町をつなぐ人がいたら、ダメなの」

「そんな……。この町の人達は、章子に親切にしてくれるよ」

「みんなじゃないと思う。パパが折角決まっていた県の職員の仕事につかなかったのも、この町ではママは一生人殺し呼ばわりされるって分かってたからだと思う。だから、知り合いに会う事のない遠くのいなか町で、ママと新しい生活を始めたんじゃないかな。ママは外出するのが苦手だけど、パパがそれを無理に治そうとしなかったのは、ママを過去から守るためだったんだと、今なら分かる」

「今度は自分が守ろうとでも言うのかい」

「うん。それが、パパとの最後の約束だったし」

「どうして、みんな、あの女の味方をするんだ……」

おばあちゃんは声をふりしぼるようにそう言うと、昨夜のようになみだをこぼし始めました。いかりではない、悲しいだけのなみだを。

「みんなじゃないよ、ママの味方はこの世に、パパとわたししかいないんだよ」

おばあちゃんを傷付けてしまうだけの言葉をわたしは口にしました。多分、決意がゆらがないように、自分に言い聞かせていたんだと思う。

「おれしかいない。あの子も同じ事を言ったよ。同じ顔で。そして、死ぬまで便りの一つも寄こさなかった。あんたもとっとと出て行きな。元々、わたしには孫なんていなかったんだ。むすこは大学の卒業間際に死んでしまったんだ。子供が親を守らなきゃならないような家庭が、まともに長続きする訳がない。だけど、そうなってからわたしをたよるのはよしておくれ。今後一切、そのみにくい顔を見るのはごめんだよ」

まさか、最後に顔をけなされるとは。胸にナイフをつき立てられたように苦しくて、泣き出してしまいそうになったけど、おばあちゃんにそう言わせるほど追いこんだのは、わたしです。

きらわれた方がいいんだ。何度も頭の中でそうくり返しました。

すっかり冷めてしまったホットケーキは、おばあちゃんのもわたしのも、真ん丸なままでした。駅までの道は覚えているし、帰りの交通費に足りるお金はママからもらっていたので、もう出て行こうと思いましたが、最後に一つだけ、どうしてもお願いしたい事がありました。

「パパの高校の卒業アルバムをください」

全部じゃなくてもいい、パパの本物のえがおの写真が欲しかったのです。

「勝手にすればいい。良太の物なんか、全部処分するからね」

おばあちゃんはもう、わたしと目すら合わせてくれませんでした。

家に帰る長い道中、おばあちゃんの事を考えていました。いないと聞かされていた間は、他の子をうらやましいと思う事はあっても、つらいと感じた事はなかったのに、いると分かり、少しでも同じ時間を過ごした人との別れは、たまらなく悲しいです。

どうか、元気で長生きしてください。パパの勉強机の上にそんな書置きを残して来たことは、単なるわたしの自己満足でしかないのでしょうか。

予定より一日早く帰って来たわたしを、ママはおどろいた顔でむかえました。それでも、人の顔でした。

「何か言われちゃった?」

いつもと変わらない、人の時に、おなかすいた? とたずねるのと同じ口調でした。だけど、事件について知ってしまったわたしは、これがママの生き方なんだと思いました。飛んで来るボールを受けるのでもなく、かわすのでもなく、体をとう明にして通過させる。

　わたしもおばあちゃんの家で聞いた話を、この家に持ちこんではいけないと思いました。口にしたとたん、折角おばあちゃんとえんを切って来たのに、この家でも、この町でも、ママは人殺しになってしまう。

「ううん、何も。パパが好きだったうどんを食べたし、からあげもおいしかったし、ホットケーキも焼いてもらったよ。だけど、おばあちゃんにはもう会わない。おばあちゃんの家の子にもならないし、手紙も書かない。おばあちゃんにも、この家には来ないでって言ったから。だって、ママといっしょにいたいもん」

　なみだをこらえてそう言うと、ママは少し笑い返してくれました。そして、びっくりするような宣言をしたのです。

「ママ、ちゃんとお仕事を見つけて、働くから」

　そんな事がママに出来るのか。心配ではあったけど、その何倍も喜びがこみ上げて来ました。ママはわたしといっしょに暮らすために、そう言ってくれたんじゃないか。実現しなくていい。そう思ってくれるだけで十分だ。

　実際、ママは翌日からもいつものママでした。調子がいいと、起きて少しばかり部屋の片付けはするけれど、すぐにつかれて横になっているうちに、目もトロンとしてきて、人形になってしまう。

　それに合わせるようにして、わたしもこれまでの自分にもどれたら良かったのだけど、ふとしたすきに、頭の中に刻みこまれたおばあちゃんの言葉、おそろしい事件の話がうかび上がってくるようになりました。

そうして、いつか、学校やパパの会社、この町の人達に、ママが人殺しだという事を知られてしまうんじゃないかと不安になってしまうのです。

守る、って何だろう。

ああ、早く大人になりたいな。


こんにちは、章子。

今日はめずらしくハガキです。一番のお気に入り、ピカピカの金かく寺。修学旅行で自分用のおみやげにポストカードセットを買ったものの、出す相手がだれもいないなんてねえ……。

重いなやみ事をかかえていても、それを忘れてしまえるほど、旅行はすごく楽しかった。やっぱり、イジメのないクラスは最高。夜、ふとんの中で出るグチも、東京が良かった、って事くらい。

でも、わたしは奈良、京都、すごく好きになりました。ドリームランドにはもちろんいつか行きたいけれど、大学は京都がいいかもしれない。パパと同じだし、なんて。

そんな余ゆう、うちにある?

ママへのおみやげに、まいこさんも使っているというハンドクリームを買いました。あぶら取り紙と迷ったけど、スベスベおはだのママには必要ないもんね。社長さん夫婦には生八ツ橋。おばあちゃんに合いそうな湯のみを見つけたけれど……。

ダメダメ、しっかり前を向かないと。

最高学年は色々大変、クヨクヨせずに、がんばるぞ！


章子、夏休みがそろそろ終わります。

この夏一番の大ニュースは、やはり、ママが働き始めた事です。しかも、フルタイムで。その上、ハローワークでしょうかいしてもらったと言うのだから、もう、わたしはびっくりを通りこして、夢の中にいるみたいで。

七月に入ってすぐの、あれは水曜日だったかな。学校から帰ると、マンションのろう下にバターのかおりがただよっていた。どこかの部屋でおかしを焼いたのだな、とうらやましく思いながらドアを開けると、モアッとさらに強いバターのかおりに包まれました。

何？ どういう事、ってにおいに引っ張られるようにキッチンに入ると、テーブルの上にまだ湯気を上げているマドレーヌが八つのったお皿が置いてあって、シンクの前に立っていたママが、おかえり、ってえがおでふり向いたの。

わたしは何についての反応からしていいのか、パニック状態。マドレーヌがあるし、ママが洗い物をしているし、えがおで、おかえり、だし。そういう時も人はかたまってしまうみたい。ただいま、って答えるまでに一分はかかったと思う。

ママは今日、余ほど調子がいいんだ、とそれだけでもうれしくなったのに、テーブルにつくと紅茶まで入れてくれて。ティーバッグとは言え、アップルティーなんてうちになかったから、買い物にも行ったって事だし、天気が良かったけど、お日様に当たってだいじょうぶだったのかな、なんてどうでもいい事が心配になってたずねました。

「ママ、どこまで買い物に行ったの？」

その答えに、またびっくり。

「となり町の『ハッピータウン』よ。ハローワークの向かいにあったから、仕事も決まったし、章子にもずっと心配かけてきたし、何か元気が出る物を作ろうと思って、寄ってみたの」

ママは平然とした様子で言ったけど、となり町に行くにはバスに乗らなきゃいけないし、わたしにやさしい言葉をかけてくれているし、おまけに、ハローワークって仕事をさがす所じゃないの？　しかも、決まった？　と再びフリーズ。

落ち着いてよくよく話を聞けば、ママはわたしがおばあちゃんの家から帰って来た翌週には、ハローワークに行って登録して来たみたい。あのころって、人形になっていなかったっけ？　とか、修学旅行の前くらい？　とか、わたしは混乱続きでした。

だけど、ママが心りょう内科に通っていた事を思い出しました。まるで、林先生とデートばかりしていたように言われていたから、病院の事はわたしでさえ、本当にちゃんと通っていたのかなと疑っていたものの、ママはそう断言したのだし、その成果が今のママにつながっているのではないかと思えて来ました。人形になってねているように見えていたのは、ハローワークに行ってつかれていたからかもしれない。

わたしはずっとママを、パパがいた時と同じ状態として見ていたけれど、ママなりに強くなっていたのだという事に気付きました。それが林先生のおかげなのだとしたら、やっぱり心は痛んだのだけど。

林先生はママを愛していたけれど、ママにはそういう感情はなかった。それだけは仕方ないと思うし、パパの事を考えると、ママがちゃんと林先生に言ってくれて（そもそも、この段階で以前のママとはちがうって気付かなければならなかったんだけど、直接見てないので、まあこれは……）良かったと思っています。

林先生の事は置いといて、ママの仕事です。

最初ママは、社長さん夫婦に相談しようと思ったけど、おくさんが病気で長期入院しているのを知り、自分でさがす事にしたそうです。そういう事は早く教えてくれないと、おみやげを届けに会社に行った時、社長さんにお見まいのあいさつも出来なかったじゃない、というのも置いといて。

ママの勤務先は、となり町にある観光ホテルです。いっしゅん、昔の知り合いに会ったらどうするの、なんて思いましたが、仕事の内容は洗い場での手伝いだと聞いて、どうにかだいじょうぶなのかな、と思い直しました。そもそも、ママがその仕事を決めたのだし、何も知らない事にしているわたしが口をはさめる立場ではないのだけど。

とにかく、わたしとしてはママを応えんするしかありません。

勤務時間は午前九時から午後五時まで、休みは月に八回という、本当の社会人？　のような生活をママがきちんと送れるよう、これまで通り、洗たくや夕飯の準備は自分でしようと決めていました。

ところが、ママは洗たくまで自分でするようになったのです。職場で支給された首のつまった白衣のようなエプロンをママはとても気に入った様子で、それを自分で洗うついでに他の物もいっしょに回しているという感じなのだけど。

それから、夕飯は作る必要がなくなりました。まかないという名目で、使い捨てのパックに入った食事が支給されるのを、ママが持って帰って来るからです。これはママの昼食ではないかと心配したのですが、昼食用の分はちゃんと食べて、さらに余った物を持たせてもらっているそうなので、遠りょせずに食べる事にしました。

そうです、章子。わたしは毎日、ホテルのごち走を食べているのです。覚えていると思うけど。

その上、八月に入ったころから、二パック持って帰るようになり、中身も何だかごうかになりました。ママは、親切な人がいるのよ、とそれほど感謝もしていない様子で言ってるけれど、相手が男の人で、ヘンな下心があったら困るなあ、とわたしはちょっと心配です。

そういうのも料理を食べたら、まあいいか、と思ってしまうのだけど……。

ママに良くしてくれる人は洋食担当なのか、二パックになってからは洋食メニューが増えています。特に、ハンバーグは絶品。

好ききらいがほとんどなかったパパだけど、ハンバーグは余り好きじゃない、と我が家では夕飯に登場しないメニューだったけど、こんなにおいしかったなんて。パパはどうしてきらいだったんだろう。他の肉料理は好きなのに。外はこんがり、中はふっくら。きっと、焼くのが難しそうだから、生焼けの物を食べて、おなかをこわした事があるのかもしれません。

ママは毎晩つかれて九時にはねているけど、体をこわす事なく、ちゃんと仕事に行っています。

「夏休みなのに、どこにも連れて行ってあげられなくてゴメンね」

そう言われたけれど、わたしは今の生活で十分です。

むしろ、幸せ過ぎてこわいです。

宿題は全部終わりました。勉強も、家事の手伝いもがんばるので、どうかこの毎日がずっと続きますように。

未来のわたしの所まで。

章子、お久しぶり。
今回もハガキで。清水寺は今ごろ、モミジがきれいなのかな。
秋の読書週間に向けて、図書委員会で「私のおすすめ本」という冊子を作り
わたしは『小公女』と『ひみつの花園』と『注文の多い料理店』を担当しました
ん文って難しいですね。その点、二組の本谷《もとや》くんは上手で、ハリーポッターシリー
すっかりはまってしまいました。残り一冊、終わってしまうのが残念です。
書くのもいいけど、読むのもいいよね。

章子、あけましておめでとう。
と言っても、もう一月も半分終わってしまったけれど。
学校では、卒業式の練習が始まっています。全校行事のお別れ会で、六年生からの歌のおくり物のピアノばん奏が、別の子で決まっていたのに、いつものように親が学校に文句をつけたのか、今日から実里がひいていました。指揮者を全く無視して、ゆっくりひいたり、急に音を大きくしたり、歌いにくいったらありゃしない。

まあ、学校でイヤな事と言えばこれくらいで、わたしの毎日は平和ではあるのだけど、モヤモヤする事があるのです。

章子、わたしの予感は的中しました。

クリスマス前の土曜日、当日は出勤だからこの日にパーティーをしよう、とママが言い出しました。サンタを信じるなんてバカみたい、と亜里沙ちゃんから二年おくれで思い始めていた丁度その時です。でも、サンタがいるいないとパーティーはまた別物だと思うので、ママと二人のささやかなパーティーを楽しみたい、二人でケーキを焼いてみようか、などと楽しい事を考えていたのに、招待したい人がいる、という一言で、イヤな予感がムクムクとわき上がって来ました。

予感的中！　お客さんは、ママの勤務するホテルのちゅうぼうで副料理長をしている、早坂誠司《はやさかせいじ》という男の人でした。

人の良さそうな丸っこいおじさんを勝手に想像していたのに、真逆の人がやって来ました。背が高くてハンサムで、おしゃれな服を着ていて、手みやげに七面鳥の丸焼

持って来てくれて、何かの間ちがいじゃないかと頭がクラクラしそうになった

マのとなりに立つと、何のいわ感も覚えなかった。

むしろ、ういているのはわたしじゃないか、と不安になったくらい。そ

も的中

で、早坂さんがわたしを見てママに言った第一声は、全く失礼なもので

「死んだダンナの連れ子？」

ママとわたしは確かに似ていないけど、こんなストレートに口にした人はいません。ちがいます、とマジメな顔で答えたママはステキだなと思ったけれど。ただ、こんな腹の立つことを言われたのに、早坂さんの事をきらいだと思えないのは、明るい性格だからかな。

「何となく、両手合わせたくなるような、ご利やくのある顔してるよな。章子ちゃんだっけ、君、頭もいいだろ。今度、おれと競馬行ってみる？」

バカにされてるのか、からかわれてるのか。クラスのお調子者の男子でも、もう少し遠りょした話し方をします。これに対してもママは、やめてください、と困った風に言っていましたが、わたしは別にいいやという気持ちの方が勝って行きました。

そのせいか、かえってきん張せずに話せて、ママが持って帰る料理の中で何が一番おいしかったかと聞かれたら、ロールキャベツだとそく答出来たし（本当はハンバーグだけど、パパに申し訳ない気がして）、シナモンのかおりが好きだから、などと言って、早坂さんをおどろかせる事まで出来ました。

わたしがシナモンを知っていたのは、給食のリンゴパンのおかげ。コッペパンにあまくにたリンゴを小さくカットした物が交ざっていた、あれです。わたしは好きだけど、給食の中で一番きらいという子も結構いて、中でも「わたし、シナモンダメなんだよね」と実里がいつもため息交じりにグチっていたから、覚えていたのです。

「へえ、あれに気付くとは大したもんだな。うちの料理長だって分かってないのに。ま

「あ、あいつは舌バカだからしょうがないけど。章子、おまえ才能あるよ」

早坂さんはわたしの頭を両手でワシャワシャとかき回しました。ドキッとしたけど、イヤじゃなかった。

ママにもやさしくて、自分はお客様なのに、ママには何もしなくていいと言って、料理の支度から片付けまで全部やってくれました。それから、最後にプレゼントまで。ママにはハートのチャームが付いたシルバーのペンダントを、そして、わたしにも流れ星の形のブローチをくれました。

ママはここでも、ありがとうございます、と申し訳なさそうに頭を下げていました。二人はこい人同士という訳ではなく、早坂さんの方がママを気に入っていて、強引におしかけて来た、という風にも見えました。でも、それなら林先生と同じなのに、家に上げているし、プレゼントも受け取っています。

それって、ママも早坂さんを少しくらいは好きっていう事なのかな。

早坂さんはお正月明けにもうちにやって来ました。

おそくなったけどって、おせち料理のお重を持って。黒豆やくりきんとんといった定番の料理だけでなく、洋風の物もたくさん入っていて、一番下の、いつもならにしめが入っている段には、ロールキャベツがきれいに並んでいた。

「章子が全部食ってもいいぞ」

そう言って、お年玉までくれました。ママはこれにも、頭を下げてお礼を言ってた。

もしかして、ママが頭を下げるのを見たのは、早坂さんに対してだけかもしれない。まあ、色々もらっているからね。

早坂さんはこの町の出身で、高校卒業後、県内の調理師専門学校に通い、卒業後はしばらく料理とは関係のない仕事をしていたけれど、やはりあきらめきれず、なんと、フランスに料理修業に出たそうです。

「世界一って言われる店で働いてたんだぜ」

早坂さんは鼻高々な様子で言いました。「ガルニエ」という店の名前は聞いた事がなかったけれど、パリの名店というだけでワクワクします。それよりも、そこでやとってもらえるまでのエピソードがすごくて。

「『ガルニエ』の料理長は気難しい事でも有名で、働きたいヤツは世界中からやって来て列を成しているっていうのに、会いもせずに追っぱらっちまうんだ。そんな列に、日本からやって来た何のかた書もない若造が加わっても時間のムダだ。だから、おれは考えた。さて、どうしたと思う？」

早坂さんの口ぶりは世界中を回るクイズ番組の出題者のようでした。

「手紙を書いた」

「ハズレ。章子ならその手もアリかもしれないがな。自まんじゃないが、おれは小二で読書を捨てた。だが、得意技を生かすという点では正解だから、三角だ。おれはこれを使った」

早坂さんは舌をベエと出しました。それでも、わたしには早坂さんが何をしたのか想像がつきませんでした。

「料理長は毎朝、自宅を出て店に向かうとちゅうに、必ず立ち寄る場所があったんだ。よくありがちなカフェだ。そこで、料理長はブレンドコーヒーを注文して、テラス席で新聞を読むのを日課にしていた。だから、おれも同じコーヒーをたのんで、となりのテーブルについたんだ。そして、コーヒーの感想を言う。もちろん、フランス語だぜ」

正直、早坂さんがフランス語を話せる事におどろきました。カッコつけた態度を取るくせに、かげで努力するタイプだったのだな、と。

「一日目はおれの存在を認識しているのかどうかも分からなかった。だが、おれは翌日も同じ事をした。同じ店のブレンドコーヒーでも、入れるヤツやその日の天気で味は変わる。それをおれは、料理長に聞こえるような大声で言いながら飲んでいたんだ。こちらをチラリと見たなと思ったのが三日目、目が合ったのが七日目、そして十日目、おれはだまってコーヒーを飲んだ」

「どうして？」

「何だ、章子、おまえ、つりをした事ないのか。針にえものが食い付いたと分かったら、だまって様子をうかがって、引き上げ時を計るんだよ」

「なるほど。それで、それで」

「十日目だな。静かにコーヒーを飲んでいると、料理長の方からおれに話しかけて来た。

今日のコーヒーの味はどうだい？　って。だから、言ってやったのさ、答えに興味があるならおれをあんたの店で働かせてくれ、と」

わたしの目はキラキラとかがやいていたかもしれない。物語にはサクセスストーリーがたくさんあるけれど、現実では、生まれた境ぐうで個々のスタートラインはかなりちがって、うんと前にいる人に追い付いたり、追いこしたり、はるか遠くのゴールにたどり着くのは難しいと思っていたから。

わたし自身、色々な事をあきらめようとしていたって事。

お重に並んだロールキャベツの向こうに、パリの景色が見えるようでした。世界中の人達があこがれる店の料理を、日本のいなか町の、しかも、家で食べる事が出来るなんて。

何だか、こうやって書いていると、わたしは早坂さんの事を好きみたいです。もちろん、好きです。もし早坂さんが親せきのおじさんだったら、友達に自まんするだろうし、家に来てくれるのも大かんげいするはずです。

おじさん、ママのお兄さん？　ダメ、今はそういう事じゃなくて。

だけど、ママと早坂さんの関係は今は職場の友人かもしれないけれど、近いうちにそうじゃなくなるかもしれない。二人は結こんしたいと言い出すかもしれない。

そうなった時、わたしは祝福出来る？　ううん、わたしは早坂さんを受け入れる立場じゃない。この人が新しいパパだなんてイヤ。パパがかわいそう。なんて言える立場でもない。

わたしは自分がママから必要とされなくなるのがこわいのだ。ママの味方はパパとわたしだけで、パパが死んだ今、わたししかママを守れる人はいない。おばあちゃんにそう言い切ったけど、それはその時の話で、どうしてこの先、新しい人が現れる事を想像しなかったのだろう。

ママは何も出来ない人形だと決め付けていたから？　ママが人殺しだから？

わたしはおばあちゃんの所へ行く事にしていた方が良かったんじゃないか。そうしたら、わたしはこの先、人殺しのむすめと言われてしまう事があったかもしれない。だけど、ママはわたしがこの町を去れば、もうあの町とつながる物は何もなくなる。

本当の意味で新しい人生を始める事が出来るのに。

もしかして、わたしは自分を守るために、ママの所にもどって来たのだろうか。だけど、今さら、おばあちゃんはわたしを受け入れてはくれないだろう。そうなれば、わたしに出来る最善策は、もしママが再こんしたら、出来るだけ早く、家から、そして、この町から出て行く事だ。

自立、そう自立しなきゃいけない。

ねえ、章子。あなたは今、自分の力で立ち、堂々と胸を張って生きているよね。

こんにちは、章子。

桜のつぼみも、フッと息をふきかけるほどの暖かい風がふいたらいっせいに開きそうな、希望に満ちたこの時期に、鼻水が止まりません。どうやら、わたし、花粉しょうになってしまったようです。

結構大きな問題ではありますが、今日一番に報告したいのは、こんな事ではありません。

まず、昨日、小学校を無事、卒業しました。そして、なんと、わたし、卒業生代表として答辞を読んだのです。児童会の会長をしていた子がする物だと思っていたのに、成績優しゅう者（自まん！）に選ばれたからと先生に言われまして……。もちろん、読むだけでなく自分で書きました。だから、今日の手紙の出だしもそれっぽくなったのかな。素晴らしく良く書けていると校長先生もほめてくれました。実里の親が学校に乗りこんだらしいとは聞いたけれど、式が終わった今ではどうでもいい事です。

パパが見てくれていたら、喜んだだろうな。いや、天国からきっと、見てくれていたと思います。

そして、保護者席では、ママと早坂さんが並んで見てくれました。早坂さん、ばっちりビデオさつえいもしてくれました。体育館に入場する時、ちらりと横目で見ただけで、二人の姿を見付ける事が出来ました。知らない人が二人を見たら、だれの保護者かと学年で一番きれいな顔の子をさがしそうなくらい、はなやかな空気がただよっていました。

目が合ったわたしに早坂さんがカメラ片手にピースサインを送るのを見て、おどろいた人もいるかもしれません。

式が終わった後は、「卒業式」の立て看板の前で三人で記念さつえいをしました。美しい二人にはさまれて、わたしの中にみじめな気持ちがわき上がって来そうになったけど、早坂さんが「すげえな、章子。中学生になってもがんばれよ」と頭をワシャワシャとかき回してくれると、一気に晴れて行きました。

昨夜はお祝いに、早坂さんがうちでロールキャベツを作ってくれました。

そして、卒業式よりも、重大な報告です。

まず、パパと暮らしたこのマンションを三月いっぱいで引っこす事になりました。早坂さんが買った、町の外れにある、かつてはイタリアンレストランだった一戸建ての家に、ママとわたしも住む事になったのです。

リフォームをして、夏前にはフランス料理店をオープンさせるのだとか。

早坂さんもママもホテルの仕事は二月いっぱいでやめています。ただ、二人は結こんはしない、正式には、こんいん届はしばらく出さないそうです。事実こんと言うそうで、日本ではまだめずらしいけれど、フランスではそちらの方が当たり前なのだと、早坂さんは言っていました。

だから、わたしは佐伯章子のままです。その事にホッとしている自分もいます。

これらの話はママからではなく、主に早坂さんから聞きました。ママと二人なら、やっぱりおばあちゃんの所に行こうか、と相談していたかもしれません。わたしはジャマになるんじゃないの？　と聞いたかもしれません。

でも、早坂さんはおばあちゃんの事などは知らなくても、わたしが不安になっている事には気付いたみたいです。わたしは余り表情を読まれないタイプなのに、そんなにあからさまに顔に出ていたのでしょうか。

「章子、おまえも店、手伝ってくれよな。と言っても、皿洗いとかじゃないぞ。その石地蔵パワーで、客をジャンジャン呼んでくれ」

また、かなり失礼な事を言いながら、わたしの頭をワシャワシャとかき回しました。でも、受け入れてもらえてるって事かな。

新しい家は同じ校区内なので、中学校も元々通う予定の所で、同じ小学校だった子達もほぼいっしょです。実里は県内で有名な私立の女子中学校を受けると聞いていたので、やっと別れられると喜んでいたのに、不合格だったみたい。

どうか、同じクラスになりませんように。だけど、そんなのは小さな事。

ママもわたしも、早坂さんといっしょに幸せになれるよね。

パパはおこってないよね。たとえ、早坂さんという人がいても、わたしがママを守るという気持ちは変わらないから。

新しい家にも、わたしの一人部屋を造ってくれるそうだから、また、手紙書きますね。

ハロー、章子。

中学生活は最高です。それもやっぱり、実里と同じクラスじゃないからかな。なんと、私、一学期のクラス委員長に、担任の小倉《おぐら》先生から任命されました。

部活動は、文芸部です。パパと同じ柔道部も考えたけれど、見学に行った子達のほとんどが小学校の時からの経験者で、ちょっと怖くなってしまい、諦める事にしました。中学生の間くらい運動をしていた方がいいのかもしれないけれど、せっかくパパのノートパソコンもあるし、自分に才能がありそうな事を伸ばすのもいいんじゃないかな。なーんて、私に文才があると思う？

文化系のクラブにしては活動が盛んで、一学期ごとに短編小説を一本仕上げなければならないので、章子に手紙を書く暇がなくなってしまうかもしれません。だけど、便りがないのは元気な印、悩みがない印。ご容赦ください。

早坂さんの店もオープンしました。名前は「ＨＡＹＡＳＡＫＡ」そのまんま。そうそう、その前に引っ越しだね。家は一階がレストランで、フランス、パリのビストロ風に、早坂さんがデザインしたらしく、余り広くはないけれど、凄くオシャレな造りになっています。

私の部屋には出窓があり、パパが集めていたガラス細工を飾っています。これぱかりは捨てられません。その他のパパの私物は、今はまだ、段ボールごと押入れに仕舞ったままです。前のマンションの時より少しばかり広いのに、そう感じないのは、大きめのベッドを買ってもらったからかな。

店はテーブル席が三つで、最大収容人数一二人というこぢんまりとしたものです。早坂さんは全ての料理を自分一人で提供したいのだとか。ママは飲み物を運んだり、皿洗いをしたりしています。私も時々、皿洗いを手伝います。そういえばこの間、ソースの少し残った鍋を洗おうと、まず、水で流していると、早坂さんに、おまえは料理人にはなれないな、と笑われました。

どういう事かと思ったら、早坂さんはフランスの有名店で修業している時に、鍋に残ったソースをなめて、味を研究していたのだそう。料理長にソースのレシピを教えてくれと頼んでも、そんな秘伝の品をやすやすと公開してくれるはずないからね。だけど、料理長もそれを前提に、ソースを少し多目に鍋に残してくれていたのだとか。

早坂さんの料理はそういう苦労がにじんでいるだけあっておいしいのだけど、値段がね。メニューを見て、目が飛び出しそうになりました。ディナーコースが二万円からだなんて。ランチは五千円からです。それでもお客様は来るもので、毎日満席になる昼だけ、早坂さんの友達だという須山《すやま》さん、通称スッチー（そう呼んでいるのは早坂さんだけ）が手伝いに来てくれているのだけど、なんと、亜里沙ちゃんのお父さんなのです。

ちなみに、亜里沙ちゃんともクラスは別です。

須山さんは、初めて会った時は茶髪で少し怖そうな人だなと思ったけど、早坂さんに言われて、翌日には黒く染めていた。そうしたら、かっこいいんだけど、今度は、右手の親指の先がない事に気が付いて、やっぱり少し怖いです。店では手袋をしているんだけどね。早坂さんいわく、奥様受けはいいんだって。

ママは毎日、ほぼ人です。頑張って、自分の仕事をやりこなしている感じです。だから、夜は私よりも早く寝てしまうけど、それは仕方ないよね。早坂さんも、私にはグラスの磨き方が下手くそだなんて文句を言うけれど、もっと下手なママには何も言いません。無理しなくていいぞ、といたわってくれています。

早急の課題は、部活で書く小説の題材探しです。未来の自分と文通が出来る話にしてみようかな、なんて。これは、私とあなたの秘密の話。パパとママのラブストーリーはどうかな。事件から数年後、再会した二人が結婚して私が生まれるまでの事を想像してみたいけど、それで、ママの過去がバレてしまうような事になったら大変です。フィクションを作者の実体験だと勘違いしている人は、結構いるはずだから。

あー、手紙はこんなにスラスラ書けるのに。

ひとまず、頑張ってみます！

今日も半日、押入れの中で過ごす。明かりもともさず、音楽も流さず、暗闇の中で膝を抱えたまま横になる。パズルの本は解き終えればただのゴミ。『罪と罰』も五回読めば、本を開く意味もなし。おなかもすかない。時間も分からない。今は何時間目の授業だろうと教室を思い浮かべていたのは、いつの頃までだったか……。

バカみたい、こんな小説のような書き出し方。パソコンだとつい余計なことまで書いてしまう。いや、これまで書いてきた手紙も、これから書こうとしている文章も、すべてが余計なことか。

章子、久し振り。というか、私はもう、あんたなんか信じていない。

未来からの手紙など、所詮、誰かのいたずらで、それに対してせっせと返事を書いていた自分のバカさ加減にあきれてしまう。今が一番悲しい時なのだ。これを乗り越えれば、私は幸せになれる。そう信じていたのか、信じようとしていたのか。

だけど、どう? 今の私はあの頃より不幸。古いアパートで、ママと二人暮らし。それは別に構わない。だけど、私達親子は、調子のいい男にだまされて全財産を奪われてしまった。

それが私の一番の不幸かと問われたら、違うような気もするけれど。つらい事が重なり過ぎて、何に一番苦しめられているのか分からないのが、苦しさの原因なのではないか。それを知るためにも、何か書いてみよう。そう思っても、私は、誰か問い掛ける相手がいないと、何も書けないという事を、まだ文芸部の活動にせっせと勤んでいた頃に知った。

三人称の小説が書けないどころか、一人称の小説も、主人公がオロオロしているだけ。

私は誰かに語らなければ、自分の思いや考えすら、形にする事が出来ないのだろうか。誰か、相手がいなければ。話を聞いてくれる。

世の中にはきっと、一人で強く生きて行ける人だっているはずだ。なのに、私は常に相手を求め続けている。だから、孤独と感じてしまうのか。

私には、誰もいない。だから、結局、あんたに手紙を書いてしまう。前回の手紙からはもう、一年以上もたっているけれど。だけど、過ぎた時間を形に残しておくのは、残酷な事なのかもしれない。ウソを交えながら大げさにでも書いていない限り、頭の奥の方でほこりをかぶっている記憶を、鮮明によみがえらせる事が出来るのだから。

それにしても何？　前回のあの能天気な内容は。たった一年。こんなに変わってしまうものなのだろうか。

ああ、頭が割れるように痛い……。

自分が生まれて来た理由、生きている理由、そんな事を考えると、警報を鳴らすようにグワングワンと脳みそが揺さぶられる感覚になる。私は誰かに愛されているのか、誰かを愛するのか。誰かに必要とされるのか、誰かを必要とするのか。答えのない問いを重ねても、痛みが増すばかりだ。

だから、考えるのをとっくにやめた、はずだった。暗闇にただ身を沈めておけば、得る物など何もなくても、今日が終わる。明日まで生きながらえた事になる。そして明日、また同じ一日を繰り返す。私はどこに向かっているのだろう。何を望んでいるのかすら分からない。

昨夜、ママとの食事の最中、テレビをつけていた。いつもの事だ。見たい番組がある訳じゃない。好きなタレントがいる訳じゃない。狭い部屋で小さなテーブルを挟んで座っていても、視線を合わせなくていい、会話をしなくていい。それが不自然ではない。だから、つけているだけ。

私がじゃない。ママが、だ。

内容の薄っぺらいバラエティ番組で、太った女性お笑い芸人のパタコが、東京のどこかに新しく出来たカプセルホテルの取材をしていた。清潔で、防音仕様で、個室が従来の物より少し広い、というのがウリらしい。ハチの巣みたいだな、と思った。パパの樹に出来ていた……。

——私でも入れるかしら。

パタコは丈の短いTシャツがピチッと張り付いたおなかを両手で持ち上げ、軽く揺らしながら、ハチの巣の一つへと体を丸めて入って行った。そうして、叫んだ。

——わあ、お母さんのおなかの中に戻ったみたい！　気持ちいいなあ。

生まれる前の記憶がパタコに残っているとは思えない。だけど、とっさにこういう言葉が出て来るのはきっと、パタコがつらかったり、苦しかったりした時に、守ってくれるのが母親だからなのではないか。

「楽しい？」

一瞬、どこから声が聞こえたのか分からなかった。部屋にはママと私しかいないというのに。だけど、この部屋に越して来て、ママから私に話し掛けて来る事など、ほとんどない。空耳だろうか。

「学校、楽しい？」

今度は確実に、ママの口から発せられたと認識した。大きな目で私を見ていた。その目尻を少し下げ、ほほ笑み掛けてもくれた。

今日は私が視界に入っているんだ。そういう事でまだ感動出来る自分に驚きながら、込み上げて来る物を飲み込むように、慌ててご飯を口に詰め込んだ。自分で炊いた米はいつも少し硬めだ。むせてしまう。いや、スーパーのタイムセールで買った、ゴワゴワのアジフライの衣を載せていたせいか。

「うん、楽しいよ。凄くね」

うっすら浮かんだ涙を拭いながら、笑顔で返した。良かった、とママは安心したような顔をして、ほとんど聞き取れない声でつぶやいた。少し心が痛んだ。せめて、フリでもしてみようか、そんな事まで考えて朝を迎えたというのに、今日もママが仕事に出るのを見届けてから、押入れに閉じ籠っている。

どうすればいい？　問い掛けても誰からの答えもない。

明日の自分が分からない。来週の自分が分からない。来月の、来年の、自分が分からない。分かるのは、過去の自分。なら、章子、先週の私の事を教えてあげようか。先月の、去年の、私の事を——。

学校に行かなくなったのは、五カ月前、六月の終わり頃から。九月一日の二学期の始業式には、取りあえず登校したから、正確には違うのだけど、教室の滞在時間は一〇分もなかったはずだから、通った事にはならないよね。

原因は……、文字にするのもイヤな事です。

二年生になって、後藤《ごとう》実里と同じクラスになったのが、そもそも災難の始まりだったのかもしれない。一年生の時、実里と同じクラスだった女子が一人、イジメが原因で不登校になった。クラスが違う私の耳にも、首謀者は実里だという声が届いていたのに、実里が担任や学校から何かしらの処分を受けたという話は全く聞かなかった。ただ、イジメられていた子と実里のクラスを、二年生になって別にしただけ。実里の取り巻きも、実里とは別のクラスにされた。

多分、実里は病気なのだと思う。誰かを傷付けていなければ気が休まらないという。そういうイヤなヤツなのに、実里の周囲にはいつも数人の女子がいる。実里は自分が好きな子には優しいらしい。お気に入りの友達のためなら、その子にちょっかいを出した男子や意地悪な態度を取った先輩にも、迷わず文句を言いに行く。

どんな会話をしているのか知らないけれど、実里達はいつも笑い声を上げている。笑いの元になっているのが、誰かをおとしめる話の時もあるだろうけど、そういう笑い方じゃない時の方が多い。アイドルやファッション、かわいい雑貨、アイスクリーム、そんな内容の切れっ端が漂って来るのを感じる事はある。そんな時は、少し羨ましくなったりもする。

とはいえ、私も同じクラスに友達はいた。文芸部の子で、早くもネタ切れだよ、と小説の話をするのは、実は全く困ってなどなく、ただ、楽しいだけだった。担任の大原《おおはら》先生から、一学期の委員長にも任命された。

実里にやっかまれるかもしれないと、ちらりと彼女の様子をうかがったけど、小学校の時の実里とそういう所は違っていて、委員長にも、私にも興味がなさそうに、一番ラクそうな係に手を挙げていた。それさえも、面倒臭い、とぼやきながら。

実里と会話をする事はなかったけど、無視されているとは感じなかった。体育館での朝礼の時、肩がぶつかってしまったのに、実里の方から、ゴメン、と言ったくらいだ。

ただ、実里がターゲットを探している気配は感じ取っていた。

私の文芸部の友達、コバちゃんが狙われていたからだ。彼女は口数が多い訳じゃないのに、他の子がしゃべっている所におかしなタイミングで口を挟み、その場を白けさせてしまう事がある。コバちゃんの名字は小林《こばやし》で、実里と席が前後のため、それ程仲良くなくても実里から話し掛けられる事があり、その都度、実里が舌打ちしたそうな顔になっている事に、私は気付いていた。

どうにかしないと、コバちゃんがイジメられてしまう。イジメが始まった後で、自分がコバちゃんを守れる自信はなかった。その前に、どうにかして遠ざけないと。ああ、早く席替えがありますように。などと、他力本願な願いをしていたから、バチが当たってしまったのか。

事件（と言っても、警察が絡むような事ではない）は、私の家、早坂さん（今はもう「さん」とか付けたくないけれど）のレストランで起きてしまった。

レストランは値段のせいか、初めこそ、そこそこにぎわっていたものの、次第に余りお客が来なくなってしまった。須山さんに値段を下げろと言われても、材料費と俺の技術を考慮すれば決して高い値段じゃない、と早坂さんは譲らなかった。田舎者には分からなくても、料理の価値の分かる人は時間と手間を掛けてでも足を運んでくれる、だから、妥協しちゃいけない。そんな事を言って。

確かに、夜は、遠方から来る客の方が多かった。隣町の歯医者をしている人が、夫婦で初めて来店した日に、パリの「ガルニエ」で食べた味と同じだ、と絶賛して、県内外の知人に紹介してくれたのだ。パリに行くよりは安いもんさ、なんて言いながら。そういう人が他にも数人いたから、値下げせずにどうにかなっていたけれど、徐々に、お金持ちの訪れる頻度も減って行った。

こんな調子で、店は開店六カ月で赤字となった。ローンの返済は、詳しい金額は聞いていないけど、毎月、かなり高額らしいのに。須山さんの二度目の説得で、ランチだけ三千円台まで値下げして、昼間は地元のお客さんでにぎわうようになった。

それなのにまた、一月もしない内に客足は遠のいて行った。

どうやら、ネットにひぼう中傷が書き込まれていたらしい。

早坂さんはフランスの名店「ガルニエ」で修業していた事を店のウリとしていたけれど、それについて、ただのバイト、皿洗いしていただけ、といった事を書かれたり、前の職場のホテルは辞めたのではなく、料理長と従業員の女性を巡ってケンカになり、ケガを負わせて、辞めさせられたのだ、とか。早坂さんはタブレットを片手に、ものすごく怒って、店のテーブルや椅子を蹴り倒していたけれど、その姿を見ると、あながち全部デタラメという訳ではないのかも、なんて思ってしまった。

悪口を書かれていたのは、早坂さんだけではなかった。事件はここから始まる。

ゴールデンウイークの最終日、とある家族が、ランチタイムに店にやって来た。夜の予約に備えてママが休んでおけるよう、私が皿洗いのために厨房にいた。厨房の奥から店内は見えないけれど、声はよく聞こえてきた。大人の声に交ざって、聞き覚えのある女の子の声がした。

家族三人のオーダーは、三千円のランチコース、メインのアラカルトはそれぞれ、真ダイのポアレ、牛頬肉の赤ワイン煮込み、そして、特製ロールキャベツだった。料理を運んでいたのは須山さん。ロールキャベツを運んだ直後、厨房にやって来た。客がケチャップを持って来てくれだってさ、と早坂さんに耳打ちした。

ああ、それはやっちゃいけない……。

不安が込み上げた時には、早坂さんはすでに店内に向かっていた。

早坂さんは料理を残される事よりも、調味料（塩でさえも）を追加される事を嫌った。俺の芸術作品に手を加えるくらいなら出て行け、と客を追い出した事もある。ネットの書き込みがひどくなった頃だ。機嫌が悪かったのだろうけど、そんな事をしてしまったために、さらに悪口が書き込まれてしまった。

夜は来ない須山さんは、それを知らなかったのかもしれない。

ケチャップを持って来いと言った客は、ロールキャベツがコンソメ仕立てだった事が気に入らなかったようだ。初めからメニューにそう書いておけ、おまえの安っぽいイメージで勝手に決め付けるな、ケチャップくらい持って来い、イヤなら食うな。他のお客がいないのをいい事に、早坂さんと、家族の父親らしき客は、子供の口げんかのようなやり取りを続けていた。すると、それらの声よりも更に大きな声が店中に響いた。

「こんなの、ケチャップ掛けても無理！　臭いもん」

よく知っている、実里の声だった。同時に、彼女がシナモンを苦手だった事を思い出した。だけど、臭い、とまで言わなくてもいいのに。ガタンと椅子を蹴る音がした。やってしまった、とソワソワしていると、どうして気付かなかったのかと不思議に思う程の、これまた聞き覚えのある、ギャンギャンとわめくような声が上がった。

小学校の会議室で、ママと林先生を糾弾していた声……。

「まあ、恐ろしい。そういえば、こっちの従業員の人は指の先がないそうじゃない。この店はヤクザがやっているというウワサは本当だったのね」

いきなり矛先が須山さんの方に向けられた。須山さんの欠けた指先には、義指が付いているし、仕事の時にはサーブ用の白い手袋まではめているというのに、どうしてそんな事を実里の母親が知っているのか。

今度は須山さんが怒り出すんじゃないかとヒヤヒヤしていた。様子を見に行きたい気持ちはあったけど、実里にここが私の家だとバレては困る。だけど、須山さんの声は聞こえて来なかった。言い返したのは、早坂さんだ。

「おー、怖っ。そりゃあ、旦那もこんな嫁、イヤになるよな。まあ、嫁がこんなにヒステリックなのは、旦那とご無沙汰のせいか？　今日は家族サービスのつもりかもしれねえけど、嫁と子供はランチで、愛人はディナーじゃ、えこひいき丸出しじゃね？　ていうか、よくもまあ、同じ店に行こうって気になるよな。嫁がゴネたのかもしんねえけど。それとも、もしかして、俺が客の顔覚えてねえって思ってた？　昼はともかく、夜は自分で料理運んでんだぜ。名前も覚えておくってのが礼儀だろ。なあ、後藤先生。ナースに手出しちゃ……」

「やめろ」

実里の父親がどんな顔でそう言ったのか分からない。だけど、力が籠らない声だったのは、奥さんににらまれていたから？　子供に後ろめたい思いがしたから？　それからしばらく、誰の声も聞こえなくなった。

「帰るぞ」

実里の父親がそう言い、ドアの開閉の音がした。

「ったく、無銭飲食かよ」

早坂さんが吐き捨てるようにそう言った後、私は店内をのぞいた。早坂さんは、気にすんな、と須山さんの肩に手を乗せていた。

その翌日だ。大原先生にホームルームの後で呼び止められたのは。

「佐伯さんの家って、『HAYASAKA』っていう、フレンチレストランで良かったのよね」

家庭訪問の確認だった。事前に提出した自宅周辺地図にレストランの名前を書かなかった私が悪いのかもしれない。だけど、実里がいる前で言わないで欲しかった。チラリと盗み見た実里の顔は、恐ろしい程ゆがんでいた。

他人の心配をしているどころではなくなった。次のターゲットは、確実に私だ。無視か、悪口を言い触らされるか、階段から突き落とされるか、物を隠されたり、壊されたりするか。イジメの内容を想定しては、どう対処しようかと考えた。

幸い、と言っていいのかどうか、私はケータイを持っていない。中学生になれば皆、持つ物だと思っていたけれど、校内持ち込み禁止という事もあってか、周囲の子達は欲しがってはいるものの、持っている子の方が少なかったので、私も持たない事にしたのだ。

ネット上に何を書き込まれようが、ここは気にしない事にした。後は、付け入られる隙を作らない。花粉症の時期じゃなくて良かった。学校じゃ、音を立ててはなをかむ事も出来ないし、少しでも鼻水が垂れていたら、バイ菌扱いだ。後は、何かあればすぐにその場で、やめてくれ、とハッキリ口にする。決して泣いてはいけない。最初が肝心なのだ。あんたなんかに屈しない。そういった態度を取らなければならない。それから、自分で全部解決しようとせず、すぐに先生に報告する。

だけど、章子、あんな事をされるなんて、誰が想像出来る？　まあ、あんたが本当に未来の私なら、体験した事だし、一〇年以上もたって思い出したくもない事だろうけど。

生理が始まったのは、一年生の冬だった。周りと比べたら少し遅いくらいだったので、心の準備は出来ていたつもりだったのに、朝、突然、始まってしまったので、ママの状態なんて確認もせずに、どうしよう、と泣き付いてしまった。もしかして、私がママに助けを求めたのは初めてかもしれない。

こちらから頼っておいてナンだけど、ママは落ち着いた様子で、新品のかわいらしい生理用の下着とナプキンを、自分のタンスから出して来てくれた。なんと、ケータイを持っていた頃に、ネットで買ってくれていたみたい。

そんな事は置いといて、それからは月に数日、ポケットが付いたハンカチとポーチにナプキンを入れて学校に通うようになった。女子なら当たり前の事だよね。おなかが痛くなったりする事はほとんどなかったので、面倒だけど、それ程憂鬱になる事もなかった。

体育の時間も授業の前にトイレに行って、ナプキンもちゃんとラップとティッシュに包んで、個室の角に置かれたポットに捨てていた。はずなのに……。

体育の授業を終えて、トイレに寄ってから教室に戻ると、教室内がざわついていた。クッサー、と声を上げた男子の視線の延長、教卓の上に、使用済みのナプキンが広げた状態で置いてあった。ナプキンなんて市販の物を使っていれば、同じメーカーのが自分の物だという証拠にはならないけれど、私は一目で、それが自分の使用済みの物だという事が分かった。

「何これ、最悪。テロじゃん。犯人は？　私は今、生理中じゃないから」

そんな声を上げたのは、当然、実里。そういえば、彼女の取り巻きの一人が、体育の授業前に、私と入れ替わりにトイレに入った事を思い出した。そして、少し遅れて来た事も。だけど、それらを暴露してしまうと、ナプキンは私の物だと皆に知れ渡ってしまう。

自分の汚物がさらされる屈辱。臭い、汚い、最悪、という言葉が全部自分に向けられているようだった。

女子の中には、自分も今は生理中じゃないとか、違うナプキンを使っているとか、必死にアピールし始める子達もいたけど、ほとんどの子は黙っていた。たとえ、自分の物ではなくても、これがどんなに屈辱的な事かを強く感じていたからかもしれない。これがもし、自分の物だったら、それを公表されてしまったら。

私は……、自分のナプキンじゃなかったら、掃除用具ロッカーからビニル袋を出して来て、皆の前で捨てられたんじゃないだろうか。こんな低俗な事をやった子達をバカにするような目をして。いや、それは後付けだ。想像の中でなら、誰もが勇敢なヒロインになれる。

今更どんな想像をしても、あのナプキンは自分の物だった、という事実は変わらない。そんな中で、目に見えるダメージを負ったのは、私ではなかった。どんなに不快感が込み上げようとも、女子にとっては見慣れた物。でも、男子にとってはそうじゃない。特に、潔癖性の子にとっては。

教室内のざわつきが収まらない中、口を押さえて飛び出して行ったのは、本谷くんだった。彼はその日、そのまま荷物も持たずに早退してしまった。本谷くんがトイレに行った時、たまたま居合わせた男子が、本谷くんが個室のドアも閉めずに盛大に吐いていた事を、悪気なさそうに暴露して、クラス全員が知る事になった。

私は、自分のせいで本谷くんが吐いた事に胸が痛んだ。休憩時間に読書をしていると、その本面白い？と声を掛けてくれる、私をハリーポッターの世界に導いてくれた彼の事を、少し、いや、初恋と言っていい程、好きだったのだから。

席替えで、前後の席になれた事もうれしかったのに。

結局、ナプキンは、授業が始まるチャイムが鳴る直前に実里が、委員長どうにかしてよ、と意地悪そうな顔で声を上げ、私が処理したのだけど……。

章子、私は何てバカなんだろう。あれは本当に私の物ではなかったかもしれない。実里は単に、皆の前で、私に汚物処理をさせたかっただけかもしれないのに、とんだ早とちりをしてしまったのかも。どうして、あんたにすぐ、手紙を書かなかったのか。そうすれば、今の状況は変わっていたかもしれないのに。

だけど、それも後付け。私はあのナプキンを自分の物だと思い込んでいた。

ポットに捨てていた物が、人前にさらされる。それを防ぐためには、どうしたらいい？　ポットに捨てなければいい。じゃあ、どこに捨てる？　私は翌日からビニル袋を持参して、使用済みのナプキンをそれに入れてポーチに仕舞い、家に持って帰る事にした。

その後、実里から嫌がらせを受ける事はなかったのだけど……。

翌月、また生理が始まった。先月の事を思い出して、うんざりした気分しか込み上げて来なかった。体育や音楽といった教室移動が必要な授業の前には、トイレに行かない事にした。すると、今度は、体育の授業が終わると、着替えを入れたカバンの中から、ポーチが消えていた。周囲を捜してみたけど、見付からない。焦ったものの、まだポーチの中に使用済みの物を入れていなかった事に、安心していた。

ポケット付きハンカチにもナプキンを入れていた事を幸いに、教室に戻ってからトイレに行った。そういう時くらいは、使用済みの物はポットに入れれば良かったのだ。だけど、その時の私は、今日は狙われている、と身構えていた。ポットに捨ててはいけない。そう思い、ラップを巻いた後、ティッシュをいつもより多目に巻き付け、抵抗はあったものの、それをハンカチに包んでスカートのポケットに入れた。そして、チャイムが鳴る寸前に教室に戻って行った。

梅雨の雨が何日も降り続いている、蒸し暑くジメジメとした日だった。制服がぬれている訳ではないのに、教室の皆の制服からモワッとした蒸気が上がっているようだった。体育の後でおなかをすかせた誰かが、休憩時間に弁当箱を開けたのか、ソースを掛けたハムカツのにおいが教室中に漂っていた。

大原先生が、生徒達がノートを取っているのを見回しながら、昼まで待てなかったのは誰？　と笑いながら言った。皆も、シャーペンを手にしたまま顔を上げて、鼻をひくつかせ、ハムカツ食いてえ、などとふざけていた。

そんな風にほとんどの生徒がにおいに敏感になっている中、一番に顔をしかめたのは私だったのか、その周辺の子だったのか。だけど、いち早く反応を示したのは、本谷くんだった。口を押さえて立ち上がったものの、その場で吐いてしまったのだ。

本谷くんは、そのまま教室から駆け出した。

大原先生は本谷くんを追い掛けて行った。

何のにおいか、女子は分かっていたはずだ。男子だって、先月のアレを思い出して、思い至ったはずだ。本谷くんはもしかすると、においだけでなく、においによって使用済みのナプキンを思い出してしまい、気分が悪くなったのかもしれない。

私の汚物を。だけど、今漂っているにおいの原因も私にあった。

「委員長、何とかしてよ」

実里に言われても、こればかりは自分のせいなので、私は本谷くんのゲロ掃除をするために、教室の後ろにある掃除用具ロッカーに向かった。実里の横を通り過ぎた時だ。

「ねえ、このにおい、章子から出てない？　ちゃんと替えた？」

男子にも聞こえるような声で言われた。本当に私からにおっているとしても、こんな言葉がすぐに出て来るのは、ポーチを盗んだのが実里だという証拠だ。どうして、同じ女子で、自分だって生理になるし、下着や制服を汚してしまう事だってあるかもしれないのに、こんな事が出来るのだろう。

「替えたよ。ポケットに入れてたから」

ポーチを盗んだ事を前提のような返し方をした。だけど、言わない方が良かったのだ。黙って雑巾を取りに行っていれば、においの原因は自分達が想定していた通りだと、納得させる事が出来ていたのに。

「じゃあ、何でこんなに臭いの？　体臭？　そういえば、章子って息も臭いよね。口でよく息してるから、ハアハアうるさいし、変なにおいもして来るし、近寄られるのがイヤだったんだよね。そりゃ、本谷くんも吐くよ。あの子、潔癖性だもん。特に、においに対して敏感だって聞いた事もあるし。誰か席替わってあげればいいのに」

最後の言葉に対して、私の席の周辺の子が顔をしかめた。教卓に置かれた汚物に向けられていたのと同じ視線が、クラス中の子達から私に注がれた。

それに耐え切れず、私も教室を飛び出して行った。

何度も歯を磨いて、お風呂の中で皮がむけそうになる程体を洗って、翌日は、勇気を出して登校した。私の席は真ん中の前の方だったのに、ベランダ側の窓際の一番後ろの席、しかも、一つ前の席から二メートルくらい離して置かれていた。

仕方なくそこに座っていたら、実里が登校して来た。

「何か、教室、臭くない？」

実里が顔の前で手をヒラヒラさせながらそう言うと、取り巻き達がドッと笑った。私は何も見えていないし、聞こえていないという風に装って席を立ち、コバちゃんの方に向かった。決して、助けを求めようとしたのではない。文芸部の課題の締切りが近かったので、その話をしようと思ったのだ。

でも、コバちゃんは、私が一歩近付くと、一歩後ずさった。一歩、一歩、お尻が机に当たると、追い詰められたように顔をゆがめた。私は用事があるのはコバちゃんにではないのだという風に彼女から目をそらして足早に教室の前方に向かい、黒板の日にちを書き換えた。委員長の仕事だ。

ホームルームが始まって、大原先生は私の席がおかしいことに気付いたのに、何も言わなかった。本谷くんは欠席だと告げた。

「かわいそう、教室が臭くて来られないんじゃないの？」

実里が皆に聞こえるような声を上げたのに、先生は注意しなかった。それどころか、私がホームルームの後に、職員室に呼び出された。

ねえ、章子、私は大原先生に一瞬で絶望した。こんな人が教師なのかと、あきれもしたし、悲しくもなった。ううん、はっきり言う。

役に立たない。そう思った。

大原先生は私にドラッグストアの紙袋を差し出した。

「本谷くんが学校に来られるように協力して」

中には、消臭スプレーと口臭用の歯磨き粉、歯周病のおじさんが使うようなのが入っていた。私は先生にそれを突き返したかった。バカにするな、と叫んでやりたかった。だけど、手も動かなかったし、声も出て来なかった。

涙があふれそうになったけど、それを先生にも、同じクラスの子達にも見られたくなくて、息を止めて職員室を飛び出した。追い掛けてくれる先生なんていなかった。去年の担任だった小倉先生も近くにいたのに。私は教室の前まで戻ると、ダッシュしてカバンを取りに行き、振り返らずに駆け出して、そのまま家に帰った。

自分が臭いと言われるだけなら、聞こえないフリをして、心を殺して、むしろ、意地になって毎日登校したかもしれない。だけど、私が教室にいることで、学校に来られない子がいるのなら、話は変わってくる。きっと、本谷くんは私が消臭スプレーの液を頭からかぶって登校しても、臭いと感じ、吐き気を催すんじゃないだろうか。

いや、私は本当に臭いのかもしれない。自分のにおいには自分が一番気付いていないと、テレビか何かで言っていたような気もする。だから、大原先生も私にこんな物を用意した。

私は臭いんだ……。

そうやって、自室に閉じ籠った私を気に掛けてくれる人はいなかった。家も徐々に荒れ始めていたからだ。

レストラン「HAYASAKA」に対するひぼう中傷は、ネット上だけでなく、町の人達のウワサにもなり始めた。レストランについてだけではない。私も知らなかった事だけど、早坂さんは高校生の頃、傷害事件を起こして一年間、少年院に入っていたという事が知れ渡ってしまった。そこから、自分も被害に遭ったという昔の同級生が、まるで暴力団を町から追い出すかのような立ちのきの署名まで始めたのだという。

家に籠っている、パソコンもケータイも持っていない私がこんな情報を得られたのは、昼の営業を六月一杯で中止にして、夜のみ一げんではない予約客を受け入れるという形を取った、昼間の薄暗いレストランで、早坂さんと須山さんが高級ワインを開けて飲んだくれながらグチを言っているのが、二階の部屋まで聞こえて来たからだ。

主に声を張り上げているのは須山さんの方だった。

「なんで、昔の事まで文句言われなきゃなんねえんだ。ちゃんと院を出て、真っ当に働いてるってのによ。『ガルニエ』の皿洗いだって、その辺のファミレスの皿洗いとは違うんだ。皿を洗いながら修業するって事だろが。パンが酸っぱい、使い回しをしてるんじゃないかとか、ふざけた書き込みもしやがって。それこそが、『ガルニエ』仕込みの天然酵母で、わざわざフランス産のブドウを取り寄せて作ってるっていうのによ。おフランスに行っても同じ事が言えんのかよ、バーカ」

須山さんの言っている事には、私もうなずけて、早坂さんに同情し掛けたけれど、実里の顔が浮かんで来た途端、その思いは変わった。

ねえ、章子。あんたが三〇歳という事は、実里も同じ年でしょう? もし、実里が社会的に何か成功していて、あんたはそれを祝福出来る?

きっと、早坂さんは自分が危害を加えた人達に、謝っていないんじゃないかと思う。少年院に入る事は、謝罪ではない。そこで心を入れ替えて社会に戻ったのだとしても、被害者に対する償いとはならない。

早坂さんは私が視界に入る時は、優しく接してくれるけど、いない時まで気に掛けてくれる人ではない。おいしいチョコレートを持って帰って(パチンコの景品だけど)、目の前に私がいればくれるけど、自室にいる私を呼んでまでくれる事はない。残しておいてくれる事もない。そんな感じだ。

だから、視界に入らない時の私が、学校に行っているか、家を出たか、朝食を取ったか、自室に籠っているか、なんて全く気に掛けていないはず。

ママは……、なんと、外に働きに出るようになった。でないと、レストランの赤字が募る一方で、ローンの返済が出来ないからなんだろうけど、そんな事のためにママに負担を掛けるなんて、パパに申し訳が立たない。

ママの仕事は訪問介護だ。

須山さんは人材派遣会社に登録して、短期間の仕事に出ているという。太陽光パネルを組み立てるのがうまい、と自慢された事もあった。確かに、店の準備の様子などを見ていると、手先が器用だと思う。親指の先はないけれど、ナフキンをバラやスイレンといった花の形に折るのは抜群にうまい。

その須山さんが登録している会社に、ママも登録して、今の仕事を紹介された。ママはヘルパーの資格は持っていないけど、資格を持つ人の補助として、一日数軒、町の高齢者の家を回っている。

ママは一切グチを言わないけれど、体力を使うのか、よく腰を痛そうに押さえている。なのに、早坂さんは夜の予約のない時は、朝から車に乗ってパチンコや競馬場に行っていて、私は込み上げて来る怒りをどこにぶつけていいのか分からなくなってしまう。

二人が出て行っている隙に、お風呂とトイレをピカピカに磨き上げたくらいだ。

本谷くんが登校出来ているのかどうかは分からなかったけれど、担任からは保健室登校をすすめる手紙が来ただけで、無視している内に、夏休みが始まった。

これで、ママや早坂さんが家にいる時でも堂々と家の中を歩き回れるし、日中も外出出来る。なのに、私は外に出る事が怖かった。想像するだけで、胸がドキドキして呼吸が苦しくなってしまうくらいに。

悪臭をまき散らしてしまうんじゃないのか。見知らぬ人達にまで、顔をしかめ、避けられてしまうんじゃないのか。

だけど、家の中でじっとしているだけの、引き籠りにはなりたくなかった。それこそ、実里への敗北宣言、そして、自分自身にも負けた事になるし、何よりも、パパが悲しむと思ったから。

学校に通っている子達以上に勉強してやろうと、一学期の間に配られたワークブックを片っ端から解いて行った。もちろん、私は学校での成績はそこそこ良くても、教科書を読んだだけで理解出来るような頭はない。理数系科目では、分からない問題がいくつも出て来た。

パパがいたら、教えてもらえるのに……。手が止まる度に浮かんでいたパパの顔は、手を動かしていても、頭の中に残り続けるようになった。

会いたい、会いたい、会いたい、そんな風に切望していた頃だ。

ママも早坂さんも出掛けていたので、リビングのテレビをつけたら、よく知っている施設の名前が出て来て驚いた。まるで、私に知らせようとしていたかのようなタイミングだった。

全国的に樹木葬を展開している霊園「輪」が、経営破綻して、社長が雲隠れしている、とアナウンサーは告げていた。テレビ画面には、関東地方にある霊園が映し出されていたけれど、ホールなどの造りは、パパの樹を植えた所と同じで、跳ね上がる心臓を押さえ付けながら、テレビにかじり付いた。

被害に遭ったという人がインタビューを受けていて、死んだ母を冒とくされた気分です、と涙を流していた。

パパは？　パパの樹は？　外出を怖がっている場合ではなかった。歯を三回磨き、顔と手を石けんで念入りに洗ってから家を出た。梅雨は終わっていて、日差しで夏がとっくに来ていた事を知った。

自力で霊園まで行くには、電車とバスを乗り継がなければならない。駅まで歩いている途中、背中と脇に汗が流れるのを感じた。これもまた、においの元になってしまう。一番近いコンビニで、石けんの香りの制汗剤とローズの香りの液体コロンを買った。皿洗い代というお小遣いは二カ月もらっていなかったけど、その前までは早坂さんから月に一万円ももらっていたので、かなりの貯金は出来ていた。

駅のトイレで全身に制汗剤のスプレーを振り掛けて、首や腕といった露出している部分全体にコロンをこすり付けてから、電車に乗った。電車はほどほどに混んでいて、立っている人も何人かいたのに、私の両脇の席は空いていた。前に立つ人もいなかった。まるで私が、半径一メートルにバリアを張っているように。

バスでは、座らなかった。だけど、私が立っているすぐ前の席で、赤ちゃんをホルダーで抱っこしているお母さんに顔をしかめられた。すると、赤ちゃんまでが大泣きし始めて、私は場所を移動したものの、狭い車内のどこに立っていればいいのか分からず、ウロウロしっ放しで、バスを降りるなり、停留所の看板脇の草むらに吐いてしまった。そこからも悪臭が立ち上り、ハンカチで口を押さえながら、逃げるようにして霊園までの坂道を駆け上った。

テレビで報道されていたせいか、霊園にはこれまで見た事もない程の人達が詰め掛けていた。

前回、霊園を訪れたのは、一年前のお盆だった。パパのお墓参りに、早坂さんが車を出してくれ、ママと三人でやって来た。早坂さんは樹木葬を気に入ったらしく、「おまえのオヤジ、センスいいじゃん」と私に向かって褒めてくれた。植えた時に私と同じくらいの丈だったパパのポプラの樹は、あの頃から一五センチ伸びた私の身長も追い越して、丁度パパくらいの高さになっていた。それなのに……。

パパの樹は幹が白っぽく乾燥し、表皮が浮き上がっていて、枯れているようだった。丁度私の身長の高さにある枝の真ん中辺りには、ハチの巣が出来ていたけれど、それさえもカピカピになっていて、樹全体に廃墟のような雰囲気が漂っていた。

中に事務所が入っているホールは入り口のドアが施錠された上から、板まで打ち付けられていた。墓地スペースには、途方に暮れている人、怒っている人、周囲の人と何かしらの相談をしている人、たくさんの人達がいたけれど、この中で一番不幸なのは私だったはずだ。

管理者がいなくなったとはいえ、樹は残っているのだから。枯れているのは、パパの樹だけだった。そうなると、管理者の責任ではない。皆、年に一度だけではなく、頻繁に訪れて、樹の世話をしていたのかもしれない。去年は夏に雨が降らず、秋に季節外れの大型台風がこの町を通過した。冬は何十年に一度という寒波が来て、珍しく雪が一〇センチ以上積もった。パパの事は毎日のように思い出していたのに、どうして、樹にまで頭が回らなかったのだろう。

被害者の会を作るといった声も聞こえて来たけれど、私は周囲の大人達の誰にも声を掛ける事は出来なかった。樹の管理も出来ない遺族に被害者を名乗る資格はない。そんな風に怒られるのが怖かった。

パパは二回死んだ。二回目は私が殺した。そう思った途端、ブワッと涙が込み上げて、同時に声まであふれ出し、ワンワン泣いた。周りの目も気にせずに。だけど、私に声を掛けてくれる人もいなかった。ましてや、優しく近付いて来て、背中をそっとなでてくれる人なんて。孤独、孤独、私には寄り添う樹すらない。

それでも、樹の事は誰かに相談しておいた方がいいと思った。樹の下には土に交ざった状態とはいえ、パパのお骨が埋まっている。

幸い、帰りのバスはすいていて、私は前後左右に誰もいない席に着いて、窓の外をぼんやりと眺めながら、樹を植えた日の事を思い返した。

あの時は、林先生がいた。出会った時期にもよるのだろうけど、ママはどうして林先生はかわいそうなまでに突っぱねたのに、早坂さんとはあっ気なく一緒になったのだろう。一つ屋根の下で暮らすようになって気付いたのだけど、ママは早坂さんと一緒にいる時、それ程楽しそうじゃない。ぼんやりとした人形にもならず、調子の悪い時も、緊張しているというか、固まったガラス細工のような顔で、人のまま頑張っているように思えるのは、私の気のせいだろうか。

今更ながら、林先生の方がこういう時、頼りになったのではないか。でも、そんな事を考えても仕方がない。林先生の消息については、中学生になった頃から全く入って来なくなった。

私にとって頼れる大人は、社長さん夫婦しかいない。電話くらい入れた方が良かったのかもしれないけれど、駅に着くと、丁度、会社方面に向かうバスがロータリーに入って来るのが見えたので、そのまま、そのバスに飛び乗った。時間帯のおかげか、このバスもそれ程混雑していなかった。

夕方より少し早目の時間に、会社に到着した。事務所をのぞくと、いつもそこにいるはずの奥さんの姿はなく、若い女の人がパソコンの前に座って何か作業をしていた。私はその人の事は知らなかったけど、その人は私を見てすぐに誰だか分かったようだ。佐伯さんのお嬢さん、と呼ばれたので、パパのお葬式に来てくれていたのかもしれない。

木下、と書かれた名札を見て、今日の用件にピッタリの人だな、と少しおかしくなったのもつかの間、私に冷たい麦茶を出してくれた木下さんは、社長も奥さんも会社にはいない事を教えてくれた。奥さんは昨年脳の病気で倒れて以来、体を動かすのが不自由になって、社長は付きっ切りで介護をしているらしい。この会社もいつまで持つか、と木下さんは最後の言葉をため息交じりに言った後で、子供の前でゴメンね、と謝った。

パパの樹の事なんて、とても相談出来る状態じゃない。ふと、別の事が頭をよぎった。

「父の持ち物を整理した時に、フロッピーディスクが出て来たんですけど、会社の物でしょうか」

「どうかしら。大事なフロッピーがない、ってなった事はないけれど、関係ないとは言い切れないし。中は見てないの？」

「父が家で使っていたパソコンには、フロッピーの差し込み口がないので、中は調べていないんです」

「じゃあ、フロッピーだけ家に持って帰っても仕方なかっただろうし、会社の物じゃないかもしれない。でも、万が一って事もあるから、取りあえず、保管しておいて」

何か用件らしき事が話せて良かったとホッとした。社長さんへの伝言とか聞かれても困る。木下さんにお礼を言って事務所を後にしようとした時だった。

「あっ、あの、佐伯さん」

木下さんに呼ばれて、私は足を止めて振り返った。

「はい?」

「い、いや、何でもない。帰り、気を付けて」

私から悪臭が漂っている事を注意するつもりだったのなら、はっきり言って欲しかった、と今になって考える。洗面所を借りて、少しばかりうがいをして、手や腕を洗ったところで、何も変わらなかったとは思うけど。

常識のある人は、においについて触れてはいけないと分かっているのだ。でもそれは、必ずしも、善意だとは言えない。

何も解決しなかった。そして、見知らぬ人達に予想以上に避けられた。多分、家に帰ったが最後、一生外に出たくない気分になる。いや、心を守るために、体が何かしらの反応を起こしそうな気がする。ジンマシンが出るとか、呼吸がおかしくなってしまうとか。

その前に、外でやり残した事はないか。

私は図書館に行く事にした。無人ではないだろうけど、嫌われついでだ。霊園の事に関しては、朝の情報番組で得た事しか知らない。会社からバスで駅まで戻り、そのまま歩いて市の図書館に行った。だけど、その日の新聞を全紙読んだものの、どれも同じような内容で、テレビ以上の情報を得る事が出来なかった。

図書館にはパソコンもあった。カウンターで名前と連絡先を記帳すれば、三〇分間自由に使わせてもらう事が出来る。早速、申請をして、空いているパソコンの前に座った。

霊園の名前を打ち込むと、ちゃんとした記事とは別に、被害者の人達の書き込みも出て来た。他の県にある系列の霊園では、ほとんどの樹が枯れているらしく、樹の管理は霊園側の責任だ、契約書にもそう書いてある、という書き込みが多数あるのを見て、ほんの少しだけホッとした。ただ、今後についての具体的な展望は見当たらなかった。これから、被害者の人達有志で、作戦を立てて行くのだろう。

三〇分は意外と長かった。お金を払っている訳ではないのだから、用事が済めばその場を去ればいいのに、時間一杯、パソコンを使わないともったいないような気がした。頭の中では既に警報器が赤色灯を回しながら大音量で鳴っていた。

やめろ、章子。検索履歴が残るんだぞ。おまえは住所を書いたじゃないか。勘のいい司書がそれを結び付けてしまったら、どうする。

警報が鳴る一方で、おばあちゃんから聞いた話は本当に正しいのか？　と問い掛けている自分もいた。事故が大げさなウワサ話を経由して事件にされてしまっただけじゃないのか。ママは本当に人殺しなのか？

おばあちゃんの住んでいる市の名前、そして「殺人事件」とだけ打ち込んだ。それだけなのに、まさしくこれではないかという記事がヒットした。事件が大きく取り上げられているのは、被害者の片方が県議会議員だからだ。

中学二年生の長女が夜中、自宅に放火して、就寝中の父親と兄を殺害。兄は地元の有名私立高校の二年生。動機について長女は、父と兄からの虐待をほのめかしている。

私は全国各地の自分が知っている市の名前の次に「殺人事件」と打ち込んで、次々と検索して行った。内容は全く読んでいない。検索履歴の消し方を知らない私なりの、急場しのぎのごまかし方だった。

外に出ると、夏の太陽は空を真っ赤に染めて沈みかけていた。遠くの町で火事が起きているような。そんな空を背にして、トボトボと家路に着いた。自分がどんな悪臭を放っているのかなんて、もう気に留めもしないで。

この日は、まだ終わらない――。


家に着くと、レストランの駐車場に県外ナンバーの高級車がとまっているのに気が付いた。週に一度、訪れてくれる猪川《いのかわ》さんの物だ。車の中で文庫本を読んでいる運転手の人と目が合って、小さく頭を下げた。

猪川さんは全国に「いのや」という高級ホテルを一〇軒以上展開している会社の会長だ。場所によって「星いのや」「花いのや」といった、その土地に適した自然を表す漢字一文字がホテル名に付いている。「森いのや」を作るため、温泉も出る清瀬渓谷に下見に来た際、息子の友人だという、この店の常連客の歯医者に紹介されたのがきっかけで、通い続けてくれている人だ。

毎回、一人で訪れる。奥さんは一〇年以上前に亡くなっていて、フランスの「ガルニエ」は奥さんのお気に入りの店だったらしい。

早坂さんによると、猪川さんの本宅は東京にあって、そこから自家用ジェット機に乗って一番近い系列のホテルに降り、そこのホテルの運転手が、この店まで送迎してくれているのだという。

レストランではテイクアウトを受けていないけど、猪川さんの提案で、駐車場で待っている運転手用のサンドイッチを用意する事になった。一パック、五千円。猪川さんはそれをいつも二パック注文する。届けるのは、厨房にいるママか私、大概が私の役割だった。

今日は予約が入っていたのか、と家の裏に回った。レストランの営業中は、表から入る事は出来ない。裏口にママの靴はなかった。もしまだ帰っていないのなら、手伝いに行かなければならない。取りあえず、ママが本当にいないのか確認しようと、カバンだけ上がりがまちに置いて、急ぎ足で厨房に向かった。

ドアを開けて、奥をのぞくため、三歩中に入った瞬間だった。早坂さんの怒声が飛んで来た。

「おせーよ。どこほっつき歩いてたんだ。っていうか、おまえ、何だ、このにおい。料理に移ったらどうすんだ！」

すぐに逃げ出せば良かったのに、早坂さんの表情も声もそれまで見た事も聞いた事もない程怖くて、足がすくんで動かせなかった。

「何突っ立ってんだよ。とっとと出て行け、このクソボケが！」

「あの、ごめ……」

謝らなくていい、とにかく足を動かさなければならなかったのに。

「おまえ、耳付いてないのか？　この石地蔵が」

動かない私に向かって早坂さんが一歩足を踏み出した。私は固まったまま祈るように手を組んで身を縮めた。その時だった。

「やめなさい」

店側の厨房出入り口の所に、猪川さんが立っていた。怒った顔ではないけれど、表情は厳しく、振り向いてその姿を認めた早坂さんも、ハッとしたように肩をピクリと震わせた。

「怒鳴り声が店まで聞こえて来たからね。お弟子さんが叱られてるのかと思ったら、こんな小さな子だったなんて。しかも、女の子だ。かわいそうに」

猪川さんはわたしの方を見て目尻を下げ、大丈夫だよ、と言うようにうなずいた。

「申し訳ございません」

早坂さんは口ごもるような声で謝った。だけど、言いたい事もあったようだ。

「猪川様にお出しする料理に……」

「言い訳は結構。早坂くん、君の料理は『ガルニエ』で腕を磨いた最高の物だ。その腕をこんな田舎に眠らせておくのはもったいないと思い、君に、再来年の春オープン予定の、うちの海外初進出となるシンガポール店の料理長をお願いしたいと考えていたところだ」

「ありがとうございます！」

早坂さんは電流が走ったかのように背中を真っすぐ伸ばし、そのまま腰を九〇度以上曲げて、頭を下げた。目が輝き、喜びを隠せないといった表情だった。

「だがね」

猪川さんのその三文字で、早坂さんの顔がこわばった。私も良くない話が始まる気配に唾をのみ込んだ。

「小さな女の子が少し香水を付け過ぎたからといって、あんな怒鳴り声を上げるのはいかがなものか」

香水……、コロンの事だ。私は片手の甲を鼻先に近付けた。汗と混ざった濃いにおいにえづきそうになり、慌てて服の裾に手をこすり付けた。だけど、猪川さんも早坂さんも私の方など見ていない。

「それしきの事で怒っていたら、大勢の料理人を抱える厨房をとてもじゃないが、任せる事は出来ない。君には料理の腕はあるが、人間的な器としては大きさに欠ける。厨房の雰囲気は自然と客席に流れ出るものだ。私は妻を亡くした後も、仕事でフランスを訪れた際、『ガルニエ』に足を運んだ。寂しくなるだけかと懸念したが、全くの杞憂だった。店に流れる空気は温かく、他のテーブルから聞こえる慎ましやかな笑い声が最高のBGMとなって、幸せな心地で食事をする事が出来た。そうして気が付いたんだ。『ガルニエ』が世界中の人達から愛される理由に。君は、皿洗いだけでなく、給仕の手伝いもさせてもらえれば良かったのかもしれないな」

早坂さんは両手の拳を固く握り締めていた。その手が、いや、体全体が小刻みに震えているのが、少し離れている私の目にもしっかり見て取れた。猪川さんに殴り掛かるんじゃないかと怖くなったのだけど……。

ガバッと早坂さんはその場、土足の床に土下座をした。そして、床に額が着きそうな程頭を下げた。

「申し訳ございませんでした。今日の料理は最初から作り直しますので、もう一度チャンスをください」

早坂さんの背中を見ていると、私もその後ろか横で同じように頭を下げなければならないような気になった。私のせいです。私のにおいのせいです。いや、そう思ったならやれば良かったのだ。だけど、臆病者の私は結局、突っ立ったまま、かわいそうな子供の顔で、二人を交互に見ているだけだった。

「チャンスの前に、もう一度、はないんだ。食事はいい。今日はもう、帰らせてもらうよ」

猪川さんはブレザーのポケットから財布を取り出し、一万円札の束を手近な台の上に置いた。

「お代は結構です」

早坂さんは土下座した状態から、顔だけを上げて言った。

「今日の料理代じゃない。これまでのお礼の気持ちだ。そちらのお嬢さんにね。うちの運転手にいつも礼儀正しく挨拶してくれてありがとう。君が勧めてくれた本がすっかり気に入った様子でね、僕も今度読んでみようと思うよ」

猪川さんは私に笑い掛けると、厨房に背を向けた。早坂さんは正座をしていた足をヨロヨロと伸ばしながら立ち上がったけれど、追い掛けなかった。私もボーッと立っているだけだった。

店の出入り口の鐘が鳴り、車が発進する音が聞こえるまでの間、私も早坂さんも金縛りに遭ったかのように同じ体勢で固まっていた。ほんの一、二分。厨房の壁時計はこんなにも大きな音で秒針を鳴らしていただろうか。

何か恐ろしい事が始まるカウントダウンのように……。

脇腹に衝撃を感じた。早坂さんの爪先がガフッと食い込み、痛さで背中を丸める前に頬に拳がヒットした。そのまま硬い床に転がされ、今度は逆の脇腹、背中、腹、背中……。それ以上は、どこを蹴られているのか認識出来なかった。衝撃を受ける度に、体の中からその部分が爆発し、全身に痛みが広がって行くようだった。口の中には鉄の味が広がり、声を上げる事も出来なかった。

何か言われていたような気がする。怒りの言葉、私を罵る言葉、だったはずだ。だけど全く聞き取れなかった。それどころか、どんな顔をしていたのかも分からない。見えていなかったのか、思い出せないのか。私が、思い出せない？

横向きに倒れている頭を靴のまま踏まれた。耳が千切れたかと思った。意識が徐々に遠ざかり、もう一発食らったら気を失っていたかもしれないけれど、それが最後だった。

早坂さんは片付けもせずに、住居スペースの方へ行った。住居スペースにはキッチンが別にあり、厨房の物にはたとえ水でも手を付けるなと言われていたけれど、今、キッチンに行くと早坂さんに会いそうだったので、調理台に手を掛けてゆっくり立ち上がると、そのまま横ばいしてシンクまで行き、水道をひねった。

口の中を洗いたかった。両手で水道水を受け、口に運んだ。思い切りむせて、うがいもせずに水を全部吐き出してしまったのは、内側が切れた頬に染みたからか、悪臭のせいなのか。そんな事を考える余力はどこにもなかった。

裏口のドアが開閉する音が聞こえた。ママが帰って来たのだと思い、その場にしゃがみ込んだ。こんな姿を見られたくない。だけど、程なくして、外からボンボとエンジンを鳴らす音が聞こえ、早坂さんが出て行ったのだと分かった。早坂さんのやたら長い車は色々と改造をしているらしく、音だけでそれだと認識出来る。

深く息をついた後、体に残った力を全て振り絞り、立ち上がって、住居スペースの二階にある自室に向かった。ベッドに倒れ込んだ直後に、またドアが開く音がしたけれど、どこか遠くの家から聞こえて来たかのように、その音も、目覚まし時計の秒針の音も、スウッと砂時計の最後の砂が落ちるように消えて行き、私の意識もプツリと切れた。

ねえ章子、あんたの人生において、これ程長かった一日って他にある？

翌朝、いや、昼を過ぎていた、チリチリと頬が焼けるような痛さで目を覚ますと、部屋のドア脇にカバンが置いてあった。私が裏口の上がりがまちに置きっ放しにしていたものだ。出窓の所に置いてある小さな鏡に顔を映した途端、ヒッと悲鳴が漏れそうになった。左側の目の横から頬骨沿いが、真紫に腫れ上がっていた。

ママに気付かれただろうか。不安はそこにあった。カバンを届けてくれたのが、夜中である事を祈った。

家の中は静まり返っていた。しばらく耳に神経を集中させたけれど、自室の時計の音しか聞こえなかった。恐る恐るドアを開けてみても、同じだ。ママも早坂さんもいなかった。ママは仕事だとして、早坂さんは。昨夜帰って来たのかどうかも分からない。ちょっとコンビニに行っているだけの可能性もある。

音を立てないよう、だけど足早に風呂場に向かった。上半身全体が映る鏡の中に、毛のないホルスタインの紫バージョンのような醜い生き物がいた。そいつから目をそらし、熱いシャワーを水量一杯に出した。熱い、と、痛い、の間くらいの声を出して、湯温を下げた。

シャンプーのポンプを一〇回押しては頭にこすり付けを三回繰り返し、ボディソープを十分に泡立てないまま、軟こうを塗るように、体全体に擦り込んだ。洗顔クリームも同様に。それらを、再び温度を上げたシャワーで一気に流すと、バスタオルを頭からかぶり、野菜の皮むきをするようにワシャワシャとこすりながら、爪先まで拭いて行った。

洗濯済みの下着とパジャマ用のTシャツと短パンを身に付けると、キッチンに走った。パックの野菜ジュースと五枚切りの食パンが三枚残っている袋を持って、自室に戻る。ドアを閉めて、ホッと息をついた。せっかくシャワーを浴びたのに、もう汗をかいていた。だけど、部屋のエアコンはついている。これもママがしてくれたのだろうか、と頬に手を当てた。どうか、夜中でありますように、と再び願いながら。

おなかはすいていなかった。ジュースよりも水を持って来れば良かったと後悔した。だけど、これで取りあえず、明日の朝まで籠城できる。トイレのタイミングにさえ用心すれば、ママとも早坂さんとも顔を合わせる事はない。

そう安堵して、野菜ジュースをパックから直接三口程飲み（やっぱりしみた）、ベッドに寝転んで目を閉じた。ああ、どこにも行けないな。元々、今日から家に籠るつもりだったじゃないか。頭の中で、別の人達が会話しているのをぼんやりと聞いているような感覚に捉われたまま、深い眠りに落ちて行った。

目が覚めた時には、明日になっていればいい……。

最悪な時には、そんなささやかな願いもかなえられない。

髪の毛をつかまれ、頬に張り手をされて目が覚めた。何時か分からなかったけど、遮光ではないカーテンの掛かった部屋は真っ暗だった。何が起きたのか把握出来ないままオロオロしていると、おなかの上にドシンと体重が掛かった。早坂さんが馬乗りになり、私を見下ろしていた。息は荒く、酒臭かった。ただ、恐ろしかった。声も出なかった。と、いきなり、Tシャツが私の顔を覆うようにめくり上げられた。ペッと唾を吐く音がして、両胸の間辺りに湿っぽい物が飛んで来た。

「はっ、石地蔵でもおっぱいくらいでかけりゃ、まだかわいげもあるっていうのによ。これじゃあ、子豚の方がまだマシだ」

そう聞こえた直後に、右の頬に痛みが走った。鼻血が出て、Tシャツに吸収されなかった生温かい液体が両方の頬を伝って耳に入った。追撃はなく、おなかの上が軽くなり、出窓の上のものをなぎ払う音が響いて、ドアがバンと閉められた。

足元から震えがはい上がって来た。舌を引っ込めておかないと食い千切ってしまいそうになる程、歯がガチガチと鳴った。

早坂さんの視界に入らなければ大丈夫だと思っていたのに。これから、こうしてずっと殴られ続けるのだろうか。だけど、殴られるだけならまだマシだとも思った。ブサイクで良かった。貧弱な体で良かった。パパの形見のガラス細工はどれもこなごなに砕けていた。

こんな日がいつまで続くのか。終わりは呆気なくやって来た。

家の裏手、厨房のすぐ外から火が上がったのは、その翌日だった。

服こそ脱がされなかったものの、昨夜と同じように殴られ、鼻血を拭う事もなく目を閉じていたら、耳元で「章子、章子」と声がした。パパが天国から迎えに来てくれたのかと一瞬、本気で思った。

目を開けて、横にいたのはママだった。

「火事なの。逃げなきゃ」

そう言って、ベッドの奥側の私の腕を片手で引き、もう片方の手で背中を持ち上げるようにして、私を起こした。私の体が傷だらけなのを知っているように。私は全身に力を込めて立ち上がり、大丈夫、とママの手を強く握った。

二人で手をつないで階段を下り、家の裏手が燃えていたので、表側に面しているキッチンの窓から外に出る事にした。先に、とママが私の背を押した。私はママこそ先にと思いながらも炎の気配を感じて、ダイニングチェアを踏み台にして窓を越えた。ママもすぐにやって来た。

早坂さんはとっくに外に出ていて、店に置いてあった消火器で、火を抑えようとしていたけれど、炎の大きさはそれでどうにかなる様子ではなかった。それでも、消防車もすぐにやって来た事と、厨房の内壁が防火壁だった事もあり、外壁が全体の三分の一くらい燃えた程度で収まった。住居スペースは問題なかった。だけど、レストランを再開するには、かなりの修理が必要だった。

その後――。家の外から火が上がった事で、放火が疑われたけれど、第一発見者が早坂さんだった事から、警察は保険金目的で早坂さんがやったのではないかと疑っている節もあった。店はそれ程に立ち行かなくなっていた上、早坂さんにはギャンブルで作った借金も百万単位であったらしい。

しかし、須山さんの証言で状況は一変した。火事より一月程前に、レストランの周りを頻繁にうろついている不審な人物がいたという。

林先生だった。

須山さんは林先生から家庭訪問を受けた事があったし、林先生がママに振られておかしくなった（須山さんの証言のまま）事も知っていた。警察が林先生を取り調べたところ、放火は否定したものの、ネットにレストランのひぼう中傷を書き連ねていた事は白状した。火事について聞かれているのだから、余計な事は話さなければいいのに、とは思ったものの、そういう所が林先生らしい。火事の時間のアリバイはないけれど、犯人は林先生ではないと、私は思った。

火事には全く関係ないのに、須山さんは、ロールキャベツで大騒ぎした子が私の同級生だという事も早坂さんにバラしてしまった。

私は火事とは別の事を警察から尋ねられた。その顔はどうしたのですか、と。

早坂さんに殴られました。そう言って、体のアザも見せればいい。だけど、私には出来なかった。早坂さんの大きなチャンスを奪ったのは私だから。私が悪臭をまき散らしながら厨房に入らなければ、こんな事にはならなかった。だから、こう答えた。

「火事の時、階段を踏み外して、顔から落ちてしまいました」

本当に？ と念押しされても、本当です、とはっきりした口調で答えた。警察はママにも確認していた。ママは暴力の事を知らないとしても、私が階段から落ちていない事は知っている。だけど、ママも、そうです、と小さな声で答えた。私が付いていたのにすみません、とも。

ママがどうしてウソをついたのか。私に合わせてくれたのか。早坂さんをかばったのか。それは今でも分からない。もう、どうでもいいことだ。

その後も三人で住み続け、早坂さんから暴力を受ける日々が続いていたなら、あの時正直に答えなかった事を後悔していたかもしれない。だけど、火事以降、私達親子と早坂さんが一緒に暮らす事はなかった。

「全部、おまえらのせいじゃねえか。この死神親子が！ 俺の前に二度と姿を見せるな」

これが早坂さんから投げ付けられた最後の言葉だ。

幸い、火事のお見舞いに来てくれた社長さんが、知り合いの経営しているアパートを紹介してくれて、安い家賃で住まわせてもらえる事になった。早坂さんは家を修理もしないまま売りに出した。親戚の家の離れに住む事になった、とは、ママと私の引っ越しの手伝いに来てくれた須山さんから教えてもらった。

早坂さんにとって憎い相手であるはずの私達親子に、須山さんは親切に接してくれた。二人の関係がいまいち分からなかったものの、そこは尋ねない方がいいような気がして、その日、その場の厚意にのみ甘えることにした。須山さんの口から亜里沙ちゃんの名前は全く出なかった。

アパートは、家賃をサービスしてくれたのではなく、家賃相応の建物だったのだ、という事を引っ越し当日に実感した。同じ一階の、両隣の部屋も空室だった。だけど、贅沢は言っていられない。ママはパパの保険金を、家の購入費として全て早坂さんに渡していた。少しでも取り返せないか誰かに相談してみよう、と提案したものの、そうね、とやる気なく返されただけだ。

パパの樹と同じ。私達親子は困難に立ち向かう方法を知らないどころか、立ち向かおうとする勇気もエネルギーもない。今日をどうにか生きているだけ。

画びょうを刺す事に何のためらいもない塗り壁に、大家さんからもらった近所の花屋のカレンダーを貼り、後二日で夏休みが終わることに気が付いた。

それでも、新しい生活が始まるのだと思えた。ママと二人で始める生活。もう、これ以上ひどい事は起こらない。そんな風に自分を奮い立たせて学校に行ったら、教室に入った途端、窓際の一番離れた所にいた本谷くんが顔をゆがめて口を押さえた。本谷くんがトイレに駆け出す前に、私は走って教室を後にして、そのまま家に帰り……。

今に至ってる。


ねえ、章子。あんたが本当にいるのなら、そして、今の私に手紙を書く事が出来るなら、どんなメッセージを送ってくれる？

なーんてね。あんたはにせ物。だからこの文章も、削除します――。


章子、ハッピーニューイヤーも、バレンタインも私には関係ない。狭いアパートの一室で二四時間が流れて行くだけ。

だけど、今日はあんたに報告したい事がある。消したくないから、手書きで手紙を書いている。手紙？　いや、これはもう日記だね。そう、これまでのあんたへの手紙は全て日記だったんだよ。

自分は特別な事をしている。心のどこかでそんな優越感が昔は一杯、最近でも小さな光を放つくらいにはあったのに。ただの日記。しかも、水玉とかクローバー模様の便せんを広げて、時代遅れにも程がある。

そうと悟っても、やはり、私はあんたに向かって書いてます。

つまらないネタを一〇倍増しにして、大げさに騒いでいるだけの番組が多過ぎるテレビにうんざりして、私は無音の中で身を横たえていた。まあ、これだってゴロゴロしていただけ。物は言い様。

そうしたら突然、風船に針を刺したように、ピシッと空気が揺れた。

インターフォンが鳴らされたのだと気付くのに、一〇秒以上掛かったような気がする。ママも私も、自宅のインターフォンなんて鳴らさない。このボロアパートを訪れる人なんて、あいつ、早坂くらいだ。

早坂は私達親子の前から去ったはずなのに、年末辺りから時々うちにやって来るようになった。どうやら、ママとは別れて暮らすようになった直後から、連絡を取り合っていたらしい。初めてこの部屋にやって来た時は、日本ではいのやホテルでしか扱っていないという、フランスの有名店のマカロンを持って来て、色々すまなかったな、と私に頭を下げた。

アパートは一室しかない。私は目も合わせず無言で押入れに逃げ込んだ。すっかり嫌われちまったな、とあいつは笑い声交じりで言っていた。私は歯が鳴る音を漏らさないように力一杯口を押さえていた。それからも、あいつが来ると、私は押入れに隠れた。だけど、あいつはママの予定を全て把握しているのか、ママがいない時にここへやって来る事はない。

宅配便だろうか。ママは訪問介護の仕事のために、また携帯電話を持つようになった。おまけにスマホ。それでまた、買い物をしたのだろうか。

気にはなるけれど、放っておく事にした。荷物なんか受け取ってしまったら、ママに、学校をサボっている事を気付かれてしまうだけだ。いくら壁もドアも薄いとはいえ、気配が外に伝わる事はないだろうけど、少しばかり息をひそめてじっと身を縮めていた。

足音が遠ざかって行く。そこから、頭の中で千カウントを始めた。多分、普通の人は、意味なくじっと数をかぞえる事なんて出来ないだろうし、やろうとも思わないはずだ。でも、私はやれる。そうすると、歯が鳴るのを止める事が出来るからだ。

早く帰れと念じる半面、一度、外の気配を感じてしまうと、気持ちはそちらに向いてしまう。ポストに何か残されていないか。あんたからの手紙が届いていないか、なんて一パーセントの可能性もなさそうなことに期待して、千カウントが終了したと同時に、狭い玄関に足音をひそめて向かい、ゆっくりとドアを開けた。

ギュッと目を閉じてしまう。冬の光なのに目に染みた。涙を拭うように拳にした手の甲で両目をこすり、体を半分だけ出して、ドア脇の郵便ポストの蓋を開けた。

手紙が入っていた！

水色と白のストライプ模様の封筒には、私の名前しか書かれていなかった。細い線が空中分解しそうな文字は、何度も読み返した手紙の筆跡とは違う。佐伯の伯の字も間違えている。右側が自になっていた。ドアを閉めて部屋に戻り、封筒に一枚だけ貼られたクッキー型の小さなシールを丁寧に剝がして、中から便せんを取り出した。

『出てきたら？　死んじゃうよ。気がむいたら、下の番号に電話して。四丁目のコンビニで待ってる。その前に、外のドアノブを見て。アリサ』

アリサ？　亜里沙？　私の知っているアリサは彼女だけだ。私よりずっと前から不登校気味だった亜里沙ちゃんが、出てきたら？　なんて。どうしていきなり私に連絡して来たのだろう。そもそも、これは本当に亜里沙ちゃんが書いた物なのだろうか。

実里の手下の誰かが、私を外に呼び出すために、亜里沙ちゃんの名前を使っているだけじゃないか。

確かめるすべもなく、それでも外のドアノブにおかしな物を仕掛けられていると困るため、再び玄関に向かった。慎重に開けようとしたのに、軽いドアは北風にあおられ、パカンと全開になった。秋に大型台風が来た時も、施錠していたにもかかわらず、バーンとドアが開いて、玄関口がビショビショになった事がある。

開いた拍子に、ドアの向こうにボトリと何かが落ちる音がした。ドアを引くと、コンビニのレジ袋があった。中に球状の黒い塊が見える。汚物ではないか。身構えながら片手でレジ袋を持ち上げると、ズシッとした重みが指に掛かった。

こうばしいにおいが鼻に届いた。のり、そして、まだ温かいご飯。

章子、何だったと思う？　いや、何だったか覚えてる？

レジ袋を指に引っ掛けたまま部屋の中に入り、改めて中をのぞき込むと、丸い大きなおにぎりが二つ入っていた。爆弾おにぎりだった。もの凄く警戒していたはずなのに、昼ご飯を食べていない体の中の空洞に入り込んだにおいに負けてしまった。ラップを剥がして小さくかじってみると、チーズの味が口の中一杯に広がった。

手紙の主はやはり亜里沙ちゃん本人だと、おにぎりをかみ締めるごとに確信して行った。林先生を連想させる物だけど、私達にとってはそれだけではない思い出もある。それを、亜里沙ちゃんも覚えていたのだ。

おにぎりを食べ終えた。チーズ、ウインナー、卵焼き、それからギョウザ！

小学五年生の運動会、亜里沙ちゃんに挑発されて、私はスペシャルなサンドイッチを作って行ったというのに、彼女の方が爆弾おにぎりを持って来た。一つずつ交換して食べたおにぎりは、今日のおにぎりと同じ具材で、同じ味がした。

手紙の送り主を私が疑うだろう事を察して、亜里沙ちゃんはこれを作ったに違いない。彼女は勘がいいのだ。動物的な。細い体も、とんがったようなどんぐり眼も、猫のようだと前々から思っていたではないか。

だけど、私達は友達だっただろうか。林先生の件以降、教室で私と口を利いてくれるのは、亜里沙ちゃんくらいだった。なのに、私はそれがうれしくなかった。

亜里沙ちゃんは幸せそうな子、少し違うか、幸せそうな環境にいる子に対して、イヤミを言ったり、係などの指示を聞かなかったりと、意地悪な態度を取っていた。それが、誰にでも分かってしまう程あからさまなので、彼女の姿は気の毒に見えてしまうのか、意地悪された子達も、迷惑そうな素振りはしても、言い返したり、怒ったりと、亜里沙ちゃんに正面から向き合おうとする子はいなかった。

そんな亜里沙ちゃんに親切にされるという事は、自分と同類と見なされたという事だ。幸せではない環境に身を置いている。

亜里沙ちゃんにとっての幸せではない環境は、両親がそろっていない、お金がない、という事だけではなさそうだった。同じような境遇にあっても、誰か一人からでも深い愛情を注がれている子に対して、自ら歩み寄って来ないのではないか。

彼女は私に対して、何かを感じ取ったのかもしれない。それ程に、私は愛情に飢えた表情をしていたのだろうか。それとも、鋭い勘で察したのか。

だけどもう、そんな事はどうでもいいような気がした。

おにぎりのお礼を言いに行こう。もう少し、日が暮れて。外を出歩いていても、学校をサボっていると思われない時間になって。

亜里沙ちゃんだって、時間は指定していない。

そうして私は家を出て行った。一体何カ月振りだっただろう。中学生が夕方四時に外を歩く事など、全く珍しくないのに、誰とも擦れ違いたくないと思う。

夏程においはきつくないだろうけど、家を出る前に、三回歯を磨いて、念入りに手を洗った。消臭スプレーは全身に軽目に振ったけど、コロンは付けなかった。私が私だと認識されないよう、顔を伏せて歩いた。ゴムがちびたスニーカーの靴先だけを見ながら。

いつからこれを履いているんだっけ？　引き籠りの利点は、経済的には助かるという事か。

郵便局前の公衆電話から連絡を入れた。今、向かってる。それだけ伝えた。見すぼらしい自分の姿を目に入れたくないのに、亜里沙ちゃんはコンビニのガラス張りの壁の前に立っていた。ダボダボの黒いパーカー、亜里沙ちゃんが痩せているからそう見えるのかもしれないけど、のフードをかぶり、ポケットに入れていた手を片方だけ出して、胸の下辺りで小さく振った。私も同じように手を振り返した。

仲のいい友達のように。

「何の用？　須山さんに頼まれたの？」

素っ気なく尋ねた。端から見れば、悪い友達に呼び出された根暗な子、というイメージかもしれない。一万円持って来た？　とか言われていそうな。

「住所はあいつに聞いたけど、呼び出したのは、あいつと関係ない」

亜里沙ちゃんはニカッと笑って店内に向かった。こんなにスキッ歯だったっけ？　と首をかしげてしまいたくなる程、彼女の前歯は上も下も隙間が広かった。

「嫌いな物は言って」

亜里沙ちゃんはカゴの中にスナック菓子とチョコレート菓子を二つずつと、二リットルのコーラを入れてレジに向かった。もちろん私は、全く口を挟まず、亜里沙ちゃんの後ろを付いて歩いた。いかにも怪しい二人は万引き犯と疑われて、店員からマークされてもおかしくなさそうなのに、三人いる店員の誰とも目は合わなかった。顔もしかめられなかった。

店を出ると、亜里沙ちゃんはスタスタと歩き出し、県道をそれて、住宅街へと入って行った。足を止めたのは、割と大き目の一軒家の前だ。

「亜里沙、ちゃんの家？」

「ううん。先輩んち。あと、呼び捨てでいい。気持ち悪いから」

亜里沙……、は振り向きもせずにそう言うと、ドアを開け、中に入って行った。鍵は掛かっていなかったようだ。という事は、中に誰かがいる？

「早く、入って」

「でも……」

「あたしと実里を一緒にすんな」

その一言で、足が前に出た。亜里沙は玄関を上がってすぐ右手にあるドアを開けた。ヒョウ柄のマットでも敷かれた、タバコの煙が充満しているような部屋を一瞬想像したものの、全く違った。かわいらしい、普通の女の子の部屋だった。アイドル好きなのか、壁の至る所にポスターが貼ってあった。私の知らない人達ばかり。

先輩の家、のはずなのに、部屋は無人だった。

「この時間、先輩はいないから。適当な所に座って」

亜里沙は慣れた様子で、クロワッサンの形をしたクッションを私の方に寄せ、白い小さなテーブルの上に買って来た物を広げると、部屋を出て行った。

私は友達の家という所に遊びに行った事がなかった。友達どころか、他人の家と言えば、まだパパが生きていた頃に、社長さんのお宅を何度か訪れた事があるくらいだ。後は、おばあちゃんの家。

勉強机の上には教科書が無造作に積み重ねられていた。先輩はどうやら高校生のようだ。ということは、今、学校に行っているのだろう。

亜里沙がグラスを二つ持って入って来た。家の人もいなさそうなのに、勝手にキッチンに入ったのか。早速コーラを注いでいる。

「あの、おにぎり、ありがとう」

グラスを受け取り、そう言った。

「爆弾おにぎり、懐かしくない？　ストーカー林のマネだから、あんたにとっちゃイヤな思い出かもしれないけど。取りあえず元気が出そうな物って、あれくらいしか思い付かなくてさ」

「ううん。おいしかった」

おにぎり自体は楽しい思い出だ。それにしても、ストーカーとは。須山さんは家でどんな話し方をしたのだろう。

「ところで、学校、行ってないんだって？　この間、久々に行って、初めて知った」

「亜里沙だって、行ってないじゃん」

亜里沙も相当な不登校振りだ。

「あたしは、行きたくないから、行かないいんだ。でも、あんたは、行きたいのに、行けない。違う？」

　私は答えずに、コーラを飲んだ。それがイエスの印となった。

「実里に何された？」

　首謀者が実里だという前提が、共通の思い出を持っている幼な染みのようで、私は生理用品の事を、ポツポツと話した。

「何それ。最低。想像以上。人前でさらすのも、零点のテストや気持ち悪いラブレターならセーフだけど、生理用品とかアウトじゃん。しかも使用済みって。みんな、悪口言ったりしながらも、本人の努力じゃどうにもならない事とか、生理現象とか、そこには踏み込んじゃいけないっていう暗黙のラインを守ってるのに、それが分からないなんて、あいつは病気だよ。一生治らない。そんなヤツに絡まれて、アッコは運が悪かったんだ」

　力強くそう言ってくれた事もうれしかったけれど、アッコ、と呼ばれた事に鼻の奥がツンとした。

「でも、私は臭いし」

「はあ、何言ってんの？　全然におわないよ。もしかして、ずっと自分は臭いって思い続けて、学校にも行けなくなってんの？」

　私は本谷くんの事も話した。

「あいつ、一年の時、同じクラスだったけど、小学校が一緒だった男子から、ゲロ吐き本谷ってからかわれてた。それも気の毒だし、確かに、においに過敏なのかもしれないけど、いちいち大げさなんだよ。自分が吐いた事をからかわれる前に、アッコのせいにして、被害者振ってるだけじゃん。自覚があんのかないのか、分かんないけど。で、学校側は？」

　亜里沙が学校側の対応を気にする事が、意外だった。はなから、先生なんて全員役立たずだと決め付けていそうなのに。大原先生の事も話した。最初から、中途半端に小出しにせず、筋を追って説明すれば良かったのだ。

　でも、そう思うのは、亜里沙が私が思っていた以上にちゃんと聞いてくれている事が分かったからだ。全部話せる程に信用出来る、と。

「ああ、もう。大原もバカ、大バカ。消臭スプレー？　目の前にいる生徒が臭いかどうかなんて、自分の鼻で判断すりゃすぐ分かるだろ。何、子供の洗脳に引っ掛かってんの。おまけに、保健室登校が必要なのは、本谷の方じゃん」

　亜里沙の物言いは、私の体にグルグルと巻き付いていた物を、バッサ、バッサ、と切り捨ててくれているようだった。

　章子、これが、快刀乱麻？

「いい、アッコ？　あんたは臭くない。もちろん、体から出た物は臭い。だけど、それはあたしのだって、実里のだって、みんな一緒。口が乾燥したら臭くなるのも。自分のにおいは自分が一番よく分からないみたいなところがあるってんなら、あたしが保証する」

亜里沙は、私の体、首から脇にかけて、少し大げさに鼻をクンクンさせながら寄せて来た。

「オッケー」

力強く親指を立てられた瞬間、体がフワッと軽くなったような気がした。体の中にたまっていた悪い物を押し出すように、涙がブワッとあふれた。亜里沙は、ベッド脇に置いてあったショートケーキのカバーのついたティッシュ箱を取り、私に差し出してくれた。ラベンダーの香りのするティッシュで、私は涙を拭った。

「ありがとう、ありがとう。でも、零点のテストや気持ち悪いラブレターも、さらしちゃダメだと思う」

「そうだ、そうだ。よっ、おかえり、優等生のアッコちゃん」

亜里沙に背中をたたかれて、私は明日、学校に行ってみる事にした。

章子、私は今、それ程不安じゃない。緊張がゼロかと聞かれたら、ノーだけど。どうにかなる。そんな気がするんだ。

先輩、には会えず仕舞い。今度は、ちゃんと会える時間に行って紹介してくれるんだって。凄く優しい人らしいよ。

章子の近くに、亜里沙や、その先輩はいる?

こんばんは、章子。珍しく、二日続けての手紙です。

今日、学校に行って来ました。昨日の手紙には威勢のいい事書いたけど、やっぱり、学校が近付くに連れて、足が重くなって行きました。何だか、目に見えないカゴを背負っていて、そこに大きな石を、ズシン、ズシン、と入れられて行くような感じ。

冬なのに、手のひらに汗がにじんで来たけれど、それを鼻にうんと近付けて思い切り息を吸い込み、臭くない、と自分に言い聞かせて、校門をくぐった。

教室へ行くまでには、更に足が重くなって行ったけど、階段を一段ずつ、大丈夫、大丈夫、と自分に言い聞かせながら上がって行った。

冬だから、ドアは閉まっていて、それを開けるのも勇気が要ったけど、一度、大きく深呼吸して、一気に開けた。そうしたら、モワッと、においの空気爆弾が飛んで来た。シャンプーやコロンや、汗や、お弁当のおかずや、靴のにおいが全部混ざったような。

ああ、学校のにおいだ。懐かしいな、と思った。

私がいなくても臭いじゃん、とおかしくなった。

でも、皆の視線はやっぱり痛かった。驚いた顔ばかり。実里も初めはびっくりした様子だったけど、すぐに、歓迎の意地悪顔に変わった。

「何か、今日、臭くない？　何でだろ、何でだろ」

実里が声を張り上げると、取り巻き達が、ウケる、とか言いながら笑い出した。手までたいて。本当は面白くないのに、必死で笑っている事をアピールしているという感じだった。

一瞬で口の中が乾いて、鼓動が乱れ始めた。だけどそこに、正義の味方がやって来た。

亜里沙はガラッとドアを開けて、真っすぐ実里の方に向かって行くと、ぶつかる手前の所で足を止め、キッと実里をにらみ下ろした。背の高い亜里沙が羨ましい。だけど、亜里沙がカッコ良く見えたのは、こびない態度のせいだと思う。

「使用済みナプキン取り出して来たり、ポーチ隠してナプキン替え出来なくさせようとしたり、それで臭いって、あんたはクズか！　あんたの使用済みナプキンがお花の香りがするなら、土下座してやるから、今すぐ持って来てみろ。出来ねえだろ。生理中の女を汚物扱いするなんて、昭和のジジイ以下だ」

亜里沙のタンカに、実里は顔を真っ赤にしながらも、何も言い返す事が出来ず、取り巻きの子達に同意を求めるように、バカじゃないの？　という顔をして見せた。

「他のヤツらも同じ。ネットじゃ、イジメも武勇伝になるような、バカが集まるサイトもあるんだろうけど、おまえらのやった事、書いてみろよ。バカ共にも軽蔑されるから。世の中の理性ある女を全員敵に回す覚悟があるヤツだけ、これからも、臭い、臭い、ってバカ騒ぎしてりゃいい」

亜里沙は教室全体を見回した。亜里沙と目が合った子は、気まずそうに目を伏せた。

「私達だって、巻き込まれただけなのに」

そう不服そうにつぶやく子や、泣き出す子もいた。コバちゃんは誰とも目を合わせないように、うつむくというよりは、床の一点を凝視していた。

そこに、このタイミングで本谷くんが教室に入って来た。いつもと違う空気が流れる教室に、私の姿を見付け、彼はとっさに口を押さえた。亜里沙はそれを見逃さない。

「本谷、おまえの大げさな……」

私は亜里沙の所に行って腕を引いた。もう十分だよ、と。そして、青い顔をした本谷くんに向き直った。

「私、二年生の間は保健室登校するから、本谷くんから大原先生に、三年生は別のクラスになれるように頼んでおいて」

そう言って、教室を出て行き、その足で職員室に向かった。そして、追い掛けて来た亜里沙と一緒に、二年生の先生達の前で、保健室登校する事を宣言した。

章子、先生達のポカンとした顔、面白かったよ。おまけに、大原先生のセリフ。

「良かった。学校に来られるようになったのね」

泣いて喜んでた。亜里沙いわく、終わってる。

ほとんどの先生が、不登校になった生徒に対して、再び学校に来る、という事が解決だと信じてるんじゃないかな。学校の問題、家庭の問題、体調の問題、精神的な問題。原因は様々で、それらが全く解決していなくても、とにかく学校に来ればオッケー、なんておかしいでしょう。

でも、私は幸せ。学校の問題を友達が解決してくれたのだから。登校する場所が教室でも、保健室でも、とにかく私は明日も学校に行くよ。

明後日も、明々後日も、あんたの所につながるように――。


章子、中学二年生も、あと一月です。色々あり過ぎて、反抗期になるどころじゃなかった。だけど、愛されたいとか、自分の生まれて来た意味を知りたい、なんて強く願った事は、私にもちゃんと第二次性徴期があったって事だよね。

中二病とは言われたくないけど。

学校には、あれから毎日通ってる。昨日、ママが新しい靴を買って来てくれました。学校に履いて行ける白いスニーカー。でも、替えのヒモが付いていて、それが紺地に白い水玉のリボンなの。女子高生にはやってるんだって。本当にかわいくて、棚に飾っておきたくなるくらい。

ママは訪問介護の仕事に大分慣れたみたい。だけど、疲れて人の状態でフリーズしているママを見ていると、もしかして、人形になっていた時の方が、ママは幸せだったのかもしれない、と思ってしまう。パパが、無理してママを病院に連れて行かなかった理由も分かったような気がする。

ママに経済的な負担を掛けたくない。

そんな私の気持ちを知ってか、知らずか。いや、章子、亜里沙はきっと、エスパーだよ。本当に、絶妙なタイミングなんだから。

保健室にいる必要のない保健室登校の私と亜里沙は、現在、図書室登校をしています。とはいえ、亜里沙は週に三日登校すればいいところ。

どうして来ないのか聞いた事がある。そうしたら、こんな答えが返って来た。

「まず、勉強が嫌い。あと、あたしもイジメられっ子だからね」

実里にあれだけ言えたのに、まさか、亜里沙がイジメられているとは。

「実里は単純だから、全部、表に出すじゃん。ああいうバカは対処しやすいんだけど、陰でネチネチ、イジメとイヤがらせのボーダーラインを行ったり来たりしながら、上手いことやって来るヤツがいるんだ。おとなしそうなフリしてさ」

「でも、それで泣き寝入りするなんて、悔しいじゃん。私に出来る事があれば、協力するよ」

「要らない、要らない。そいつは学校での敵であって、人生の敵じゃないから。あたしの守りたい相手も、戦わなきゃならない相手も、学校の外にいる。だから、ザコはムシ、ムシ。でも、毎日ちょっかい出されるのは面倒だから、こうやって、調整してるって訳」

何となく理解出来るような気がした。当然、亜里沙の守りたい相手や敵の事が気になったけれど、これは、亜里沙から話してくれない限り、こちらからは触れてはいけないエリアだ。亜里沙から何を打ち明けられようと、どんなに仲良くなろうと、私がママの事件の事を亜里沙に話せないように、亜里沙には亜里沙の事情がある。

まあ、後は本当に勉強も好きそうではなかった。課題プリントをやっている最中、数学って人生に要る？　と何度ぼやいていることか。

だから、予想外の質問に驚いた。

「アッコは高校どうすんの？」

確かに、もうすぐ三年生で、進路についてそろそろ考えないといけない時期だけど、まさか、一番そういう事を考えてなさそうな亜里沙に聞かれるとは。

「清瀬高校に行きたいな」

うちのアパートから自転車で通える公立の中では、一番偏差値の高い学校だ。

「さすが、天才アッコちゃん」

からかうような口調ではあったけど、イヤミっぽくはなかった。そう言われて真っ赤になっていたのが、遠い前世の記憶のように感じる。あの頃はまだ、パパがいた。

「でも、無理かもしれない」

自然とため息が出た。

「またまた、謙遜しちゃって。一年くらい引き籠ってたからって、余裕でしょ」

「勉強の事じゃなくて、お金？　公立とはいえ、色々と掛かるんじゃないかなって。学校案内を見たら、アルバイト禁止って書いてあるし。入ってから、結局続けられませんでした、ってなってもなあ。ところで、亜里沙はどうするの?」

「あたしも清高」

亜里沙が真顔で言った。ふざけてるの？　と喉元まで出掛かったところで、ニカッと笑われた。

「の、定時」

そういえば、と清瀬高校に定時制があったのを思い出した。

「先輩がそこに行ってるんだ。昼間はコンビニでバイトして」

バイト、に心ひかれた。だけど、定時制高校には、不良と高齢者が簡単な漢字や算数レベルの計算を学んでいるというイメージしかない。私の貧弱なイメージを見透かしたように、亜里沙は続けた。

「先輩は中学の時に不登校になってしまって、取りあえず高校くらいは、って感じで周りに勧められて、何となく定時に入ったらしいけど、頭いい子が一杯いるってボヤいてた。初めは昼の高校行ってたけど、何かあって、入り直した人も結構いるみたい。あたし、ちょっとナメて掛かってた」

亜里沙はペロッと舌を出した。

「進路も色々で、就職する人、専門学校に行く人、あと、大学に行く人もいるらしいよ。しかも、まああ有名なとこ」

思いも寄らなかった事が、次々と亜里沙の口から出て来て、私はあっ気に取られていた。だけど、ポカン口のままうなずいている自分もいた。

「でも、先輩の話の中で、あたしが定時に行ってみたいと思った一番の理由は、ちゃんと話を聞いてくれる先生がいるって事。まあ、大原みたいなハズレもいるだろうし、そっちの方が多そうな気もするけれど、先輩の先生は、信頼出来る人だって言ってた。そういう大人がいる所で、しっかり自分と社会をつないでおけば、変な所に飛んで行ったり、沈んでしまったりせずに、どうにか生きて行けそうじゃない？　でも、まともな大人って、どんなんだろ」

すぐに思い付いたのは、パパ。でも、もういない。次はママ。申し訳ないけど、ちょっと心もとない。社長さん？　は介護で忙しい。知っている大人の顔が、頭の中でルーレットのように回っていたけど、いつまでたっても、これだ！　と止まる気配はなかった。

「まあ、あたしの周りはクズばっかだから。そんな感じで、定時に行ってみようかと思うんだよね。だからって、アッコに勧めてる訳じゃないよ。奨学金とかよく分かんないけど、昼でも公立なら、どうにかなりそうじゃん。それに、オヤジ達の会社、羽振りが良さそうだし」

最後の言葉に首をかしげた。

「オヤジ達、の会社？」

「あれ、知らなかった？　あいつ去年の終わり頃から、早坂と人材派遣の会社始めたんだ。訪問介護がメインらしいけど、アッコのお母さんもそこで働いてるんじゃないの？

なんか、人気ある、みたいな事を言ってたけど」

全く知らなかった。仕事の内容が同じだから、私に話す必要はないと、ママは思ったのだろうか。もしかして、それで早坂がまたうちにやって来るようになったのかもしれない。

「まあ、アッコまであいつらと関わる必要ないよ。離れて暮らす事になって正解。そこはストーカー林に感謝かも。あたしも高校入ったら、バイトしてお金ためて、弟連れて家を出るつもりだから……。ていうか、先輩がアッコに会いたがってるんだった。いつがヒマ？　あの家、土日は親がいるからさ、平日の昼がベストだけど、明日サボんない？　あ、でも、もう人目に付かない所じゃなくても、アッコ、大丈夫か。ケータイ持ってないんだからさ、都合のいい日、今、いくつか挙げといてよ」

亜里沙のしゃべり方は、うっかり放った大事な言葉を隠すように、詰まらない言葉を重ねているようだった。どれが大事な言葉だったのかを探すのはやめて、私は先輩に会うために、やはり学校をサボる事を提案してみた。

学校に行けないのではなく、行かない。

章子、ちょっとワクワクしない？　なんて、私達、マジメだね……。あんたも性格は、そんなに変わっていないでしょう？

章子、こんにちは。あんたからの手紙が届いて丁度四年です。

今日は新しい出会いがありました。亜里沙の先輩、智恵理《ちえり》さんに会って来たのです。凄くかわいくて、優しくて、女の子らしくて、素敵な人でした。

亜里沙とは小さい頃、同じ県営住宅に住んでいたらしく、亜里沙は私の前では先輩なんて呼んでいたくせに、本人を前にすると、智恵理ちゃん、智恵理ちゃん、ってまるで大好きなお姉さんを呼んでいる風でした。誰かに甘える亜里沙を見たのは初めて。弟がいるって言ってたから、家ではお姉さんだし、なお更、智恵理さんに構って欲しいんだろうね。

私もきょうだいが欲しかったな。頼れるお兄さん、お姉さんはもちろん、弟や妹でもいい。面白い弟がいたら、ママをもっと笑わせてあげられたかもしれない。

智恵理さんも一人っ子だって。

前に行った智恵理さんの部屋で、三人でお菓子を食べながらおしゃべりしただけなんだけど、楽しかったなあ。アイドルグループにも詳しくなったよ。智恵理さんはノートパソコンを持っていて、それで画像も一杯見せてもらった。面白いのは、パソコンの蓋に「初期化済み」って手書きで書かれたシールが貼ってあった事。

「どこかで、多分、粗大ゴミの日に、拾って来たみたい」

智恵理さんは笑いながらそう言っていた。たまに、記憶の一部がスコンと抜ける時があるのだとか。使い古したゴルフクラブやトラ柄のメガフォンも見せてくれた。亜里沙は、あたしは一部どころか数学は全部だよ、なんてフォローしてたけど、私にそういう経験は一度もない。忘れてしまいたい事は、たくさんあるのに。

まあ、湿っぽい話は置いといて、パソコンね。

なんと、フロッピーを入れる部分が付いているのです。智恵理さんに確認したいフロッピーが一枚あることを伝えると、いつでも持って来て、自分がいない時でもパソコンを使ってくれていいと言ってくれました。スマホを持っているので、パソコンはDVDやCDの再生用としてのみ使っていて、メールや写真といったプライベートな物は全く入っていないから安心して、と。

だけど、勝手にはちょっとねえ。パソコンを使うどころか、家主のいない家に上がる事にも抵抗があるのに。それについて、家の人に怒られないのか尋ねると、全くない、と笑いながら言われました。お父さんは弁護士（凄い！）で、お母さんは病気がちで入退院を繰り返しているらしく、智恵理さんは一人ぼっちになる事が多いから、友達の訪問は大歓迎なのだとか。

「女子限定なんだけどね」

智恵理さんはフワフワと柔らかい笑みを浮かべてそう言った。その時、私の胸に一瞬だけ、不安がよぎった。

何だろう、ママに似てるな、って思ったんだよね。まあ、色白で線の細い美人という事は、二人の共通点だから、似てると言うのも間違いではないし、不安になる必要もない。

あと、今日はたまたま、アパートの前で大家さんに会いました。大家さんの家は少し離れた所にあるのだけど、今日は市役所の人が来て、木造二階建てアパートの各階に設置されている消火器などの点検があったそうです。

火事の記憶はしっかりと頭に焼き付いている。レストランの火事があの程度で終わったのは、消防車が来る前に、早坂が消火器で消火していたという事も大きかったみたいです。あの時は全く効果がなさそうに見えたのに、分からないものだね。

私は消火器を使えるかな？　まあ、火事なんて二度と起きない事を祈るばかりです。

いやいや、こんな話を書きたいんじゃなかった。社長さんがいよいよ会社を閉める事にしたようです。関係ない物かもしれないけど、取りあえず、フロッピーの確認をするために、智恵理さんに頼んでみようと思います。

勝手に部屋に上がるのは抵抗があるから、まず連絡。どうやって？　亜里沙とも、仲は良くなっても、春休みに一緒に遊ぼうと約束する程ではないから、智恵理さんに伝言よろしく、と直接頼む事も出来ないし。まあ、智恵理さんのスマホの電話番号は聞いているので、ママのを借りるか、公衆電話で、連絡すればいいか。

ああ、私もスマホ欲しい。

日にちが決まったら、亜里沙に報告した方がいいかな？　だけど、フロッピーがもし会社の物なら、その日のうちに届けに行きたいし、自分の用事のためだけに亜里沙を呼び出すのも申し訳ないし、もし、家に行くまでに亜里沙と会う機会があったら伝えるくらいで大丈夫かな。

取りあえず、春休みは、遅れた勉強を取り戻す事に情熱を注ぎます！

章子、久々に、一日中、押入れの中で過ごしたよ。暗くて、狭くて、まるで本当にママのおなかの中に戻ったような気分で、私はパパとママの事を考えていた。私が生まれて来るずっと前の……。

もし、あんたと電話やメールでやり取りが出来ていたら、あんたはきっと、フロッピーの中を見たのね、とため息をついているだろうね。それならさ、手紙に書いておいてよ。あの時の手紙でいい、追伸でいいから。

パパの持ち物の整理中にフロッピーが出て来たら、中を確認せずにすぐ捨てなさい、と。まあ、それじゃあ、フロッピーをさがしなさい、中を見なさい、と言ってるようなものか。

だけど、本当の事を知れて良かったのかもしれない。

そして、その場に智恵理さんがいてくれて良かった……。

春休みは定時制も全日制と同じらしく、智恵理さんはコンビニでのバイトが毎日入っているから、それが終わる午後四時くらいに家においでと言ってくれた。

時間きっかりに家を訪れたものの、智恵理さんはいなかった。恐る恐る部屋に入ると、私が使いやすいようにか、前は勉強机の上に置いていたノートパソコンが、部屋の真ん中にある、いつもはお菓子を広げる、テーブルの上にあった。

智恵理さんに一緒に見てもらう物でもないので、一人でパソコンを起動させた。フロッピーを入れると、文章ファイル一つだけが表示された。

タイトルは「僕たちの子どもへ」。

ゴクリと唾をのみ込んでから、ファイルを開いた。

日が落ちて、真っ暗になった部屋で、ぼんやりとパソコン画面を眺めていた。ずっと同じページのままの画面はいつしか、スクリーンセーバーへと変わっていた。黒い画面に、カラフルな円が現れては消える。シャボン玉がはじけるように。目にはそれらがずっと映っていたけれど、頭の中では、読んだばかりの文章が映像となって、早回しで再生しながらエンドレスに回り続けていた。

回るごとに映像がゆがんで行くように感じたのは、私の目から流れる涙が、脳の奥にまで影響を及ぼしたからだろうか。

映像が途切れたのは、部屋に明かりがともったから。映画館と同じ。パパは子供向け映画でも、ちゃんとそうなってから席を立つ人だった。だけど、電気は勝手についた訳ではない。智恵理さんが帰って来たのだ。

「ごめんね、交代の人が遅れちゃって。これ、もらって来たから一緒に食べよう」

智恵理さんがパソコンの横に置いたレジ袋の中に何が入っているのか分からない程、私の視界はまだにじんでいた。智恵理さんは私の横に座ると、そっと背中に手を当ててくれた。温かい手だった。

「悲しい事があったの?」

優しい声で尋ねられ、私は首を横に振った。智恵理さんは立ち上がると、タンスの引き出しからタオルを取り出して、私に差し出した。

「顔を洗ったらスッキリするかも。洗面所、分かるよね」

私はピンク地に白い水玉模様の柔らかいタオルを受け取って、洗面所に向かった。大きな鏡に映った顔は、まぶたが目を覆ってしまう程、真っ赤に腫れていて、よく悲鳴を上げなかったものだと、改めて智恵理さんの優しさに感じ入った。

「ごめんなさい。ありがとうございました」

部屋に戻ると、髪をとかしていた智恵理さんに頭を下げてタオルを返し、パソコンの前に座った。電源を切り、フロッピーを抜いて、足元に置いていたカバンに仕舞う。パソコンにデータは残っていないのに、画面を隠すように蓋を閉じた。初期化済み、の文字が目に飛び込んで来た。

「人間も初期化出来るといいのにね」

智恵理さんが私の隣に座り、ポツリと言った。そうではない事は確かなのに、智恵理さんもフロッピーの中身を一緒に確かめてくれたかのような言葉に、私はドキリとしてしまった。だけど、本当にそう出来ればいいのに、と思った。

つらい出来事は全部消去して、新しい生活を始める事が出来る。じゃあ、私は今すぐ自分の頭の中を初期化したいか。答えは、ノーだ。消えてしまうのは、マイナスな出来事だけじゃない。楽しかった事も全部消えてしまう。

パパとの思い出、ママのマドレーヌの味、亜里沙が助けてくれた事。今、隣にいてくれる人。

パパの記憶、ママの記憶、人間の記憶を都合良く削除する事が出来る世の中になっていたとしたら、私はこの世に生まれてこなかったかもしれない。

初期化を願わない内は、私の人生、まだ幸せという事だろうか。

もう涙は出て来なかった。智恵理さんは私が泣いていた理由には触れず、一度部屋を出て、温かいココアを入れて来てくれた。ピンクのハート形のマシュマロが浮いていた。

レジ袋の中身はドーナツが二つで、先に選んでいいと言われたので、散々迷いながら、チョコレートが掛かった方にした。

智恵理さんは実はそっちの方が好きなのだと言って、カスタードクリーム入りの自分のドーナツを半分に千切り、私の前に置いたので、私も同様にして返した。最初からそうすれば良かった、と二人で笑い合った。

亜里沙の事をほほえましく思ってなんかいられない。智恵理さんが自分のお姉さんだったらいいのに、と私も心から思ったのだから。

智恵理さんの部屋の鏡で少しはマシな顔になっている事を確認してから、アパートに帰った。おばあちゃんからママの事件を聞いた時と同様、フロッピーの中身は私の頭の中から消去しなければならない。実際にはそう出来ないから、何も見なかったフリをしておかないといけない。

ママの前で普段通りの顔でいられる自信がなかった。半面、ママに今すぐ会いたいとも強く願った。

そういう日に限って、ママは早坂と一緒に帰って来た。

実は、亜里沙から会社の事を聞いた後、それとなく、ママに尋ねてみた。須山さんの会社で働き始めたの？　と。ママはあっさりと認め、訪問場所が遠い日は、早坂に送り迎えをしてもらっている事を、そこは少し、私に申し訳なさそうに言った。

確かに、早坂はうちに遊びに来ている風ではなかった。お酒を酔い潰れるまで飲んで、そのままゴロ寝して、明け方に帰る。一緒に住んでいた時よりも、お酒を飲む量は増えていた。ウイスキーを飲む時はソーダ水で割っていたのに、氷を入れたグラスに原液を注いで、そのまま飲んでいる。

いのやホテルのショックからまだ立ち直れていないのかもしれないけれど、もう同情はしない。清瀬渓谷の奥まった場所に四月一日から「森いのや」がオープンするらしいけど、そこで雇ってもらえるのなら、こんなにも飲んだくれてはいなさそうなのに。早坂がうちに置きっ放しにしているウイスキーのボトルが目に留まるだけで、鳥肌が立ちそうになる。

本谷くんの気持ちも少しは理解出来た。

ねえ、章子。フロッピーってどうやって処分すればいいんだろ。私ってバカ。智恵理さんのパソコンで中身を消去すれば良かったのに、そんな事まで頭が回らなかった。パパの持ち物は他にも処分しなきゃならない物があるかもしれない。

リアル初期化はなかなか時間と手間が掛かりそうです。


章子、もうすぐ三年生の始業式です。

ママは今日、仕事が休みだったらしく、朝、二人でぼんやりとテレビを見ていたら、驚きの提案がありました。

「買い物に行く？」

凄いでしょ。これの凄さを分かち合えるのは、章子だけ。

どこに？　じゃなくて、何で？　って返してしまった。

「新学期だから、新しい文房具とかいるんじゃないかと思って」

至極まっとうな返事だった。お金を遣っていいの？　とは気になりながらも、そんな事を聞いた方がママはがっかりするだろうし、目の前のママは顔色もいいし、何よりも、私がワクワクしていた。

行き先は、昨年出来たばかりの隣町のショッピングモール。気になっていた所だ。山奥を切り拓いた所にあるから、車がないと行きにくそうだけど、ママのスマホで調べたら、駅から送迎バスが出ているという事で、早速支度を始めた。

ママと二人で出掛けるなんて、いつ以来だろう。そう考えて、林先生と遭遇した清瀬渓谷キャンプ場を思い出し、もう過去を振り返るのはやめようと決めた。

文房具は、ノートとシャーペンの芯を買ってもらった。ママに新しいペンケースを勧められたけど、今ある物で十分だ。服はどうするかと聞かれて、それも断った。ママも何か自分の物を買えばいいのに、と私が言うと、ママもそれを断った。

昼食はフードコートで取る事にした。近付くに連れて、甘く、こうばしいにおいが漂って来た。人気のシュークリーム店からだった。注文してから生クリームとカスタードクリームを絞ってくれるらしく、昼食らしくないけどこれを食べようというのには、ママと私の意見が一致した。

おいしかった！　そして、私は買いたい物を思い付いた。

章子、何だと思う？　正解は(早い？)、オーブンです！

パパと暮らしている時に使っていた物は、早坂の家に引っ越した際、勝手に処分されていた。だけど、私はどうしてもまた、ママのマドレーヌが食べたかった。一緒に作りたかった。

それをママに伝えると、ママは二つ返事で同意してくれた。ママも久し振りに作ってみたくなっていたんだって。ハイスペックでなくていい。温度と時間の設定が出来るだけのシンプルなタイプは、それ程高くなかったし、持って帰れる大きさと重さだった。

ショッピングモールには、百円均一の大きな店もあって、マドレーヌ型や敷紙なんかもそこでそろえる事が出来た。スーパーも併設されていたから、材料も買って帰ったよ。

アパートに着くと、ママはもう疲れたかなと思っていたのに、じゃあ作りましょう、と腕まくりを始めた。

「私も一緒に作っていい?」

「当たり前でしょ」

ママは柔らかくほほ笑んだ。キッチンスペースとの仕切りのないアパートの部屋中にバターのこうばしいにおいが充満した。幸せな、幸せな香り。もちろん、味も最高においしかった。

パソコンを借りたお礼に、智恵理さんにも作ってあげようと思った。新学期が始まれば亜里沙と会えるから、今度は二人で行かせてもらおう。

章子、とても幸せな一日だったよ。


章子、今日は短めの報告。新学期が始まる前にパパの荷物を整理しようと思って、押入れの奥に仕舞っていた段ボール箱を出しました。

その中に、ボンジョビのCD。うちにCDプレイヤーはないままだけど、今日ばかりは開かずにはいられなかった。過去を初期化して、ママとの新しい生活を選んだパパが、過去から持って来ていた物は、このCDとフロッピーだけだと分かったから。

ケースを開けると、歌詞カードとCDの間に写真が三枚挟まっていた。若い、まだ一〇代くらいのパパとママ。パパと知らない男の子、ママと知らない男の子。その男の子の顔に、思わず息をのんだ。

続けて私は、同じ箱に入れていた、パパの高校の卒業アルバムを取り出した。一ページずつめくって行く。クラスごとの写真の中に、男の子の顔はなかった。後半の、一、二年生の時のページにようやく一つ見付ける事が出来た。合唱をしている写真の一番端で、退屈そうな顔をして立っている。

きっと、ママのお兄さんだ。

写真を元にあった形でケースに戻した。フロッピーと卒業アルバムと一緒に重ね、やっぱり、段ボール箱の一番下に入れてしまった。捨てた方が、誰かの目に付いてしまうかもしれないから。

ねえ、章子。秘密だ何だと書いている、あんたへの手紙も、もしかしたら残していてはいけないものなのかもしれないね。パパやママが消したい事を、私が再現しているようなものだから。

いつか、一斉消去、しなくちゃね。


章子、もうすぐゴールデンウイークです。

ここまで何も書かなかったという事は、学校は順調なんだと思ってください。

新しいクラスは亜里沙と一緒、実里と本谷くんとは別、担任は一年生の時の小倉先生と、なかなか快適な状態です。コバちゃんは別だけど、文芸部の子は二人います。とっくに退部になっていると思っていたのに、夏休みまでに一作頑張って、なんて言われてしまいました。パパも中学生の時に小説を書いた事があるようだし、トライしてみようか。

そうそう、もう保健室や図書室登校ではありません。亜里沙は遅刻や早退はあるけれど、四月は今のところ、無欠席で頑張っています。

ママも元気。なんと、週に一度、マドレーヌを作ってくれています。

いい事尽くしの春。何の悩みもない春……、とは言えません。

この前、亜里沙と智恵理さんの部屋に行きました。マドレーヌを持って行くって約束していたから、自分で焼いて、ママの分を二つ残して、かわいくラッピングして。

学校はサボってない。そういう事は、もうしないつもり。午前中だけで授業が終わる家庭訪問週間に入って、行かせて欲しいってお願いしていた。

智恵理さんに指定された時間に行ったのに、今回も、智恵理さんは家にいなくて、亜里沙とおしゃべりしながら待っていたんだけど、そこで私達は、見てはいけない物を見付けてしまった。

部屋の壁にたくさん貼られたポスターが一枚剝がれ掛けていて、その下に大きな穴が開いていた。何かをぶつけただけかもしれないし、たまたま、そのポスターの下にだけ穴が開いていたのかもしれないけれど、私にはその穴が、智恵理さんの抱えている秘密のように思えた。

誰にも打ち明けられない事。穴を見付けた事がバレてはいけない。亜里沙も同じように考えたのか、ポスターを元に戻して、テープの部分を思い切り押さえ付けた。

幸い、智恵理さんが帰って来て以降、ポスターが剝がれる事はなかった。学校の話をしながら、智恵理さんは私の焼いたマドレーヌを、おいしい、おいしい、と喜んで食べてくれて、自分も作ってみたいと言い出した。亜里沙もやりたいと言い、智恵理さんの家のキッチンにはオーブンがあるから、型は私が家から持って来る事にして、次に会う時に三人で作る約束をしたのだけど、日時はまだ決めていない。

ねえ、章子。智恵理さんの穴を、マドレーヌで埋める事は出来るのかな。

パパがママにしてあげたように……。

章子、とんでもない事件が起きました。智恵理さんが、お父さんとお母さんが寝ている自宅に放火したのです。お父さんもお母さんも幸い、命に別状はないけれど、重傷だそうです。どうしてそんな事をしたのかは分かりません。あの穴の奥に何か秘密があったのかも。

智恵理さんとママの姿が重なります。そして、パパの姿も……。まさか、パソコンにフロッピーのデータが残っていた、ということはないよね。あの時、もう少し冷静になれていれば……。

智恵理さんは、人間も初期化出来るといいのにと言っていたのに、私はそれを自分に向けられた言葉だと思い込んでいた。自分だけが不幸だと浸っていた証拠。あの時、智恵理さんにも何か消したい事があるの？　と一言尋ねていれば、何かが変わっていたのかな。

警察署に行き自首したという智恵理さんに、私が今からしてあげられる事は何もない。亜里沙とは火事の現場で会ったけど、その後はショックで学校を休んでいる。だけど、原因は智恵理さんの事だけだろうか。

亜里沙にも、私に打ち明けていない何かがある。それを追究しない事を良しとしていたけれど、本当にそれでいいのかな。

私達は大丈夫なのかな。

章子、亜里沙は学校に来るようになったけど、私達は智恵理さんの話をほとんどしていない。だけど、亜里沙から聞いて一つだけ良かったと思えたのは、智恵理さんには同級生の親友がいた事。私達が中途半端な心配をするよりも、その人に任せておいた方がいいんだって。

親友、って羨ましいよね。そんな事を口に出来る状況じゃないのだけど。

亜里沙は思ったより、元気そう。今日は、修学旅行に行かないと言い出した。六月に九州に行く予定なのだけど、そんなのちっとも楽しそうじゃないって。クラスの子達と二泊も一緒に過ごさなきゃならないなんて、ゾッとするって。

私は結構楽しみにしていたから、亜里沙に、そんな事言わずに行こうよ、と説得してみた。だけど亜里沙の話を聞いているうちに、ちょっとずつ私の気持ちも揺れて行った。

修学旅行の費用は一年生の時から積立金として銀行口座から引き落とされていて、それはトータルで一〇万円くらいになるのだけど、修学旅行に行かない事を前もって連絡して休むと、全額返金されるのだとか。

「ならそれで、夏休みにドリームランドに行った方が楽しくない？　あたしら、マウンテンと同い年じゃん」

一気に気分が跳ね上がった。だけど、意外だ。亜里沙がドリームランド好きだったなんて。そんな表情になってたみたい。

「健斗《けんと》……、弟がさ、行きたがってるんだ。一〇万あれば、往復バスにすれば、十分、二人分の旅費になるよね。そういえば、アッコもドリームランド好きじゃなかった？小四の時だっけ、木の箱、上手に作ってたじゃん」

まさか、そんな事まで覚えてくれていたとは。そうか二人分か、と私はママの顔を思い浮かべた。だけど、亜里沙に一緒に行こうと誘われた。

「弟と二人じゃなくていいの？」

「別に、デートしたい訳じゃないから。ブラコンでもないし。よく分かんないけど、あいう所は大勢で行った方が楽しそうじゃん」

とはいえ、大人のママが加わるのは、亜里沙もイヤがるかもしれない。でも、積立てをしてくれているのはママでもあるし、一度相談してみる事にした。

「亜里沙の弟ってどんな感じ？」

「美少年。性格も、優しくておっとりしてる。あたしとは正反対」

亜里沙の口振りで、彼女が弟を物凄く大切に思っている事が伝わって来た。会ってみたいなと思った。

ママは「修学旅行とドリームランド、両方行けばいいのに」と言ってくれた。だけど、そんなぜいたくは出来ない。私は清瀬高校に進学したい事を伝え、一学期の成績次第では塾に通いたい、とも言ってみた。そこまでしなくても合格出来るはずだけど、それで修学旅行は免除されそうだと思ったからだ。

ママはあっさり承諾してくれた。ただ、自分は仕事があるから、亜里沙ちゃんと弟さんと行っておいで、と言われた。

「いつか、ママも一緒に行こうね」

そう言うと、ママは優しく笑い返してくれた。

まだ一度も行った事がないのに、二度目の約束までするなんて、ずうずうしいかもしれないけれど、楽しい約束はいくつあっても構わないよね。

木箱は大切に取ってある。初めは、章子宛ての手紙を入れていたけど、とっくにあふれ出してしまい、今は、章子から届いた手紙だけを入れている。

まるで、そこが未来とつながるポストのように。

章子、悲しい事もあるけれど、楽しみが出来たら、そこまでは頑張ってみようと思えるね。未来とか、大人になるって果てしなく遠い事のようで、想像するだけで息切れしそうだけど、楽しい事を少し先に置いて、そこに向かって真っすぐ線を引くように向かって行けば、案外、あっと言う間かもしれない。

そういう感じじゃなかった？　章子。

章子、同級生達は修学旅行に行っています。

私は図書室でプリント学習をしています。他にも三人いて、本谷くんもその一人です。

先に、本谷くんが図書室の中にいたので、引き返そうとすると、待って、と顔を半分隠すようなマスクをしたまま、小さな声で呼び止められました。去年はゴメン、確かにそう言ってくれたと思います。私は同じくらいの声で、うん、と答えました。

そのまま図書室の空いている席に着いたけど、亜里沙の姿はありません。もちろん、修学旅行の集団の中にも。キャンセルしていなくても、亜里沙はいなかった。

そんな出来事が起きてしまいました。

亜里沙の弟が自殺してしまったのです。自宅である四階建ての県営住宅の屋上から飛び降りて。遺書には「お姉ちゃん、ドリームランドに行けなくてごめん」といった事が書いてあったそうです。

何が、楽しみが出来れば未来に続く、だ。たいした悩みもないのに、自分は大変だと思い込みながら理屈をこねて、自分に酔いしれる。そんな自分が恥ずかしい。

ママと一緒にお葬式に行ったら、須山さんはワンワンと声を上げて泣いていた。亜里沙はその横でグッと下唇をかみ締めて、血が流れているのにも気付いていない様子で、空のどこか一点をにらみ付けていた。涙は出ていなかったけど、目は充血して、まぶたも真っ赤に腫れ上がっていた。誰もいない所で、泣き続けていたんだろうね。

須山さんは、学校でのイジメが原因だと言っていた。

遺影の中の笑顔は、どこか……、ママを思わせるものがあった。

一人では背負い切れない程の問題を抱えているのに、そんな事は周囲にほのめかしもせず、柔らかくほほ笑む、慈愛に満ちた顔。どうして、一人で行ってしまったんだろう。あんなに頼りになるお姉さんがいるというのに。

章子、亜里沙に掛ける言葉が見付かりません。手紙を書こうとしても、浮かんで来るのは安っぽい慰めの言葉ばかり。

私の文章力なんて、無力、何の役にも立たない。

章子、今日、亜里沙がうちに来ました。

学校から帰ってしばらくすると、いつかのようにインターフォンが鳴って。開けたら、亜里沙が立っていた。元々細かったのに更に痩せて、目は落ちくぼんで、何日も眠れていない様子でした。

丁度、ママの焼いたマドレーヌが二個残っていたので、インスタントココアを牛乳で溶かしたアイスココアと一緒に、亜里沙に出して二人で食べました。亜里沙は食欲もなさそうだったけど、ココアを一口飲んで、甘い、とつぶやき、マドレーヌも口に運んでチビチビとかじり始めたので、私はホッとした。

「ゴメン、突然来て」

マドレーヌを全部食べ終えたところで、亜里沙はポツリと言った。

「ううん、会いたかったよ」

私はもしかすると不謹慎かもしれないと思いながらも、笑って見せた。亜里沙は涙を流し、次第に声を上げて泣き出した。私は亜里沙の隣に座り、服の上からでも骨の感触が分かる薄い背中に、自分の手を乗せた。そう遠くない前に、智恵理さんがやってくれたように。

友達だといっても、秘密や傷を抱えた者同士は、深くせんさくし合っちゃいけない。ずっとそんな風に思っていたけど、智恵理さんの事で、揺らぎ、亜里沙の弟の事で、そうではないと強く感じるようになっていた。

一人で抱えちゃいけない。分担すればいい。自分にとっては重い荷物でも、当事者以外にとっては、それ程重くないかもしれないのだから、分ける相手がいるのなら、互いの荷物を交換し合ってもいい。

とはいえ、私に何でも相談して、とこちらから言ったところで、分かりました、と簡単に応じるような子じゃない、亜里沙は。むしろ距離を置かれてしまうおそれもある。だから、亜里沙から来てくれた事がうれしかった。

「そうだ、押入れに入らない？　お笑い芸人のパタコっているじゃん、お母さんのおなかに戻ったみたいって言ってた。カプセルホテルだったけど、同じような物だと思う」

「おなかとか、バカみたい」

亜里沙は力なく毒づきながらも、立ち上がった。

押入れの上の段は、いつでも籠れるように、半分に畳んだ敷布団を敷いている。亜里沙を先に上がらせ、自分も入ると、つるしておいた懐中電灯をともしてふすまを閉めた。

「思ったより、ジメジメしてない」

「ぼろアパートだから、風通しがいいんだよ」

私達は壁に背中を付けて体育座りをして並び、ポツポツとどうでもいい話をした。いや、しゃべっていたのは、私ばかりか。本谷くんが謝ってくれた事、後は、教室で仕入れた修学旅行のエピソード。誰が誰に告白した、とか。

「実里、自由行動の時、一人でいたんだって。班の子が、実里がトイレに行っている隙に逃げ出したらしいよ」

「自分の番が回って来たんだよ。……でも、ザマアミロと思えない。一番嫌いなヤツなのに」

「私も。自分が置き去りにされた気分になった」

その話を教えてくれた文芸部の子が笑っていた事は、亜里沙には言わなかった。弟の事はどうなったのだろう。こちらからは聞けない。互いに無言になっても、亜里沙の気配は伝わって来る。息遣い、鼓動。双子って、こんな感じで生まれるまでの期間を過ごすのだろうか。

「ねえ、ドリームランドいつにする？」

突然の質問に、自分の耳を疑った。弟の死によって、この話は立ち消えになったとばかり思っていたから。

「大丈夫なの?」

「アッコがイヤじゃなけりゃね。なんか、四九日間は、こっちにいるらしいじゃん。だからそれまでに、あの子が大事にしてた物を持って行けば、付いて来れるんじゃないかと思ってさ」

亜里沙はもう泣いていなかったのに、私がはなをすすってしまった。

「うん、行こう。チケット取って、ガイドブック買って。三人で」

私達はどちらからともなく手を少し伸ばして、固くつなぎ合った。

それから、亜里沙は実は相談したい事があるのだと切り出した。

学校はイジメを否定していて、調査結果も公表しないため、独自でアンケートを取りたい。弟の同級生に協力してもらえるよう、質問の書き方を一緒に考えて欲しい。

私は下書きを作っておくと約束し、出来ればそれを学校で渡したいと伝えた。

ママが帰って来て(早坂はナシ)、亜里沙を夕飯に誘ったけど、大丈夫です、と亜里沙はボソッと答えて、逃げるように帰って行った。

章子、ドリームランドに行く事になったよ。私もパパの形見の品を持って行こうか。四十九日はとっくの昔に過ぎているけれど。

姿の見えない誰かと一緒にドリームランドに行く人は、もしかすると、亜里沙だけじゃないのかもしれないね。

章子、夏休みです。通知表の結果も良く、担任との面談では、清瀬高校合格に太鼓判を押してもらう事が出来ました。気を抜くなよ、と念押しされて。

ドリームランド（もちろんマウンテン付き）の入場券と高速バスのチケットも取ったよ！

修学旅行費の返金はすぐしてもらえる訳ではないので、私が立て替えておくことにしました。早坂にもらったお小遣い、ずっと手を付けずに残しておいたから。

だからって、早坂に連れて行ってもらうとは思っていない。感謝もしていない。あいつは毎週月曜と木曜の夜に来るようになった。押入れは蒸し暑くて、外に出て、公園やコンビニでヒマ潰しをしてる。時間の無駄。

ママは早坂を突き放す事が出来ない。

あーあ、交通事故にでも遭ってくれないかな。


章子……。私は早坂を殺す事にした。

落ち着け落ち着け。順を追って書く。

朝からどんより曇っていた。夏休みボケ状態の私はテレビで台風情報を見ながら二〇年に一度の大型台風が直撃なんてこのアパートは大丈夫なのかなどとゴロゴロしながら思ってた。ママの帰りが遅くならなければいいのだけど。

突然ドアが物凄い勢いで打ち鳴らされた。突風にあおられて自転車でも飛んで来たかのように。だけど台風の接近にしては早い。

ドアを開けると亜里沙が立っていた。既に雨が降り出していたようで髪の毛が少しぬれていた。服を着替えなければならない程ではなかった。走って来たのか息が荒い亜里沙を部屋に上げて私は浴室からタオルを持って来ようと背を向けた。

「待って。聞いて。これでも何時間も我慢していたんだ」

絞り出すような声だった。すぐにでもここに来たかったけれどママが出て行く時間まで待ったという事だろうか。私は浴室には向かわず部屋の片隅にあるキッチンスペースの冷蔵庫から麦茶のペットボトルを出してグラスに注いだ。

立ったままの亜里沙に差し出すと彼女はそのままの姿勢でお茶を一気に飲み干してその場にへたり込んだ。

「どうしたの？」

私もお茶を飲んだというのにかすれた声が出た。

「弟を殺したヤツが誰か分かったんだ」

イジメの首謀者が分かったという事かと思った。だから次の言葉で息が止まりそうになった。

「オヤジだよ」

オヤジと須山さんが私の頭の中でなかなか結び付かないまま亜里沙は話を続けた。

「あいつは介護ヘルパーの派遣とか言いながら裏で売春のあっ旋をしていたんだ。早坂がレストランをしていた時の金持ち常連客に変態がいてそいつが仲間に声掛けて。その中の上得意客がいのやホテルの会長で『森いのや』の特別室は変態のたまり場になっているんだってさ。まあ大体のヤツは女が好きなんだ。だけどいのやの会長は何て言うのか美少年好きらしい。でもこんな田舎に美少年なんていないだろ。だけど早坂はどうしてもいのやのおっさんにこびを売りたかったみたいでオヤジに弟を差し出せって迫ったんだ。オヤジも最初は渋ったらしいけど結局は金。弟は三回相手をさせられたらしいだけど。耐え切れなかったんだろうな」

亜里沙は両手を思い切り頰をたたくようにぶつけるとそのまま顔を覆った。指の隙間から声が漏れた。

「おかしいと思える事はあったんだ。健斗があたしをドリームランドに連れて行ってやるなんて言い出したり急に高級なブドウを買って来たり。もっとちゃんと話せば良かったんだ。きつく問い詰めたって良かったのかもしれない。だけどあたしは目をそらしていた。オヤジのストレスのはけ口が自分に回って来るのが怖くてあの子を盾にしていただけなんだ。あたしだって健斗を追い詰めた事になるんだ」

もうそれ以上しゃべるなと指の間に膜を張るように涙がせり上がって流れて行くのを私はじっと眺めていた。頭の中には私に優しくうなずく猪川さんの顔が広がっていた。

そしてゆがむ。崩れる。

あの人が亜里沙の弟を……。

だけどそんな衝撃的な事も私には所詮他人事だったのだ。一瞬で天地が引っ繰り返った。

「アッコのお母さんもそういうヤツらの所に行かされてるって知ってた？　変態代表の歯医者がえらく気に入ってるんだってさ。ゴメン。巻き込むような事言って。でもあたしはあいつらが話していた事をそのまんま伝えたかったから。あんたを真似て押入れに入ってみたら気分は落ち着いても外の声は丸聞こえだよ」

両手を外した亜里沙の顔は真っ赤になっていてそのまま口をすぼめて変な笑い方をしたような気がする。だけど本当にそうだったか自信が持てないのは私の頭の中がそれどころではなかったから。

ママがママがママが……。売春をやらされている。

体中の血液がドクドクと沸騰して毛穴を突き破り全身から噴き出しそうだった。これ以上どんな言葉も私の耳は聞き取れそうもなかったのに亜里沙の一言は冷たい刃のようにスッと私の心臓に突き刺さった。

「オヤジを殺す」

亜里沙は右の口角をキュッと上げた。これは亜里沙が感情を本心から表した時の顔だ。私の視線が亜里沙の目に定まったのを確認して亜里沙は続けた。

「何が俺はイヤだって言ったのにだ。今更後悔してもおせーんだよ。自殺の原因はイジメだろ。それが納得出来ねーなら俺が慰謝料ふんだくってやるからさ。って金で健斗は戻って来ないんだ。早坂も変態ジジイも憎い。だけど一番許せないのは息子を売ったオヤジだ。アッコを誘ってるんじゃない。あたしの決意表明。返り討ちに遭ってあいつに健斗の葬式の時みたいな調子のいい言い訳をされたら困るからアッコに打ち明けたんだ。何も言ってくれなくていい。アッコもショックだろうけどお母さんは大人じゃん。自分の意思でやってる事かもしれない。でも健斗は違う。あの子は無力だった。もう取り返しはつかないけどせめてあたしがかたきを取ってやらなきゃかわいそう過ぎるでしょ。ドリームランドになんか行ってもあの子は喜んでくれないよ」

「私も殺す」

亜里沙の言葉にかぶせるように腹の底から声があふれた。

「早坂を殺す。ママは自分の意思でなんてやっていない。早坂にやらされているんだ。パパが守って来た……。ママが守って来たパパの覚悟と愛を早坂はメチャクチャにしているんだ。今度は私がママを守らなきゃいけない」

ママがやたらとマドレーヌを作るようになったのはそのせいだったのだ。ママは自分の心と闘っている。

遠くで雷鳴が響き雨が薄い窓ガラスを激しく打ち付けた。亜里沙は何か言い掛けたけど雨音に身を任せるように口を閉じた。

私が亜里沙の手を握ると亜里沙も強く握り返して来た。同盟の成立だ。苦しい思いは互いに引き受ける。分かち合う。だけど交換殺人なんてしない。それはもう正義の殺人ではなくなるから。いやそもそも殺人に正義などないのだろうけど。

それなら私は悪になっても構わない。

嵐に背中を押されるように私達は殺人の計画を立てて行った。

体格も腕力もかなわない。そういう相手に立ち向かうには毒殺しかないんじゃないか。亜里沙もすぐに同意したものの毒なんてどこで手に入れるのかと聞いて来た。もしかすると学校の化学室には青酸カリなんかがあるのかもしれないけれど盗みに入って捕まったのでは始まらない。

私は液体のニコチン毒を提案した。頭の片隅に文字として残っていた言葉だけどこれならタバコを手に入れたら自分達で作れるんじゃないか。亜里沙がすぐにスマホで検索した。さすがに詳しい分量などは調べられなかったもののとにかくタバコの葉を水に浸して濃いニコチン液を作ればかなり毒性の高い物が出来るようだ。

未成年がタバコを購入するのは難しいけれど亜里沙の知り合いがコンビニでバイトをしているのでそこでどうにか調達して来ると引き受けてくれた。智恵理さんの親友だから信頼出来ると。ここでも私は亜里沙に尋ねる事は出来なかった。

私達は親友なのかと。

完成した毒を私は早坂のウイスキーのボトルに仕込む事にした。須山さんはウイスキーを飲まないらしくビールではバレそうなので夕飯のメニューをカレーにして混ぜる事になった。

いつ決行するか。二人同時にドリームランドに行く日と声をそろえた。私達は完全犯罪を目的にはしていない。だから殺した後はおそらく逮捕される。だけどその前に一つくらい楽しい思い出を作ってもいいじゃないか。

互いに目的を遂行して駅の待合室に集合する事にした。

ねえ章子。私はバカだろうか。パパもママも悲しむだろうか。

だけどこうするしかないんだと私は思ってるんだ。もう決めたんだ。


章子、今日は亜里沙と毒を作った。なんと、亜里沙はタバコを百箱も調達して来た。金額を尋ねると、大丈夫、と笑われたから、きっと真っ当な手に入れ方はしていないはず。まあ、人殺しの材料入手に、真っ当も何もないのだろうけど。

私の家で、タバコを分解して、五百ミリリットルのホット用ペットボトル二本に、まずは葉をじょうごで入れて行った。両方、満タン。そこにゆっくり、熱湯を半分の所まで注いで、三組束ねた割り箸を何度も突き立てた。戦時中を舞台にしたドラマか何かで、似たような光景を見たことがある。あれは確か、お米を突いていたのだけど。

「アッコ、本当にいいの？」

割り箸を上下させながら、突然、亜里沙が言った。

「何が？」

「だって、アッコはちゃんと学校にも行ってるし、清高にも行きたいんでしょ？　全部がパーになっちゃうよ」

「全部、なくなっていい。その後に、新しい生活が始まるとも信じてる。簡単じゃないだろうけど、今の生活が続くよりは、何倍もマシだよ」

私は割り箸をザクザクと動かしながら答えた。葉を傷付けて、少しでも多くの毒が溶け出すように。自分がどんな顔をしているのか、分からなかった。

「じゃあさ、毒を飲ませた後、家を出る前に火をつけようよ。自分の家に火をつける精神状態っていうのは、三九条ってのが適用されるんだってさ」

恐ろしい提案を、亜里沙はさらりと口にした。まるで、いい事を思い付いたかのように。

「智恵理さん？」

「そう。あんまり重い処罰を受けずに済むみたい」

私の頭の中には別の光景が広がっていた。火をつける目的は違うけれど、その光景を今度は自分がなぞる事により、パパの思いを引き継いで、ママと人生を再スタート出来るような気がした。

「分かった。火をつける」

後は二人、黙々と割り箸を動かして、ペットボトルの蓋を強く閉め、立ち上がって床にたたき付けるように思い切り振った。一〇日後には、猛毒になっている事を祈りながら。

部屋中、タバコのにおいが充満していた。私は物入れに中二の時の教科書と一緒に放り込んでいた紙袋から、消臭スプレーを取り出した。

「大原先生からのプレゼント。大切に取っておくもんだね。ハイパワーだって」

「バカだね。こんな時に使われるとか。情けない程バカだ」

トイレからも石けんの香りの消臭スプレーを持って来て、私達は互いにスプレーを吹き付け合いながら、笑った。いや、泣いていたのかな。よく分からないや。

章子、世の中バカばっかりだ。当然、私も、あんたもね。

章子、これが最後の手紙です。

リュックには、ドリームランドに行くための用意が整ってる。ホテルに泊まる訳じゃない。一日楽しんだらまたバスで帰るから、着替えは要らない。ドリームランドの入場券と高速バスのチケット、それから、あんたからの手紙としおりも入れておいた。

今日は木曜、早坂が来る日。ウイスキーのボトルに、毒も仕込み済み。ボトル一杯にウイスキーが入っていたら薄まってしまっただろうから、残り三分の一の量になっていたのはラッキーだったんじゃないかな。

コンビニでライターも買って来た。カモフラージュのために花火も少し買った。キャンプ場でパパとやった線こう花火。だけど火をつける物は他に用意してある。紙ならたくさんある。あんたにつづった私の四年半。私は私の人生を初期化する。

火は余り大きくならない方がいいけど、パパのフロッピーとボンジョビのCDに入っていた写真、卒業アルバムは全部燃えて欲しいから、手紙の横に置いておく。あと、木箱も。

万が一に備えて、ハーフパンツのポケットに万能ナイフも入れてある。これは使わない事を願うばかり。お守りみたいな物。

私はママと早坂が帰って来るのを、押入れで待つ事にする。ママには、コンビニでの買い物を頼む。うまく行くかは分からない。だけど、その結果を、あんたに報告する事はない。

私は後悔していない。まだ、始まっていないけど、後悔はしない。

でも、章子、最後に一つ質問させて。

私、生きてるんだよね？　あんたの年まで。

それを信じて、ペンを置きます。

さようなら。いや、See you again！

未来の私へ。一四歳、もうすぐ一五歳の章子より。

エピソードⅠ

「亜里沙ちゃん」

名前を呼ばれて心臓が飛びはねた。バクリと弾んだいきおいで、口から出てくるんじゃないかと思うほどに。自分が何をやったかくらいはわかってる。だけど、名指しで注意されるとは。いや、家からそれほど遠くないコンビニなのだから、単に知り合いがいただけで、行為に気づかれたとは限らない。

声のした方に顔を向けたものの、視界に入ったのはレジにいる店員だけだった。あたしの方を見て、ニコニコ笑ってた。八重歯に見憶えがあった。口を閉じてすましていればおとなしいお姫様の顔なのに、笑うと口角がキュッと上がって、八重歯がキバのようにのぞき、悪魔の顔になる……、智恵理ちゃんだ。

二つ年上の彼女の名前を、彼女が小学四年生の夏に県営住宅から引っ越す日まで、あたしは「チエミ」だと思いこんでいた。お別れのメッセージを書いてくれた子猫の写真のポストカードに「智恵理より」と書いてあるのを見て、「理科の理って、ミとも読むの？」と訊ねると、「やだなあ、わたしの名前はチエリだよ」と笑いながら訂正してくれたのだ。

あの時と同じ口が、数メートル先にあった。

智恵理ちゃんはレジカウンターから出てきて、あたしの方にやってくると、スッと耳元に顔を寄せてきた。色の白さとマツゲの長さに、数秒前とは違う意味でドキリとした。

「万引きはダメだよ」

あたしは身を硬くした。昔は友だちでも、今はその関係ではない。店長を呼ばれるのだろうか。警察に通報されるのだろうか。学校に連絡を入れられるのだろうか。そんなことが、あたしの頭の中にかけめぐった。決して、声に出してはいない。

智恵理ちゃんは、目を伏せているあたしの顔をのぞきこみ、またもや悪魔の顔をした。

「今なら、ポケットに入れたものを戻せばいいだけ。それか、レジまで行って、台の上に置く。理科の理は、リって読めばいい。単純なことを難しく考えて、一人で悩むところは変わんないね」

そう言って肩に手を乗せられたとたん、あたしの目から涙がボロボロとこぼれだした。しばらく泣いてないうちに、スイッチの場所をすっかり忘れてしまっていたけれど、ここにあったのか、と感じながら、パーカーの袖で顔全体をガシッとこすり、その汚れた手の甲をぬぐうように、ポケットの中に突っこんだ。

細長いチューイングキャンディの包みを取りだして、元あった棚に戻した。

「期間限定、シャインマスカット味。これ人気なんだよね。わたしが買ってあげる」

智恵理ちゃんはあたしが戻した包みをつまんで、レジに向かった。

「いいよ、そんなの」

あたしの口調は、とてもじゃないけど、恩人に向けるようなものではなかった。智恵理ちゃんは足を止めずにカウンターに入ると、あたしに背中を向けたまま、ペンを片手に取って何やら書きはじめた。振りかえり、包みに店名の入ったシールを貼って、あたしに差しだしてくれた。

「いつでも連絡して」

包みには、智恵理ちゃんのスマホの電話番号が書かれていた。

学校はサボる。バカ、死ね、といった汚い言葉も平気で使う。突きとばされたら蹴りかえす。ののしられたらツバを吐きかえす。それらが悪いことだと思わない。なぜなら、きっかけは自分にないから。あたしにちょっかいを出すヤツさえいなければ、あたしはいい子なのだと、ずっと思っていた。たとえ、周りからどんなふうに言われていても。

だけど、万引きは自分からやってしまったことだ。

しかえしでもなければ、誰かに強要されたり、そそのかされたりしたわけでもない。チューイングキャンディが特別に好きなわけでもない。そもそも、あたしはお金を持っていた。財布の中は小銭ばかりだけど、五百円くらいはあったはずだ。それで健斗の好物のアーモンドチョコを買うつもりだった。

親父に殴られているのに、かばうどころか、黙って出ていってゴメン。そう言えないかわりに、布団をかぶって泣いている枕元に、そっと置いてやろうと思って。

目的のものは決まっているのに、お菓子コーナーの前に立つと、新製品をチェックしてしまう。パイナップルは夏、ナシは秋、ミカンは冬、イチゴは春。果物を食べることはほとんどないけれど、果物味のお菓子を食べれば、季節を感じることができる。

果物が好きだったお母さんと、その果物の季節にどんなことがあったのか、楽しい思い出に浸ることができる。特別なことじゃない。幼稚園の遠足に、カキと一緒にカニかまぼこや栗ごはんが入った、サルカニ合戦弁当を作ってもらったこと。風邪をひいた健斗のために買ってきたリンゴを、半分はスリおろし、残りの半分はウサギの形に切って、あたしに食べさせてくれたこと。

だけど、カキ味やリンゴ味のお菓子を見つけたからといって、あたしは無意識のうちに手を伸ばしたりしない。気づいたらポケットに入れていた、なんてことは一度もなかった。

シャインマスカット、だったのがいけないのだ。

優しいお母さん。凶暴な親父。お母さんは何度もあたしたちに繰りかえした。お父さんは本当は優しい人なのよ。右手の親指の先を失うまでは。そして、その原因を作ってしまったのはお母さんなの、と。

原因とは何か、お母さんの口から語られることはなかった。何度訊ねても、困ったようにマユを寄せて、首を数回、横に振るだけだった。

それを知ったのは、お母さんのお葬式の日だ。あたしは小学三年生、健斗は幼稚園の年長組だった。

お母さんの妹、瑞枝《みずえ》おばさんは、お母さんの親族ばかりが集まった葬儀後の食事の席で、隣のおばさんに、親父の悪口をとめどなくしゃべりつづけていた。仕方がない。親父は読経の最中にフラりと出ていったまま、喪主のあいさつの番になっても戻ってこなかったのだから。しかも、姿を見せたと思ったら、おかしな行動を取った。

東京で名前の知られた美容室の、人気美容師だったらしいけど、そんなのは本人が大ゲサに言いふらしているだけ。指を切断したのには同情するけど、おかしなものを作りにうちの会社にやってきて、ふざけ半分で機械を触ったのは、自分じゃないか……。

そういった、瑞枝おばさんの断片的な話をつなげてみた。

お母さんは地元の高校を卒業後、自分の両親が営む金属加工の会社で、作業員として働いていた。社員が一〇人にも満たない小さな会社だ。そこでアルバイトをしていたお母さんより三つ年上の男、早坂というヤツが、二月のある日、友人を一人、連れてきた。遅い正月休みを取って帰省しているのだけど、アクセサリーを作りたいそうだから、協力してほしい、と言って。

六角形のナットを半分の薄さにカットしたものに、金具を取りつけて、ピアスを作りたい。東京では今、ネジや釘といった工具を使ったアクセサリーがキテるんだ。

美容師はチャラチャラした出で立ちでそんなことを言い、切断機を担当していたお母さんに、ホームセンターで買ってきた直径一・五センチ、幅六ミリのナットが五、六個入った袋を差しだした。お母さんはそれを手際よく切断していった。

俺もやりたい、と言いだしたのは美容師だ。お母さんは危険だからと一度は断ったものの、手先は器用だから、と豪語する美容師の調子のよさに負けて、機械の前を譲ってしまった。ナットと一緒に、美容師の右手の親指の第一関節部が飛んだのは、それから数秒後だった。肉片を持ってすぐに病院にかけこんだものの、美容師の親指に先っぽが戻ることはなかった。

美容師は、仕事をやめて田舎に帰ってきた。意気消沈する彼をはげますうちに、お母さんは妊娠した。それを機に、二人は結婚することになった。お母さんは二〇歳、美容師は二三歳だった。

お母さんの父親であるおじいちゃんの紹介で、親指をなくした元美容師は、運送会社で働くことになった。初めは、マジメに働いた。大型車の免許も取った。

そうして生まれたのが、あたしだ。

だけど、元美容師、あたしの親父は田舎の生活にあきてしまう。指を失った自分の人生もうらんでしまう。職場の人たちとも折りあわず、会社をやめた。新しい仕事も長く続かない。その原因を、すべてお母さんのせいにした。そうして、酒を飲んでは手を上げるようになった。

そんな親父となんか、すぐに別れてしまえばいいのに、お母さんは、悪いのは私、と呪文のように自分に言いきかせ、どんな暴力も抵抗せずに受けとめていた。

ズルいのは親父だ。暴力を振るいつづけるだけなら、呪文もいつかは効かなくなるのに、酷くお母さんを痛めつけた翌日は、必ず、お母さんの好物である果物を買ってくるのだ。

それを、お母さんは嬉しそうに食べていた。あたしの口にも入れてくれた。親父も果物をつまみに酒を飲む日は、暴れだすことはなかった。

そうしているうちに、健斗が生まれた。

年月を重ねるごとに、親父の暴力は増え、果物を買ってくる回数は減っていった。最低のクソ野郎だ……。

親父は出棺間際になってようやく姿を現した。手には、デパートの紙袋が握られていた。棺桶を囲む人たちをあいた手でなぎはらい、棺桶のフタに手をかけた。だけど、すでに釘は打たれていた。親父はチッと舌打ちすると、顔の部分の扉を開けた。

きれいな花に囲まれたお母さんの顔がもう一度現れた。と、親父は紙袋の中身を取りだし、そのまま、お母さんの顔の横、大輪の百合がひしめく中に突っこんだ。そうしてすぐに、扉を閉じた。

悲鳴を上げた瑞枝おばさんには、親父が入れたものが見えなかったに違いない。いや、少しくらい見えていたって、正確に何かわかったのは、あたしと健斗だけだったはずだ。

黄緑色のブドウ、マスカット、皮ごと食べられる、シャインマスカット。

暴力の中の生活でも笑顔を絶やさなかったお母さんから、笑みが消えていったのは病気が発覚してからだ。食道ガンだった。

さすがに親父も手を上げることはなくなり、せっせと果物を買ってくるようになった。なのに、お母さんは何を食べても涙をこぼすばかり。ごめんなさい、を繰りかえしながら。

お母さんが入院してからも、親父は毎晩、仕事帰りに果物を買ってきた。当時はパチンコ店で働いていたはずだ。なのに、六時には家に戻ってきて、古い角ばった乗用車の後部座席にあたしと健斗を乗せて、病院に向かった。助手席にはいつも果物が入ったスーパーのレジ袋が置かれていた。

カウントダウンが迫っているせいか、何を食べてもお母さんが笑顔にならないからか、助手席のレジ袋は、いつしかデパートの紙袋へと変わった。車に乗ったとたん、甘いマンゴーの香りにむせてしまったこともある。

――おまえら、病院で辛気くさい顔するんじゃねえぞ。わあ、おいしそう。これを食べたら元気になるね、とか言うんだぞ。テンション上げていくからな。

車の中で、親父はあたしたちにそんなことを言いきかせていた。右手を突きあげて、ハイテンション！　と病院に着くまで叫ばされたこともある。

だけど、あたしはこの頃の親父を嫌いではない。そして、お母さんの手術の前日、最後に食べる固形物となったのが、シャインマスカットだった。

――皮ごと食えるんだ。種も入っていない。丸ごとのみこんじまえ。

親父は箱に入った黄緑色のブドウを、病室内の洗面台で水洗いした後、ガラスの器に移しながらお母さんに言った。器はフランスに料理修業に出るという早坂からの見舞いの品で、病室の鈍い白熱灯の光でさえも、昼間の太陽の光のように受けとめて、キラキラと輝いていた。

――きれいねえ。宝石みたい。粒の形もなんだかハート形に見えるし、食べるのがもったいないわ。

お母さんはウットリとブドウを眺めてから、真ん中あたりの一粒を取り、ゆっくりと口に含んだ。

――おいしい。今まで食べてきたものの中で、これが一番。亜里沙も健斗も、みんなで一緒に食べましょう。

お母さんの顔には、笑みが広がっていた。あたしも健斗もハナをすすり、横目で親父を見ながら、しまった、という顔をして、あわててブドウを一粒、口に押しこんだ。甘い果汁が口いっぱいに広がって、あたしは目を見ひらいた。

――ハイテンション！

健斗が口から果汁を飛びちらしながら叫んだ。目には今にもあふれそうなほど涙が込みあげていた。あたしも叫んだ。右手を突きあげて。

――ハイテンション！

——なあに、それ。

お母さんが笑いながら訊ねた。

——そりゃあ、元気になるウチの合言葉に決まってんだろ。

親父はおどけてそう言うと、ブドウを三粒同時に口に押しこんで、ファイフェンヒョン、とおかしな声を上げた。

——そうね。ハイテンション！

お母さんも出せる限りの声でそう叫んで、ブドウをほおばった。弾んだ口調とやわらかい笑顔に、きっと大丈夫、という思いが込みあげてきた。ウチの家族はこうしてずっと仲よしでいられるんだ。

だけど、元気になるために、食べる楽しみを差しだしたというのに、お母さんはそれからひと月も経たないうちに、死んでしまった。

親父とあたしと健斗の三人暮らしになると、親父はストレスの矛先をあたしに向けるようになった。食事がまずい、風呂がぬるい、部屋が汚い。小学校低学年のあたしが家事など完ペキにこなせるはずないのだから、難クセはいつでもつけられる。

おまけに、あたしには果物やそれに代わるものを買ってきてくれることもない。

瑞枝おばさんに助けを求めようかと思ったこともある。お葬式の後から、おばあちゃんが何度か電話してきてくれたこともある。だけど、結局頼らなかったのは、瑞枝おばさんや、おじいちゃん、おばあちゃんの生活もまた、大変だったからだ。

お母さんの悪口は言いたくないけど、お母さんと瑞枝おばさんは、姉妹そろって男を見る目がない。瑞枝おばさんは結婚をほのめかされた相手の借金を、何千万円と背負わされてしまった。その上、おじいちゃんの会社も経営不振で、社員への給料も半年近くマトモに払えていない状況だった。

こんな話を、子どものあたしが知っているのは、親父が家に、なかなかフランスに行かない早坂を連れてきて、酒を飲みながらおかしそうに大声でしゃべっていたからだ。

こうなりゃ、一家全員、首を吊るしかねえな。妻が死んだとはいえ、自分の身内でもある人たちについて、こういうことを言えるヤツなのだ、親父は。

ただ、黙って殴られる。時には、蹴られる。児童虐待という言葉は知っていた。親戚が無理でも、学校の先生や交番のおまわりさんに相談すればいいんじゃないか、と考えたこともある。

小学四年の時の担任、篠宮先生はなんとなく察しているものの、あたしから相談してくるのを待っていたような気がする。何度か二人きりになるチャンスがあったのに、あたしはそのつど逃げていた。

シャインマスカットの味がしたからだ。殴られる、蹴られる、親父なんか死んでしまえと思う。だんだん、自分が死にたくなってくる。意識がもうろうとしてくる。そうなった時、口の中にパアッと甘い香りが広がってくるのだ。

そうして、耳の奥でかすかな声が聞こえる。

ハイテンション！　弾んだ口調で叫ぶ、お母さんの声が。親父が学校に呼びだされたり、警察につかまったりするようなことになってはいけない。せっかく、お母さんがガマンしていたのに。あたしがそれを裏切るようなことをしちゃダメだ。

その暴力を、健斗も受けるようになり、次第に、健斗ばかりになっていった。男相手の方が良心のカシャクなく、手加減ナシで当たれるからか。それとも、あたしが親父の外見に似てきたからか。いつだったか、親父は機嫌よさげに、あたしに言った。

——亜里沙、昔の俺と同じ顔してんじゃん。背も高いし、男だったら俺みたいにモテただろうに、女でそんなガリガリじゃ、相手にされねえよな。でも、女子には人気があるだろ。

クラスの女子全員から無視されてる、とは言いかえさなかった。

親父は自分の分身を殴るのは気が引ける。だから、お母さんに似た、優しい顔立ちの健斗に手を上げだしたのか。

いや、林が来たからだ。

ウチは新聞を取っていない。ニュース番組を見ている親父を見たこともない。なのに、児童虐待という言葉は知っているのか、顔はいつも平手打ち、拳で殴るのは主に腹のあたりで、他人があたしをパッと見たくらいでは、アザを見つけるのは難しかった。

それでも、五年の時の担任、林はあたしの家がおかしいことに気づいただけでなく、すぐに行動を起こした。一度、家庭訪問期間ではない時に、ウチにやってきたことがある。あからさまに迷惑そうな顔をする親父に、林は、あたしが暴力を受けているのではないかと、直接訊ねるようなことはしなかった。

自分は新米教師なので、ささいなことでも見落としがないよう、保護者の方を不愉快な気持ちにさせるのを承知で、虫に刺された程度のアザでも目にとまれば、家庭訪問させてもらうことにしています。

さわやかに、礼儀正しく、だけどまっすぐ親父の目を見て、林は玄関先で親父にそんなことを言っていた。

だから、親父はあたしへの暴力をやめた。少しばかり頭がまわれば、そんな教師なら同じ学校に通う弟にも気を配るだろうから、健斗を殴るのもやめておこう、と考えるはずだ。

だけど、バカな親父はそんなことまで思いつかない。おまけに林も、健斗のことまでは見てくれなかった。せめて、健斗の担任に、忠告くらいしてくれてもよかったのに。健斗の担任のおばさん先生が、健斗を気にかけてくれる様子はなかった。おばさん先生は自分で気づけるような人でもなかった。

不思議なことに、自分が暴力を受けるより、健斗が殴られているのを目の当たりにすることの方が、ガマンできなかった。お母さんと約束したからかもしれない。

『健斗は体が弱いから、助けてあげてね』

話すことができなくなったお母さんは、学校帰りにこっそり一人で見舞いに行ったあたしの前で、筆談用のノートに弱々しい字でそう書いて、破って渡してくれた。それが、お母さんからあたしへの、最後のメッセージとなった。

——姉ちゃんの担任に相談しよう。

あたしは登校中の通学路で健斗に提案した。でも、健斗は大きく首を横に振るばかりだった。実際はそれほど大きくなかったのかもしれないけれど、ブカブカの黄色い通学帽は、健斗が首を振るたびに、一回転しそうないきおいで動いていた。

——林先生なら、あたしたちがチクったって親父にバレないように、うまく注意してくれるはずだから、仕返しの心配もしなくていい。

当時のあたしは林のことを尊敬していて、ちゃんと先生と呼んでいた。あたしは林が親父にしていたように、足を止めて健斗の正面に立ち、まっすぐ目を見て話した。大丈夫だよ、と元気づけるように、健斗の細い両肩に、力強くあたしの両手を乗せて、ポンポンと叩いてみせた。

健斗はピクリと肩を震わせると、おそるおそるといった様子であたしを見あげた。

——大丈夫。僕、ガマンできるから。叩かれるのはイヤだけど、痛いとなぜか、口の中にブドウの味が広がるんだ。ほら、病院でお母さんと一緒に食べた。あれ、本当においしかったね。何ていう名前だっけ？

——シャインマスカット。

そう答えるだけで精一杯だった。震えているのは健斗の肩ではなく、自分の手だということに気づきながら。

智恵理ちゃんにもらってしまったチューイングキャンディを、捨ててしまおうかとも思ったけれど、電話番号が書いてあるため、そのままポケットに入れて家まで持ってかえった。

玄関に親父の靴はなかった。親父は早坂と一緒に人材派遣会社を立ちあげていた。早坂も自分のレストランが火事になったりと、大変そうだったけど、あたしには関係ない。昔から親父と悪いことばかりしていたらしいから、天罰が下ったようなものだ。

会社の主な業務内容は介護ヘルパーの派遣で、田舎には年寄りが多いからよ、と親父は機嫌よさそうに、あたしに預ける生活費を二万円から三万円に上げてくれたので、こまかいことは追及しないようにしている。

健斗は2LDKの県営住宅の、あたしたちきょうだいの部屋にある二段ベッドの上の段で、いつものように横になって頭の先まで布団をかぶっていた。

「健斗、手だして」

ベッドの下から声をかけると、本当に、布団の隙間から手だけがダランと出てきた。白くて細い手、そこにキャンディを二個握らせた。ゴソゴソと布団の中で包み紙を開けている気配がした。あたしも一つ開けて、口の中に放りこんだ。

「姉ちゃん！」

健斗がガバッと上半身を起こした。いつもうるんだ目をしているけれど、一段と輝いて見えた。

「これ、シャインマスカットの味がする」

声も、いつもの一〇倍弾んでいた。

「アタリ。全部食べてもいいよ」

あたしは外側の包み紙をはいで、バラバラになったチューイングキャンディを、お地蔵さんのお供えのように健斗の前に置いた。

「いいの？」

とろけそうな笑顔に向かい、黙ってうなずいた。浮きでた鎖骨も弱々しい。

暴力を受ける健斗を見ながら、あたしは自分に言いきかせていた。あと数年、ガマンすればいい。背の低いやせっぽちの健斗だけど、中学生になれば大きくなる。小学生の頃、健斗と同じような体形だった同級生の男子でも、中学生になったとたん、面影もなくなるほどに、縦にも横にも成長した子はたくさんいる。

四〇近くのおっさんから暴力を受けても、全力で体当たりしかえせば、弾きとばせるくらいに。そうなれば、もともとビビりの親父は、健斗に手を出せなくなるはずだ。もしかすると、矛先がまたあたしに向かうかもしれない。林はもういない。林のような先生も、あたしの通う中学にはいない。

だけど、あたしはもう、親父と正面から戦えるんじゃないか。チューイングキャンディの味と、あたしの記憶にあるシャインマスカットの味はまったく違っていたのだから。

安いお菓子だから当然と思っていたら、健斗はパッケージも見ていないのに、シャインマスカット味だと言った。ということは、あたしの記憶に間違いがあったのだ。お母さんが信じていた、親父の良心の象徴でもあるシャインマスカットの味は、仲よし家族の味は、あたしの中にはもう残っていない。その気になれば、いつでも親父を警察に突きだせる。

あたしも呪文にかかっていたのだ。

それを解いてくれたお礼を伝えたくて、普段、めったに使うことのないスマホから、智恵理ちゃんにメッセージを送った。

智恵理ちゃんが清瀬高校の定時制に通っていると知ったのは、二度目に会った時だった。

あたしに普通に話しかけてくれる子ができるたび、その子のところに行って、「亜里沙ちゃん、わたしの悪口言ってなかった？」と被害者ヅラして訊ねるヤツがいる。何かあったの？　と訊かれたら、ちょっとね、と思わせぶりにマユをひそめて、〇〇ちゃんは気をつけてね、などと言う。あたしとそいつは口をきいたこともないのに。

そういうのがウザくて学校をサボっていることを、智恵理ちゃんには知られたくなくて、ハンバーガーショップに夕方四時という待ち合わせの提案をした。すると、三〇分くらいしか一緒にいられないけど大丈夫？　と訊かれた。バイト？　と訊きかえすと、学校、と返事があった。それでも、部活動だろうかと思ったくらい、予想がつかないことだった。

あたしの中で、智恵理ちゃんは「勝ち抜け」だったから。

同じ県営住宅に住んでいた頃、智恵理ちゃんは母親と二人暮らしだった。お母さんと親父の離婚を強く願っていたあたしだったけど、智恵理ちゃんの服のことを知ってからは、自分の方がまだマシなのかもしれないと感じるようになった。

智恵理ちゃんは何も、破れたボロボロの服を身にまとっていたわけじゃない。時には、高級な子どもブランドの服を着ていることもあった。だから、あたしは言ったのだ。そんな服買ってもらえていいな、と。

そうしたら、智恵理ちゃんは、新しい服なんて一度も買ってもらったことがない、と不機嫌そうに答えた。これは、見知らぬ人に恵んでもらった服なのだ、と。たいした金持ちもいそうにないこんな田舎町でも、季節ごとに古着を募り、それを貧しい家庭に配るボランティアグループがあるらしい。

あたしは古着に抵抗はない。お母さんとフリーマーケットに行って、服を買ってもらったことが何度もある。家族サービスの精神にまったく欠ける親父も、隣町にできた大型のリサイクルショップには、年に何度か連れていってくれるので、あたしの服も八割は古着だ。親父の選ぶ服なんて絶対にイヤだと思うのに、流行おくれの服の山から親父が取りだす一枚は、けっこうカッコよくて、シブシブ納得するような顔をして、それを買ってもらっている。健斗の服はあたしが選んでいる。

だけど、智恵理ちゃんは、そういうのとは違う、と言った。たった百円でもお金を出すのと、タダでもらうのとは、まったく違うのだ、と。話を聞いているうちに、智恵理ちゃんは古着が嫌いなのではなく、それを持ってくるおばさんたちをイヤがっている、ということがわかった。

——別に、ブランドとか興味ないのに、この、うさちゃんマークの服なんて、正規で買ったらものすごく高いのよ。ラッキーね。なんて、毎回、必ず誰かが言うの。

だから、智恵理ちゃんは、将来はアパレルショップの店員になって、自分の好きな服を自分の稼いだお金で買いたいのだ、と言っていた。店員割引でね、と。

ウチに服が届けられたことはない。つまり、智恵理ちゃんの家はウチより貧乏なのだ。そんなふうに、あたしは智恵理ちゃんのことを少し見くだしていたかもしれない。

ところが、智恵理ちゃんが引っ越すことになった。母親が再婚したからだ。相手は元ダンナのDVを相談していた弁護士だって、とゴミ捨て場に集ったおばさんたちが、うらやましそうに言っていた。あたしはテレビでしか聞いたことのない職業の人が、こんな田舎町にもいたことにおどろいた。

引っ越しの日に、ポストカードを持ってきてくれた智恵理ちゃんは、うさちゃんマークのワンピースを着ていた。

——これ、かわいいでしょ。

こちらが何も訊いていないのに、ブランドなんか興味がないと言ってたことなんてすっかり忘れた様子で、智恵理ちゃんはあたしの前で一回転した。だけど、あたしはその時、智恵理ちゃんの名前の方が気になっていて、服のことには触れずじまいだった。

本当にそうだろうか。

遠目に見えた新しい父親は、夏なのにブレザーをはおり、メガネをかけた、頭がよくて優しそうな人で、親父とは正反対だと思った。智恵理ちゃんのこの先の人生は幸せなことしか待っていないようで、思いきりうらやましがっていたんじゃないのか。だから「勝ち抜け」と感じたのだ。

その智恵理ちゃんが、定時制高校に通っている。

「つつじヶ丘かなって、勝手に思ってた」

百円のハンバーガーをほおばりながら、あたしはお嬢様学校と言われている隣の市の女子校の名前をあげた。実里が中学受験で落ちたところだ。

「あそこの制服かわいいよね。ちゃんと中学に通ってたら、受けていたかもしれない。でも、頭が足りないか」

智恵理ちゃんは悪魔の顔で舌を出した。訊けば何でも教えてくれそうだけど、中学に通えていないことには、簡単に答えられない理由があるはずだ。あたしだって、自分が学校をサボっていることを、できる限り話したくなかった。

イジメを受けたんじゃないか、と想像した。かわいいよりもきれいの方が似合うようになった智恵理ちゃんは、同級生の勘違いブスたちからシットされて、学校に通えなくなったんじゃないだろうか。学校や学年が違っても、実里みたいなタイプは必ず一人はいるものだ。

「定時制って、おじいさんやおばあさんがいるんでしょう?」

この質問にも智恵理ちゃんは笑った。

「イメージあるよね。だけど、ウチの学校にはいない。あと、授業中に教室でタバコ吸ったり、先生に暴力振るったりする、ヤンキー的な子も」

智恵理ちゃんは超能力者か、と思わずにはいられなかった。あたしの思考回路が単純すぎるのだとしても、訊きたいことを先に答えてくれる。

智恵理ちゃんは学校のことをいろいろと教えてくれた。一般的には四年間通うけれど、成績のいい子はテストに受かれば三年で卒業できるとか、そういう子はめずらしくないとか、遠足も修学旅行も体育祭も文化祭もあるとか。

「あと、ちゃんと話を聞いてくれる先生がいる」

その言葉がグサリと刺さった。なぜか、林の顔が浮かんだ。

「あたし、高校行くのやめようかと思ってたけど、定時制、受けてみようかな」

つい、言ってしまった。だけど、智恵理ちゃんは深く訊いてこなかった。

「そうしなよ。昼間にバイトもできるし。見て見て、これ」

智恵理ちゃんはテーブルの上にバッグを置いた。高級ブランド品ではなさそうだけど、ピンクのエナメル地にゴールドのハート形の金具が付いたかわいらしいデザインだ。智恵理ちゃんに似合ってる。悪魔の顔で目を輝かせているのは、自分で稼いだお金で買ったことが誇らしいからに違いない。

だけど、定時制より、こちらを先におかしいと思わなければならなかった。

アルバイトだ。弁護士の娘になった智恵理ちゃんが、ほしいものがあるとはいえ、どうしてバイトなんかしているのだろう。もしかすると、もう弁護士の子ではないのかもしれない。

だけど、次に会ったのは智恵理ちゃんの家で、学習机や洋服ダンスなど、白いインテリアで統一された、お嬢様っぽい部屋に通された。

壁にアイドルのポスターがベタベタと貼ってあるのには、笑ったのだけど。

智恵理ちゃんは弁護士の娘のままだった。そんなこと、もう、どうでもいいような気もした。

智恵理ちゃんの悪魔の顔が好きだ。智恵理ちゃんと話していると心地いい。そして、定時制の話を聞いていると、中学が終わっても、あたしを受けいれてくれるマトモな場所があるんじゃないかと希望を持つことができた。自分で働いて学費をためて、大学や専門学校に進む人もいるし、大きな会社に就職する人もいるらしい。

そういえば、と小学四年生の終業式の後だったか、県住のポストにあたしあての手紙が届いていたことを思いだした。送り主は、未来のあたし、みたいな。

「あーあ、帰りたくないな」

思わずそんなふうにつぶやいてしまったら、智恵理ちゃんは、自分がいない時でもここに来ていいと言ってくれた。友だちを連れてくることは、父親も母親も大歓迎してくれるはずだから、と。愛されているんだな、とうらやましくなった。

とちゅうでカルピスを持ってきてくれた智恵理ちゃんの母親は、あたしのことを憶えてくれていて、今さらでゴメンナサイ、と、お母さんへのお悔やみを言ってくれた。

「同じ年に自治会の当番になって、お世話になったのよ。あの頃は苦しかったけど、亜里沙ちゃんのお母さんに優しくしてもらえて、どんなに救われたことか」

涙ながらにそんなことを言われても、どう返していいのかわからなかった。ちゃんとした受け答えの定型文みたいなものがあるのかもしれない。だけど、あたしにそういうことを教えてくれる人はいなかった。

それでも、お母さんをほめてもらえたことが嬉しくて、あたしは、ありがとうございますっ、と大きな声でお礼を言った。元気でいいわね、と笑われた。智恵理ちゃんの母親は昔から体が弱く、入退院を繰りかえしているのだという。もう少しマシなあいさつができるようになっておこうと思ったものの、その後、智恵理ちゃんの母親に会うことはなかった。

居心地がいい智恵理ちゃんの部屋に、章子をさそった。人目を気にせずしゃべれる場所は、そこしか思いつかなかったから。

小学四年生で初めて同じクラスになった頃、あたしは章子のことが大嫌いだった。たいがいの子は母親が好きで、けっこうマトモな父親に対しても、汚いだの、キモイだのと悪口を言っていたのに、章子だけは平気な顔をして、父親が大好きだと言っていたからだ。名前を書いてもらった、料理を作ってもらった、キャンプに行った。優しくて、怒られたことは一度もない……。

直接、あたしに話しているわけではないのに、おとなしい子たちとの会話が耳をかすめるくらいで、あたしの胸はざわついた。サンタクロースを信じているところも、勉強がよくできるところもハナについた。それが父親ゆずりだと得意げに話すところも、もちろんだ。

あたしは親父から殴られているのに。大好きなお母さんはもういないのに。

だけど、章子の父親も死んでしまった。どこかは知らないけどガンだと聞いた。お母さんと同じだ。だけど、母親がいるんだからあたしよりはマシ、なんて思ってた。

そうしたら、少しずつ、章子の母親はちょっとおかしいらしい、というウワサが流れるようになった。自分より成績のいい章子をひがんで、実里が悪口を言いふらしているだけかと思ったけど、そうじゃない気配が強くなっていった。

遠足の弁当は自分で作ってきていたし、アイロンの当たっていない服を着てくることも多かった。体操服を洗濯していないことも。後ろ髪がはねていても、笑われるまで気づかない。言ってくれる人が家にいないということだ。

そのうえ、林はあたしよりも章子を気にかけているようだった。えこひいきではなく、単純に、あたしより章子の方が大変な状況にあるんじゃないかと考えた。

暴力を振るわれるあたしより？

そのうち、林と章子の母親が付きあっている、と実里の母親を筆頭にＰＴＡのおばさんたちが騒ぎだし、章子の母親にフラれて心を病んだ林は、学校を去ることになってしまった。章子をうらみそうになったけど、親と子どもを一緒にして考えるなんてこと、あたしがしちゃいけない。

しばらくして、章子の母親は再婚、らしきものをした。その相手がなんと早坂だった。親父が同級生で唯一さん付けで呼ぶ早坂は、親父よりもさらにゲビた笑い方をする。章子の母親のことも、死んだダンナの保険金目当てだと、まったく悪びれる様子なく親父に話していた。婚姻届けを出さないのは、母子家庭の手当もくすねるため。最低のゲスだ。

うまく金をだましとったのか、早坂はフレンチレストランをオープンした。親父もバイトとして雇われた。なのに、店は一年ちょっとしか続かなかった。一度、親父がサンドイッチを持ってかえってきたけれど、味は悪くなかった。だけど、一パック五千円と聞いて目玉が飛びだしそうになった。そのうえ、二人で食べろと言ったくせに、翌朝、俺のがない、と怒りだして、健斗を殴ったのだから、イヤな思い出としてしか残っていない。

世間的にも評判は悪かったものの、ツブれた一番の原因は、章子の母親のストーカー化した林が、店に放火したからだ。林のあの正義感は自分の弱さを隠すためだったのかと、ガッカリを通りこし、尊敬などしていた自分に腹が立った。早坂は大荒れだった。親父でさえ、中途ハンパななぐさめ方をして殴られたことがある。

ところが、憎い相手のはずなのに、親父と始めた会社で、早坂は章子の母親を雇っていた。関係は切れていない。イヤな予感しかしなかった。もしかして、章子も暴力を振るわれたりしていないだろうか。

久々に行った学校で、章子のクラスをのぞき、章子が不登校になっていることを知った。実里と同じクラスだけど、学校に来なくなったのは、早坂との問題もあるんじゃないだろうか。章子とは友だちと呼べるほどの関係になったことはない。だけど、互いの境遇が重なりすぎて、気になると、放っておけなくなった。

決して、智恵理ちゃんがあたしと約束した日に親友だという人を連れてきたから、それに対抗しようとしたわけではない。あたしは智恵理ちゃんを独占したいと思ったことはない。

親友、まどかさんもいい人だった。昼は智恵理ちゃんと同じ系列の別のコンビニでバイトして、夜は定時制に通っている。卒業後は看護学校に行きたいのだと、明るい笑顔で言っていた。まどかさんがどんな家に、どんな家族と住んでいるのかは知らないけれど。

智恵理ちゃんの夢は変わらず、アパレルショップの店員だった。

亜里沙は何になりたいの？　と訊かれて、とまどった。

小学校のいつかに書いた将来の夢についての作文には、弟をリッパなおとなに育てたい、などと書いたような気がするけれど、それ以降、自分からそんなことは考えたこともなかった。自分にマトモな人生が送れるとも思っていなかったし、どんな夢を持っても叶うはずがないとあきらめていた。だけど、あたしだって夢を持ってもいいのだと、智恵理ちゃんやまどかさんは教えてくれた。それを、章子にも伝えたいと思ったのだ。

智恵理ちゃんもあたしの友だち、章子に会いたがった。

章子はあたしの呼びだしに応じてくれ、智恵理ちゃんともすぐに打ちとけた。いや、心の奥に何かを隠したまま、そういうふうに見せかけていただけだ。

智恵理ちゃんも、章子も、あたしも。

智恵理ちゃんの部屋の壁に穴が開いているのを見つけたのは、章子と遊びにいった時だ。

あたしが智恵理ちゃんの部屋に通いはじめて、すでに半年近く経っていた。

章子の不登校の原因は実里にあって、それがエグすぎて、あたしはブチギレしたのだけど、それが効果アリだったみたいで、章子はまた登校できるようになっていた。あたしが定時制のことを話すと、興味深そうに聞いていたけど、まずは、清瀬高校の全日制を目指したいと言っている。あたしには、逆立ちしても無理なところだ。

二人きりの部屋で、新発売になったブドウグミの話をしていると、ふと、小四の工作の時間に作った木箱のことを思いだした。あたしはハート形の実をつけたブドウの絵を描いた。ヘンなの、と実里に笑われて、持ってかえったらすぐに捨てるつもりだったのに、健斗が気に入って、ちびた消しゴム入れとして使っていた。

章子はドリームキャットを上手に彫りすぎて、実里に文句を言われていたけれど、その後どうしただろう、と訊いてみようとした時だ。

「あれ、ポスターが」

章子の視線を追うと、四すみをテープでとめたポスターの右上のテープがはがれていた。智恵理ちゃんが一番好きだというアイドルだ。テープのはがれた角がペロンと手前に大きく折れまがっていた。

あっ、と息をのんだのは、二人同時だったと思う。

壁に、野球ボールをぶつけたくらいの穴が開いていた。

ベッドのすぐわきだから、手が当たってしまったのだろうか。いや、築三〇年を超えている県住の、親父が暴れるウチのボロい壁でも、こんな穴は見あたらない。あたしも健斗も、親父に殴られたり蹴りたおされたりして、壁にぶつかったことは何度もある。だけど、穴が開くどころか、ヒビすら入ったことはない。

どうすれば、こんな穴が開くのだろう。ここだけなのか。

部屋中にポスターを貼っていて、アイドルが好きだと、智恵理ちゃんがパソコンで画像を見せてくれたのは、二回だけだった。あたしが初めてこの部屋に来た日と、章子が初めて来た日。まるで、言いわけみたいじゃないか。この部屋のポスターはすべて、壁に開いた穴を隠すために貼られているのかもしれない。

あたしはポスターを元に戻し、粘着力の弱まったテープの上を思いきり押さえつけた。章子はずっと、黙っていた。あたしたちがポスターをはがしたわけではないのに、申しわけない気分でいっぱいになった。穴を見つけてしまってごめんなさい、と。

そこに、智恵理ちゃんが帰ってきた。どうにかポスターがはがれませんように、と祈るような気持ちで、不自然に壁から目をそらしていたかもしれない。

この日は、章子が手作りのマドレーヌを持ってきていたので、智恵理ちゃんは紅茶を入れてくれた。春休み中にパソコンを借りたお礼だと聞いて、あたしもさそってくれたらよかったのに、と少し不満に思ったけど、取りあえず、楽しくもりあがれそうなものがあってよかった。

「二人で何してたの?」

マドレーヌを片手にテーブルを囲んでいる最中、突然、智恵理ちゃんに悪魔の顔で訊かれ、あたしはちらりと章子を見た。

「中間テストの話を」

章子がそう言うのに合わせて、数学がヤバいんだよね、とあたしも大ゲサに顔をしかめてみせた。

「わたしもテスト、ヤダな」

智恵理ちゃんまで、ほおをふくらませてボヤいた。

「えっ、テストあるの？」

「当たり前だよ」

あたしの中にはまだ定時制への偏見があって、勉強しなくても、ろくに通わなくても、高校卒業資格が取れると思っていた。全日制と同じなのだ。学校に通い、テストを受け、行事を楽しみ、ちゃんとした会社に就職できる。

あの手紙にもそんなことが書いてあった。未来のあたしは男に負けないくらいしっかり働いて、自分をみがいて、イキイキと、自分の人生を自分で切りひらいて生きている……。

当然、入試だってある。遅刻や早退を繰りかえしている場合ではない。章子は三年生になって、サボりナシで授業を受けていた。

あたしに感謝してくれるのはありがたいけど、あの時は、あたしがまったくの部外者という、助けられる位置にいただけだ。自分への攻撃は正面から受けるのが怖い。だけど、章子への攻撃をあたしがはねかえすのは、難しいことではない。

自分のことをおとなに相談するのは怖い。うっとうしそうにマユをひそめられただけでも、心が折れてしまいそうになる。それで、もういい！ なんてトガッた声を上げれば、あたしがそのおとなから嫌われてしまうだけだ。それも、あたしが章子のことを相談するなら、もう少しガマンできるんじゃないか。逆に、章子もあたしのことなら、勇気を出せるんじゃないか。

言葉にして伝えなくても、頭のいい章子は、すでにあたしの考えていることくらい理解してくれているような気がした。あたしのピンチは章子が救ってくれる。

章子のマドレーヌはソボクな味でおいしかった。智恵理ちゃんも喜んでいて、今度は一緒に作ろうという話になった。章子より料理に慣れているあたしの方がうまいかも、なんて思った。

どうして、智恵理ちゃんの部屋なのに、あたしは章子のことばかり考えていたのだろう。

壁の穴を見たというのに。いや、だからか。

やっぱりあたしは、臆病者だったんだ。

少し収入が増えたからといって、親父の暴力がまったくなくなったわけではなかった。欲はふくらみ、また余裕がなくなる。二重になった風船のようだ。外側がふくらめば、内側もふくらむ。

殴られている健斗に心の中でゴメンと叫び、家を出ていった。シャインマスカット味のチューイングキャンディは期間限定だったけど、好評につき、とかでまた売っていないだろうか。春と夏のあいだの果物って何だろう。智恵理ちゃんはバイトに入っているだろうか。

会いたい。会って、相談したい。いや、くだらない話をするだけでもいい。

あたしは自転車でコンビニに向かった。街灯の少ない薄暗い夜道を、思いきりペダルをこいで進んでいた。だから、一度、通過してしまった。通り沿いにある狭い児童公園のベンチに、智恵理ちゃんが座っていたような気がしたのに。

あわててブレーキをかけ、公園の入口までゆっくり引きかえすと、やっぱり智恵理ちゃんだった。自転車から下りたものの、そこで足を止めてしまったのは、智恵理ちゃんがタバコを吸っていたからだ。

白いフワフワしたワンピースを着ているのに、足を開き、タバコを持った手のひじをひざの上についている。ガラの悪い、まるでウチの親父のような座り方だった。タバコの吸い方も、プハープハー、と煙を吐きだすような、とてもじゃないけど、カッコいいと呼べるものではない。休憩中の土木作業員みたいだと思った。

おまけに、横に金属の棒のようなものを立てかけていて、声をかけるのにも抵抗があった。このまま気づかなかったフリをして帰ろうか。だけど、その前に目が合ってしまった。逃げるわけにはいかない。

「智恵理ちゃん」

壁の穴を見つけてしまった時と同じ表情になっていたかもしれない。智恵理ちゃんはタバコを持つ手を顔の横あたりで止めて、あたしを見た。下からにらみあげるようにして。返事までに、少しまがあいた。

「誰や?」

「えっ……」

しわがれた声にも、内容にもおどろいた。でも、と気を立てなおす。ベンチはスポットライトのように公園灯に照らされているけれど、あたしの周辺は暗い。よく見えていないのかもしれない。

「やだなあ、もう。亜里沙だよ」

あたしは出せる限りの明るい声で答えた。

「ちゃう。おまえのことを訊いとるんやない。チエリって誰や」

「はっ……」

「よう、おまえみたいなガキどもから、その名前で呼ばれんねん。誰や、そいつ。ワシにそんなに似とるんか」

「いえ……」

「ああ? 聞こえへん。もっと大きい声、出さんかい。声かけてきたんは、そっちゃろ」

智恵理ちゃん……は、そう怒鳴ると、立ちあがってタバコをポイと足元に放った。白いスニーカーの底をガシガシと地面にこすりつけて火を消している。あの靴も間違いなく智恵理ちゃんのものだ。買った時についている白いひもを、紺地に白い水玉模様のリボンにつけかえたのだと、つい先日、嬉しそうに見せてくれたのと、まったく同じなのだから。

でも、違う……。

「すみません、間違えました」

声が震えて、言ったはずの言葉が自分の耳にすら届かない。

「はあ？　聞こえへん言うとるやろ。おどれ、ワシをなめとんのか」

そう言うなり、智恵理ちゃん……は、自分の座っていたベンチを思いきり後ろ蹴りした。固定されていなかったのか、古い木製のベンチは重そうな音を立てて後ろに倒れた。

智恵理ちゃん……は、足元に転がった金属の棒に手をのばした。

それから後は、智恵理ちゃんのことは見ていない。あたしは震える足をなんとか動かせるよう、太ももを平手で二回叩いて自転車に乗ると、一目散に公園から去っていった。夢中で自転車をこいで、たどりついたのは県住、自分の家だ。ここから逃げだしてきたはずなのに、さらに怖い思いをすると、ここに戻ってきている。

誰が助けてくれるわけでもないのに。ましてや、家があたしを守ってくれるわけでもないのに。

だけど、他にどこにも行くあてがなく、あたしはトボトボと駐輪場に向かった。健斗をなぐさめるお菓子も買っていない。幸い、親父も健斗も、もう寝ていた。

章子とは壁の穴のことは共有できても、智恵理ちゃんの様子がおかしかったことまでは話す気になれなかった。日が経つにつれて、あれは自分の見間違いではないかという思いも強くなっていった。

あの時、あたしは智恵理ちゃんを求めていた。会いたくてたまらなかった。だから、公園にいた女装癖のあるおかしなおっさんが、智恵理ちゃんに見えてしまったんじゃないだろうか。

こんなこと、智恵理ちゃんに話すと怒られそうで、確認もできない。それに、壁の穴を見つけて以来、智恵理ちゃんの家に行くことに抵抗があった。今度は智恵理ちゃんの前で別の穴を見つけてしまうかもしれない。

章子も智恵理ちゃんの家に行こうとさそってこなかった。かわりに毎日テスト勉強をして、数学で四八点も取れたのだから、あたしも進歩したものだ。担任にもおどろかれた。章子なんか、全教科、ほぼ満点だった。

高校生になれば、自分で少しでもお金を稼ぐことができれば、何かが変わることをあたしはまだ信じていた。

まどかさんに会ったのは、公園での出来事から一週間経った頃だった。

健斗が修学旅行に着ていくための、薄手のナイロンパーカーを買ってやろうと、あたしは自転車で隣町のリサイクルショップに行った。五月末の京都、奈良は、昼は蒸し暑く、夜は少し肌寒かった憶えがあった。新品にしたいところだけど、スポーツメーカーのものは高い。逆に、しっかりした作りになっているので、リサイクルに出されていても、それほど傷んでいるカンはない。

黒と青、どちらにしようか迷っていると、亜里沙！　と声をかけられた。ドキッとしたものの、やましいことは何もしていない。振りかえると、まどかさんが立っていた。

「何それ、男ものじゃん」

冷やかすようにニヤニヤ笑っていた。

「弟用です。どっちの色がいいかと思って」

あたしは両手に一着ずつ持っていたパーカーを、まどかさんに広げて見せた。

「亜里沙の弟じゃ、黒でしょ」

確かに、あたしなら黒が似合う。

「でも、あたしたち似てないんですよね。弟は色白で線の細い……」

「美少年タイプ！」

まどかさんがおもしろそうに手を打った。

「まあ、そんなところです」

否定しないあたしは、姉バカだと思われただろうか。

「いいじゃん、会ってみたい。じゃあ、青でしょ」

あたしは黒いパーカーを棚に戻した。

「ところで、まどかさんは？」

「わたしは親戚の結婚式。来月あるんだ。できたばっかの『森いのや』。ちゃんとした服で来いって言われてるけど、どうせ、一回こっきりしか着ないだろうから、こういうところのでいいかな、って」

普通に結婚式をあげる親戚がいることが、うらやましかった。瑞枝おばさんに、そういう日は来ないだろう。あの人の夢の中では、何度も式をあげているかもしれないけれど。

まどかさんは真っ赤なドレスを試着室に持ちこんだ。シャッとカーテンを開いて、ジャジャーン、と自分で言いながら出てくる。着る前は色ばかりが目について、派手だなと思ったけど、ノースリーブのタイトなデザインは、着てみると割とおとなしめに見えた。

「すごく似合ってますよ」

店員のようにほめてみる。と、まどかさんの両方の二の腕に、ギュッとつかまれたようなアザがあるのに気がついた。訊けない。だけど、視線を外せずにいることが、問いかけになってしまった。

「ああ、これ？」

まどかさんが両手を胸の前でクロスさせてアザの部分をこすりながら笑った。笑えるようなことなのだろうか。

「竜崎《りゅうざき》さん、力強いから。全然痛くないから忘れてたけど、隠しておいた方がいいよね。

亜里沙、そこの黒いボレロ取ってくれない？」

暴力的な彼氏でもいるのだろうか。心配になりながらも、アザから視線を外して、どれだ？　と大ゲサに棚を見まわし、銀色のラメの入った黒いレースのボレロを取った。まどかさんに渡しながら、あっ、と思いだす。

「竜崎さんって、もしかして、アノ？」

あたしが小学一年の時、県住に強面《こわもて》のおじさんが引っ越してきた。ヤクザとか、刑務所帰りとかウワサされていて、親父からも、あのおっさんには近づくな、と言われていた。その人の名前が、竜崎さんだった。

まどかさんは笑顔を少しゆがめた。

「会っちゃった？　智恵理の別人格に」

話がかみあわず、ポカンと口を開けてしまった。だけど、徐々に理解できてきた。

「先週、公園で……」

あの状態の智恵理ちゃんを、多分、まどかさんは「竜崎さん」と呼んでいるのだ。

「じゃあ、同じ日かもしれない。びっくりしたでしょ」

「夢じゃないかって」

「わたしも最初はおどろいた。二重人格っていうの？　ワシは竜崎や、なんて言いだすし」

自分で名乗ったのか。

「でも、そういうのにくわしい子が言うには、竜崎さんにならないと自分を守ることができない敵が、身近にいるってことなんだって。なら、仕方ないよね。びっくりするほど力強いし、一緒にいる時に暴れられると困るんだけど、そんなにしょっちゅうじゃないから。わたしも三回しか会ったことない。このあいだのは割と久しぶりかな。まあ、智恵理は竜崎さんになっているあいだの記憶がないみたいだから、本人に訊いちゃダメだよ。亜里沙でも許さないからね」

黙ってうなずくしかなかった。まどかさんはボレロをはおり、これでいいかな、と鏡を眺めて、試着室のカーテンを閉めた。

二重人格なんてすぐには信じられないけれど、公園での智恵理ちゃん……、は演技をしているふうではなかった。もしかすると、まどかさんは竜崎さんを、智恵理ちゃんが造りだした架空の人だと思っているかもしれない。だけど、あたしには、あの状態で竜崎さんを名乗っていることに、納得できるところがあった。

昔、県住の横に小さな原っぱがあった。あたしたち子どもは毎日のようにそこで遊んでいたけれど、竜崎さんがゴルフクラブの素振りをするようになってからは、誰も近寄らなくなった。

ある日、智恵理ちゃんと原っぱの横を通りかかったら、竜崎さんがいなかったので、あたしたちは四つ葉のクローバー探しをすることにした。原っぱの片すみで、二人しゃがんで夢中になってクローバーをかきわけていると、するどい視線と荒い息づかいを感じた。黒い大きな野良犬だった。ヤバい、と思った時にはもう手遅れで、あたしと智恵理ちゃんは抱きあって目を閉じた。

ギャウンと鳴き声がひびき、おそるおそる目を開けると、犬が逃げていくのが見えた。顔を上げると、ゴルフクラブを持った竜崎さんが立っていた。助けてくれたことはわかっているのに、目を合わせるのがおそろしく、あたしは竜崎さんの胸元にあるトラ模様に視線を泳がせた。

──このシャツか。カッコいい、と声を出したのは智恵理ちゃんだった。

竜崎さんはニカッと歯を出して笑いながらそう言った。それでもやっぱり怖くて、あたしはヘンな作り笑いをして、一目散に逃げだしたのだけど、追いかけてきた智恵理ちゃんは怖がっているふうではなかった。それどころか、びっくりするようなことを言った。

──カッコいいって、服のことじゃなかったのに。

だけど、竜崎さんはそれからひと月も経たないうちに、また引っ越してしまった。

それにしても、智恵理ちゃんの敵とは誰なのだろう。まどかさんは知っているのだろうか。学校にいるのだろうか。竜崎さんにならずに解決する方法はないのだろうか。

学校には話を聞いてくれる先生がいる、と智恵理ちゃんは言っていた。その先生は竜崎さんのことを知っているのだろうか。

智恵理ちゃんが記憶のないまま持ってかえったという品の中に、ゴルフクラブがあったことを思いだした。壁の穴は、竜崎さんになった時にあれを振りまわして開けたのかもしれない。いや、素手でも相当に強そうだ。そんな力が出せるなら、あたしも竜崎さんになってみたい。

そうすれば、健斗を守ってやれるのに。

智恵理ちゃんの家をテレビで見たのは、その翌日だ。

あたしはほとんどテレビを見ない。だけど、日曜日の朝、章子からスマホに電話がかかってきた。公衆電話からだった。情報番組で火事のニュースをやっていたんだけど、智恵理ちゃんの家だと思う。と、電話を通しても興奮していることがわかる声だった。

あわててベッドから飛びだしてテレビを点けると、火事のニュースはまだ続いていた。明け方出火し、消火作業は落ちついてきた、と、黒コゲになってまだところどころから煙を上げている家をバックに、男性レポーターが声を張りあげていた。

よくこの映像で、章子は智恵理ちゃんの家だとわかったな、とヘンなところで感心していると、心臓がはねあがりそうになることをレポーターは言いだした。

『この家に住む夫婦は先ほど病院に運ばれましたが、同居する長女とはまだ連絡が取れていません……』

智恵理ちゃんは家の中で倒れているのかもしれない。

上着もはおらずに家を飛びだした。

日曜日ということもあり、火事現場の周りはヤジウマでごったがえしていた。これならテレビで見ていた方がよかったと後悔するほどに、家に近づくことができない。人ごみの少し前に、章子の後ろ姿が見えた。大声で呼ぶと、章子は振りかえり、あたしたちは合流した。

互いに質問しあうけど、周りのやかましさで声がかき消されてしまうばかりで、あたしたちは静かに話せる場所を求めて、近所の公園に向かった。

竜崎さんになった智恵理ちゃんが蹴りたおしたベンチは、元に戻っていて、そこに二人並んで座った。

「智恵理さん、どこにいるんだろう」

「どこ？」

あたしは智恵理ちゃんが家で焼け死んでいるんじゃないかと気が気でなかったのに、章子はまったく別のことを考えていたようだ。確かに、智恵理ちゃんの部屋は玄関を入ってすぐのところにあり、それより奥か二階の部屋にいたはずの両親が救助されているのに、智恵理ちゃんが取り残されているというのは、おかしい。

「バイトに入ってなかったのかな」

章子が心配そうに言った。そうであってほしいとあたしも思ったけど……。

「前に、女子は夜一一時までしか入れてもらえないって言ってた」

「朝は何時から入れるのかな」

「それは、どうだろう」

ハァ、と章子と二人同時にため息をついてしまった。こういう時こそ竜崎さんになって、どこかに避難してくれていたらいいのに。そう思った延長で、まどかさんのことを思いだした。火事現場では見かけていない。

あたしはまどかさんにメッセージを送った。すぐに返信がきた。なんだ、と大きく息を吐いた。

智恵理ちゃんはまどかさんのところにいると書いてあったのだから。

あたしたちは智恵理ちゃんが偶然、まどかさんの家に泊まりにいっている時に火事が起きて、運よく難を逃れたのだと思っていた。

智恵理ちゃんが自宅に放火して、まどかさんの家に隠れていたことを知ったのは、その数日後だ。智恵理ちゃんは、まどかさんと話を聞いてくれるという学校の先生に付きそわれて、自首したらしい。

竜崎さんになっていた時に火がついたのだ。あたしはタバコを吸っていた智恵理ちゃん……の、姿を思いだしながら、そんなふうに考えていた。

衝撃的な事件が起きたというのに、それからしばらくは、あたしにとっては穏やかなものだった。

親父が健斗に暴力を振るわなくなったのだから。最低でも一週間は、一度も手や足が出ていない。それどころか、声を荒らげることもない。矛先があたしに向かってもいない。

よほど、人材派遣の仕事がうまくいっているのか。先日は、パチンコの景品ではなさそうなチョコレートを持ってかえってきた。外国製っぽいけどどうしたのかと訊ねると、ハワイ土産をお客さんからもらったのだと、機嫌よさげに答えていた。

それでも心配なのは、健斗が以前にもまして、暗い顔をしていることだった。体の具合でも悪いのかと訊ねても、首を横に振るばかり。学校でイジメられているのかと、さりげなく訊いてみたら、小さく顔をゆがめたので、やはりそうかと、それ以上問いつめないことにした。

「気にしない、気にしない。バカは放っておけって」

笑いながら、背中をポンポンと叩いた。大丈夫だよ、というふうに。こういう言葉を優しく伝える方法を、あたしは知らない。だけど、あたしをわかってくれている人には、伝わっているんじゃないかと思っていた。誰よりも、健斗には。きょうだいなのだから。

健斗は修学旅行にも行きたくないと言いだした。

「どうせ、ドリームランドじゃないから」

健斗がドリームランドに行きたがっていることを初めて知った。イジメが原因で行きたくないのに、それをあたしに言うことができず、とっさに思いついた言いわけを口にしただけかもしれない。トボケたふうに、だよねぇ、と調子を合わせてみた。

「姉ちゃんも？　やっぱり、ここじゃない、別の世界に行ってみたいよね」

あたしはメルヘンチックなことには興味がないけど、わずらわしいことを考えずに、ただ楽しいだけの場所があるなら、自分も行ってみたいと思う。

ふと思いつき、とっくに物置と化している、勉強机の一番大きな引きだしの底をあさった。確か、そこに入れっぱなしにしておいたはずだった。百均のマニキュアやリップクリームを押しのけて、ようやく見つけた。

「健斗、目をつむって」

言われるまま、長いマツゲのまぶたを閉じた健斗の手に、あたしは探しだしたものを握らせた。いいよ、とも言わないうちに健斗が目を開けた。手の中のものを透かしたり、目の前に近づけたりしながら、しばらくマジマジと見つめていた。

「これ、本物？」

「わかんない」

「ドリーム、マウンテンって読むんだよね。三〇周年って書いてあるんだけど」

健斗の手の中にあるのは、ドリームマウンテンのキャラクターであるネコの透かしの入った、金色のプレート状のしおりだ。

「どうしたの、これ」

まるであたしがよくない方法で手に入れたかのように、健斗は心配そうな顔で訊ねた。

あたしは疑いを晴らすような気分で、三〇歳の自分だという人から届いた手紙の中にこれが入っていたことを、健斗に話した。

誰かのイタズラ、もしくは、マンガに出てくるようなことを。

「スゴイじゃん！」

健斗は手を打って喜んだ。沈んでいた表情がウソのように晴れていた。手紙を読みたいと言われ、とっくに捨てた、と答えると、とたんにガッカリした顔になった。あたしは、憶えている限りの手紙の内容を、健斗に聞かせた。

「最後に、健斗ともあいかわらず仲がいい、って書いてたよ。あんたがお姉ちゃん孝行してくれるから、かわいがってあげてね、だってさ」

健斗を喜ばせるために、適当なことを言ったのではない。締めくくりの言葉は、正確ではないかもしれないけれど、本当にそんなふうに書いてあったのだ。

「あっそうだ、しおりは他の人に見せちゃいけなかったんだ。まあ、いっか。健斗は特別」

「このしおりって、もしかすると、僕が姉ちゃんをドリームランドに連れていって、マウンテンで買ってあげたものかもしれないよ。同じ三〇歳おめでとうって」

「同じって？」

「ドリームマウンテンって、姉ちゃんが生まれた年にオープンしたって、知らないの？」

健斗はユカイそうに笑った。いつ以来か思いだせない笑顔に、涙が込みあげそうになった。それをかきけすように、あたしもニッと笑ってみせた。

「じゃあ、連れていってもらおうかな。高いレストランでディナーもごちそうしてもらおうっと。約束ね。忘れないように、そのしおりはあんたが持ってて」

「未来への切符みたいだね」

健斗は右手の小指をあたしに差しだしてきた。指切りげんまんなんて、子どもっぽくて恥ずかしかったけど、その指に自分の小指をギュッとからめた。あたしよりも白くて細い指が、早くおとなのゴツゴツしたものになればいい。そんなふうに願いながら。

健斗の欠席を、修学旅行の出発日までに伝えなかったのは、少しくらい学校に迷惑をかけてやろうと思ったからだ。だけど、これが大失敗だった。修学旅行費が全額戻らないことを、親父は一週間以上ボヤき続けた。

だけど、暴力はなかった。

智恵理ちゃんのことを忘れていたわけではないけれど、健斗の心配をしていると、智恵理ちゃんのことまで気が回らなくなってしまう。だけど、時々、無性に会いたくなることがあった。

智恵理ちゃんがいないのはわかっていながらも、智恵理ちゃんがバイトしていたコンビニに行くと、レジカウンターにまどかさんがいた。異動になったのだという。智恵理ちゃんのことを、遠慮がちに訊ねてみると、客はあたし以外にいなかったからか、まどかさんはポツポツと話してくれた。

智恵理ちゃんは中学生の頃から、義理の父親に性的虐待を受けていた、とか。母親は見て見ぬフリをしていたのに、智恵理ちゃんの妊娠に気づくと、悪魔呼ばわりしながら智恵理ちゃんを階段から突きおとして流産させた、とか。その頃から時々、記憶が飛んでしまうようになった、とか。だけどもう、すべてを終わらせることに決めたのだ、とか。

まどかさんはそれらのことを、放火直後の智恵理ちゃんから聞いたそうだ。家に火を放つその日まで、智恵理ちゃんは全部、笑顔の下に隠していた。

何が、悪魔の顔だ。悪魔は周りのおとなたちじゃないか。

智恵理ちゃんは大きな罪には問われないんじゃないか、とまどかさんは言っていた。虐待を受けていたこと、二重人格のこと、両親の命に別状がなかったこと。考慮する要素はたくさんあるけれど、「自宅への放火」というのもポイントの一つらしい。

自宅とは、帰る場所。心休まる場所。そんな場所に火を放つということは、心神喪失状態だったに違いない……。いったい何時代の、誰基準の、判断なのだろう。

だけど、智恵理ちゃんがこれらの話をまどかさんにしたということは、事件時の記憶があるということだ。竜崎さんじゃなかったのだ。確かに、竜崎さんになっていたら、放火ではなくゴルフクラブで撲殺でもしていたはずだ。

智恵理ちゃんは、自分の意思で火をつけた。

まどかさんもそれに気づいていた。

「だけど、すべて終わらせるって、何が引き金になったんだろう。亜里沙、何か憶えある？」

あたしは首を横に振った。親友のまどかさんにわからないことが、あたしに思いあたるわけがない。

念のため、章子にも訊いてみようかと思ったけど、やめた。まどかさんに口止めはされなかったものの、別れ際、なんとなく話したことを後悔しているみたいに見えたし、あたし自身、聞いてはいけなかった話のように、思いだすたび、苦い汁が込みあげてくるような気分になるからだ。

かわりに、ではないけれど、章子には別の相談をもちかけた。

何十年も先ではなく、あたしは健斗をすぐに、ドリームランドに連れていってやりたいと思った。健斗の笑顔は、しおりを渡した翌日には消えていた。

また、笑顔を見たい。その笑顔がずっと続くような世界に、一緒に行きたい。だけど、お金は持っていない。そこで、自分の修学旅行を事前にキャンセルすることを思いついた。章子と同じクラスとはいえ、クラスの連中との集団行動はやっぱりユウウツだったし、一石二鳥のアイデアだ。

章子は母親に相談して、すぐに了解してくれた。章子自身、とてもワクワクしているみたいで、木箱を作った時の思いはずっと続いていたようだ。

健斗にはしばらく内緒にしておいて、七月の誕生日にプレゼントとして、季節外れのサンタクロースみたいに、枕元にチケットを置いておどろかせてやるつもりだった。はずなのに……。

梅雨のジメジメした天気と修学旅行に浮きたつクラスの連中にイライラしながら帰宅すると、健斗が台所のシンクの前に立っていた。

めずらしいこともあるものだと、後ろから近づいて、ワッ！　と背中を押しながら声をかけると、健斗は両肩をギュンと上げておどろき、シンクの上にゴンと音がひびいた。何か落としたようだ。

のぞきこむと、鮮やかな黄緑色が目に飛びこんできた。

「シャインマスカット？」

「アタリ」

健斗はあたしを見あげてニッと笑うと、ザルに入れたブドウを、水でザッと流して、縦に数回振り、シンク横の台に置いていた皿に移した。食器棚の一番奥にしまいこんでいた、お母さんが最後にシャインマスカットを食べた時のものだ。

「これ、どうしたの？」

「買ってきたんだよ」

健斗はケロリとした顔で答えた。

「だって、高かったでしょう？」

「お父さんが、お小遣いをくれたんだ」

健斗はちゃんと、親父をお父さんと呼ぶ。

「キセキじゃん」

バカなおどろき方をして、ふと、不安がよぎった。これはマトモなことで得たお金なのか？ だけど、健斗をガッカリさせたくない。余計な思いを振りはらうように、笑顔を作った。

「しっかし思いきったね。誕生日でもクリスマスでもないのに。今日はいったい何記念日？」

健斗は少し考えこむように、うるんだ瞳を空に泳がせた。

「シャインマスカット記念日でいいよ。一緒に食べよ」

「えっ、あたしも食べていいの？」

「当たり前じゃん」

健斗は皿をテーブルに運び、あたしの椅子を引いてくれた。定時制高校に入り、働けるようになったら真っ先に、健斗にシャインマスカット味のお菓子ではなく、本物を買ってやろうと決めていたのに、まさか先を越されるとは。

「じゃあ、いただきます！」

健斗がそう言って一粒取った後、あたしも一粒取った。互いに目と目を合わせて、同時にブドウを口に運ぶ。ああ、と、ため息がもれそうになった。記憶の中にある味と同じだった。チューイングキャンディなんかの味とはまるで違う。

「本物だ。お母さんと一緒に食べた時と同じ味がする」

目を丸くしながら健斗が言った。そうだよ、そうだよ、と嬉しくなった。あんたとあたし、ちゃんと同じ味、同じ思い出を共有しているんだ。

「ねえ、年の数ずつ食べようよ」

おもしろいことを思いついた、というふうに健斗が提案した。

「節分じゃあるまいし。それに、そんなことしたら、あたしの方がたくさん食べることになるでしょ？」

「それでもいいよ」

「ダメ。健斗が買ってきたんだから。じゃあさ、先に健斗が年の数ぶん食べなよ。残ったのを、あたしが全部もらうから。はい、これで決定」

「わかった」

健斗はわざとフテくされたような顔をして、一つ、とカウントしながらブドウを口に運びはじめた。目を細める顔がお母さんの表情と重なった。

「ねえ、学校はどうなの？」

幸せな気分に水を差すかもしれないと思いながらも、今が訊ねるタイミングだと感じた。健斗は六粒目のブドウを口に入れていた。

「悪くない」

ブドウを飲みこみながら健斗は答えた。

「そうなんだ」

「学校は嫌いじゃない。修学旅行も行けばよかった。こう見えて、僕、けっこうモテるんだよ」

健斗は右側の口角をキュッと上げて笑いながら、七粒目のブドウを手に取った。無理をしているようにも、ウソをついているようにも見えなかった。

「そりゃ、よかった。まあ、健斗はモテるよ。どう見ても、キレイな顔だもん。お母さん似でうらやましい。よっ、美少年！　案外、男子にもモテちゃったりして」

調子に乗りすぎたか、健斗は唇をかむようにしてうつむいてしまった。

「ゴメン、変なこと言っちゃった。早く、次、食べなよ。あたしがなかなか食べられないじゃん」

「そうだね」

健斗は顔を上げて八粒目のブドウを手に取った。その手をいきなり突きあげる。

「ハイテンション！」

これまでに聞いたこともないような声で叫んだ。ひ弱なイメージしかなかったのに、こんなに大きな声を出せるなんて。

「そうだよ、ハイテンション！」

あたしも右手の拳を高く突きあげて叫んだ。それから健斗は一粒ずつ、ハイテンション！　と叫びながら、ブドウを食べていった。

「はい、終わり」

一一粒目を食べた後で、健斗はごちそうさまをするように両手を合わせた。

「あれ、まだ一一歳だっけ。そっか、誕生日、来月だもんね」

わざとトボケ、健斗の誕生日を思いうかべてニヤニヤしてしまった。皿にはブドウがまだ七粒残っていた。あたしの年齢には足りないけれど、全部食べきるつもりはなかった。

「次は、姉ちゃんだよ」

健斗に急かされ、あたしはブドウを一粒つまんだ。

「ハイテンション！」

手を突きあげて叫ぶと、そのまま前に振りおろすようにしてブドウを健斗の口に押しこんだ。

「誕生日の先取り。六年生だから一二粒食べればいいんだよ。健斗くん、おめでとうございまーす」

あたしは大きく拍手した。本番はもっとスゴイものが待ってるよ、と言うように。健斗の目から涙があふれだした。ふいうちで押しこまれたブドウが喉にでもつまってしまったのか、なんて、あたしの優しさに感動していることを察しつつ、ドライに解釈しようとする自分に酔いしれながら、あたしは残ったブドウのうち三粒を手のひらにのせた。

「これは、あたしのぶん。最後は、きょうだい仲よく半分こしよ」

健斗は涙をぬぐいながらうなずいた。

あたしたちはブドウを一粒ずつつまみ、粒と粒を乾杯するように合わせると、そのまま高く突きあげた。

「ハイテンション！」

三回繰りかえして記念日が終わった。

きっと、お酒を飲んでもこんなにフワフワした気分にはなれないだろう。そんな心地いい気分でベッドに入り、明け方、窓の外から聞こえた、ズシン、という音で目が覚めた。

健斗が四階建ての屋上から、飛びおりた音だった……。

やはり、あの手紙はニセモノだったのだ。何が、あいかわらず仲がいい、だ。こんなイタズラをしたヤツも死ねばいい、と呪ってやりたい気分になった。たとえ、あたしをはげますためにしたことであっても。

だけど、健斗は遺書を残していた。

『お姉ちゃん、ドリームランドに連れていってあげられなくて、ゴメンナサイ。でもね、ぼくはさっき、おとなになったお姉ちゃんと、二人でドリームランドに行ってきたんだ。約束通り、マウンテンでしおりを買ってあげたよ。だから、これは一日だけ未来に行けたぼくからのプレゼントだったのです。優しくしてくれて、ありがとう』

半分に折りたたまれたノートを破った紙には、陽気に笑う山賊スタイルのネコが彫られた、金色のプレートが挟まっていた。

バスに乗ってからずっと、夢を見ていた――。

ねえ、健斗。あたしだけこのまま、ドリームランドに行ってもいいのかな。あんたのいない未来に行ってもいいのかな。……行けるのかな。

エピソードⅡ

ことの発端は、多分、ハーフ成人式だ。

二〇歳の半分、一〇歳を祝う行事なのだけど、私が小学生の頃はこんな言葉、聞いたこともなかった。我が家が裕福でなかったから省かれたのではない。家庭の経済状況など関係なく、ほとんどの子どもが、そして親たちが、一〇歳の誕生日をこんなふうに捉えたことはなかったのではないか。

だけど今は、当たり前のようにある。少なくとも、清瀬第二小学校では、私が勤務した四年間、四年生の学年行事に組み込まれていた。とはいえ、たいしたものではない。他県では、市が主催する成人式の式典に、ハーフ成人式を迎えた子どもたちも参列するところがあるらしい。それと比べればささやかなイベントだ。

成人の日のひと月前、四年生の児童と保護者が体育館に集まり、クラスで五名ずつ選ばれた子たちが、壇上で作文を読むだけなのだから。タイトルは共通で「将来の夢」。選ばれなかった子たちの作文も全員分、体育館の壁に掲示されるため、この日ばかりは、保護者たちはなかなか席に着かない。

我が子の作文だけで充分なのでは？　とも思うのだけど、他と比べたいのか、そういう保護者はなかなか見当たらなかった。早すぎる着席も体を冷やすだけだ。どの保護者も、暖房の効かない体育館で、冷たいパイプ椅子に、ダウンコートを着たまま座っていた。普段の参観日とは少し違う式典ふうの行事でも、母親たちの服装は変わらない。

私より一回りくらい年上の同僚たちは、自分が子どもだった頃の参観日では、母親たちは揃ってスーツやワンピース、中には着物といった一張羅《いっちょうら》を着ていたのにと、たまに口にしていた。あきれた様子ではない。時代の変化を一歩下がって眺めている、といったふうに。

私と同期の男性教師に、一張羅って何ですか、とツッこまれていたけれど、私にとっては懐かしい言葉だ。おばあちゃんがよく使っていた。参観日くらいは一張羅で行かなくちゃね、と私には新しいブラウスを買ってくれ、自分はタンスの奥から引っぱり出して来たようなワンピースに、おじいちゃんからのプレゼントだというべっ甲のブローチを着けて、教室の後ろ、廊下側の一番端にいつも立ってくれていた。

ああ、そうだ。私が初めて他人に手を上げたのは、いつかの参観日の後だった。母親ではなくおばあちゃんが来ていることをからかわれたのが悔しかったのか、防虫剤のにおいがするおばあちゃんを臭いと言われたことが腹立たしかったのか、好きな男子の前でそれらを言われたのが恥ずかしかったのか、気付いた時には思い切り平手打ちをくらわせていた。

だけど、その後で酷く怒られたという記憶はない。

「篠宮先生」

体育館入り口の受付に立っている私に声をかけて来たのは、学年主任の仙道先生だ。人に聞かれたくない話でもあるのか、ちょっと、と手招きをされた。受付担当の先生たちに断ってからその場を離れ、体育館の外に出た。

「後藤実里ちゃんの作文は大変よく書けているのに、どうして今日の発表メンバーに選ばれていないのですか」

首の後ろをポリポリと搔きながら話しているのが、本人の意見ではないという証拠だ。選ばれて当然だと思っていた実里の母親が、今日になって我が子が作文を読まないことを知り、血相を変えて訊ねて来たに違いない。

「実里さんよりよいと思った子が五人いたからです」

「僕はさっき、実里ちゃんの作文を読んで来たけど、周囲と比べても頭一つ飛び抜けていると感じたけどなあ」

「クラスの代表を決めるのは担任でよかったんですよね。そもそも用件は何ですか？ 実里さんを出せってことですか。すでに選ばれた子たちの中から一人あきらめさせろってことですか。そのあきらめさせた子の親に仙道先生から理由を説明してくださるんですか」

息継ぎもせずにまくしたてた。自分の言動に後悔し、すぐに謝れるようになったのは、ごく最近のことで、あの頃の私は自分がすべて正しいとは思わないまでも、間違えているという考えは微塵《みじん》も持っていなかった。

学年主任は生意気な若造の教師に向かって、あきらめたように息を吐き、時計を確認した。

「もう始まりますね。親御さんには篠宮先生が厳選した結果だとお伝えしましょう。今は腹が立っていても、選ばれた子たちの発表を聞いて納得してくれればいいんですけど」

困ったように小さく笑う仙道先生を見て、ようやく少しばかり胸が痛んだ。保護者の使い走りではなかったのかもしれない。先生にも何か思うところがあったのかもしれない。私のクラスだけ六人読ませてもらう、という手もあったはずだ。

クラスの状況は把握していたはずなのに、当日こうなることを予測できなかったのは、三日前の国語の時間に代表五人を発表した際、実里がそれほど落ち込んでいるように見えなかったからだ。どうにかしてほしいなら、母親ももっと早く言って来ただろうし、見知った先生に会った挨拶《あいさつ》ついでに確認しただけだったのかもしれない、などと思いながら、クラスの子どもたちがすでに着席しているところに向かったのだけど。

エグッエグッ、と目の周りを真っ赤にし、肩を震わせて泣いている子が目に留まった。実里だ。今日になって、ここに来てどうして、と困惑が湧き起こる。

「実里さん、どうしたの？」

側に寄って訊ねても、実里は何も答えない。代わりに、隣で実里をなぐさめている子が答えてくれた。

「実里ちゃん、お母さんに怒られてた。お父さ……」

「違う！」

実里はイヤイヤをするように首を横に振った。余計なことを先生に報告するな、というふうに。それから、顔の中心に力を入れるようにして息を止めて嗚咽《おえつ》をこらえ、おそらく新品だと思われる、有名子どもブランドのピンクのセーターの袖口で、ギュッと涙を拭った。

「お腹が痛いの」

わざと絞り出すような声でそう言うと、涙でぬれた手でお腹を押さえ始めた。本当は違うのだろうと思っても、そこは追及してはいけない。子どもなりに守りたいものがあるのだ。

「今日は寒いもんね。保健室に行く？」

優しく問いかけると、実里はまた首を横に振った。

「じゃあ、先生、クラスの一番後ろに座ってるから、我慢できなくなったらいつでも言いに来てね。発表中でもかまわないから」

作文の発表が始まった。一つ前のクラス、一組の五人中四人の将来の夢は「公務員」だった。教師でも、警察官でも、市役所職員でも、郵便局員でも、消防士でもない、公務員。実里の夢も「公務員」と書かれていた。

『わたしは将来、公務員になって、苦労しているお母さんにラクをさせてあげたいです』

そんな一文で始まる作文は、必ずしも出来の悪いものではなかった。むしろ、仙道先生が言ったように、文章力は他より頭一つ抜けている。技術点をつけるなら、佐伯章子に次いで二位だ。だけど、実里を選ばなかったのは、これが作文のための作文だから。

実里の父親は医者で、家庭に経済的な問題は何もない。なのに、苦労しているお母さんに、とは。夏休みの宿題の自由作文には、家族でハワイ旅行した様子がのびのびと書かれていた。頭がいい分、先生に褒《ほ》められる書き方を実里はわかっているのだ。それをそのまま評価することに、私は抵抗がある。

世の中には正論があふれているのに、イジメにしろ、貧困問題にしろ、何十年も前から続く問題が解決されないのは、本音を語らない人が多いからではないか。問題を解決しようという気はなく、自分の方に流れて来る波を堰《せ》き止めるために、都合のいい言葉で堤防を作る。もしくは、その他大勢の方に流れようとする。

金があるかと訊かれれば、生活に困るほどではないのに、貧乏だと答えておく。幸せかと訊かれれば、さほど大きな悩みを抱えていないのに、不幸だと答えておく。息苦しい世の中だと嘆いてみせる。生きづらいと不平をもらす。

そうすることにより、本当に問題を抱えている人たちが埋もれてしまうことなど気付こうともしないで。

公務員になりたい理由が、今度は私がお母さんをハワイに連れて行ってあげたい、だったら私は迷いなく、彼女の作文を選んでいた。

私が選んだ五人の子たちの夢は、サッカー選手、マンガ家、宇宙飛行士、パティシエ、漁師。文章が下手な子もいる。だけど、好きなものに対する憧れや、尊敬する人に対する熱い思いが、自分の言葉で書かれていた。

実里だって、代表者発表直後は、みんながあまり書いてない職業にした子が選ばれてるんじゃない、と小バカにしたような口調で、自分が選ばれなかったことを納得している様子だった。むしろ、こんな叶わなそうな夢を平気で書ける恥知らずな子たちに交ざらなくてよかった、というような態度だった。

だけど、そんな選考をしたのは私のクラスだけで、一学年分通してみると、公務員になりたいと書いた、日頃から成績優秀な子たちがやはり目立っていた。つまらない、と感じた保護者はたくさんいたはずだ。だけど、実里の母親はその中に娘がいなかったことがやはり不満で、私に何か仕返しをしてやろうと機会をうかがうようになったのかもしれない。

そして、想像以上のネタを見つけた。いや、悪意など持たれなくても、いつかはこうなることになっていたのだ。

子どもたちの「公務員になりたい」と書いている作文を否定した私こそが、公務員だ。子どもの頃の作文に「公務員になりたい」と書いていたのも、私だ。なぜなら、おばあちゃんが望んだことだったから。そう書くと、おばあちゃんが喜んでくれたから。

近年は、家族の多様化が尊重されるようになり、両親が揃っていることを前提とした作文や絵画は、学校の課題から外されるようになった。そのせいで親に対する感謝の気持ちが薄れているのではないか、と不満の声を上げる保護者も毎年数人はいるけれど、その人たちは、自分が離婚しないと言い切れるのだろうか。自分や配偶者が不慮の事故に遭い、幼い子どもを残したままこの世を去るかもしれない、と想像することはないのだろうか。たとえそうなったとしても、我が子は心を強くして乗り越えていけると信じているのだろうか。

不幸は他人に降りかかるものだと、無意識のうちに思い込んでいるのではないか。幸せかと問われると不幸だと答えるくせに、その不幸は他者と足並みを揃えた幸せだということに気付こうともせずに。

とはいえ、自分は本当の不幸を知っているなんてうぬぼれてはいけない。私にはちゃんと、愛してくれる人がいたのだから。

母が私を産んだ時にはすでに、父は別の女と付き合っていたらしい。金銭的な援助は少しばかり受けていたものの、私が一歳になる頃には連絡が取れなくなり、母は私を連れて実家に戻った。

小さな平屋建ての家には、母の母、おばあちゃんが一人で住んでいた。女三人の暮らしが始まったのも束の間、母は私が三歳になる前に家を出て行った。当然、私にはそんな幼い頃の記憶はなく、生まれた時からおばあちゃんと二人きりだったように思っている。

小学校に上がる前はまだ自分の境遇がいまいち理解できていなくて、親がいない理由をうまく説明できない私に、近所の男の子がふざけて、ばあちゃんから生まれたんじゃないの？ と言ったことがあるけれど、怒りの前に、そうかもしれない、という気持ちが込み上げてきたほどだ。

だから、私のお母さんはおばあちゃんなの？ と訊ねてみたのだけど、おばあちゃんは、そういう気持ちで真唯子を育てていかなきゃねえ、と真顔で答えただけだった。

おばあちゃんは真面目な人だった。

町内の素麺専門の製麺所に三〇年以上勤務していて、家の居間には、手延べ素麺の大会で優勝したという賞状が数枚飾られていた。従業員が一〇人にも満たない製麺所だったけれど、その分、アットホームな雰囲気で、年末にはいつも忘年会があり、その時には私も、製麺所の隣にある直営の食堂に連れて行ってもらえた。

いろいろと代替わりしているのか、おばあちゃん以外の従業員は、おばあちゃんより一〇歳も二〇歳も年下の人たちばかりだった。だけど、おばあちゃんが威張る様子はな

く、いつも端の席で、ごちそうにもあまり手を付けず、みんなの話を静かに聞いている
だけだった。
自慢しないおばあちゃんを、社長夫婦をはじめ、従業員のほとんどの人たちが、私に
向かって褒めてくれた。
「うちの素麵が、品評会で内閣総理大臣賞や金賞をもらえるのは、君江《きみえ》さんという、す
ごい職人さんのおかげなんだ。いつまで手延べ素麵で頑張れるかは、君江さんの肩にか
かっていると言っても過言じゃない。だから、真唯子ちゃん、精一杯、おばあちゃん孝
行してくれよ」
お菓子の詰まったサンタクロースの長靴と一緒に、そう言ってくれた社長の声や表情
は、今でも鮮明に憶えている。お世辞や子ども騙しではない、誠実な言葉に感じられた
からだ。おばあちゃんは照れたように笑っていた。おばあちゃんが笑顔を見せるのは、
年に片手で数えられるくらいだというのに。帰宅後、私はおばあちゃんに宣言した。
「私もおばあちゃんみたいな職人になる」
職人という響きにかっこよさを感じたのは確かだ。だけど、私には別の目的があった
はず。なのに、おばあちゃんは喜んでくれるどころか、眉をひそめて、困った顔をした。
「ありがとうね、真唯子。私は手に職があったおかげで、早くに夫を亡くしたけど、ど
うにかやって来ることができた。それには感謝してる。だけどね、機械化も進んで、も
うそういう時代じゃなくなったんだ。賞状をもらったって、真唯子を旅行に連れて行っ

たり、おもちゃを買ってあげたり、そういうことは厳しいからね。ごめんよ、こんな暮らしで」

望んだ憶えもないことで謝られて、私は一気に惨めな気分になった。おいしいごはんを食べて、褒められて、とても幸せだと感じていたのに。じゃあ、何になればいいのか訊きたかったけれど、涙が言葉の邪魔をした。それでも、おばあちゃんには私の気持ちが通じたようだ。

「だけどね、贅沢《ぜいたく》はさせてあげられないけど、頑張って働いて、大学には行かせてあげるから。しっかり勉強して、公務員になるといい。女でも、安定した給料がもらえるから、ちゃんと一人で生きていける」

公務員、と頭の中に漢字で浮かんでいたかは定かでない。だけど、それを目指せば、おばあちゃんが喜んでくれることはわかった。

「真唯子ちゃんが君江さんの後を継いでくれたらいいのになあ」

翌年の忘年会で、社長から言われた際、私は待ってましたとばかりに顔を上げた。

「ううん、私は公務員になるの」

決意表明のように答えた後で、製麺所をバカにしたって思われたらどうしよう、と心配になった。だけど、社長も奥さんも微笑ましそうに笑い出した。

「こりゃあ、しっかりしてるなあ。ボーナスが出たらおばあちゃんを温泉にでも連れて行ってあげたらいい。楽しみだねえ、君江さん」

社長にそう言われたおばあちゃんは、自分が褒められた時よりも嬉しそうに笑っていた。

「真唯子ちゃんは人前でも堂々としているし、先生になったらどうかしら」

奥さんの提案に、先生なんて、とおばあちゃんは、申し訳なさそうに両手で口元を覆ったけれど、これ以上笑顔を見られたくないという照れ隠しのようにも思えた。

それから私は、将来の夢を訊かれると、「先生」と答えるようになった。

果たして、私は本当に教師になりたいのだろうか、と子ども心に問うたこともある。勉強は苦手ではなかったけれど、ずば抜けてできるわけでもなかった。それでも、もしかしたら、自分にこそ向いているのではないかと感じたのは、授業参観の後で、男子に手を上げて泣かせた時、私だけではなく、相手の男子にもしっかり怒ってくれた、担任の先生のおかげかもしれない。

人の数だけ、暮らしがあり、人生がある。他人の人生に自分のものさしを当てて口を出すことは、とても恥ずかしい行為なのだ。○○くんはお母さんが大好きすぎて、他の子の保護者を自分のものさしでお母さんと比べてみようとしたのかもしれない。だけどもし、別の子が、○○くんのお母さんにその子のものさしを当てたらどう思う? きりっとしたタイプの美人のお母さんを、勝手に怖そうとか冷たそうと決め付けたら。

そんなことを、先生はその男子に話していた。私にも聞こえるように。もしかしたら、先生は私に向けて話しているんじゃないだろうかとも感じた。私は手を上げたことを申し訳ないとこれっぽっちも思っていなかったけど、言葉で解決する方法だってあったことに気が付いた。

私も、相手の男子も、極端に短いものさしをふりまわし合ってただけなのだ。それを先生が教えてくれなかったら、おばあちゃんを守るフリをした自分が傷付かない手段として、その先も、短いままのものさしをふりまわし続けていたかもしれない。

だけど、そういう子は自分だけではないということも知っていた。両親が揃っていない子、揃っていても虐待などの問題がある子。他にも、イジメられたり、本人の努力とは関係ないところで、世間一般に普通とされる環境にいない子は、短いものさしで自分を必死に守らなければ立っていられないことだってある。

担任の先生がどんな環境で育って来たのかは知らないけれど、私が教師になれば、自分と同じような境遇にある子に、先生が話してくれたようなことを伝えられるのではないかと考えると、教師はまるで天職のように思うことができた。

それもまた、短いものさしで測ったことだと気付きもしないで。

質素ながらも、私はおばあちゃんと一緒に毎日を平穏に生きていた。

中学生くらいになると、やはり、自分の出自のことが気になり、おばあちゃんを強く問い詰めたことがあった。それで、自分がまずは父に、そして、母にも捨てられたことを知ったのだけど、捨てられたことよりも、そういう人でなしの子どもであることが、自分の中に、不純なものが埋め込まれているような気がして、食べ物が喉を通らなくなったことがある。

だけど、そんな私を救ってくれたのもおばあちゃんだ。

「汚い物を抱えて生まれて来る人間なんていない。皆、きれいな状態でこの世に出て来るけれど、周囲の環境によって、汚れて行く人もいるんだ。真唯子のお母さんだって、優しくて、本当にいい子だったのに、悪い男に騙《だま》されておかしくなってしまっただけなんだ。だけどそれは、おばあちゃんのせいかもしれない。女が自立することの大切さに気付かず、立派な男と結婚することが女にとって一番の幸せだと思い込んでいて、お母さんにもそれをずっと言い続けてしまったのだから。だけど、真唯子にはちゃんと正しい生き方を伝えることができた。本当に、真唯子はおばあちゃんの自慢の孫だよ」

そう言って、トイレの前にしゃがみ込んだ私の、肩甲骨《けんこうこつ》の浮いたやせっぽちの背中を、優しく撫で続けてくれた。内閣総理大臣賞の技術を持つその大事な指先で、いつまでもいつまでも。

私は男に騙されたりなんかしない。教師になって、正しい道を歩むのだ。

その思いで勉強に励んだものの、どうにも、理数系の科目を理解するのに時間がかかった。経済的な余裕がないのだから国公立の大学を目指さなければならないのに、数学の点数が断トツで足を引っ張っていたのだ。

高校の担任からは、私立文系を勧められた。数学以外の主要科目に加え、音楽や体育などの副教科の成績は悪くなかったので、指定校推薦も受けられると言われたものの、教育学部が対象になっているのは東京の大学だった。生活費も危ぶまれるため、おばあちゃんに相談する前にあきらめていたのだけど。

指定校推薦の話を持ち出したのは、おばあちゃんの方だった。製麺所の従業員から聞いたらしい。私は学校で配付された資料を見せながら、おばあちゃんに授業料などの説明をした。

すると、おばあちゃんはタンスの引き出しの奥から預金通帳を取り出してきた。そこには一千万円近い金額が表示されていた。しかも、一括で支払われたようだ。何でも、昔、おじいちゃんが騙されて買ったような畑にすらできない山奥の土地が、一五年ほど前に高速道路ができるとかで、県に買い取られたのだという。

「真唯子の学費にと思って、一円も下ろさずに置いていたからね。暗証番号は真唯子の誕生日だよ」

おばあちゃんは私に通帳とキャッシュカードを差し出してくれた。身内とはいえ、ちゃんとお礼を言わなければならないのに、やはり、声より先に涙が出てしまい、何も伝えることができなかった。

「頑張って、先生になるんだよ。それで、ボーナスが出たら温泉に連れて行っておくれ」

わかった、と答えるように大きく頷いた私の頭を、おばあちゃんは優しく撫でてくれた。

そうして、私の東京での大学生活が始まることになった。

製麺所の人たちから何度も気を付けてねと言われても、私は大袈裟《おおげさ》だなとあきれながら笑い返しただけだった。

まとまったお金があるとはいえ、贅沢な生活はできない。ここも東京か、と思うような郊外の古いアパートで、私の学生生活は始まった。

学生専用のアパートで、大家である老夫婦の家が隣接していたため、初めての一人暮らしも、ほとんど不安がなかった。おばあちゃんは月に一度の割合で、製麺所の段ボール箱に素麺と季節の野菜や果物を詰め込んだ荷物を送ってくれていた。あっという間に一年が過ぎた。

二年生になって間もない春、原田《はらだ》くんと初めて口を利いたのは、その荷物がきっかけだった。宅配便は受け取り人の不在時、大家宅で預かってもらえることになっていた。学校から帰り、ポストを覗くと大家のおばさんからのメモがあったため、私はそのまま隣家へと向かった。

その玄関先にいたのが、原田くんだ。彼も荷物を預かってもらっていたらしい。何度か顔を見かけたことはあったけど、名前も、何号室に住んでいるのかも知らなかった。

原田くんは先に荷物を受け取ると、まるで宅配便業者のような足取りで、軽快に走って部屋に戻って行った。受け取った荷物を抱えて私もアパートに戻ると、一階の階段下の部屋のドアが開いて、原田くんが出て来た。

「荷物、重そうだから運ぶよ」

さわやか好青年を気取った様子は微塵もなく、学校の掃除当番中にゴミ捨てに行くよと言うような、自分がその係だからといった口調だった。

「いえ、大丈夫です。箱は大きいけど、中身はたいしたことないので」

おばあちゃんは自分が運べる重さ分しか、箱に入れない。昔から、買い物に行った時もそうだった。他人に頼らない。自分でやれる範囲のことで、日常生活はだいたい事足りる。

「でも、もうそのつもりで出て来たし」

原田くんは一歩前に出て箱に手をかけ、すっと引いて自分で持ち直した。

「いや、だから、申し訳ない……」

「何号室？」

私の声には耳を貸そうともしない原田くんに、仕方なく部屋番号を伝えた。原田くんは今度は走らずに階段を上がって行く。大家の家で鉢合わせた時点でこうするつもりだったのだろうな、と思いつつ、ありがた迷惑な気分が三割くらい占めていた。

借りを作ったようで気持ち悪い。と、原田くんが私の部屋のドアの前に箱を置きながら、箱の側面に大きく印字されてある文字を口にした。

「ふし麺？」

「手延べ素麺の切れ端を集めたものです。太さも長さも形もいろいろで、味噌汁とかに入れるとおいしいですよ」

つい、製麺所の従業員のような説明をしてしまった。

「へえ、初めて知った」

「よかったら、一袋どうぞ」

「いや、そういうつもりで言ったんじゃないから」

片手を横に振りながら遠慮する原田くんの前で、箱のガムテープを剝がした。思った通り、砕けやすい乾燥ふし麺の袋は一番上に三つ並んで入っていた。その一つを原田くんに差し出した。

「祖母が作ったんです。大事に食べてくださいね」

大きな声でそう言うと、原田くんは小さな声で、ありがとう、とつぶやいて袋を受け取った。それが何だかおかしくて笑ってしまうと、原田くんは怪訝《けげん》そうな顔をした。誤解は解かなければならない。

「親切にする時とされる時の態度が一八〇度違うから」

「まあ、そうなのかな。でも、それはお互いさまじゃない？」

そう返された途端、急に恥ずかしくなり、頭を掻きながら俯《うつむ》いてしまうと、今度は原田くんが笑い出し、私たちは礼を言い合いながら、自己紹介をした。大学は別、というよりは、原田くんはうちの田舎にいたら神童と呼ばれたんじゃないかと思うようなところに通っていたけれど、学年は同じだということがわかった。

その後、ふし麺がおいしかったという原田くんに、今度は素麺をあげると、お礼に、映画に行こうと誘われた。原田くんは高校生の時から映画鑑賞が趣味で、大学生になったのを機に、自身のブログに感想を上げていると、その筋では少し有名になり、試写会の案内がたびたび届くようになったのだという。

私は映画館に行くには電車に一時間乗らなければならないところに住んでいたということもあり、映画はテレビで見ることがほとんどだった。原作が好きなファンタジー作品も、自宅の小さなテレビ画面で楽しめていたし、この人とこの人はどういう関係なのだといった、おばあちゃんからの質問にもその場で答えることができたので、それで充分だと思っていた。

原田くんが誘ってくれたのは、ファンタジー作品やSF作品といった、通常、大画面で見ないともったいない、と言われるような作品ではなかった。小さな映画館で短期間しか上映されないような、外国が舞台の地味な作品だった。テレビで放送されることはおそらくない。だけど、人間の心をしっかりと描いているその作品は、最後の真っ赤な夕日とともに、私の胸に深く沁み込んで行った。

「まったく知らない世界があった」

映画を見る前と、後と、同じ顔をしている原田くんにとっては、この作品はハズレだったのかもしれない。そう思いながらも、感動を口にせずにはいられなかった。すると、パアッと原田くんの顔がほころんだ。

「だよね、すごくよかったよね」

興奮気味な様子を見ながら、あの無表情の中にこの感情があったのかと、また少しおかしくなった。なんというか、こちらが蓋《ふた》を開けなければ中身がわからない。

メンバーがほとんど変わらない田舎の生活の中では、物心ついた頃には、それぞれのポジションが自分の意思とは関係なく決まっているようなところがあり、私は聞き役と認定されていたのか、求めてもいないのに、よくも悪くも構ってほしがる感情表現豊かな子が、周りに誰かしらいた。

興味のない箱の中を見せられるのはうんざりだったのに、蓋をきっちり閉めている人の中身は覗いてみたいと思う。

「原田くんが勧める映画を見てみたい」

そのリクエストに原田くんは、家にあるDVDを貸してあげると快く応じてくれたけど、私はDVDプレイヤーを持っていなかった。おばあちゃんから預かった通帳には充分な残高があったし、入学してからずっと、コーヒーショップでアルバイトをしていたため、少しくらい貯金もできていたけれど、おばあちゃんと暮らした家になかったものを購入するには抵抗があった。

そんなふうに思い返すのは後付け、記憶の改ざんだ。私は田舎者というだけで、純粋な女の子だったわけではない。おばあちゃんからは、男に騙されるような女になってはいけないと口酸っぱく言われていたけれど、原田くんはそういう人には思えなかった。

これも違う。私はただ、原田くんが好きだったのだ。

だから、彼の部屋で彼と一緒に、彼が勧めてくれる映画を見たいと思ったのだ。映画を見せてもらっているお礼だと言って、毎回、素麺を手土産に持って行き、パッケージには茹で時間一分と書いてあるけれど、我が家の最適時間は四五秒なの、などと言いながら、小さなキッチンに侵入して行くあざとさだって持ち合わせていた。

それのどこが悪い。

原田くんは一作見終わると、素麺をおいしそうにすすりながら、次の作品を勧めてくれたし、私はその時間が、他の何をする時よりも幸せに感じられて仕方なかった。素麺を食べ終わると、私のアルバイト先でもらったコーヒーを淹《い》れることもあった。原田くんは映画の話を始めると、なかなか止まらない。私まで、一晩でコーエン兄弟を語れるようになったほどに。

明け方まで一緒にいることはあっても、半年以上、私たちは手を握ることもなかった。

彼はあえて、そういうシーンの少ない映画を選んでいたような気がする。だけど、そういう関係になるまでの期間が長かろうと短かろうと、それが真摯《しんし》さや純粋さに比例すると考えるのもバカげたことだ。

むしろ、同じアパートの映画鑑賞仲間のままでいた方が、互いに傷付かずにすんだのかもしれない。

原田くんはドリーム映画シリーズのＤＶＤも揃えていた。○○姫と付く作品など子ども向けだとばかり思っていたし、年齢より落ち着いて見える原田くんが、実は大人になりきれないやっかいなタイプだったらどうしよう、などと少し心配にもなった。

だけど、それは作品を見始めるまでだ。

ドリーム作品は必ずしも子どもだけに向けて製作されたのではない。見ているあいだ中、私はドキドキしたし、感動したし、この作品はおばあちゃんも好きだろうな、などと考えた。よかった、楽しかった、と見終わった後、素直に言葉が出てくる。

「どこがよかったとか、具体的に言えないのが申し訳ないんだけど、私の知っている言葉を総動員しても、半分も表現できないんじゃないかと思う」

原田くんにそう伝えると、なんと、自分も同じなのだと返ってきた。それでもブログには複雑な言葉を並べてみるのだけど、とも。原田くんは映画に関連する職業に就きたい、と言った。多くの人に感動を与えるような作品に携わりたい。だけど、「感動」って何だろう。その答えを探したい、と。

私も一緒に探したい、と、その場では言えなかった。他人が長年温めて来た夢に安易に便乗するのは、その人の夢自体を軽んじるような気がして。

私には私の夢がある。

おばあちゃんから荷物が届くと、私はその日のうちに電話をかけるようにしていた。

先生になる勉強はきちんとしているか、と初めの頃は、風邪を引いていないか、と同じ頻度で訊かれていたけれど、二年生になった頃からは、しっかり勉強しているようだね、に変わった。

指定校推薦で入学した私の大学での成績は、母校である清瀬高校に定期的に通知されるらしい。それを、春から清高に赴任して早々、おばあちゃんの素麺のファンになったという先生が、製麺所に買いに来たついでに報告してくれるようになったのだという。

みんなの前で真唯子の成績を言わなくてもねえ、と本人はボヤいているつもりの口調は、まったく困っているように聞こえなかった。そのうえ、同じ口調で、孝行してくれてありがとう、などと言われる。私が大学に通えているのはおばあちゃんのおかげなのに、と心の中では思っていても、それを口にしようとすると、毎回、涙が込み上げると同時に喉がつまり、結局、頑張るよ、としか答えられず、その分、また喜んでもらえるような結果を出そうと、どの講義も最前列に陣取り、必死にノートを取った。

おばあちゃんは私が四年生になって教育実習で母校に帰るのも、楽しみにしてくれていた。久しぶりにお弁当を作ってあげられるねえ、と。

しかし、おばあちゃんがその日を迎えることはなかった。

おばあちゃんが倒れた、と携帯電話に連絡をくれたのは、製麺所の社長の奥さんだった。原田くんとドリーム映画の『眠れる森のオーロラ姫』を見ている時だった。お姫様は寝て待っているだけか、と他の作品ほど集中できていなかったためか、着信にすぐ気が付いた。

奥さんの声の様子で、おばあちゃんの状態がよくないことを察した私は、すぐに帰ると告げて電話を切った。と同時に、全身が震え出した。掠れ声で原田くんに、おばあちゃんが倒れたことを伝え、謝った。

「映画の途中でゴメン」

途端に、原田くんはリモコンでテレビの電源を切った。そうして立ち上がると、座ったままの私の腕を引いた。

「タクシーを呼ぶから、すぐ荷造りしておいで」

言うと同時に電話をかけ始める。タクシー？　いや、そんな贅沢、というか、私、タクシー乗ったことない。そんなバカな思いが頭の中をぐるぐると回ったものの、二〇分後でいい？　と訊かれると、はい、と勢いよく返事をし、自分の部屋へと駆け戻って行った。

タクシーが到着すると、後部座席に先に原田くんが乗った。えっ？　という顔をすると、東京駅まで送るから、と言われ、運転手に行き先の説明を始めた。原田くんの隣に座り、車が走り始めると、また震えが込み上げてきた。

おばあちゃんはまだ六〇代前半だった。死は誰にでも突然訪れるということを、まったく考えたことがなかったわけではない。映画の中に別れの場面は幾度も訪れた。それでも、物語は所詮物語で何のシミュレーションにもならない。

膝の上の帰省用のカバンに乗せた手が、原田くんの手に覆われた。普段の私なら、さっと手を引いたかもしれないけれど、その時は、その温かさが心地よかった。

「他の家族の人たちは？」

遠慮がちに訊ねる原田くんに、私は小さく首を横に一度振って返した。互いの家族構成の話など、それまでに一度もしたことはなかったけれど、会話の中に、原田くんの両親とお兄さんは何度か出てきたことがある。この映画の登場人物に顔が似ている、性格が似ている、そんなふうに。同様の話の中で、私の口から出てくるのは、身内はおばあちゃんだけ、後は製麺所の人とあっては、原田くんも薄々感じることはあったのかもしれない。

「役に立てることがあったら、いつでも連絡して。すぐに行くから」

そう言われて、小さく頷いた。

「そうしてくれた方が嬉しいから」

この人にはすべてお見通しなのだ。多分、最悪の結果になって、寂しくてたまらなくても、私は来てほしいとは言わないはずだ。だから、念押しする。それでも、私は頼らないような気がした。

東京駅に着いて財布を出そうとすると、背中を強めに押された。

「乗って帰るから、そっちも急いで」

突き放すような言い方だけど、私を案じてくれていることは目でわかる。深く頭を下げてお礼を言い、急いでタクシーから降りると、振り返らずに新幹線乗り場に向かった。

おかげで私は、病院に運ばれたおばあちゃんの最期に立ち会うことができた。言葉までかけてもらえた。

「頑張って……」

「うん」

「……せ……」

「大丈夫、私、先生になるから」

涙に負けないように、腹の底から声を出した。その後、意識不明の状態が数時間続き、明け方おばあちゃんは息を引き取った。医者や看護師、製麺所の社長夫妻、おばあちゃんを見送ってくれた皆が、おばあちゃんは笑顔で旅立った、と私に言ってくれた。真唯子ちゃんのおかげで、と。

製麺所の人たちの協力のもと、葬儀も無事終わらせて、東京に戻ったのは一〇日後だ。家の片付けなどは、冬休みに帰ってすることにした。

東京駅のホームでは原田くんが待ってくれていた。

「ありがとう」

対面し、先に口を開いたのは原田くんの方だった。お礼の意味がわからない。

「連絡してくれて」

原田くんはそう言って、私のカバンを取った。もう、いいよ、とは言わなかった。それより、ごめんね、だ。タクシーまで呼んで送ってくれたのに、私はおばあちゃんが死んだことを、すぐに連絡しなかったのだから。一番に報告しなければならなかったはずなのに。どんなメールの文面でも、連絡イコール来てほしい、と受け取られそうで、そこまでしてもらうと、この先、自分の足だけで立っていられる自信がなく、一人で東京に戻れると確信できるまで、何もしなかったのだ。

こちらがメールを送るまで、原田くんからの連絡もなかった。

アパートまで、今度は電車を乗り継いで帰った。何も急ぐ必要はない。最寄駅に着いたのは、夕飯には少し早い時間だったけど、駅前のうどん店からは温かい出汁《だし》の香りが漂っていた。

「何か、食べて帰る?」

原田くんに訊かれ、少し迷った。だけど、遠慮せずに思っていることを伝えるのが、一番誠実な態度なのではないか。

「このあいだの、眠り姫の続きが見たい。その後、素麺を一緒に食べてほしい」

おばあちゃんと別れる前の状態から、再スタートしたかった。

原田くんは、いいよ、とも、わかった、とも答えずに、カバンを持っていない方の手で私の手を引いてくれた。速足で私より少し前を歩いていたのは、涙ぐんだ目をしばたたいているのと鼻をヒクヒクさせているのを、私に気付かれたくなかったからかもしれない。私はもう片方の手が空いていたから、自分の涙を拭うことができるけど、そうはせずに、原田くんの手を繋いでくれている方のジャンパーの袖口辺りをギュッとつかんだ。

肩が触れ合うくらいに近寄ると、手を繋いでいるだけより一〇倍も一〇〇倍も温かい。製麺所の忘年会から帰る時も、私とおばあちゃんはそんなふうにして歩いていた。

ドリームランドの話を切り出したのは、私の方だ。『眠れる森のオーロラ姫』を最初から見直したものの、やはり、待っているだけのお姫様に共感することはできなかった。だけど、ふと思い出したことがあった。

「小学生の頃、友だちに、ドリームランドのお土産って、オーロラ姫のキーホルダーをもらったことがあったな……」

それをおばあちゃんに報告すると、夏休みなのにどこにも行けずにごめんね、と言われ、じゃあ私が先生になったらドリームランドにも連れて行ってあげる、と答えた。先生になったら、先生になったら、果たせていない約束ばかりだ。鼻がムズムズする前に元気な声を出してみた。

「原田くんは、ドリームランド、行ったことある?」

「いや、ないな。家族で行こうって話になったことはあるけど、兄貴がドリームランドなんて女子が行くところだ、なんて言い出して、結局、鉄道博物館かどこかになったし、修学旅行も北海道だったから。でも、一度行ってみたいんだよな……一緒に、行く?」

私は大きく頷いた。それから、駅前でかいだにおいを思い出し、温かいかけ出汁の素麺、にゅう麺を作った。

「すぐにのびるかと思ったけど、食感がそのままってすごいな」

にゅう麺を初めて食べるという原田くんは、半分くらい食べ終えた頃にそんなことを言った。

「そうなの。だから、受験勉強の夜食にもよく作ってくれて……」

私は箸を手にしたまま、息を止めるようにして顔の中心に力を入れた。

「やめなくていい。おばあさんの話を聞かせてほしい。今日は、映画の感想とかじゃなくて、お互いのことを話そうよ。思い出話とか、将来の……夢、とか」

自慢できるようなエピソードは何もなかった。だけど、隠さなければならないことも、恥じることも、あの時はなかった。いつもは小さなテーブルを挟んでいたけれど、その夜は、一組の布団の中で、体を寄せ合って話をした。

原田くんの唇が初めて私に触れたのは、口ではなく目だった。涙を吸い取ろうとしたらしいけど、私の抜けた睫《まつげ》が喉の奥に入り込み、ゲホゲホと咳き込むような場面は、コメディ映画にも出てこないはずで、おかげで私はおばあちゃんとの思い出を笑顔で話すことができた。

小学校の先生になりたいという夢を伝えることもできた。

ドリームランドと一緒に併設のマウンテンもということになり、せっかくなので、マウンテンの五周年記念プレイベントが始まる、翌年の三月に行くことが決まった。少し先の予定になってしまったことを、原田くんは自分が五周年を言い出したからだと申し訳なさそうに謝ったけど、私にとってドリームランドの約束は、楽しみではあるけれど、それほど重要なことではなかった。

二人でいられたら、それでいい。


冬休みに無人の実家に帰省して、おばあちゃんの遺品の整理をしていると、年の瀬も迫ったある晩、来客があった。派手な女性と高そうなスーツを着たサラリーマンふうの男性、もしや、と思った時には先に自己紹介をされていた。

「久しぶり、真唯子。ママよ」

そんなことを言われても、感動の「か」の字も湧いてこない。それでも、おばあちゃんが死んだことをどこかで知って、線香を上げに来てくれたのかもしれないと、反抗的なことは口にせず、家の中へと促した。

この人なりに悲しんでいるのかもしれない。私のことを心配して来てくれたのかもしれない。

人は期待するから失望する。だから、失望させた相手よりも、期待した自分が悪い。などと書いていた本があったような気がする。それが世の中の常識なら、私が悪いということか。

母はとりあえず、居間の奥の部屋にある仏壇に線香は立てた。遺影をじっと睨み付ける目には、涙がこぼれるどころか、悲しみの欠片さえ見取ることはできなかった。同伴の男性は、仏壇に近寄ることもなく、部屋の片隅に立ち、退屈そうに携帯電話をいじっていた。

「こちらは行政書士の門脇《かどわき》さん。母さんの財産について相談に乗ってもらっているの」

居間のテーブルにつくと、母は男性をそう紹介した。せっかく煎茶《せんちゃ》を出してあげたのに、コーヒーくらいないなかったの？　と悪態をつきながら。私は門脇という人に小さく会《え》釈《しゃく》だけした。

「それで、単刀直入に聞くけど、山が売れた時の通帳はどこ？」

「あの……」

「銀行に問い合わせてもらったから、残高はわかってんの。まだ、半分以上残ってるじゃない。他の通帳残高は冥途の土産に何買ったのか、もう小銭みたいなもの。財産といえば、あれくらい。東京の支店で引き落とされているってことは、あんたが持ってる証拠でしょ」

母がまくしたてる横で、門脇は黙ったまま相槌《あいづち》を打つように、何度も首を縦に大きく振っていた。

「でも、あのお金はおばあちゃんが私の学費にって持たせてくれたものだし」

「それは、母さんが生きているあいだのこと。何よ、あたしが土下座して頼んでも一円もくれなかったくせに。母さんが死んだら、母さんの財産はたった一人の娘である、あたしのものになるの。孫には相続権なんてないんだからね」

「そんな……。おばあちゃんと私を捨てて、勝手に出て行ったくせに」

「違います。あたしはね、母さんに追い出されたの。ついでに言わせてもらうと、あんたにもちゃんと聞いたんだからね。おばあちゃんとママとどっちが好き？　って。返事は聞かなくてもわかってるでしょ。あたしは親と娘に捨てられたのよ」

まったく記憶になかった。おばあちゃんが追い出したというのも、信じられなかった。

「おばあちゃんは、悪い男にあなたが騙されているのを知っていたから、お金を渡さなかったんじゃないの？」

「はっ、あなた呼ばわり。自分は正しいです、ってその顔、母さんにそっくり。あたしのやることは全部間違いだと決め付けるところも。あんた、その男知ってんの？　自分だって、結婚もしていない男とヤッてるくせに」

「何で……」

「体を見りゃわかるわよ。あー、いやらしい」

悔しさと恥ずかしさが一気に込み上げてきて湯呑を持ち上げたものの、間一髪のところで思いとどまった。私はこの人を怒らせてはいけない。

「通帳は渡します。だけど、後二年分の授業料はください」

「ダメよ。あたしがあんたの歳の時には、親に頼らず一人で生きていたんだから。それに、勝手に引き落としても無駄よ。母さんが死んだ日以降の日付で引き落とされているものは、あたしから盗んだってことで、窃盗罪で訴えてやるんだから」

母はちらりと門脇を見た。門脇はまた大きく頷いた。

「そんな……」

「まあ、親の情けとしてこの家は使っていいことにしてあげる。所有者はあたしだけど、あんたがおとなしく通帳を渡せば、すぐにどうこうする気はないから。こんなボロ屋、買い手もつかないだろうけど」

最低な親子げんかは一時間ばかりで終了した。

この人には何を言っても通じない。期待しなくても失望する。

冬休みが始まる前、片付けをするなら一緒に行こうか、と原田くんは言ってくれた。だけど、おばあちゃんがいなくなった家に男の人を連れて行くのは、周囲の目も気になったし、そもそもおばあちゃんに申し訳なく、断った。

あの時、原田くんがいてくれたら、何か変わっていただろうか。

こんなところにいても仕方ないと、製麺所の人たちに挨拶もせず、正月を待たずに、東京のアパートに戻った。

一人ぼっちを覚悟していたのに、原田くんがいた。家庭教師のアルバイトをしている彼は、年末ギリギリまで来てほしいと生徒の親から頼まれたらしい。特別料金として一日一万円払うからと。一日といっても実質三時間で、羨ましいとしか思えなかった。

しかし、自分に起きたお金の問題は話すことができなかった。そういう単位の問題ではない。前期と後期合わせて九〇万円かける残りの二年分、一八〇万円をどう捻出すればいいのか。いっそ、お金が貯まるまで休学しようかと考えたものの、指定校推薦で入っているため、高校に迷惑をかけることになりかねない。私が高校生の時も、退学したとかで、指定校が打ち切られた大学があった。そこを目指していた子が上げた落胆の声も耳に残っている。

「向こうで何かあった？」

そう訊かれた時に、すぐに話せばよかったのかもしれない。だけど、おばあちゃんと母の声が同時に耳の奥でこだました。男に頼るような女になっちゃいけない。あんただって同じじゃない。

「うーん、楽しいことはなかったかな。ねえ、原田くん、恵まれない境遇の人がそれを乗り越えて成功する、って感じのお勧め映画ってある？　できれば、大学生が主人公の」

そんなおかしな質問で返したのに、原田くんはすぐにタイトルを挙げてくれた。

「『グッド・ウィル・ハンティング』かな」

原田くんのＤＶＤコレクションの中にはなく、翌日、レンタルショップに借りに行くことにした。原田くんがよく通っているところらしく、普段あまり通ることのない、河川敷沿いの道を一キロほど歩き、国道に続く橋を渡ったところに店はあった。行きも帰りも手を繋いで歩いた。

レンタルショップの隣は洋菓子店で、大きなイチゴが載ったショートケーキを二つ買って帰った。コンビニで買ったクリスマスケーキより豪華だと、何でそれくらいのことで、あんなに笑えたのか。

おばあちゃんが作った最後の素麺を茹でて、年越し蕎麦ならぬ、年越し素麺を食べ、缶チューハイを片手にケーキをつつきながら映画を見た。私がリクエストした以上の内容だった。恩師との出会いがポイントになっているところも、私の気持ちを引き締めた。指定校を切られても、サボってそうなったのではないのだから、仕方ないんじゃないか、などと休学に心が傾きかけていたのだ。

「これまで見てきた映画の中で一番好きかも」

「よかった」

原田くんの笑顔を見ると、さらに、なんとかなりそうな気がした。

それでも、二人でいる部屋の明かりを消すと、今度は母の声だけが聞こえてきた。ささやくように、嘲《あざわら》うように、罵《ののし》るように。あんただって同じじゃない。だけど、逃げ出す寸前の私の肩に触れた原田くんの手は温かく、呪いの声をかき消すように、私は自分の方から体を寄せた。

私は違う、私たちは違う……。

二人で過ごした一年最後の夜は、嫌なことを全部忘れさせてくれた。

校長室に呼ばれた段階で、学校中のほとんどにその情報は流れていた。児童がとっくに下校した後の校長室には、校長、教頭、学年主任の仙道先生、そして、実里の母親が私を待ち構えていた。小さなテーブルを囲んだソファに思い思いの体勢で腰かけて。

進行役は教頭のようで、自分が尋問されるかのような、胃が痛そうな表情で口を開いた。

「まずは、事実確認から。篠宮先生、あなたがその、なんといいますか、いかがわしい映像に出演していたということを、こちらの後藤さんから伺ったのですが、それは事実でしょうか」

「待ってください。そんな質問のし方は私に失礼です。篠宮先生が認めなくても、私は証拠品を提示した上で、正々堂々、こちらの恥を忍んでまで、直接、訴えたというのに」

実里の母親は、開始早々、テーブルに身を乗り出して教頭に詰め寄った。そして、ブランド品のバッグの中から、クリアファイルに挟んだA4サイズの紙を取り出し、テーブルに叩きつけるようにして置いた。

目を背けたのは私だけだ。校長、教頭、学年主任は紙を凝視した後、大袈裟にため息をついたり、わざとらしく顔を歪めたり、頭を掻いたりしながら、まったく困ったものだという演技をした。いや、八割方、本当に困っていたのかもしれないけれど、それぞれの目の奥に違う色がうかがえた。

紙に印刷されていたのは、裸で男とからみ合っていることがわかる、女の顔のアップの写真。テレビ画面を携帯電話のカメラで撮り、それを拡大して印刷しているため、画質はそうとう粗いけれど、私だということはわかる。髪の長さが違うくらいか。似たような顔の人は全国に何人かはいるはずだけど、写真の女には、右の耳たぶにピアスのような黒子がある。これも偶然の一致です、とはさすがに通用しないはずだ。腹を括るしかない。冷静に対処しよう。私に後ろめたいことなど、何もない。

「後藤さんは、これをどちらで？」

「よくもまあ、そんな開き直った言い方を」

実里の母親は私の態度が気に入らない様子だ。写真を見つけた経緯を、烈火《れっか》のごとくまくし立てながら説明し始めた。

「主人が、忘年会で医師仲間の方々とカラオケに行ったんです。なんでも、私はまったく知らなかったんですけど、カラオケビデオには通常バージョンとお色気バージョンがあるみたいで。参加者が全員男性だったこともあって、誰かがふざけて、決して、うちの主人ではありませんけど、お色気バージョンをセットしたらしくて、そうしたら先生にそっくりな女性が登場したので、驚いた、と。知らないフリをしておくのが大人のマナーなのかもしれません。ただ、うちは大事な娘を預けている身ですから、放っておくわけにもいかず、仕方なく、写真を撮ることにしたのです」

「そうですか。確かに、これは私です」

口調を変えずに答えた私の横で、ええっ、と教頭が声を上げた。事前の打ち合わせがあり、シラを切り通せと言われていたからだ。

「でも、これは五年以上も前の、まだ教師になる前の私です。何か問題があるんでしょうか」

決して、屁理屈で切り抜けようと思っていたわけではない。目の前にいる人たちに、正面から、真摯に問いかけたつもりだ。

「何を開き直っているの。あなた、体を売ってお金もうけをしたっていうことでしょう?」

「事情があるんです」

そうなるに至った経緯も包み隠さず話す覚悟を持っていた。だけど、実里の母親は、言い訳は結構、というふうに片手を振ると、バッグからまたA4サイズの違う紙を取り出した。数枚を重ねて紐で綴じられている。

「こちらも、何も調べずに写真一枚だけでやって来たわけではありません。先生の御事情もちゃんと調べさせていただきました。大学二年生の初冬にたった一人の保護者であったおばあさまを亡くし、その後、身内の方との財産をめぐるいざこざがあったことは存じておりますし、同情もします。ですが、大学を継続することが目的だったにせよ、お金に困っていたからアダルトビデオに出演した、というのは、安直すぎる行動ではありませんか。奨学金を申し込むとか、家庭教師や塾講師といった時給のいいアルバイトをするという手段があったはずです。大学を休学して、まっとうな仕事で稼ぎ、復学するという手段もあったと思います」

実里の母親の口調は徐々に落ち着いていった。自分は正論を述べているという自信が湧き上がり、堂々と、かつ、ひと言ずつじっくり聞かせる話し方へと変わっていく。おっしゃる通りです、などという校長たちの相槌にも満足している様子だった。

「しかし、若さゆえに安易なお金稼ぎをしてしまうこともあるでしょう。私もその点は、これ以上追及するつもりはありません。ただし、そんなことをしておいて、平気な顔をして教師という聖職に就いていることに、疑問を呈さずにはいられません。しかも、娘の担任だなんて」

実里の母親は、おぞましい、というふうに、両手をクロスさせて自分の肩を抱き、大きく身震いしてみせた。

「何か反論があるならどうぞ」

こちらに口を挟む余地をまったく与えず、自分の調べたことはすべて真実なのだといわんばかりに語っていたから黙っていたのに、私がぐうの音《ね》も出せないという扱いだ。当初、聞いてもらおうとしていたことを話すのは、あきらめた。私が語る真実は彼女の真実を否定することになる。それを彼女が受け入れようとするわけがない。本当のことを知りたいと思っているなら、まず、私に訊けばいい。それをしなかったということは、ただ糾弾したいだけで、私の話など、はなから耳を傾ける気がないということだ。

「確かに、私はアダルト映像に分類されるものに出演しました。それで金銭を得たことも事実です。しかし、それは犯罪行為ではありません。だから、私に犯罪歴はありません。採用試験の要項にも、過去のアルバイトを申告しろという記載はありませんでしたし、面接でも訊かれていません。私は過去を伏せたり偽ったりして、採用試験を受けたのではなく、規定通りに申し込み、合格したんです。校長先生、私の何が問題で、今、こうした場を設けられているのでしょうか」

「それは……」

校長はポカンと口を開けて私を見返した。

「アルバイトですって！」

金切り声を上げたのは、実里の母親だ。

「他にも、コーヒーショップで働いていました。男性客に笑顔で接しています。こちらは問題ないんですか」

「あなたよくもそんなバカなことを。体でお金を稼いでいるのよ」

「じゃあ、もし水着着用だったら？　一人で裸になっているだけだったら？　そもそも、これはそういう演技をしているだけです」

実里の母親は納得できないという表情ながらも、ついに黙り込んでしまった。どうにか切り抜けられた、と安堵したのはほんの数秒だ。

「理屈ではそうかもしれません」

口を開いたのは学年主任、仙道先生だった。

「犯罪でもない過去を持ち出して、篠宮先生にこれからどうこうしろと言うのは間違っているかもしれません。ですが、我々が子どもに教えていることは、すべて理屈で解決できることばかりでしょうか。篠宮先生のおっしゃることは、大人にとっては正論なのかもしれない。ですが、我々が日々向き合っているのは、子どもたちです。あなたはこの写真を堂々と児童に見せることができますか？　インターネットが普及している今の時代、こちらが隠していても、誰かしらの目に留まってしまうかもしれない。尊敬する先生がこんなことをしていたなんて、とショックを受けたり、何かしらの拒否反応を起こす子が出てくるかもしれない。そういう子に、我々の前で言ったことと同じ説明ができますか？」

詰問口調ではないのに、うなだれるしかなかった。クラスの子たちの顔が頭に浮かんだ。

低学年と高学年のはざまで、幼さが残る子もいれば、駆け足で大人になろうとしているような子もいる。しかし、たとえ大人びた子だって、まだ一〇歳だ。子どもがどうやってできるのかだって知らない子の方が多い。親のそういう姿を目にしてもパニックを起こすかもしれない。

彼ら、彼女らに、私は何を語れるだろう。たとえ、大半の子どもたちが、そんなことは気にしない、と言ってくれたとしても、一人でも傷付く子がいれば、私は教師失格だ。

事情をすべて話せば、理解してもらえるかもしれない。だけど、この先、何度それを繰り返すことになるか。過去を語るうちに、遠ざかっていた過去に追いつかれ、また呑み込まれてしまいそうになる。

そうなる前に、この場所を去らなければならないのかもしれない。

私はゆっくりと立ち上がり、申し訳ございませんでした、と深く頭を下げた。

誰に謝っているのか、最後までよくわからなかった。


年が明け、原田くんは実家に帰った。成人式まで向こうにいる、と言った後、気まずそうに口をつぐんだので、私もその日は帰るつもり、と笑ってみせた。当然、ウソだ。夏休み明けにおばあちゃんが転送してくれた成人式の案内状には、「出席」に丸を付けて送り返したけれど、すっかり忘れていた。お葬式の数日後に二〇歳の誕生日を迎えていたことすら。そんな気分じゃないし、交通費もかかるし、着ていく服もない。帰る理由はどこにもなかった。

それより、アルバイトだ。コーヒーショップの店長にかけあったところ、連日フルタイムで働けることになった。それでも、これまでの貯金も含め、数カ月分の生活費にしかならない。

深夜まで営業しているファミレスや居酒屋で働くことも考えていた。バイトの最中、ふと、DVDの返却期限が間近だということに気が付いた。原田くんにも、私が返しておくから、と調子よく伝えていたのに。

その日のコーヒーショップでの勤務は、早番の午前七時から午後三時までだったため、一度アパートに帰り、河川敷沿いの道を一人で歩いてレンタルショップに向かった。店に近付くにつれて、前に来た時よりも甘い香りが漂っているなと思ったら、洋菓子店が期間限定のイベントとして、店頭でクレープの実演販売をやっていた。

節約しなければ、と思う反面、正月中働き詰めだったのだし、三〇〇円くらいの贅沢はしてもいいのではないかとも思った。原田くんは、私に返却に行かせたことを謝ってくるだろうから、そんなことは気にするなと言うよりも、クレープ自慢をすればいい。

イチゴカスタードのクレープを注文した。歩きながら食べてもいいのだろうけど、おばあちゃんはそういうのをイヤがった。お祭りで買ってもらったリンゴ飴も、座る場所を見つけるまでは、舐めたい気持ちを抑えなければならなかった。

道の端から河川敷を見下ろすと、川沿いに等間隔で木製のおしゃれなベンチが並んでいることに気が付いた。まだ日は残っているものの、徐々に冷え込みが増しているためか、どのベンチにも人はいない。

私の貸切りだ、と勢いよく、河川敷に続く階段を駆け下りて、一番日当たりのいいベンチの真ん中に座るやいなや、クレープにかぶりついた。おいしい！　と声を出した自分に驚いた。温かいカスタードがじんわりと脳に沁み、その後で、甘酸っぱいイチゴが頭の中のモヤモヤとしたものを一気に取り払ってくれる。

私の通う大学は後期試験は年内に終わっていたけれど、原田くんのところは年明けだと言っていた。原田くんが帰って来るまであの屋台が出ていたら、差し入れしてあげるのに。いや、ここで並んで食べたいな……。そんなことをぼんやり考えていた私は、隙だらけの人間だったのだ。

「あなたかわいいわね」

突然ふりかかってきた声に驚き、クレープを喉につまらせた。

涙まじりの目をこすりながら振り返ると、母よりも少し年上くらいの女性が立っていた。首元に本物っぽいファーがついた、暖かそうなコートを着ていた。ゆるいウェーブのロングヘアーと濃いメイクは、「バブル」という言葉を連想させた。右手の薬指に輝いている、大きな黒い石がついた指輪も。

女性は、気管がつまりケホケホと咳き込む私の横に座ると、背中を撫で始めた。大きな咳をしてから、大丈夫です、と答えると、クスクス笑いながら、コートのポケットからレースのついたハンカチを取り出して、私の口の端を拭った。香水の匂いがモアンと漂い、高級なものを汚してしまったと申し訳ない気分になった。

だけど、先に謝ったのは女性の方だ。

「ごめんなさいね、驚かせちゃって。実はね、あなたがクレープ片手に上の道を歩いているところから、ずっと追いかけて見ていたの。すっごくいい表情していたから。クレープも、私のお腹が実際に鳴っちゃったくらい、おいしいんだろうなっていうのが伝わってきて、カメラを回していなかったことを後悔しちゃったわ」

「カメラ？」

女性は肩にかけていた高級ブランドのバッグから、名刺を取って私に差し出した。名前は、時任《ときとう》冴《さえ》美《み》、肩書は、有限会社キャットテイル代表取締役、と書いてあった。

「映像系の製作会社なの。といっても、テレビや映画じゃなく、歌手のＰＶやカラオケのイメージ映像がメイン。好きな歌手とかいる？」

「北野マキ、とか」

あまり音楽には詳しくなかったけれど、とりあえず吹奏楽部の打ち上げなどで連れて行かれるカラオケで、二、三曲は歌えるようになっておこうと高校時代に練習した、当時一番人気のあった女性歌手の名前を答えた。

「あら、マキの曲ならうちでも手がけたことがあるわ。『さよならって言わないで』とか、知ってる？」

大ヒットした曲だった。私が歌わなくても、必ず誰かが歌っていたくらい。

「そういうのに、出てみない？」

はあ？　と耳を疑った。そもそも、むせてしまったから聞き流した形になったものの、かわいいわね、とこの人は声をかけてきた。生まれてこのかた、そんな褒め方をされた憶えがないというのに。原田くんにすら、言われたことがなかった。自分で自分の顔が時々思い出せなくなるほどの地味顔だ。

「いや、結構です」

「もったいない。あなた自分の顔は地味でちっともかわいくないと思っているでしょう。でも、それってほぼノーメイクの自分とばっちりメイクの他人を比べているからそう思うのよ。メイクも衣装もこっちで用意するし、新しい自分を発見するチャンスだと思うんだけどな。そういう自分を見てもらいたい人っていない？」

「はあ……」

おしゃれにはまったく興味のなさそうな原田くんに、そういうことを求められていると考えたことがなかったけれど、原田くんの好きな映画に出てくる女優は皆、美人ばかりだ。

「一本五万円。一曲分の映像だから、撮影は一時間くらい。うちは基本、三本撮りだから、日給一五万。どう？」

思ってもいない金額を提示された。一瞬、いかがわしい映像ではないかと思ったけれど、逆に、それで五万は少ないと感じた。しかも、目の前にいるのは女性だ。会社の名前もホンワカとしている。

「あなた学生？　うちにアルバイト登録している女子大生って結構いるのよ。授業の空き時間に撮影に来る子もいるくらい」

「でも、どうして私なんですか？」

「こういう仕事に自分で応募してくる子って、女優や歌手を目指している子が多いのよ。

ほら、今、月9で主演の若葉ユウ。あの子も、スマイルの『桜便り』のPVであの美少女は誰？　って話題になってデビューしたじゃない？　だけど、うちとしてはPVやイメージ映像に、役者がぐいぐい前に出てきてほしくないの。歌手自身が出演ならともかく、主役は歌なのに、ほら、私を見て！　みたいなアピールいらないでしょう？　だから、あなたみたいな、風景に溶け込みそうな感じの子を探していたのよ」

それで私か、と納得できた。話を遮るように、冷たい風が吹き抜けた。

「ねえ、こんなところで長話してたら、風邪引いちゃう。せっかくだから、実際にうちが作った映像見ながら話しましょうよ」

時任は首元のファーに顔を埋めるように肩を縮めてそう言った。やっぱりいいです、と断らなかったのは、すでに私の頭の中で、何本出演すれば授業料が稼げるか算段が始まっていたからかもしれない。

「ごめんなさい、私、今日は歩きなのよ。このあいだ、素敵な子を見つけてクドいてるうちに駐禁取られて懲りちゃったの。一番近いところでいい？」

頷くと、時任は丸めていた背筋をキュッと伸ばして、早足で歩き出した。私は後ろを慌てて追った。レンタルショップの方向に向かって一〇分ほど歩き、国道を越えた最初の橋を渡り、三分ほど逆側の河川敷沿いの道を進むと、時任は足を止めた。

「ここですか？」

大きな看板にショッキングピンクの電光文字で「ドリーム」と書いてある。ラブホテルだった。

「そうよ。初めて?」

私が大きく頷いたのを見て、時任は、でしょうね、と言うようにフフッと笑った。

「打ち合わせにちょうどいいの。ゆっくり話せるし、カラオケもあるし。ここのオーナーとは仲がいいから、会議室代わりに使っても文句言われないし。ああ、先にこれを言っておかなきゃ。私、女に興味ないから。まだ、心配?」

今度は首を横に振り、時任の後をついて行った。ラブホテルの情報が皆無だったわけではない。大学でたまに一緒にお昼を食べる子から、自分も彼氏も自宅住まいなので定期的にラブホを利用する、という話を聞いたことがある。ベッドが回ったりするんでしょ? と誰かに訊かれ、そういうところもあるかもしれないけど案外普通よ、と笑っていた。

その通りだ、と頷いてしまうくらい普通だった。大きなベッドが真ん中にあるものの、シンプルなデザインで、サイドテーブルの上には観葉植物の鉢植えがあり、ベッドカバーやカーテンを含め、全体的に茶系のインテリアで統一された、マンションのモデルルームのような部屋だった。壁掛けタイプの大画面テレビに向かって、テーブルと二人掛けのソファが置かれていた。

「コート預かるわよ」

時任は慣れた手つきで、ぼんやりと室内を見回していた私からコートを片手で受け取り、空いた方の手で、胸と腰とお尻をポンポンと二回ずつ軽くはたいた。

「うわっ、何ですか?」

「採寸。衣装は用意するって言ったでしょう?」

「今のでわかったんですか?」

「充分よ。こっちもプロだから」

時任は私のコートをハンガーにかけて、部屋のコーナーにある木製のポールにひっかけた。そして、電気ポットのお湯でインスタントコーヒーを二人分作り、ソファに腰掛けると、早速、といったふうにテレビの電源を入れ、カラオケのリモコンを操作し始めた。

「北野マキの『さよならって言わないで』でいいわよね」

はい、と答えたと同時にイントロが流れ出し、私はソファの横に立ったままマイクを渡され、恥ずかしさは残っていたものの、腹を括って歌い始めた。失恋ソングなどまったくの他人事だと、この歌を練習した頃は思っていたのに、歌が進むにつれて、自分と原田くんを重ねてしまい、切なくなった。

イメージ映像の影響も大きかったような気がする。

私と同じくらい地味な女の子がボストンバッグを片手に古いアパートから出てきて、歩いて駅に向かう。途中、本屋やカフェ、公園といったところで、足を止めて懐かしそうに眺める。その切ない表情で、二人の思い出の場所だということがわかる。駅に着いて、無人改札を通り、一人、ホームのベンチに座る。コートのポケットから取り出した写真は仲のよさそうなカップルで、男の子の方までどことなく原田くんに雰囲気が似ていた。

歌い終わると、大きな拍手が鳴った。

「いいわ、すごくいい。やっぱりあなた、表情がすごく豊かなのよ。今の子なんて五千円レベル、あなたで撮り直したいくらい。イエスの返事がほしいから、三本で二〇万円はどうかしら。お願い！」

両手を合わせて上目遣いで私をじっと見ている時任に向かい、小さな声で、お願いします、と返した。時任は指を鳴らして喜び、早速、バッグから契約書を取り出した。それを私はちゃんと全部読んだ。

撮影当日のキャンセルには賠償金が伴う、というところで目を留めた。

「結構、始まってから怖気《おじけ》付いちゃう子がいるの。だから、家に帰ってやっぱりやめておこうかなと思ったら、三日前までに名刺の番号に電話して、遠慮なく断って。それも本当は困るけど、ドタキャンされるよりはマシだから」

誠意のある説明のように思えて、それにも、わかりました、と返事をし、契約書にサインをした。撮影日は一週間後と、その場で決まった。集合場所と時間は、後日、携帯電話にメールで届いた。

午前七時に、レンタルショップの前で。

二日後に戻ってきた原田くんに新しいアルバイトのことを話さなかったのは、お金に困っていることを知られたくなかったのが半分、驚かせたかったのが半分。原田くんをカラオケに誘って、イメージ映像に私が出てきたらどんな顔をするだろう、と楽しみでもあった。映画関係の仕事に就きたい原田くんは、撮影のことも聞きたがるに違いない、などとワクワクするような気分でいたのだ。

原田くんが試験前だったため、しばらく二人で映画を見ることもなく、打ち明ける夕イミングもなかった。撮影の後に、クレープの屋台がまだ出ていたら、お土産に買って帰ろうとも思っていた。

約束の日、指定時刻の五分前に行くと、時間きっかりに時任の運転するワゴン車がやってきた。零細企業は社長が車係なのだと、先日とは違うゆるいセーターにジーンズといったラフなスタイルで、その日の天気のように明るくカラカラと笑う時任を、かっこいいなと感じた。後部座席には、ヘアメイク係だという女性が乗っていた。時任より少し年下っぽい優しそうな人だった。

連れて行かれたのは、鄙《ひな》びた温泉旅館だった。

アルバイト、を終えてアパートに戻った後、洗面器を抱えて何度も嘔吐しながら、三日間、高熱にうなされた。自分に起きたことを深く考えなくするように、私の体が私の心を守ろうとした結果なのかもしれない。それならいっそ、記憶喪失にでもなってほしかったけれど、熱だけでどうにかなると体は判断したのだろうか。

携帯電話と玄関ドア越しに、原田くんの声が聞こえたけれど、大丈夫、と力なく答えることしかできなかった。薬や食べ物を買ってこようかとか、救急車を呼ぼうかとか言われても、全部、いらない、とだけ答えた。原田くんの声が聞こえると、吐き気をもよおした。もう、出てくるものなど何もなく、黄色い胃液と一緒に白い半透明の膜みたいなのをペッと吐き出すだけになると、今度は頭が割れるように痛くなった。

来ないで。私に構わないで。ガンガン鳴り響く頭はそう叫んでいるようだった。合鍵など互いに持ち合っていなくてよかった。原田くんの顔を見た瞬間、私は舌をかみ切っていたんじゃないだろうか。

それでも原田くんは私の部屋の前に来て、ドアノブにスポーツドリンクを買って来た袋をかけ、起き上がれるタイミングで飲むようにと声をかけてくれた。ドアを開けて原田くんがいたら怖い。だけど、いつまでも放っておいたら、大家に鍵を借りてくるかもしれない。

明け方にそろっと起きて、袋を部屋に引き入れた。

『鍵を開けておいてくれると、うれしいです』

二リットルのペットボトルに太いマジックでじかに書いてあった。まだ体内にこれほど水分が残っていたのかと思うほどに涙が溢れ、それらも全部洗い流す思いでシャワーを浴びた。窓を開け、空気を入れ替えてから、鍵を開けた。

明かりを消し、布団に戻ってからも目は閉じなかった。部屋に流れる空気は、キンと音が聞こえそうなくらい冷たく澄んでいた。頭の中が冷えていくにつれ、感情も凍り付いていくようだった。体が守ってくれなくなれば、心は自分でバリアを張り出す。

原田くんがドアを開けた時にはもう、完全に凍り付かせることができたと、自分では思っていた。シャワーの後、ひどくやつれた姿を想像しながら鏡を見ると、それほど変わっていなかった。顔色が少し悪い程度だ。なのに、原田くんは私を見ると、ギョッと驚いた顔をして足を止め、ふと我に返ったかのように駆け寄ってきた。

「病院は？　薬は？　何で頼ってくれないんだよ」

原田くんのイラついた口調は、心配の裏返しなのだということはわかっても、心が溶けないようにするために、怒らなくてもいいじゃん、と胸の内で毒づいてみた。

「食事は？　何か食べたい物ある？　そうだ！　おばあさんの素麵、年末ので最後だって言ってたけど、うちの食料ケースにまだふし麵の袋が一つ残ってたんだ。インスタントの味噌汁もあるし、持ってこようか」

もう限界だ、と感じた。

「原田くん、今までありがとう」

原田くんは耳を疑う様子で私の枕元に座り込んだ。私は体を起こして、ドアが開くまでの時間に何度も頭の中で繰り返したことを、原稿を読むように淡々と口にした。

もう別れよう。原田くんのことは好きだけど、それ以上に、私には叶えたい夢がある。

小学校の先生になること。それは、おばあちゃんの夢でもあり、必ずなると約束したことだった。一発合格は難しいけれど、同じ学部の中には、それを目指して、一年生の時から猛勉強している子たちがいる。自分も頑張らなければならない。それに、採用試験は地元で受けようと思う。合格したら、結局、原田くんとはなればなれになってしまうのなら、今くらいに別れておく方がちょうどいいのかもしれない。このアパートも引っ越すつもりだ。大学の女子寮が来月、一部屋空くらしいから、それに申し込んでみようと思う……、と。

嘘はどこにもない。引っ越しのことも、家賃を削るため、アルバイト、の前に寮の空き状況を調べていた。週の半分は原田くんの部屋に泊まるんじゃないか、などと浮かれたことを想像しながら。

涙が涸《か》れれば、言葉は流れるように出てくる。

原田くんはずっと黙っていた。私がしゃべり終えても五分ほど身動きもせず、ただ、私をまっすぐ見ていた。それに対峙できるほどには、私の腹は据わっていない。用意していた言葉を全部言い終えたことに安堵もしていた。掛布団をめくって体育座りの状態で裸足のつま先を触ると、まったく感覚がなくなっていることに気付き、原田くんの様子をうかがいながら、つま先をこすった。

「靴下をはいておいた方がいいよ」

原田くんはいつもと変わらない口調でそう言うと、膝立ちをして私に向かい両手を伸ばした。私は思い切り身を縮めた。原田くんの手は一拍止まり、片手だけが私の額に触れた。それでも、歯をくいしばってしまう。原田くんはすぐに手を引っ込めた。それから、まっすぐ手を伸ばしても私に届かないところまで下がって座り直した。

「俺は真唯ちゃんが何を考えているのか、さっぱりわからない。だけど、初めて話した時から何となく、真唯ちゃんの言葉が本音かそうでないかは聞き分けられてたような気がする。おばあさんが死んで、真唯ちゃんは悲しんでいたけど、少しずつ元気になってくれたと思ってた。自分が少しは支えてあげられたんじゃないか、なんて悦に入ってたかもしれない。だけど、正月に家に帰って、うるさい家族と過ごしている時、ふと、そこから全員消える想像をした。どうして真唯ちゃんを一人残してきたんだって、後悔したけど、すでに手遅れだったのかな。俺と距離を取りたいっていうのは、本音だと思う。だけど、理由は別にあるんじゃないかな。今日じゃなくてもいい。体調が回復してからの方がいいかもしれない。本当のことを話してほしい。じゃないと、俺も夢を追ったりとか、そういう次に進めないから。でも、これだけは知っておいてほしい。俺が映画を好きなのは、自分の人生が平凡でつまらないものだとあきらめてたから。スポーツで活躍できるわけでもなし、特別な才能があるわけでもない。見た目もパッとしない。そんな自分が恋愛なんてできるわけない。俺のことを好きになってくれる女の子なんているはずがない。まあ、そういうのは実は大半の人に当てはまるから、映画業界は衰退しつつも、永遠になくなることはないんだろうな、って。でも、真唯ちゃんに会えた。映画見て、素麺食って、これが映画ならくそつまんない展開なんだろうけど、俺は毎日、楽しくて、本当に楽しくて、ずっと続いてほしいって祈ってた。それが叶うなら、映画なんて一生見れなくていいと思うくらい。夢よりも、真唯ちゃんの方が大切なんだ」

心なんて簡単に溶けてしまう。その勢いで、すべてを打ち明けていれば、受け止めてもらえていたかもしれない。だけど、私がその時、一番に願ったのは、アルバイト、のことを原田くんにだけは知られたくない、ということだった。

原田くんは、その場では、私の答えを求めずに、黙って部屋を出て行った。少し間が空いて、ドアの外からコトリと音がした。しばらく経って出てみると、ドアノブにふし麵とインスタント味噌汁の入った袋がかけられていた。

だけど、原田くんだって仙人ではない。

アパートの他の住人たちがそうであるように、同じ建物に住んでいるからといって、毎日顔を合わせるわけではない。互いが部屋のドアをノックし合わなければ、無理に避けなくても、半月も会わずにすむものだとわかった。それでも、階段を上がる足音が聞こえたら、やはり身を固くしてしまう。

女子寮へも入れることになり、引っ越しの準備も整った。このまま黙っていなくなればいい。原田くんは次に進めないと言っていたけれど、時間が解決してくれるはずだ。本人が卑下するほど、魅力も取り得もない人ではない。すぐに、新しい彼女ができるはずだ。そうしたら、私のことなんて思い出すこともなくなるだろう。

事実を打ち明ければ、原田くんの中に怒りや軽蔑の感情が生じてしまうはずだ。そういうのは、かえって消えにくい。

なのに、ある晩、コーヒーショップでの遅番のアルバイトを終えてアパートに戻ると、部屋の前に原田くんがいた。大家から私の引っ越しが決まったことを聞いたのだという。

「お願いだから、最後にもう一度、俺にチャンスをください。どんなことからでも、絶対に真唯ちゃんを守るから」

原田くんはそう言って、頭を深く下げた。

こんなものまったく気にしない。気にしなくていい。全部受け入れるから。

そんな言葉を、私は三パーセントくらい期待していたかもしれない。

「一緒に行ってほしいところがあるの」

部屋のドアを開けないまま、原田くんの手を引いた。原田くんはその手を少し痛いくらいに強く握り返し、私たちは仲のいい恋人同士のように手を繋いで、河川敷沿いの道を歩き、橋を渡って、看板の文字がピカピカと輝く夢のホテルに入っていった。

とまどう原田くんを無視して、私は部屋を選んだ。時任と入った部屋は使用中で、人差し指の先に一番近い空き部屋のボタンを押した。そして、部屋に入って後悔する。

『眠れる森のオーロラ姫』を彷彿《ほうふつ》させる、森の中のお城の一室のようなインテリアだったからだ。造花の蔓《つる》バラがからまる天蓋《てんがい》付きベッドにあっけにとられながらも、こういうおかしな場所の方が、シリアスにならなくてすむのではないかとも思った。

原田くんは……、私をじっと見ていた。

「何を打ち明けると思う?」

「他の男とここに来た、とか」

「それなら、許してもらえるの?」

「事情次第では……」

私の期待値は二パーセントほど上がった。

ベッドには上がらず、二人掛けの籐製のソファに座ると、原田くんも隣に腰を下ろした。私は時任がやっていたように、テレビの電源を入れて、カラオケのリモコンを操作した。新譜のコーナーから「寒椿隠れ宿」という女性演歌歌手の曲を選び、決定ボタンを押した。

温泉宿の一室を映したテレビ画面にタイトルが浮かび、イントロが流れ始め……、私が現れた。これ以上は見ていられない。審判を待つように、じっと俯き、時折、横目で原田くんの様子をうかがった。

原田くんの顔が一気に強ばり、表情が消えていった。震え出した手の片方はソファの肘置きをギュッとつかみ、もう片方、私に近い方は握りしめて開きを繰り返している。

バキッと音がしたのは、肘置きにかけていた親指が籐の編み目を突き破ったからだ。

私はカラオケのボリュームを下げないまま、独り言をつぶやくように、時任と出会ってから撮影にいたるまでのことを話し始めた。原田くんの親指の付け根から血が流れていることを気にしながら。

拷問のように長く感じるだろうと覚悟していた一曲分、五分弱はすべてを語るには短すぎた。まだ、ラブホにも入っていない。

「後、二曲分あるけど、もういいよね」

原田くんは唇をかみしめるように口を閉ざしたままで、私はテレビの電源を切ってから話を続けた。温泉宿に着くまでのことを。そこからはもう、どうすることもできなかったのだ、と。

「そんな胡散臭い話、何で疑わないんだよ」

原田くんはどこか一点、多分、ベッドカバーの木苺模様の一粒に視線を固定したまま、掠れた声を出した。

「ラブホで打ち合わせなんて、誰でもおかしいと思うだろ」

私が答えなくても、原田くんには関係ないようだ。だけど、私の頭の中に現れた時任が、私に言ったのと同じ口調で原田くんの質問に答えていく。

――車もなかったし、静かで話しやすいし、オーナーと知り合いだし、そもそも私、女には興味ないから。

「契約書だってちゃんと読んだのかよ」

――契約金に準ずる内容の作品への出演許諾って、書いてあったでしょう？　北野マキの歌のあれは五千円って、ちゃんと言ったじゃない。本番ナシで三本二〇万円なんて、破格の値段なのよ。

「着いておかしいって思えば、逃げてくりゃよかったんじゃん」

――断るなら三日前までにって念押ししたわよね。

カメラマンなどの他のスタッフの声も交ざる。

――社長、また無理やり連れて来たんっすか？　勘弁してくださいよ。うちのカミさん、今月出産だってのに、給料出るんっすか。何でこうも毎回、無責任でわがままなヤツ連れて来るんだか。俺らこれで飯食って、家族養ってるって、わかってます？　命かかってるんっすよ。

「金はいらない、ってはっきり言ってやればよかったんじゃん」

――違約金、スタッフ代、場所代、機材の調達代、いろいろ込みで一〇〇万円くらい請求するけど、あなた払えるの？　そもそも、明らかにお金目的で受けたでしょう？　それとも、親に払ってもらう？　なんなら別の仕事を紹介しようか。裸になるのがイヤなんじゃなくて、人目につくのがイヤならの場合だけど。

「撮られたが最後、どういうことになるか、少しは想像しろよ」

――あなたが思うほど、大変なことにならないと思う。うちのはラブホ専用だから。その辺、ちゃんと棲み分けできてるのよ。もし、あなたの映像を見たって言う人がいたら、イコール、ラブホに行きましたってことだもん。しかも、今回は演歌。そういうの歌う人がラブホ使うって、大概、まっとうな相手とじゃないはずよ。脅されたら、脅し返してやりなさいって。

「プライドとかないの」

——あなた、私のこと軽蔑してるでしょ。女が女を騙して恥ずかしくないのかって。答えは、ぜーんぜん。何の事情かわからないけど、あなたはお金が必要。私は一目見て、あなたの体に価値があることがわかった。おっぱい見せるのは、目的を達成するための手段じゃない。見せたところで、人間が腐るわけでもあるまいし。裸でお金を稼ぐ人間は、愛人か泥水すすって生きてるか、なんて両極端な偏見持たれてるけど、どっちでもない。裸になるのは仕事で、それ以外の時間は、普通の人、公務員とかと同じ生活しているの。休みの日はファストファッションの服着て、コンビニ弁当食べて、録《と》りだめしたドラマとか見てんのよ。後ろめたいことなんて、何もない。

時任の言葉に、納得しかけた自分もいた。

「俺のこと、まったく思い出さなかった?」

思い出さなかったわけがない。どんなに頭の中を空っぽにしようとしてみても、すればするほど、頭の中が原田くん一色になり、涙が込み上げてきた。

——相手役もハンサムな子連れて来たのに。まあ、彼に全部まかせて、医者に診察してもらってるって、頭の中で念仏みたいに唱えてなさいよ。あなた、無表情でも結構エロい顔してるから。耳たぶの黒子もステキ。いいもの持ってるじゃない。

母の顔が浮かんだ。ああ、そうだ。私はもともと清らかな生き物ではない。

「撮影の日って、俺、もうアパート帰ってたよな」

割り切ったはずなのに、アパートに戻り、原田くんの部屋に明かりが灯っているのが見えた途端、吐き気が込み上げてきた。どんな言葉で取り繕おうと、自分は汚れてしまったのだ、と。

「二〇万なんて、俺が出したのに」

私に必要なのは、二〇万円ぽっちじゃない。

「二〇万稼げるバイトなんて、いくらでもあるのに」

家庭教師や塾の講師のことを言ってるなら、それは原田くんの大学や同レベルの学校の人たちだけに通用することだ。私は入学直後から、その両方に登録しているけれど、連絡が入ったことなど一度もない。

「でも、元はと言えば俺が悪いんだ。『グッド・ウィル・ハンティング』なんて勧めずに、部屋にあるDVDのどれかにすればよかった。『グッド・ウィル・ハンティング』のDVD、家にあったんだよ。上京する時、ちょうど兄貴が友だちに貸していて……。やっぱり、ずっとこっちにいればよかった……」

怒りに震えていた原田くんの声は、だんだんと涙声に変わっていった。握りしめた両手で膝をガンガン叩き、そのまま大きくうなだれた。

私は近い方の原田くんの手に、自分の手を重ねた。と、弾かれる。

頭の奥で、ブツリと何かが切れるような音がした。しまった、というように原田くんが顔を上げたけれど、今のがすべての答えだ。

「先に帰るね。今までありがとう。悪いのは全部私だから。好きな映画と自分を責めないで」

出て行く私を、原田くんは追いかけて来なかった。互いの帰る場所が真逆にあるところなら、少しは救われただろうか。

アパートに帰り、真っ暗な部屋の中に寝転がり、ぼんやりと天井を見つめた。原田くんと一緒にあんなにも映画を見たというのに、私をなぐさめてくれるワンシーンは何も天井に映し出されない。と、電話が鳴った。

原田くんかも、とこの期に及んでまだそう思った自分が腹立たしかった。かけてきたのは製麺所の社長の奥さんだった。

「真唯子ちゃん元気？　このあいだ、あんたのお母さんがうちに来たんだけど、君江さんの退職金を払えなんて言い出したのよ。もちろん、うちも、年度末にちゃんと支払うつもりでいたけれど、受け取るのは真唯子ちゃんだからね。もしかしたら、あんたもお母さんから何か請求されたかもしれないけど、全部突っぱねたらいいんだから。君江さんね、体の具合がよくないこと、夏くらいからわかっていたの。真唯子ちゃんには言わないでくれってこっちは口止めされてたのよ。それで、ちゃんと財産を真唯子ちゃんに残してあげられるように、遺言書を作ったんだって。うちにお素麺買いに来てくれる高校の先生がいるって、聞いたことない？　その人が社会の先生だって知って、君江さんいろいろ相談していたみたい。なんて、もう手元にあるわよね。君江さん、ちゃんと真唯子ちゃんがわかる場所にしまったって言ってたから。振り袖と一緒にあったでしょう？　まあ、成人式って気分にはなれなかったと思うけど、今度帰ってきたら、写真くらいは撮りに行かない？　私も見たいもの。とにかく、お母さんは追い返したからね。あんたにとっちゃ母親だけど、あの人はいつも、被害者面して君江さんからお金を巻き上げて、男に貢いでいたんだよ。このままじゃ、真唯子がまともな生活を送れないって、心を鬼にして追い出したんだ。なのに、あの人はあの人で、今回も懲りずに胡散臭い男連れて来ちゃってさ。あんたも会った？　行政書士だってヤツ。試しに、うちの経理の子に二、三、小難しい質問させたんだけどさ、何一つ答えられないの。頷くだけの赤ベコ詐欺師。まあ、真唯子ちゃんが突っぱねても、お母さんはこれからもたくましく生きていくだろうから、気にすることないよ。先生になる勉強、頑張って。来年か再来年には、教育実習があるんだったね。晩御飯は毎日、うちで食べてくれたらいいから。あまり一人で何でも抱え込まずに、体を大切にするんだよ」

私は何か相槌らしきものを打っただろうか。何だそれ、と思ったのは、電話の最中だっただろうか、切ってからだろうか。吐き捨てるようにつぶやいたのは？　大声で叫んだのは？

何だそれ！

お金を稼ぐためには、あの場で服を脱ぐしかなかったのだと、自分に言い聞かせたのに。大学を続けるためには、教師になるためには、夢を叶えるためには、知らない男に体をこねくりまわされて、おっぱいを吸われて、それをカメラに撮られるしかないのだと、頭の中で何度も繰り返していたのに。

医者の診察？　そんな想像など微塵もしていない。ただただ、こうするしかないのだ、と自己暗示をかけていたのに。

何もしなくてよかったなんて。遺言書があったなんて、今さら言わないでほしい。いや、おばあちゃんなら必ず振り袖を用意してくれているはずだと、探さなかった私が悪いのか。一張羅を着るハレの日に向けて。

おばあちゃんが最後に発した「せ」は、「先生」ではなく、「成人式」の「せ」だったのかもしれない。

私はまったく追い詰められてなどいなかった。原田くんでも、製麺所の人でも、誰かにひと言、相談すればよかっただけ。自分で自分を追い詰めただけ。

何なんだ、何なんだ、何なんだ。

そうするしかなかったって、仕方なかったって、誰か言ってくれ。そうするしかなかった、仕方なかった。そうするしかなかった、仕方なかった。そうするしかなかった、仕方なかった。そうする……、もうダメだ。

ねえ、真唯子。あんたの心が死にそうならば、いっそ、体も殺しちゃえば？　こなっごなの、バラッバラに。

耳の奥に響いたその声は、母のものだったのか、私のものだったのか。

三月末付で退職が決まると、それまではまだそれほど大きな問題と捉えていなかったことにも、きちんと向き合っておかなければならないと思うようになった。

まずは、佐伯章子。彼女自身は問題のある子ではない。あまり自己主張をしないおとなしい子だけど、クラスの風向きに左右されることはない。頭がよく、善悪は自分で判断しようとする姿勢を垣間見ることができる。家庭環境も、今のところは問題ないと言える。両親揃っており、父親は学校活動にも積極的だ。しかし、そのせいでもあるのか母親の影が薄い。章子から、病気がちだと聞いたこともある。そんな中、父親が入院したと学校に連絡が入った。長期にわたると聞き、一度、見舞いに行くことにした。可能な範囲で話ができるといい。

通常は、学年主任など、複数の教師と行動を共にする方がいいとされているけれど、校内に信用できる教師など誰もいない。中には、心から案じてくれている人もいたのかもしれないけれど、好奇の目や軽蔑の目をかいくぐりながら、そういう人を探すほどの余裕が私にはなかった。

できれば章子がいない時に話したいと思い、隣町の小学校への出張後、半日休暇を取ることにした。章子の父親は二人部屋の奥側のベッドにいた。私が訪れた時は、もう一つのベッドの人は検査に出ていて、周囲の耳を気にせずに話をすることができた。そのせいもあったのか、章子の父親は自分の症状が重いことを、娘の担任という関係でしかない、そのうえ、春には学校からも町からも去る予定の私に打ち明けてくれた。

胃癌で余命二カ月。春まで生きられるかどうかわからない。目を見ているのがつらく、視線を外すと、ベッド脇の物入れの棚に、東京ドリームランドのガイドブックが立ててあることに気が付いた。その奥には、章子が作った小さな木箱が。そこで、私は図工の時間の出来事を話すことにした。

章子が木箱の蓋に彫ったドリームキャットの出来がすばらしく、それに嫉妬した子が、ドリームキャラクターを勝手に使ったらアメリカのドリーム社から訴えられるなどと言い、章子がとても気にしていたこと。章子にフォローしきれたか自信がないこと。

すると、父親は、退院したら章子とドリームランドとマウンテンの両方に行く約束をしているということを教えてくれた。木箱は自分へのプレゼントで、章子はその中に旅行の写真を入れることを楽しみにしている。最後にその夢だけはどうにか叶えてやりたいのだけど、と。

「先生は、行かれたことは？」

「ありますよ」

「それは、羨ましい。やはり、夢の国でしたか？」

「そうですね……。私にとっては、夢というより、未来でしょうか」

「未来？」

　そこに至るまでの経緯はお話しできませんが、死を考えたことがあるんです、と前置きして、私は絶望の夜からの続きを、章子の父親に話すことにした。

　原田くんに語ったことを思い出しながら、繰り返すように。


　あの夜からほぼ丸一日後の深夜、私は自分の部屋に続くアパートの階段を上がった。口ずさんでいたのは、高校最後の吹奏楽部のコンサートでトリを飾った曲だった。自分が担当したオーボエのメロディが頭の中で他の楽器の音たちと重なり、いつしかそこに、今しがた見てきた光景が鮮明に湧き上がってきた。

　だから、ドアの前に人がいることなど、わずか数センチの距離に近付くまで気付かなかった。ワッ、と声を上げると、暗がりの中、体育座りをして俯いたままかたまっていた人影は、授業中の居眠りから目覚めるように、首を小さくぶるりと震わせて顔を上げた。原田くんだった。

　私を見て、ハアー、と大きく吐いたのは、安堵の息のように思えた。よかった、と掠れた声でつぶやくのも聞こえた。よかった、と二度目につぶやいた声には涙が交ざっていた。だけど、原田くんはその涙を拭った。俺が泣いちゃダメなんだ、と自分を戒めるように言いながら。

　原田くんは膝をガタつかせて立ち上がった。何時間も同じ場所に同じ体勢でいたことが一目でわかった。それでも、まっすぐ背筋を伸ばして、私に向き合った。

「俺に一時間だけください」

「いいよ」

何のためらいもなかった。私は自分の部屋に原田くんを通した。部屋の片付き方が、引っ越し前だから、と原田くんは思っていなそうだった。もちろん私も、そのつもりで片付けたのではなかった。だけど、原田くんがそれについて私に訊くことはなかった。冷えた体を温めるためのお茶を淹れることもないまま、私たちは寒い部屋で、壁にもたれて並んで座った。片手を伸ばしても触れることのない距離を空けて。

時間をくれと言ったのは原田くんだ。私は黙ったまま、原田くんが口を開くのを待った。無駄なやりとりを省く原田くんらしく、私と目を合わせないまま、まっすぐ前を向いて話し始めた。

「俺、昨日あの後、あの部屋に泊まったんだ。それで、ずっとカラオケ流してた。『寒椿隠れ宿』だけじゃなくて、他の二つも。新譜を片っ端から入れてイントロのとこだけ流して、案外すぐに見つかった。三曲を何度も入れて、あのへんなベッドに寝転んで、ずっと見てた。最低でしょ。頭がおかしくなりそうだった。何なんだよ、って何度も叫んで、何度目だっただろ。おまえの方こそ何なんだよ、って声が聞こえた。体が分裂して、もう一人の俺がいるような感じで。これ、おまえじゃないじゃん。真唯ちゃんじゃん。ぐっと我慢しているのが一目見てわかるじゃん。なのに、なんでおまえが被害者面してんだよ。辛気臭い御託ならべて、真唯ちゃんに理由を話せと迫った挙句、責めて、泣き言わめいて、拒絶して。最低なのは、時任ってヤツでも、からんでる男でもない。おまえじゃん。何が頼られたい、支えたい、救いたい、守りたい、だ。おまえ、追い詰めただけじゃん。おまえ、真唯ちゃんが自分で立ち直ろうとする邪魔までしたって気付いてんの？　……それで、急いで帰って、ドア叩いたけど何の反応もなくて。電話も繋がらなくて。もうここまで来たらストーカー扱いされても否定できないけど、大家のおばさんにガス漏れのにおいがするとか言って、部屋開けてもらったら、やたらと片付いてて。机の上に、電源を切った携帯電話と手紙が置いてあった。手紙は俺宛てじゃないから開けてないけど、製麺所の名前と同じ苗字だってすぐに思い出した。捜さなきゃって飛び出したけど、どこに行っていいのかわからなくて、俺たち、思い出の場所とかないんだな、って。だけど、もしかしたら全部俺の思い過ごしで、平日だし、学校行ってるかもって、真唯ちゃんの大学に行った。教育学部の校舎の前で何人かに声かけたら、友だちって子たちに会えて、もしかして、噂の彼ですか、って言われた」

原田くんはそこで一度、言葉を切った。再現するのが恥ずかしいようなことを、私の友人たちが言ったのだろう。私は原田くんのことを、彼女たちにどんなふうに話したっけ。それほど多くは語っていない。他人にはものすごく気を遣うくせに、自分が気を遣われるのは苦手な人。優しくて、普段は映画が好きでのんびりしてるけど、いざという時には行動力のある人。迷っている時に手を引いてくれる人。私が唯一、大丈夫、じゃなくて、ありがとう、と言える人。

「後、真唯ちゃんは真面目で、採用試験の勉強も一年生の時からやっていて、自分たちも見習わなきゃいけないとか、学校での様子も教えてくれた。年明けから三月末までは、いろんな講義を受けられる特別期間だから、今日、来ているかはわからないって言われて、バイト先のコーヒーショップに行ってみることにした。最近、元気がなくなったって、みんなが心配していたよ。今日は入る日じゃない、って言われたけど、正月中もずっと働いてたんだな。店長に、何かあったんですか、って訊かれて、自分が大失敗を犯していることに気付いた。これじゃあ俺、真唯ちゃんに何かありました、って言いふらしているようなもんじゃないか。それから、部屋に戻って、出たり入ったり、日が暮れてからはずっと外にいて。真唯ちゃんがバカなこと考えてたらどうしようって、最悪な想像ばかりしてた。会えたら、絶対に言おうと思ってたんだ」

原田くんは膝を揃えてこちらを向いた。

「待って」

私は脇に置いてあったバッグから取り出したものを、頭に着けた。ドリームキャットのカチューシャだ。マウンテン五周年プレイベント用は、まだ売っていなかった。

「かわいい？　原田くんの想像は間違ってない。私、最悪のことを考えてた。粉々になれるように、電車に飛び込むつもりで、家を出た。でも、そういうのって、あまり迷惑かけない時間の方がいいのかな、大事な用事や楽しいイベントのある人の邪魔をしちゃいけないなって、夜まで待つことにして、じゃあ、最後は楽しいことをしようって、笑って、ドリームランドに行ってきたの。マウンテンにも。たくさんの人の中に紛れて、大声出して、拍手して。ポップコーン食べて。ドリームベアやキャットと握手して。今ここにいる自分は、私であって私じゃない。私がどこから来たのか、どんな人間なのかなんて関係ない。この世界にいるあいだは、ただ、ここを楽しむだけの人になれる。パレード見て、花火見て、私、何て思ったでしょう？」

原田くんは黙ったまま少し首を傾げた。

「これで思い残すことは何もない、と思えるかな、なんて、行く前は想像していたのに、全然違った。また来たいな。そう思ったの。またって何？　今日乗れなかったアトラクションもあるし、パレードももっと前で見たかったし、マウンテンのイベントもまだ始まってないし、そういうこと？　いや、何か違う。だけど、うまく言い表せない。ただ、また来たい。よし、また来よう。そう決めたら、明日からも何とかなるんじゃないかって思えた。多分、ここにはそういう人たちが、私以外にもたくさんいるんじゃないかなって、みんなが仲間のように思えてきた。朝、電車に乗った時は、あの人もこの人も、あの映像を見ているんじゃないかと思って、怖くてたまらなかったのに。帰りは平気だった。魔法だね。だから……」

カチューシャを外して、原田くんの頭にはめた。

「餞別《せんべつ》です。私はもう大丈夫。捜してくれたお礼は言わない。生きて帰ってきた身には、原田くんも気付いてたように、結構迷惑なことだから。でも、これまでに嬉しかったことはいっぱいあるから、ありがとう。どうか、お元気で」

威勢のいい口調で言えたものの、差し出した手は震えていたような気がする。その手を原田くんはためらいなくギュッと握りしめた。

「うん、お元気で」

犬顔だと思っていた原田くんに、ドリームキャットのカチューシャは意外なほど、よく似合っていた。

「また来よう、ですか」

章子の父親は噛みしめるようにそう言うと、しばらく何か考え込む様子になり、やがて決意したように私にまっすぐな視線を向けた。

「先生にお願いがあります。どうか、僕が死んだら、章子に未来からの手紙を書いてやってもらえませんか。あなたには幸せな未来がある。そんな内容の手紙を」

「それは、お父さんが書かれた方がよくありませんか？」

「いえ、僕が書けば、章子にすぐバレてしまいます。あの子の持ち物は僕が全部名前を書いてきましたから。それに、今の話をうかがって、先生に書いてほしいと思ったんです」

父親は深く頭を下げた。断る理由はない。教師として最後に頼まれたことがこれなら、光栄なことではないか。私はその場で返事をし、手紙に信憑性を持たせたいからと、章子の家庭でのエピソードをいくつか教えてもらった。章子の名前の由来まで。

父親もまた、母親のことを病弱だと話していたけれど、命にかかわるような病気ではないようだ。いざという時には全力で守ってくれる、心の強い人。

それを聞き、章子がこれから一番に乗り越えなければならないのは父親の死であって、その悲しみから少しでも立ち直れるような内容にしようと決めた。

下書きができたら読んでもらうつもりでいたのに、私が章子の父親に会ったのはその日が最後となった。

手紙の内容は私一人で考えなければならない。

章子の将来の夢が数カ月で変わっていなければ、私は彼女の夢を知っているということになる。やや漠然としていて、代表には選ばなかったのだけど、未来の自分がその職業に就いていることを知れば、章子は喜ぶかもしれない。

しかし、子どもの頃からの夢を叶える、ということに固執するのは、果たして幸せなことなのだろうか。一〇歳の子どもに知っている職業を書き出させたとして、一〇以上書ける子が何人いるだろう。年齢を重ね、視野が広がれば、子どもの頃には見えなかったものが徐々に見えてくるはずだ。自分が得意だと思っていたことが、それほどでもなかったことに気付くかもしれないし、逆に、ものすごい才能が眠っていたことに気付くかもしれない。

病を克服すれば医者や看護師に、災害時に救助されれば自衛隊や消防士、レスキュー隊などに、尊敬の念を抱き、自分もその道に進みたいと志すかもしれない。

人との出会いで、目指す道が変わることだってある。

だから、章子への手紙は、職業については深く触れない内容で、だけど、未来への希望を持てる何かを入れたい。

様々な未来の自分の姿を思い描いた後で、やはり、最初に目指した夢を目標にするならいい。一つの夢だけを見つめ続けてそれを失った私は、やはりまた、あの場所へと向かってしまった。


「本当に、試作品の段階で気付いてよかったよ」

仕事から帰ってきた原田くんが大きく息をつきながら、カバンから取り出したものをテーブルの上に並べた。薄い金色のプレートが五枚。それぞれポーズや衣装の違うドリームキャットが透かし彫りされた、栞《しおり》だ。これのどこに問題があるのだろうと、一枚、手に取ってじっと眺めた。

「ドリームマウンテン、三〇周年？」

「まったく。ドリームマウンテンは去年の九月からの一年間が一〇周年。これは、再来年三〇周年を迎えるドリームランドのアニバーサリーグッズのはずなのに」

原田くんも一枚取り上げた。指先でくるくると回し始める。

「マウンテンの三〇周年か。二〇年後に、紙の本なんて残ってるのかな」

ボヤく原田くんの手から栞を取り上げた。

「さすがに残ってるでしょう。本に関係のある仕事をしたいって子もいるし、夢を壊すようなこと言わないでよ」

ふと、電流のようなものが背中を走った。

「ねえ、この栞、もらっちゃダメ？」

こんなものが外に出てしまったら大問題だということはわかっている。だから、私は欲しい理由を説明した。原田くんにもう隠し事はしないことにしている。頼まれたのは一人だけど、他にも、同じようなことを伝えたい子がいるのだということも。

須山亜里沙だ。母親が病死後、父親と弟と三人で暮らしている。

きつい物言いや態度が気になるものの、自分の心を守ろうと武装しているだけで、実は、クラスの誰よりも周りが見えているのではないかと思うほど、イジメられそうな子をさりげなくかばったり、安全な場所に避難させようとしたりしている、優しい子だ。

問題を抱えていそうなのは三学年下の弟だ。腕や脚に時折、痣《あざ》のようなものが見られ、父親から暴力を受けているのではないかと、年配の女性担任に相談したことがあるけれど、一年生の男子なんて一日中暴れ回っているのだから、痣があって当たり前、と一蹴された。先日もおでこにケガをしていたので、今度は一年生の学年主任に相談したものの、本人は転んだと言っている、とはねつけられた。

弟がそんな目にあっていれば、亜里沙は当然気付き、心を痛めているのではないか。もしかすると、うまく隠していただけで、亜里沙も暴力を受けているのではないか。だけど彼女は、こちらがそれを訊ねようとすると、いつも逃げ出してしまう。

私の意見に耳を傾けてくれる教師など、今はいない。信用は過去のたった一日の出来事で失われた。ならば、せめて彼女を少しでも励ませるようなことをしたい。

後は……、クラスの子たちのことを気にしているとキリがない。

校長室に呼び出された後で、実里の作文を選んでおけばよかったと後悔した。ゴマをすっておけばよかったという意味ではない。実里の書いた「苦労しているお母さん」は経済的には余裕がある。しかし、自分がお金に一番苦労したせいか、そこにしか目が向いていなかった。

実里の父親はカラオケビデオに私が出ているのを見つけ、写真を撮り、妻に見せた。妻は、どこのカラオケで？　と訊いたのだろうか。それとも、夫の方が先に、言い訳のための嘘をついたのだろうか。カラオケビデオなどどこで流れるものも同じ、と思い込んでいたに違いない。

あれは、ラブホテル専用だ。夫婦で行ったのなら問題ない。だけど、それなら母親は、夫と一緒に見つけた、と言うだろう。ラブホは伏せておくとしても、忘年会で医師仲間の方々と、とまで嘘をつく必要はない。

妻は夫の浮気に気付いて心を痛めている。父親が原因で母親が苦しんでいることに実里は気付いている。だけど、父親に捨てられては母と娘の生活は今のようには成り立たない。楽しいハワイ旅行に行くこともできない。だから、自分が、安定していると言われる職業に就き、母親の「気持ち」をラクにしてあげたいと思ったのではないか。

発表会の日、実里が代表でないことに最初に苦言を呈したのは、父親だったのかもしれない。当初は行く予定ではなかったのに、時間ができたので出席することにした。母も娘も慌てるはずだ。

実里は章子を嫌っている。それは、成績に対する嫉妬だと思っていた。だけど、本当は父親との仲のよさを羨んでいたのかもしれない。亜里沙が章子にいい感情を持っていない理由はすぐそこに結び付いたのに。

いっそクラス全員分ほしいけれど、それでは、未来からの手紙は私が出したと気付かれてしまう。それ以上に、原田くんに迷惑をかけてしまう。やはり、二枚にしておこう。もらえれば、だけど。

「未来からの手紙か。いいよ、先生。誰にも見せないっていう約束を守れる子だと、きみが保証してくれるならね。どうせ切り刻まれる運命だ。好きなのを選んで」

栞をもらえることよりも、呼び方が気になった。原田くんはこういうからかい方をする人ではない。

「もう先生じゃなくなるのに」

「その子たちにとっては、真唯子はずっと先生だよ。今いる学校を辞めるだけで、一生、先生をやらないわけじゃない。また近いうちに教壇に立つ日が来るよ。篠宮先生って呼ばれてるかは、わかんないけどさ」

「真唯子先生でいいよ」

私は手土産に持ってきた素麺を茹でるために、キッチンに向かった。カウンターにあるかわいらしい箱からティッシュを一枚取り、ムズムズする鼻とすでに涙がせり上がっている目頭を拭った。足元のゴミ箱に捨てる。

キッチンは、あの頃のような流し台とコンロが一台あるだけの狭いスペースではない。一人暮らし用には大きめの食器棚には、泥棒が入ったら女の人の部屋と間違えてしまうような食器が並んでいる。ティッシュボックスも、ゴミ箱も、食器も、ドリームキャラクターがプリントされたものばかりだ。

大学を卒業した春、私は公立小学校の教員採用試験に合格し、地元に戻った。

製麺所に私宛ての手紙が届いたのは、四月の半ば頃だったか。封筒をひっくり返さなくても、筆跡で送り主は誰だかわかった。整った女性的な字だ。中を開けると、折りたたんだ便箋《びんせん》と小さな封筒が一通。その封筒にはドリームランドの入場券が一枚入っていた。有効期限は一年間。

手紙を開いて、えっ、と思わず声が出た。映画会社じゃなかったのか。原田くんはドリームランドやマウンテンをはじめとした、国内のドリームリゾート全般を運営する会社、ドリームワールドに就職したと書いてある。『僕は誰かを救えるような人間ではないけれど、誰かを救える場所で、また来たい、と思ってもらえるような企画を考える仕事に就くことができました』

一緒に行こうとか、連絡してくださいといった文言はなかった。お勧めの映画が一本、その後は、お元気で、と締め括られていた。

原田くんは夢をあきらめた、とは思わなかった。彼は現時点の自分と向き合い、未来を決めているのだと感じた。

私は新しくなっている住所宛てに、素麺をひと箱送った。採用試験に受かったこと、一年生の担任になったこと、勧められた映画の感想を書いて、お元気で、と締め括った。チケットを使うことはないだろうと思っていた。

夢に見ていた仕事は、本当にこれをやりたかったのだろうかと過去の自分に何度も問いかけたくなるほど、甘いものではなかった。学校を出る時にはもうくたくたで、週に三回、製麺所に寄って帰らなければ、満足な食事もとることができず、倒れていたかもしれない。

社長の奥さんに愚痴も聞いてもらった。それほど足が速くないのに、息子をリレーの選手に選べと言われている、文化発表会の合奏で娘にピアノを弾かせろと言われている、うちの子は東大に入れますか？　知るか！　奥さんは、大変だねえ、と笑いながら温かいお茶を淹れてくれる。

それほど深刻ではない問題が途切れることなく何かしら発生し、愚痴をこぼせているあいだは、それでも安らかな日々であることに気付いたのは、一年が終わりかけた頃か。幼稚園児の延長だったような子たちが、しっかりとした個の顔つきになり、初めはできなかったことが、どんどんできるようになっていく。こちらがどれほど寄り添えたのかはわからない。だけど、子どもたちは私に、ありがとう、と言ってくれる。先生大好き、と言ってくれる。来年も先生のクラスがいいな、と言ってくれる。

幸せだなあ、と感慨にふけったその時、ふと耳元で足音が聞こえた。何かが追いかけて来る。つかまれば吞み込まれてしまう。私は一番近い休日に、チケットを握りしめ、駅前からドリームランドに直通する夜行バスに乗った。

それからひと月後、一年前と同じ時期、また新しいチケットが届いた。前のチケットを私が使ったことを原田くんは知っているのだろうか。そんなことを考えながら手紙を開くと、思わず、業務報告書か！　とツッコみたくなるようなことが書かれていた。去年一年間は、ドリームランド内にあるファンタジーシアターでプリンセスショーの企画に携わっていたという。それなら、私も見た。

○○姫と付くそれぞれの童話の主人公のお姫様が協力し合って、魔法をかけられて凶暴になったドリームベアを救うため、魔女退治をするという内容で、オーロラ姫もそこでは勇敢に戦っていた。

手紙の最後には、携帯の電話番号もメールアドレスも変わっていないことが、これもまた業務連絡の追記のように添えられていた。次に行く時は、それがたとえ過去の足音から逃げている時だとしても、連絡をしてみようか。

翌年の春、夜行バスに乗る前に短いメールを送ると、早朝のドリームランドのゲート前に原田くんが立っていた。見憶えのある、ドリームキャットのカチューシャを着けて。

また来たいは、また会いたいへと変わっていく。

足音が聞こえることも打ち明けた。原田くんは私に同情するようなまなざしは向けなかった。迷いない口調で、はっきりと私に伝えてくれた。

「過去に呑まれない未来は、確実に、ここにあるから」

窓の外の遠い空に花火が上がった。後はテーブルに運ぶだけの状態の料理を放ったまま、ベランダに出て行く。原田くんも出て来た。ドリームランドの花火だ。

「このあいだ、保留にしたこと、今からやっていい？」

「まさか、ここで？　まあ、同じシチュエーションか……。はい」

私は花火から視線を外し、原田くんと向き合った。もう花火は堪能している。

昨年の終わりの日にも、あの花火を見た。こんなところで見せてもらってもいいのだろうかと、夢の国の中でも、申し訳なくてソワソワしてしまうような、特別なチケットを持っている人だけが入ることのできる、ドリームランドのお城のバルコニーで。

隣には原田くんがいて、重大な告白をするつもりでいたけれど、私のつぶやいた言葉を聞いて、延期することにしたらしい。
——ああ、子どもたちみんなに見せてあげたいな。
花火ではない。その先にある、未来を……。

エピソードⅢ

墓場まで持っていかなければならない秘密。そんなものを抱えているのは、物語の中の登場人物だけだと、僕は思っていた。仮に、現実でそんなことが起こるとしても、僕には無縁のものだとも。

男でよかった、と先に親から言われたのか、物心ついた頃には自分でそう悟っていたのか。それほどに僕の顔は醜い。ごつごつとした角が削れた正方形の赤茶けた石に、細いマジックで短い線を四本引けば、僕の顔はできあがる。寝ているのか起きているのか、怒っているのか笑っているのか、表情が読めない。だからきっと、周囲は僕を気持ち悪がるのだと思う。

安心は理解することから生じる。人は原因を求めたがる。

この子はどうしてこんなに醜いのか。人並みの容姿を持つ両親は、幼い僕から常に目を逸《そ》らしていた。結婚後、一〇年経って授かった一人息子だというのに。父は、妻が親戚たちからのプレッシャーに負け、余所の男に子種を求めたのでは、という疑念を持っていたのではないだろうか。そして、母はあらぬ疑いをかけられ、父に対して心を閉ざした。

その原因である息子にも、愛情を注げなくなる。

しかし、ある日を境に状況が変わる。父方の親戚が亡くなり、家族全員で葬儀に訪れた際、本家の伯母が、押入れからこんなものが出てきた、と古いアルバムを皆の前に広げた。

そこに写っていた子ども、僕の曾祖父に当たる人は、僕と同じ顔をしていた。親戚たちが息を呑み、やがて笑いに変わるほどに、瓜二つだった。

曾祖父は頭がよく、この土地で一財産築きあげた人で、今も、不動産会社や水道工事の会社、ガソリンスタンドの経営で樋口家がそこそこの暮らしをしていけているのは、曾祖父のおかげなのだと、本家の伯父が皆の前で僕に教えてくれた。父は関連会社の一つである、水道工事の会社を任されていた。

「良太は来年から小学生だってのに、太宰治やら、夏目漱石やら、大人の本が読めると聞いたが、じいさんもそうだったらしい。うちは、娘ばかり三人で、この先どうなるか解ったもんじゃないが、良太がいれば、樋口家も安泰だな」

伯父のその言葉も嬉しかったが、それ以上に僕を安心させたのは、二〇歳を過ぎた辺りから、曾祖父の顔も、色みが引き、頰や鼻の辺りに立体感が出て、徐々に人並みになっていたことだ。晩年になると、「あら、素敵じゃない」とどこかのおばさんから声が上がるほど、渋い二枚目になっていた。

そのことを、両親もまんざらではない様子で受けとめていたようだ。母が僕を連れて外出する回数も増えたし、父は、額の形が俺と同じだ、などと、自分と似ているところを周囲にアピールするようになった。

だが、それは身内のことで、他人は僕をその時点での顔で判断する。いや、できない。だから、避けたがる。特に女子は、僕と手を繋ぐことになったり席が隣になったりすると、大概泣きだした。僕はそれに対して、怒りも泣きもしなかった。ただ黙って、その場がどうにか収まるのを待つだけ。まさに、石になる時間だった。

男子もあまり僕と関わろうとしなかった。見た目云々よりも、僕が無口でおもしろみのない人間だったからではないか。後は、自分に理解できない本を読んでいることも、気持ち悪がられる原因の一つだったかもしれない。

それでも、いじめを受けることなく（無視などはされていたかもしれないが）、日々穏やかに過ごせていたのは、柔道をやっていたおかげだろう。

葬儀の際、曾祖父は柔道で名を馳《は》せていた、とも聞き、僕も小学校入学と同時に地元の柔道教室に通うようになった。身長は真ん中辺りだが、クラスのトップスリーに入る横幅は、顔と同様、岩のようにごつごつしていて、柔道に適していたのかもしれない。足が遅く、運動会ではまったく活躍できずにいたが、柔道の大会では常に賞状をもらうことができた。

気持ち悪いからといって、僕を突き飛ばしたり転がしたりしようと、手を出してくる奴はいない。遠巻きに眺められている。いや、眺められてもいない。僕はただそこにいるだけ。まさに、石ころのような存在だったのだ。

つまらない毎日。だから僕は物語の世界に刺激を求めた。そして、自らも物語を書いてみたいと思うようになった。僕の物語の中では、僕のなりたい自分になれる。好きなことができる。速く走れ、高く跳べ、ジョークを口にし、かわいい女の子と恋をすることもできる。だが、実際に書いたのは、さほど愉快な話ではない。僕にとって物語を書くということは、気持ちの預り処を探す行為だったのかもしれない。

一作目を書いたのは、中学二年生の時だ。学校の休み時間や放課後、自宅の個室で宿題や予習を終えた真夜中に、大学ノートに書き綴った。意志を持った石が、皆からの嫌われ者である少年に拾われ、毎夜、彼の心の声を聞きながら磨かれていくうちに、ダイヤモンドになっていた、という童話のような話だ。

二作目は、高校一年生の時。行き倒れの老婆を助けた醜い少年が、美しい容姿になり、学校生活を謳歌《おうか》する。老婆は神の化身だったのか。いや違う。彼は美しい心と引き換えに、容姿を手に入れたのだ。少年は自分の心が日ごと冷徹になっていくことに、初めは目を背けるが、徐々に苦悩するようになり、ある月の美しい夜、自らの命を絶ってしまう。文学作品を書いたつもりでいたが、今思い返せば、自意識を持て余した、安っぽいファンタジーにすぎない。

そして、三作目。これから書く話は本当にあった出来事だ。墓場まで持っていかなければならない秘密を胸の内にとどめておくと、いつかその黒い塊が僕の体を内側から蝕《むしば》んでいく予感に苛まれ、僕は物語として文章に書き起こすことにした。買ったばかりのノートパソコンを使って。すべて書き終えた後で、消去してしまうかもしれない。そうしなければならない。

だが、心の一番奥には、誰かに読んでもらいたいという願望もある。

できれば、僕と彼女の子どもに……。

僕は神倉学園高等学校という、私立の男子校に進学した。隣の市にあるその学校へ通うには、朝七時の電車に乗らなければならなかったが、それについて、弁当を作ってくれる母から文句が出たことはない。県内有数の進学校に合格したことを、親戚一同が褒め称えてくれたからだ。

僕も神倉学園を選んだことに満足していた。早起きはそれほど苦手ではない。教室で今まで通り本を読んでいても、僕が読んでいる本など難しいとも感じない奴らばかりだったし、当時、哲学書にはまっていた僕に、次はこれがいいんじゃないか、と声をかけ、本を貸してくれる奴まで現れた。成績も上位ではあったが、図抜けているわけでもない。僕と目が合ったからといって、吐くふりをするような女子もいないため、容姿を気にして、石になりきる必要もなかった。

中には、天に二物を与えられ、そこそこ整った容姿の奴もいたが、大半は、恋愛に縁のなさそうな風貌の奴らばかりで、それまでに蓄積されていた劣等感は霧散していくかのようだった。そうなると、自分の意見に自信を持つこともでき、文化祭実行委員などの大役を引き受けることも苦ではなくなった。

男子校でも、女子校のようなバザーをやろうと企画して、有志一同で焼いたマドレーヌは好評を博し、それを受けてボランティア部を立ちあげた。スポーツ科があるため、自分のレベルではついていけないだろうと、柔道部には入っていなかった。

月に一度、マドレーヌやクッキーなどを焼いては、近隣の福祉施設に届けにいくという活動をおこなった。地元紙のインタビューを受け、母はその記事が掲載された新聞を、親戚中に配りまわった。

そんな母を、僕はこそばゆい思いで眺めていたものだ。自分でも、こんなに親を喜ばせることができたのか、と。

森本誠一郎《もりもとせいいちろう》と出会ったのは、二年生になってからだ。

春休みに、ここらでまた小説にでも挑戦してみるかと、四〇〇字詰め原稿用紙に八〇枚ほどの短編小説を書いたのだが、始業式の日、新しいクラス表に従って教室に赴いた僕は、我が目を疑った。

主人公が手に入れた美しい容姿。僕が頭の中で描いていたまんまの男がそこにいたからだ。

ハンサムとかかっこいいとか褒め言葉はいくつかあるが、美しいというのが最適な、西洋の彫刻のような顔立ちをしていた。背も高く、脚も長い。一学年一〇クラスあるとはいえ、一年間も存在に気づかなかったことが信じられなかった。もしかすると、ちらりと見かけたことがあったのかもしれない。だからこそ、僕は無意識のうちにその姿を思い浮かべながら書いてしまった可能性はある。

しかし、必ずしもいい出会い方とは言えなかった。

出席番号順の席で、僕の後ろは、一年生の時に文化祭実行委員で一緒になった奴だった。だが、彼の名字は伊藤《いとう》ではなかったか。僕がそんなことを思っていると、つい見とれてしまった美少年が僕の方に向かってやってきた。ドキリとしたのも束の間、そいつは僕の一つ後ろの席で足を止めた。

「あれ？　伊藤くん、なんでそんなところに座ってんの？　伊藤なら、廊下側の端の席なんじゃない？　それとも、伊藤じゃなくなったのかな。あ、そうだ、ゴメンゴメン。そう言えば、きみのお父さん、去年の夏だかに、下着泥棒で逮捕されてたよね。市役所勤務だっけ？　ダメでしょう、税金もらってる人がそんなことしちゃあ。もしかして、名字が変わったのもそのせい？　家族全員でお父さんを見捨てたなら、賢明な判断だよ」

滔々《とうとう》とまくしたてる美少年をあっけにとられながら見ていたが、いくらなんでも言い過ぎだ、と我に返った。伊藤くん、は青白い顔で俯《うつむ》いていた。下唇をかみしめて、必死で屈辱に耐えている。拳を握りしめた両手は机の上でぶるぶると震えていた。

「いい加減にしろよ」

立ちあがったのが先か、声を上げたのが先か。どちらの行為もすぐに悔いた。ぞっとするほど冷たい目が僕を見下ろしていたからだ。

「おまえには何も言ってない」

低い声まで冷気を帯びているようだった。しかし、僕は怯《ひる》まなかった。善と悪。悪いのは一目瞭然、こいつの方だ。

「い、言ってなくても、聞こえてる。失礼なことばかりじゃないか」

「事実なんだけど」

「それでも、お、おまえが言うことじゃない。あ、謝れよ」

目を逸らしたら、僕の行動はすべて無駄になる。声が震えたことに気づいても、視線だけはまっすぐそいつの目に注いでいた。

「もういいよ、樋口くん。森本くんの言う通りだから」

力ない声を上げたのは、伊藤くんだ。

「味方が現れたのに、敗北宣言か。今年も、つまんねえクラスだな」

美少年、森本は吐き捨てるようにそう言うと、空いている手近な机を蹴飛ばして、窓際の端の列にある自分の席へと向かった。納得できなかったが、伊藤くんが小さく首を横にふりながら、いいんだ、というふうに僕を見たので、後を追うのはやめた。

「あいつ、同じ中学だったんだけど、地元の悪い連中とツルんでるんだ。関わらない方がいいよ」

伊藤くん、その時の名字は布施《ふせ》くん、は小声でそう言うと、軽蔑のまなざしを森本に向けた。見返りを求めた行為ではなかったが、僕に対する感謝の言葉はその時も、後からも、一言もなかった。僕と仲良くしたいというそぶりも。それどころか、翌日からは僕と目も合わせなくなった。

森本が、からかいのターゲットを僕にするだろうということを、予見していたからだろう。

森本はそれがあいつの攻撃方法なのか、背こそあいつの方が高いものの、横幅を比べて腕力勝負は放棄したのか、布施くんにそうしたように、僕に嫌味を言い続けた。だがそれは、小、中学校の頃に戻った程度のことだった。石になっておけばいい。むしろ、よく飽きずに毎日こんなくだらないことを恥ずかしげもなく口にできるものだと、感心さえしていた。他にすることはないのか。友だちはいないのか。

友だちはいなそうだった。

しかし、ついに堪忍袋の緒が切れた。ある昼休みのことだ。

「樋口くんてすごいよな。その顔で一七年間生きてきたんだから。俺なら、五歳くらいで自殺していたかも。それとも、家に鏡がなかったとか。確かに、俺の子どもがこんな顔だったら……、俺、どんなブスとヤルんだ？　罰ゲーム？　まあ、仮にそうだとしたら、家中の鏡を子どもから隠すだろうね。窓ガラスにもシートを貼ったりしてさ。で、かわいいかわいいって言い続けるわけ。子どもは親の顔を見て、自分も同じような顔だと思い込むから、その言葉を信じる。待てよ、樋口くんって、両親のどっちに似てんの？　息子は母親に似るっていうけど、まさかそのパターン？　だとしたら、きみよりママンの方がストロングハートだな。ってか、よく結婚できたな。そっか、樋口くんの家って、いろいろ会社とか経営しているらしいけど、パパンが婿養子ってパターン？　結婚相手、金で買ったの？」

開いた両手を思い切り机に叩きつけた。バンッ、と想像以上に大きな音がして、一瞬あせったものの、冷静になれたわけではない。むしろ、そんな音など森本の方がまったく気に留めていない様子だった。ヒュッと口笛を吹いて、にやにやと笑っていた。

その顔を美しいとは微塵《みじん》も思えなかった。

「よくもそんな根拠もないことを、自信満々に言えるもんだな。自分は観察眼が鋭いとか真実を見抜く目を持っているとか思ってるんじゃないだろうね。残念だけど、何一つ当たっていない。我が家の玄関には、全身バッチリ映る鏡があるし、この顔は親のどちらにも似ていないし、父は婿養子でもない。そもそも、なんでこんなことをおまえに教えてやらなきゃならないんだ。まったく、時間の無駄だ。こんな無駄を省くために、ついでに教えといてやるけれど、僕は自分の容姿にコンプレックスは持っていない。もちろん、過去にはあった。だけど、そんなものとっくに克服しているんだ、幼稚な連中に鍛えられたおかげでね。まさか、そんな奴が高校生にもなってまだいたなんて。いったい、いつまで成長を止めておくつもりなんだ」

僕も相当失礼なことを言い返した。幼稚さのレベルでは同じくらいに。森本は少しだけ驚いた顔をした。だが、それもすぐに笑いへと変わっていった。

「すごいな、耐え忍ぶ石地蔵かと思ってたら、全然違うじゃないか。まあ、俺を想像力のない幼稚な人間だって判断するなら、勘違いの延長として言わせてもらうけど、樋口くん、きみのコンプレックスは克服されていない。もし、明日起きて、俺になってたらどうする？」

こいつ、もしかして僕の小説を盗み読みしたのか、と疑いたくなるようなことを森本は訊ねてきた。シミュレーションはできていることになる。

「最初は喜ぶよ、きっと。だけど、内面もおまえで、それに取り込まれてしまったら、人生に絶望して自殺するよ」

僕は絶対に起こり得ないことを前提とした質問に、真顔で答えた。森本はついに噴きだした。ぱんぱんと手を打ちながら大笑いする。

「たいした想像力だ。だけどね……」

森本の顔から表情が消えた。

「おまえ、俺の内面とか知ってんの？」

冷たい声だった。だが、僕は怯まなかった。

「多くは知らない。でも、布施くんや僕に対する言動が、おまえが非情な奴だってことを証明しているじゃないか」

しばらく、睨み合いの状態が続いた。するといきなり、森本は表情をやわらげ、お手上げだというポーズをとった。

「おもしろいねえ、樋口くんは。それに、正義感も強い。自分のことは我慢できても、他人が傷つけられるのは許せないって。俺にないものだらけだ。なあ、俺たちしばらく一緒に行動してみないか。仲良くならなくていい。俺はきみの中にコンプレックスが残っていることを証明したいし、きみは、俺の内面をもっと知りたくなったんじゃないのか？　自分の想像した通りだと証明できるかもしれないぜ」

僕は森本の提案の意味を測りかねた。じゃあよろしく、と握手することなどできない。しばらく黙っていると、森本は僕の肩に手を回し、これまでとは違う爽やかな笑顔を見せた。

「まあ、俺と四六時中一緒にいるのは困るだろうな。中学までは一人ぼっちだったけど、この学校に入って友だちができたって感じだし。俺といたら、せっかくできた友だちが遠ざかっていっちゃうもんな。だから、適度な距離での付き合いにしておくよ。そのあいだ、きみはお友だちと仲良くすればいい。かばってやったのに手のひら返すような態度の伊藤くん、ああ、布施くんだったね、とかさ」

ヒュッと胸にナイフを突き立てられたような気分だった。僕は石なのに。最初からこれが目的だったのではないか、と睨みつけたが、森本はニッと笑い返すと、僕に背を向けて教室から出ていった。

腹立たしいはずなのに、僕の目に映った森本の残像を、とても美しいと感じたのは何故なのか。それは今でもわからない。

その日の午後の授業に、森本は出席していない。自分のせいかと気に病んだが、きみのことはぜんぜん気にしていないという態度で布施くんに訊いてみたところ、森本は中学の時からサボりの常習犯だと教えてくれた。まったく何事もなかったかのように。

その後も、森本は三時間目辺りからいなくなることや、午後から登校してくることが多々あった。三日連続の欠席も珍しくなかった。なるほど、これでは一年生の時に森本を認識していなくてもおかしくない。

そうすると、今度は出席日数や単位が気になった。中学は何かと融通が利くとしても、高校はなかなかに厳しい。しかし、これにも布施くんはあっさりと答えを返した。森本の父親は県会議員なのだと。だから学校に顔が利く。特に、うちのような私立には。グラウンドの増築に近隣住民からの反対の署名が集まっていたが、森本の父親は息子の入学と引き換えにそれを握りつぶしてやったのだ。などと、まことしやかに教えてくれた。どこまで信じてよいものか解らなかったが、森本の成績は悪かった。なぜ、断定できるのかというと、週に一度おこなわれる英語と数学のテストを、森本が僕にいちいち見せてくるからだ。毎回、ほぼ一桁だった。

「それに引き換え、樋口くんはえらいよなあ。俺も、定期テストくらいはマトモな点取らなきゃヤバいしさ、ノートを写させてくれよ」

調子よくそんなことを言う森本に、僕はノートを貸した。中学生の頃、普段は僕を無視している奴らが、急に群がってくるのは、難しい宿題が出た時だった。いいよ、とも言わないのに、勝手にノートを奪い取り、僕が一問ずつ丁寧に解いていった問題を、理解しようともせずに書き写していく。ジュースをこぼされていたこともあった。

いいよ、という返事を待った森本は、まだ少しマシなような気がした。

ある晩、自宅で母に、森本という県会議員を知っているかと訊ねた。家でほとんど口を利かない息子が食事の最中に話しかけたことに母は驚いた。それ以上に僕の方が驚かされたのは、母はその議員を知っているどころか、後援会にも入っていたことだ。ダンディでステキな人なのだと、会報まで見せられた。写真を見て、母は政治家の後援会というよりは、俳優のファンクラブに入っている気分なのだろうと思った。

森本の父親らしく整ったベースに、精悍《せいかん》さと力強さが加わった顔だった。

「三年前に奥様を事故で亡くされたのよね」

母はまるで自分が後妻にでもなるチャンスがあるかのように、うっとりした表情を浮かべた後、うん？　と眉を顰《ひそ》めた。

「どうして、そんなことを訊くの？」

「同じクラスの……、友だちがその人の息子なんだって」

友だちという言葉にためらったが、母に詳細を語る必要はない。母は、まあまあまあ、と嬉しそうに顔をほころばせた。

一学期のあいだ中、僕は森本にノートを貸し続けた。互いをもっと知り合おう、などと言って、本当はノートが目的だったのではないかと訝《いぶか》しみながらも、それほど悪い気はしなかった。まず中間テストで、森本は普段のテストからは信じられない結果を出した。どの教科も平均点プラス一〇点取ったのだ。

「樋口くんのノートのおかげだよ。まとめ方がすごく上手いからな。教師になればいいのに。おっと、教師ごときじゃもったいないか」

そんな言葉におだてられていた。ところが、期末テストになると、もう僕とほとんど変わらない点数を取っていた。ノートは関係ない。認めたくはないが、こいつは天から二物を与えられているのだと、あきらめの気持ちが生じた。裏口入学疑惑も、負け犬たちが作りだした遠吠えホラ話だったに違いない。

それでも、森本は僕に感謝の言葉を並べた。

「赤点補習に出なくていい夏休みを迎えられるのは、樋口くんのおかげだよ。ぜひ、お礼をさせてくれ。よかったら、うちに遊びにこないか。最高にもてなすからさ」

礼などしてくれなくてよかったし、余計な気遣いは無用だとも伝えたが、森本は、遠慮するな、いつが空いている、としつこく食い下がってきた。そのうち、もしかするとこいつも孤独で友だちがほしいのでは、と同情の念さえ湧きあがってくるようになった。

僕は夏休みに入った三日目に、森本の家を訪れることになった。高校生になって友だちができたからといって、家まで行ったことはない。人生初の友人宅訪問に、僕はマナーとして何をするべきなのか解らなかった。そこで、母にそのことを伝えた。

母は若干興奮気味に驚いていた。息子が憧れの議員宅に行くのだ。夏休み中はいつも、その辺のスーパーで買った安物のTシャツとゆるい短パンで過ごしていたのに、デパートで有名ブランドのポロシャツとチノパンを買ってきてくれた。有名店の焼き菓子セットと一緒に。

最寄駅まで迎えにきてくれた森本は、僕の姿を見て、腹を抱えて笑った。

「そんな、おめかししてこなくていいんだって」

一気に恥ずかしくなったが、家に到着すると、この格好で手土産まで持たせて送りだしてくれた母に感謝したい気持ちになった。

いかにも金持ちが住んでいそうな洋風二階の洒落た建物だった。

お手伝いさんでもいるのではないかと思ったが、僕たちを迎えてくれる人はなく、僕は菓子折りの入った紙袋を提げたまま、二階の奥にある森本の部屋に通された。森本は飲み物を取ってくると言って、すぐに部屋を出ていった。

僕の部屋との違いは本棚がないことだ。代わりに、最新型のCDプレイヤーがあり、僕の持っている本と同じ数くらいのCDがラックに並べられていた。壁にはポスターが貼られている。洋楽のロックグループ……。

「ボン・ジョヴィ、樋口くんも好き?」

コーラのボトルを二本手にした森本が、戻ってくるなり僕に訊ねた。僕は音楽、特に洋楽についてまったく無知であることを伝えると、お勧めだという最新のCDをかけてくれた。CMで耳にしたことのある曲が流れだし、かっこいいね、と何のひねりもない感想を伝えると、森本は、サビがいいんだよな、とCDに合わせて口ずさみ始めた。流暢な英語の発音に、やはり世の中不公平だと思いながら、僕はコーラをちびちびと飲んだ。

友だちと過ごす夏休みは、これで充分だった。

「じゃあ、そろそろ、もてなしタイムとするかな」

森本はあぐらをかいた両膝をポンと叩いて笑みを浮かべた。

「樋口くんは童貞だよね」

「な、なんだよいきなり」

冷房が効いている部屋なのに、顔から一気に汗が噴きだした。

「隣の部屋に女が裸で待ってるからさ、一時間、好きにしておいでよ」

「はあ、なんだそれ……」

「深く考えなくていいって。樋口くんのことはもう伝えてあるからさ。いつもは一万円取るんだけど、これはノートのお礼。楽しんできてよ」

森本は僕の腕を引いて立ちあがらせ、背中を押して隣の部屋のドアの前まで連れていった。迷惑にもほどがあったが、では、まったく興味がなかったかと問われると、否定はできない。裸の女を生で見てみたい、という欲求は一七歳なりに持っていた。行為自体に及べるかはまったく自信がなかったが、女の肌を触ってみたいという思いもあった。ドアの向こうには、アバズレというのは古臭い表現かもしれないが、セックスなどただの遊びくらいにしか思っていない、その上、金を取ることを目的にしている、不良っぽい女が待っているのではないか。

そんなことを考えながら、僕はノブに手をかけ、内開きのドアをゆっくり押した。背後から、森本に背中をドンと押されて、部屋の真ん中に倒れ込むように入っていった。が、ドアの閉まる音が聞こえた。部屋の奥、窓のある壁際にベッドがあった。

顔を上げると、下着もつけていない姿で、膝を崩してベッドの上に座っている女と目が合った。大きな目をまばたきもさせずに僕を見ている。鼻筋の通った彫りの深い、人形のような顔だ。夏だというのに、骨が透けて見えそうな白い肌をしていた。なめらかな、陶器というよりは、ガラス細工のような。細い首の下には、大きく浮き出た鎖骨があり、細い黒髪が流れるようにかかっていた。そして……、視界に入っているはずなのに、あえて僕は首から下に目をやるまいとした。

見てしまったら、負けだ。胸の内でそう繰り返しながら、再び視線を上げ、女と目を合わせた。と、女が僕に微笑みかけた。途端に、火花が散ってショートしたように僕の頭の中に閃光《せんこう》が走り、真っ白になったかと思うと、暗闇が一気に広がり、ブツリと意識が飛んだ。

最後に感じたのは、両手でつかんだ女の肩がひどく冷たい、ということだった。

まだ幼い、小学校に上がる前、両親が僕から目を逸らしていると感じていた頃、夏に親戚たちと一緒に海水浴に行ったことがある。水泳教室に通っていた僕は自分は泳げるのだと得意になっていた。一応、子どもたちは皆、浮き輪を持たされていたが、ぷかぷかと浮いているだけの従姉たちを尻目に、僕は浮き輪を体にはめず、ビート板のようにして両手をかけ、バタ足をして沖に向かった。中学生たちが遊んでいる飛び込み台まで行って、おーい、と手を振り、砂浜にいる大人たちを驚かせてやろうと思ったのだ。

顔を上げたまま、調子よく足をバタつかせていると、温かかった水が急にヒヤリと冷たいものに変わった。足元が見えそうなくらい透明だった水はいつしか緑色になり、足の下にどんな世界が広がっているのか、想像がつかなくなった。恐ろしくなった僕は遠くに目をやった。沖の向こうを大きな漁船が進んでいくのが見えた。大きな波がゆっくり、ゆっくりと、こちらに迫ってくる。

あっ、と思った時にはもう波に呑み込まれ、浮き輪から手を離し、海の底へと沈んでいった。光が遠ざかり、暗闇に落ちていく。苦しさにもがき続けるものの、ふっと、そこから解放される。そのままゆらゆらと体が浮きあがり、光と空気を感じて……。

僕は目を開けた。と、獣と目が合った。四つん這いになり、顔を真っ赤に上気させた醜い姿。僕だった。ベッドの枕側にある壁にかけられた大きな鏡が、僕の全身を映しだしていた。

あまりの醜悪さに耐え切れず、下を向くと、美しい顔が僕を見あげていた。僕を憐れむような目が、徐々にうるんでいくように見えたのは、彼女が泣いていたからではない。身を引いたが手遅れだった。涙の粒が、彼女の深い鎖骨に落ちた。

その下にある両胸は、指の痕が解るほど赤く腫れていた。

「ゴメン、ゴメンナサイ、すみません」

僕は後退るようにベッドから飛び降り、脱ぎ散らかした自分の服をかき集めて、部屋から出ていった。一人きりになりたかったが、初めて訪れた家は洗面所もトイレの位置も解らない。廊下で急いで服を着て、毛むくじゃらな腕で涙を拭い、森本の部屋に入った。

森本は音楽を流したまま、勉強机についていた。そして、涼しげな顔で振り返った。

「あれ？　早かったじゃん。でも、ちょうどよかった。解んない問題があるんだ」

なんと、夏休みの課題テキストを広げていた。森本を責めたい気持ちはあったが、何も言葉が出てこなかった。

「樋口くん、もしかして泣いてる？　ビビッてできなかったとか。それとも、真珠《まじゅ》がかわい過ぎて、引け目を感じちゃった？　あっ、でも、コンプレックスは克服してるんだったよね」

森本はけらけらと笑いだした。ノートのお礼などではない。僕を貶《おとし》めるための罠《わな》だったのだ。確かに、そんな予告はされていた。しかし、僕は森本と友だちになれていると思っていたのに。

「マジュ、ってあの子のこと」

僕の口から出たのは、怒りの言葉ではなく、彼女についてだった。

「自己紹介もしなかったのか。もしかして、部屋に入った早々、気でも失った？　あいつの名前は真珠と書いて、マジュ」

頭の中に彼女の白い肌が浮かびあがった。真珠とは、まさに彼女そのものではないか。

「きみの、彼女？」

聞いた後で、そんなことはないだろう、と思った。森本がどんなに性悪でも、自分の恋人を他人に差しだして平気なはずがない。だが、そうだ、と答えられた方がマシだった。

「いや、妹だよ」

聞き間違いかと思った。

「同い年くらいって、みんな勘違いするんだよな。中二。まあ、学校あんまり行ってないけど。最初に言っちゃうと、ビビッてできなくなる奴いるしさ。だから、樋口くんもあまり気にし……」

森本の声が徐々に聞こえなくなっていった。妹、中二……。あの子はまだ中学生。なのに、僕は何をした。体の奥から熱いものが込みあげてきた。吐き気か、怒りか。拳を握りしめ、壁に思い切り叩きつけた。それでも、腹の中でたぎるものは、出口を求めて湧きあがってくる。

「おまえは悪魔か！」

獣の咆哮《ほうこう》のような声は、自らの鼓膜も震わせた。僕は全力で走って森本の家を後にした。電車に飛び乗り、大きく息をつくと、近くからくすくす笑う声が聞こえた。乗客たちが僕の方を盗み見ては笑っていた。

皆、僕が何をしてきたのか見透かしているように。やめてくれ、と叫びたいのを必死でこらえ、僕は石になりきったままどうにか家に辿りついた。玄関の鏡を見て、裏返しになったままのポロシャツを着ていたことに気づいたが、皆が笑っていたのは、やはり僕の醜い顔ではなかっただろうか。

ほら、獣が泣いてるよ、と。


森本の家でのことを訊きたがる母を無視して、部屋に閉じこもった。

森本は妹を売っている、悪魔のような奴だ。

だけど、衝動にまかせて彼女をねじ伏せた自分もまた、悪魔なのではないか。冷静になれば、いつものように心を石にすれば、毅然とした態度で彼女の部屋を去り、森本に二度とこんなことをするべきじゃないと言い聞かせることができたはずだ。

そもそも、身内とはいえ、森本のやっていることは犯罪なのではないか。彼女……、真珠さんは抵抗しなかったからといって、受け入れているとは限らない。拒否すると、森本から酷い仕打ちを受けるのかもしれない。

県会議員の父親は知っているのか。いや、知れば即刻やめさせるはずだ。二人を同じ屋根の下に住まわせておくはずがない。真珠さんはあまり学校に行っていないと言っていた。それも、森本がしていることのせいではないのか。彼女もまた、心を石にして、日々をどうにかやり過ごしているのかもしれない。

真珠さんを救いたい。どこに行けば、誰に相談すれば、彼女は救済されるのか。学校か、警察か、市役所か。だが、何と訴える。彼女を犯した僕が、いったい何を言える。自分も罪に問われる覚悟で告発できるほど、僕は強い人間ではなかった。都合のいい、自分が傷つかない範囲で、彼女のために何ができるか、などと甘っちょろいことを考えていた。自分のことを卑怯者だと思いもせずに。

救う、助ける、そんな言葉を掲げつつ、僕はただ真珠さんに会いたいだけだったのだ。

自主参加の夏期講習に森本が来るとは期待していなかったが、僕が教室に入ると、彼はすでに自分の席についていた。森本の家を訪れてから、三日経っていた。

「樋口くん、おはよう。酷いじゃないか。きみに教えてもらいたい問題があったのに、帰っちまうなんて」

森本は何事もなかったかのような笑顔で、テキストを片手に僕のところにやってきた。

僕も、どの問題？　とだけ訊ねて、自分のテキストの当該ページを開いて机の上に置いた。そうして、その場で答えを書き写す森本の耳元に顔を近づける。

「大事な相談があるんだけど。講習の後に、いいかな」

「いいよ。二人で仲良くハンバーガー食いながら、って話じゃなさそうだし、屋上にでも行こうか。誰が見ても、ボコられるとしたら俺の方だから、邪魔は入らないだろ」

森本はおかしそうに笑った。二人で隠れて無修正のエロ本でも見るような、傍からはそんな相談をしているように見えたかもしれない。森本の顔だけ見れば。

真夏の屋上など、屋根のないサウナのようなものだ。風もなく、給水タンクの陰に入っても、じっとりとした空気がまとわりついてきて、体中から汗が噴きだした。同じ場所にいるのに、森本は涼しげな様子で、僕が何を言いだすか、にやにやしながら待ち構えていた。怒られるとか、責められるといったことは、微塵も想像していないようだった。

僕は口を開くよりも先に、制服のズボンのポケットから封筒を出して、森本の顔の前に突きつけた。森本はハエを払うような手つきで封筒を取り、中を覗いた。ヒュッと口笛が鳴る。三万円入った封筒だ。

「それで、真珠さんにまた会わせてほしい。後、金が必要な時には僕が払うから、他の奴に真珠さんを売らないでくれ」

唇にやわらかい感触がした。森本が人差し指を僕の口に当てたのだ。記憶が定かでないのに、真珠さんの指先の感触を思いだしたような気がして、ドキリと胸がはねた。

「売る、なんて言っちゃダメだよ。まあ、そういう用件だと予想はしていたけどね。善悪のはざまで葛藤したけど、やっぱり快感が忘れられなかったってことだろ。俺、勘違いしてたけど、樋口くん、最後までやったんじゃん。あれは、感動の涙だったんだな」

森本の軽口に再び怒りが込みあげてきたが、グッとこらえた。真珠さんに会えなくなってしまう。

「いいよ。三万だから、まずは三回。お友だちサービスで四回にしてやるよ。他の奴から頼まれても断る。まあ、金に困ってこんなことやってるわけじゃないからね」

「じゃあ、何で」

「うーん。それを打ち明けるほど、俺ときみは親しくないよ。で、いつがいい？」

僕が、できるだけ早く、と告げると、森本は二日後の午後を指定した。

「それから、真珠さんには、服を着ていてほしい」

「何？　樋口くん。脱がせるところからやりたいの？　もしかして引き裂いちゃう？　見かけ通りの野獣だけど、ほどほどにしておいてよ。この前みたいな痣《あざ》、あれ以上増やされたら、パパンに怒られちゃうからさ」

真珠さんの赤くなった胸を思いだし、頬が上気した。これ以上森本といると、のたうちまわってしまうほど心がかき乱されそうで、僕は、じゃあ、と片手をあげ、急いで屋上を後にした。呼吸が乱れているものの、僕の足取りはそれほど重くなかったはずだ。

真珠さんに会える。ただそれだけで、胸が弾む思いがした。

午前中に学校で用があったため、一度帰宅したものの、制服姿で家を出た。こちらの方が自分を律することができそうだった。玄関で会った母は、僕が本屋にでも行くと思ったのか、何も言わなかった。夏休みの平日の昼に、高校生の息子が出かけるからといって、心配する親などいないだろう。

家の場所は解るので、駅から一人で向かい、ドアフォンを押した。出てきたのは森本で、すぐでいいよな、と僕を真珠さんの部屋の前に残して、隣の自室に入っていった。

ゆっくりノックしたが、返事はなかった。おそるおそるドアを開け、中に入ると、真珠さんは前回と同様、ベッドの上に膝を崩して座っていた。しかし、今回は水色のワンピースを着ていた。胸元の白いリボンがかわいらしく、真珠さんによく似合っていた。

「こ、こんにちは」

僕はできる限りの笑顔を作り、ベッドの脇にあぐらをかいて座った。何から切りだしたものか。しばらく沈黙が続いた。と、シュルッという音がした。真珠さんがワンピースのリボンをほどいたのだ。

「あー、いい、やめて」

僕は両手を前に突きだすようにして真珠さんを制した。真珠さんはリボンに手をかけたまま、きょとんとした目で僕を見返した。

「このあいだは乱暴なことをしてゴメンなさい。今日は、真珠さんと話がしたいんだ」

どうにか言えた、と安堵した僕の心臓がいきなりはねた。突きだしたままの僕の手を、真珠さんがやわらかくつかんだのだ。その上、手に顔まで近づけてきた。耳の奥で鼓動のボリュームがどんどん大きくなっていく。血管が切れて、倒れてしまうんじゃないかと思うほどに。石になれ、石になれ、と頭の中で念じた。

「……がする」

真珠さんの口から吐息のような声が漏れた。

「えっ？　何だって？」

僕はわざとらしく大きな声で訊ねた。

「調理実習の匂いがする」

すぐに合点がいった。名残惜しさはあったけど、真珠さんの手が乗った自分の手をゆっくりと引っ込め、自分の鼻先へと運んだ。なるほど、バターの香りが残っている。

「午前中に、部活があったんだ」

「部活？」

こんな下衆《げす》な自分がボランティア部とは、口が裂けても言えない。

「こう見えて僕、クッキングクラブなんだよ。今日は、マドレーヌを焼いたんだ」

「マドレーヌ、好き」

真珠さんの頬がほころんだ。ああ、中学生だな、と安心できるようなあどけない笑顔だった。余裕を持たせて作ったのだから、一つくらいもらってくればよかったと後悔した。が、すぐに思いだす。

「このあいだ持ってきた……。お土産の中に、マドレーヌがあったと思うんだけど」

言いながら、思いだしたくもないことと同じ日の出来事だったことに気づき、声がしぼんでいった。しかし、真珠さんはまったく気にしていない様子で、あれか、と思いだしたそぶりをした。

「オレンジやレモンが入ったのは、あまり好きじゃない」

口をとがらせながらそう言った。僕の中で、温かい何か、ポップコーンのようなものが小さくはじけた。

「僕と同じだ！　小麦粉と砂糖とバターだけでできたのが、一番おいしいよね。でも、アーモンドスライスは許せるかな」

「あと、つぶつぶのチョコレート」

「うん、それもいい。だけど、やっぱりプレーンかな。バニラエッセンスを入れてさ」

「わたし、あれ、なめたことがある。とても、苦かった」

真珠さんは顔をしかめながら言った。

「それも一緒だ。バナナの味でもするのかなって思ったのに」

「そうそう、バナナエッセンスと勘違いしてた」

真珠さんがくすくすと笑う。僕も笑う。涙が頬を伝った。どうして、今日が初めてじゃないんだろう。だけど、この時間を止めたくない。僕は、この涙は笑い過ぎのせいで出ているのだ、というふうに、ひゃっひゃと腹をかかえ、手の甲でグイッと目元をぬぐった。

「お菓子作りは好き？」

姿勢を改めて訊ねた。

「好き。調理実習で一回作っただけだけど。学校のオーブンは古いから温度の調節が難しくて、こがしている班がたくさんあったのに、わたしは、上手に焼けたの。班の子たちが、おいしいって喜んでくれた」

「また、調理実習したい？」

「うん」

大きく頷いた後、真珠さんは顔を曇らせた。僕の訊き方がまずかったのだ。調理実習をするには、学校に行かなければならない。

「真珠さんの家の台所には、オーブン、ある？」

「あったと、思う」

「じゃあ、今度、一緒にマドレーヌを作ろうよ。部活で使ったレシピがあるから、それを見て。材料も持ってくる」

「本当にいいの？　だけど、お兄ちゃんが……」

「森本には僕から頼んでおくよ」

真珠さんは安心したように頷いた。ウエノさんにオーブンの掃除を頼んでおかなくちゃ、と言うのを聞き、この家に週に三回、お手伝いさんが通っていることを知った。森本はお手伝いさんが来ない日を僕に指定しているということも。当然といえば、当然のことだ。

一時間経ったので、森本の部屋に顔を出して辞することにした。次は、台所を使わせてほしいと頼んだ。

「裸エプロンかい？　樋口くんもいろいろ目覚めてきてるじゃん。好きにすればいいよ」

　森本はからからと笑いながらあっけなく了承してくれた。

　一時間謝り倒す覚悟でいたのに、真珠さんは僕を責めたり、軽蔑の眼差しを向けたりすることは、まったくなかった。思いがけない楽しい約束まででき、僕はうきうきしていた。夏休みにそんな気分になったことなど一度もなかった。

　今年の夏は一生忘れられない思い出となるだろう、などと夢想していた。


　小麦粉、砂糖、バターといったマドレーヌの材料、型、敷紙、それらに加えて、学校の購買部で一番小さいサイズの白衣を買った。購買部にエプロンや割烹着は売っていないので、部活の時には皆で、白衣を着ることにしている。

　真珠さん用にかわいいエプロンでもと考えたが、森本のからかう声が蘇り、却下した。

　学校を思いだしてつらくならないだろうか、などと危惧《きぐ》するのは、僕の場合、大概は物事の直前になってからだ。ドアフォンを鳴らした後にそんなことに思い至っても、もう遅い。ドアはなんと、真珠さんが開けてくれた。森本はCDを買いにいっているのだ、と。

台所の真ん中にある広いテーブルに持参したものを置き、まず、白衣を渡した。

「火傷《やけど》をしたら困るから、袖《そで》があるものの方がいいかと思って」

とっさに考えた言い訳だった。だが、真珠さんは何も気にする様子なく、白衣を広げて、わあ、と声を上げた。

「博士みたい。わたしが着ていいの？」

僕が答える間もなく、ピンク色のワンピースを着た上から、袖を通し始めた。そもそも、中学校で白衣を着ることなどない。そんな単純なことを思いだしながら、僕も持参した白衣を羽織った。

台所にはオーブンの準備だけでなく、秤《はかり》や篩《ふるい》、ボウル、木ベラといったマドレーヌ作りに必要なものが全部、調理台の上に並べられていた。ウエノさんは気が利く人なのだな、と思いながら、僕はザラ紙にプリントされたレシピを一枚、真珠さんに渡した。

「じゃあ、始めようか。メインは真珠さんで。僕はアシスタントの役割をするよ」

恰好をつけてそう言ったものの、自分が主導権を握るのではないかと予測していた。前回、真珠さんは想像以上に積極的に話しかけてくれたものの、マドレーヌの話題以降は、焦点のいまいち定まっていない目でぼんやりしている時間の方が長かった。発達に少し遅れがあるのかもしれない、などと考えた。そのせいで、学校でいじめられ、不登校になったのではないか。そのせいで、森本に利用されているのではないか。

真珠さんは自分がされていることがどういうことなのか、理解できていないのではないか。

だが真珠さんは、ペースは遅いものの、レシピを一項目ずつ声に出して読みあげ、着実に作業をこなしていった。難を言えば、計量が大ざっぱなところだが、味や出来栄えに支障が出る範囲ではない。僕の初回は、小麦粉も上手に篩うことができず、学生服が真っ白になってしまったので、白衣を着ることになったのだが、真珠さんには白衣がいらないほどだ。

驚きを隠せないまま、真珠さんの横顔を凝視していると、突然、鼻先に何かが伸びてきた。バニラエッセンスの瓶だった。

「なめてみる?」

いたずらっ子のような笑顔に、胸を締めつけられる思いがした。僕は瓶の先端を指先で触れ、ペロリと舐めた。少し苦い味がしただけだったが、大袈裟《おおげさ》に、オエーと舌を出してみせた。真珠さんは、きゃっきゃと声を上げて笑った。

鉄板に型を置き、紙を敷いて、生地を流し込む。最初に焼く分には、チョコレートは入っていない。

予熱したオーブンの上下段に鉄板を入れる。それだけが僕の仕事だった。重いから入れて、と真珠さんに頼まれたのだ。僕が真珠さんを喜ばせたくて提案したことなのに、真珠さんが僕を喜ばせてくれている。いや、互いに楽しんでいるのだ。

その証拠に、焼き上がるまでの一五分間、二人で顔を寄せ合い、オーブンの中を覗き続けた。徐々に広がっていく香ばしいバターの匂いは、幸せの象徴ではなかっただろうか。

全部焼き終えた頃、森本が帰ってきた。

「何やってんだ？」

少し厳しめの声とともに、台所のドアがバンと開き、真珠さんが身を強張らせた。僕はそれをかばうように一歩前に出て、平然とした口調で答えた。

「調理実習だよ」

森本は一瞬、ポカンと口を開け、視線をテーブルに落とした。マドレーヌは金のふちどりのついた白い平皿に、真珠さんがきれいに並べていた。森本はそれを一つつかみ、ゴミを払うように紙を剝いでかぶりついた。森本らしくない荒々しい食べ方に、何か怒らせてしまったかと、僕の背筋にも若干の緊張が走ったのだが……。

森本は手に残ったマドレーヌを頰張り、ごくりと飲み込んだ。

「うまいな、これ。二人で作ったの？」

「いや、ほとんど真珠さんだ」

「へえ、すごいじゃん。樋口くんの高級手土産のよりおいしいよ」

森本が言った途端、真珠さんの頰がほころんだ。一緒に食べよう、と森本に椅子をすすめたが、邪魔はしないよ、とマドレーヌを二つ持ってでていった。

「樋口くん、おもしろいプレイだね」

余計な捨て台詞《ぜりふ》を残して。だが、その後のお茶の時間は最高のひとときとなった。真珠さんの、焼きたてのマドレーヌの甘い香りを、胸いっぱいに吸い込もうとする顔。口を大きく開けてかじる顔。おいしい、とうっとりつぶやく顔。一つ一つの表情が僕の頭に刻み込まれていった。

今度はクッキーを作ろうと約束して、僕は森本家を後にした。

その後、週に二度のペースで森本家を訪れ、真珠さんとお菓子作りをした。

プレーンの生地とココア生地を使って作る市松模様やうずまき模様のクッキーは、真珠さんには少し難しかったようで、僕が七割くらい手を貸した。そういうお菓子を提案して、僕は真珠さんに頼られたかったのだが、真珠さんはまたマドレーヌをリクエストしてきた。二度目のマドレーヌは、オーブンに鉄板を入れる作業も自分ですると言った。残念ではあるものの、彼女の満足感にあふれる顔は、僕の心も満たしてくれた。

気のせいか、目に生気が宿り、輝きが増したようにも思えた。

四度目、正確には五度目、の訪問を終えた後、僕は森本に追加の金として三万円入れた封筒を渡した。高校生にとっては大金だが、これまで使うアテもなく無駄にたまっていった小遣いは、この夏のため、いや、これからのためにあるのだと、まったく惜しむ気持ちは湧いてこなかった。

だが、森本は封筒を突き返してきた。

「金はいいよ。材料代とか、けっこうかかってるだろうし、俺も毎回、食ってるし。あと、夏休みの宿題、写させてほしいし」

最後のは照れ隠しのように思えた。僕は素直に封筒を自分のズボンのポケットに押し込んだ。それからは、少し多めに材料を買っていくことにした。母からはついに、いったい何をしに行っているのだと訊かれたが、森本と菓子作りをしているのだと答えると、近頃の男の子は変わってるわねえ、などと納得できない様子はあったものの、引き留められることはなかった。ちゃんと片づけをして帰るように、と念押しされただけだ。

「森本先生にはご挨拶《あいさつ》したの？」

そう訊かれたが、あの家で二人の父親に会ったことはなかった。そもそも、僕はどんなに遅くても五時前には森本家を辞していた。母のミーハー心をかきたてる報告をするために、一度会ってみたいとも思うようになった。

盆も過ぎ、夏休みもあと二週間弱となった頃だった。学校の図書室で森本に宿題を写させてやっていると、突然、今晩家に来ないか、と誘われた。お手伝いのウエノさんが体調を崩したため、二日ほど、弁当を買ってきてしのいでいるのだという。

「僕に夕飯を作れ、ってこと？」

「いや、調理実習だ。真珠も菓子ばかりじゃなくて、簡単な料理くらい作れるようになれたら、この先、役に立つんじゃないかと思ってさ」

役に立つ、という言葉は引っかかったが、悪い気はしなかった。

「ならいいけど、僕もお菓子しか作ったことがないんだよ」

「樋口くんなら、理科の実験だと思えば簡単だろう？　今日は俺も手伝うよ。案外、器用なんだ。そうだ、そのまま泊まっていかないか。ちゃんと、俺の部屋に布団敷くからさ。たまには、俺とも語り合ってくれよ」

森本のことは信用できないままだったが、今の自分なら裸の真珠さんと二人きりにされても、理性を失うことはないだろうという自信はあった。泊まるのは親に確認しなければならないと伝え、とりあえず、二人で料理本のコーナーに行き、いかにも調理実習らしいハンバーグのページをコピーした。

買い物も今回は、森本の家の近くのスーパーで二人ですることになった。

「樋口くんのとこから俺の家まで、自転車では来られない？」

「二〇キロくらいだから、がんばれば行けそうかな。買い物もあるし、今日は自転車を試してみるよ」

「それはぜひ。樋口くん、菓子ばっかり食ってるから、この夏でかなり太ったもんな」

森本はけらけらと笑った。僕は自分の腹を見た。盆明けの部活で久しぶりに制服を着たら、ズボンのベルトの穴がこれまでのところに届かず、一つずらしたが、他人が見て解るほどに太ったという自覚はなかった。

そして気がついた。醜いというコンプレックスを自覚している時でさえ、玄関の姿見の前で一度立ちどまり、どこかおかしいところはないかと確認していたのに、森本家を初めて訪れた日、ひっくり返ったポロシャツを着た哀れな姿を見て以来、僕は鏡から目を逸らし、その前を走り抜けるようになってしまっていたことに。

自分の容姿と真珠さんが不釣り合いなことから、目を逸らそうとしていたのかもしれない。

泊まることについては、母はさすがに難色を示したが、お手伝いさんが来られない話をすると、しぶしぶ許可してくれた。

「森本先生の息子さんだし、あんたのことも信用しているけど、ハメを外した行動は慎むのよ」

玄関で僕に、もらいものの桃とぶどうを持たせながら、そんなふうに釘を刺してきた。ところが、僕がおざなりな返事をするのを聞き終えないうちに、そうだわ、と家の奥に行ってしまった。まだ土産を持たせるつもりだろうか。うんざりした気分で、鏡に映る自分を見た。

あの日と同じ服だ。母にどうしてもこれを着ろと言われたのだが……。いや、もう大丈夫。あの日の僕ではない。自分を睨みつけ、ポロシャツの襟《えり》を正した。若者のあいだでは襟を立てて着るのが流行っていると、朝の情報番組で見た憶えがあるが、自分には似合わない。そうする必要もない。

母はインスタントカメラを片手に戻ってきた。

「これ、あと三枚残っているのよ。せっかくだから、森本くんと撮ったら？」

ついでのような言い方だったが、目は、撮ってこい、と命令するかのようだった。

「森本がオッケーならね」

僕は仕方なさそうにカメラを受け取ったが、真珠さんの写真を撮る口実ができたことに、まんざらでもない気分でいた。

真珠さんはマドレーヌの時ほどではなかったが、初めてのハンバーグ作りを楽しんでいるように見えた。普段は、森本に対して、緊張しているようなところもあるが、この日の森本は言葉尻に棘《とげ》を含ませることもなく、涙を流しながら玉ねぎを切ったり、ハート形のハンバーグを作ったりと、心底楽しんでいる様子だったので、それを受けて、真珠さんもリラックスできたのではないかと感じた。

「女子は授業中に、こんなおもしろいことやってたんだな」

森本がそう言った時だけ、少し顔を曇らせたが、ハンバーグが焦げかけていることに気づき、それどころではなくなったのか、しっかりとした顔つきに戻って、作業を進めていった。

付け合せに、キャロットグラッセといんげんのソテーと粉ふきいもを作り、僕の持ってきた果物もガラスの皿に盛りつけ、食事の支度は完了した。

僕は、さも今思いだしたというふうに、台所の片隅に置いていたリュックからカメラを取りだした。

「母にあと三枚だからって押しつけられたんだけど……、二人がイヤならハンバーグでも撮っておくよ」

「そっか。じゃあ、みんなで撮ろうぜ。三枚だろ、一人ずつ順番に押せばいいじゃん」

森本はおもしろそうにカメラを取りあげ、僕と真珠さんを並ばせた。睫《まつげ》の長い目で僕にウインクを寄越し、魂胆はみえみえだぞと合図した。次に、僕がシャッターを押した。美しい兄妹に、母は大喜びするのではないか、などと思いながら。最後に、僕と森本が並んだ。森本が肩に腕をかけてきたので、僕も同様に返した。

仲の良い親友同士のように、僕たちは一つの枠に収まった。

ハンバーグは多少焦げたものの、味はまずまずの出来だった。真珠さんがにんじんが嫌いなことを、カラになった皿を見て森本が褒めるのを聞いて、知った。

「バターの味だったから」

真珠さんがそう答えるのを聞いて、僕は今度のお菓子作りはキャロットクッキーにしようと提案した。真珠さんは、そこまでがんばりたくない、と頬を膨らませた後に、嘘、と言いながらプッと噴きだして笑った。

笑っていたのだ、その時までは。

「片づけだけどさ、樋口くん頼むよ。そのあいだに、真珠は風呂の支度な。俺は樋口くんの布団を用意するからさ」

全員が食べ終えた頃、森本が言った。それを聞いた真珠さんの顔が強張ったのを僕は見逃さなかった。僕が泊まると知ったからだ、とすぐに察した。違うんだ、真珠さん、あの日のようなことはもうしないから。胸の中で叫んだが、言葉にすることはできなかった。

仲良くなったつもりでいたが、まだ警戒されている。だが、何もないまま夜が明ければ逆に、信用を得ることができるのではないか。これは汚名返上のチャンスなのだ。僕は自分にそう言い聞かせ、表情が硬いままの真珠さんの方をなるべく見ないようにしながら、洗い物を始めた。

何もないまま夜が明ければ……。

真珠さんの姿を見ないまま、風呂から出た僕は森本の部屋に入った。ベッドの下に清潔そうな布団が敷かれていた。僕はその上にあぐらをかいて座り、ぼんやりと真珠さんの部屋の方を眺めた。何も音が聞こえないのは、森本家が我が家のような古い木造ではなく、防音壁が使用された鉄筋住宅だからか、真珠さんがもう寝ているからなのか。

静けさに耐えかねて、何か音楽を流そうと思った。勝手に触っても、CDプレイヤーくらいなら怒られないだろう。そう思って立ち上がったところに、風呂上がりの森本が入ってきた。うわ、と声を上げてしまう。

「何、樋口くん、真珠の動向に聞き耳たてようとでもしていたの?」

「そんなこと……」

「部屋の中じゃ無理だよ。廊下に出なきゃ」

森本はけらけらと笑い、テーブルの上に缶を二本置いた。確かに、廊下では森本の部屋から流れる音楽がよく聞こえていることを思いだした。

「というか、それ、ビールじゃないか」

森本はまた、僕を悪い道に引き込もうとしている。ため息が出てきた。

「マジメだねえ、樋口くんは。ビールなんてほとんどの奴が中学の頃から普通に飲んでるよ。味見くらいしてみたら？　こんなのジュースと同じだから」

森本は缶を一つ開けて、僕に差しだした。キンキンに冷えていることが一目で解るほど、缶の表面に汗が浮かんでいる。喉は渇いていた。舌の奥の方に唾がたまった。これくらい、いいのではないか。部活の連中と話している時に、親父にビールを飲まされた、と言っていた奴がいなかったっけ？

一口だけ。そう思いながら缶を口に運んだが、冷たい液体が喉を通った瞬間、僕の全身がそれを欲した。ごくごくと喉を鳴らし、気がつくと、半分くらいなくなっていた。

「いい飲みっぷりじゃないか。俺より強い。人に勧めておいてなんだけど、俺は一本飲むと顔が真っ赤になってバタンキューなんだ」

森本は愉快そうに言いながら、もう一つの缶を開け、ゴクリと飲んで、アー、と気持ちよさげな声を上げた。

「音楽、かけたかったんだよな」

にやにやと笑いながらCDを選び始める後ろ姿を見て、僕はまた自分がからかわれたことに気がついた。そうなると、逆に否定したくなる。

「いや、真珠さんのことが気になっていたんだ。僕が泊まるって知ったら、急に元気がなくなったから」

「そうかな。樋口くんの勘違いだと思うよ。無口になったのは、単に疲れたからじゃない？　あいつ、はりきってたからね」

森本は背中を向けたままそう答え、CDをセットした。意識しているのかいないのか、初めてこの部屋を訪れた時と同じものだった。ボン・ジョヴィを聴きながらとっとと寝てしまおうと、ビールをぐいっと飲み干したら、森本は黙って部屋を出て、もう一本持って戻ってきた。

やぶれかぶれでそれも飲み干し、僕は森本に背を向けて横になり、夏布団を頭からかぶって目を閉じた。

目を覚ましたのは朝が来たからではなく、トイレに行きたくなったからだ。三五〇ミリリットルのビールを二缶も飲んだのだから仕方がない。幸い、部屋には豆電球が点いていたので、森本を起こさないよう、音を立てずにそっと部屋を出ていった。二階のトイレは廊下の突き当たりにあることも、もう知っている。

真珠さんの部屋の前で、つい、足を止めてしまった。すると、部屋の中から物音がした。何だこれは、と息が止まりそうになる。

ベッドの軋《きし》む音。声を押し殺したような真珠さんの喘ぎ声。男の荒々しい息遣い……。

鼓動が速打ちを始め、呼吸がそれに追いつかず、ハンバーグの匂いがする吐き気が込みあげてくる。と、暗闇の中で視線を感じた。あっ、と声が漏れそうになる僕の口を、すぐ隣に立っていた森本が片手で塞ぎ、空いた方の手で僕の腕を引いた。

僕はされるがままの状態で、森本の部屋に引きずり込まれた。

「どうなってる……」

森本はいつかの時のように、僕の口に人差し指を当てた。そうして、僕の耳元に口を寄せてささやくように言った。

「あれは、うちのパパンだ」

言葉の意味を理解しかねた。長い導火線に火をつけられた爆弾が破裂する寸前に、森本は僕の口に枕を押し当てた。無音のまま体内で爆発した驚きと怒りのせいで、眩暈《めまい》を起こしそうになり膝をつくと、今度はガンガンとハンマーで頭を殴られるような痛みに襲われた。

「きみに話したいことがあるんだ。あいつはきみが家に来ていることを知らない。足音を立てずに、一緒に外に出てくれ」

そんなことを言われなくても、今すぐその場を立ち去りたい気分だった。枕元に畳んでおいた服を持参していたリュックにつめると、パジャマがわりのTシャツと短パンのまま、森本の後について部屋を出た。

真珠さんの部屋からはさっきと変わらない音がまだ漏れ聞こえている。僕は耳を塞いで階段を下り、外に出た。自転車を押して家の前の道まで出ると、森本が当然のような顔をして荷台にまたがった。

「駅にでも行こうか。おしっこ、してないままだろ」

森本はうすら笑いを浮かべているように見えたが、僕は目に見えているもの、いましがた耳にしたことが、夢なのか現実なのか、判断がつかなくなっていた。夢ならいい。現実だとしたら、電柱にでもぶつかって、記憶喪失になってしまいたい。

森本を自転車の後ろに乗せたまま、駅まで続く坂道をブレーキをかけずに下っていった。残念なことに、信号は全部点滅、車も一台もすれ違うことなく、到着してしまった。

ロータリーにある時計は、午前一時五分を指し示していた。

この田舎町では真夜中であるはずなのに、待合室には煌々《こうこう》と明かりが灯っていた。中には誰もいなかったが、空き缶やスナック菓子の空き袋が置き去りにされたベンチには、ついさっきまで人がいたような気配が漂っていた。

「明るいうちに、おしっこしてきなよ」

森本に言われ、待合室奥のトイレに行った。用を足した後、洗面所で顔も洗った。そして、鏡に映った自分の顔におののいた。かつて見たこともないほど、白目が真っ赤に充血していた。石地蔵の顔にナイフを二回突き立てたら、赤い血が染みだしてきた。そんな顔だった。

森本は待合室ではなく、外のベンチに座っていた。あいだを空けて隣に座ると、スポーツ飲料の缶を差しだされた。僕はリュックを持っているとして、森本もあの短時間のあいだに財布を用意したのか。

いや、こういう流れになるように仕組まれていたのだ。

「僕にわざと気づかせようとしたの？　その、真珠さんが、お父さんに……」

言いながらも、まだ信じられなかった。

「樋口くんは、前に、俺のこと、悪魔だって言ったよね。その理屈で言えば、うちにはもう一人悪魔がいることになる。妹を金で売る悪魔。娘を犯す悪魔。どっちの悪魔の方が酷いと思う？」

何も答えられず、頭を落ちつけるためにも、缶のプルタブを引いた。と、待合室の電気が消えた。トイレに行った時には気がつかなかったが、奥の事務所に駅の係員がいたのか、待合室のドアは閉められ、白いカーテンが引かれている。

時刻は一時半になっていた。

「この駅から一日の最後に出る公共の乗り物は、午前一時発、ドリームランド行きの夜行バスなんだ」

森本も時計を見ながら言った。明るい盤面に蛾がたかっている。

「なんでそんな時間に？」

「ここが始発じゃないし、向こうの開園時間から逆算したらそうなったんじゃない？おかしいよね。上下線とも一時過ぎの最終電車を逃したら、家に帰れないのに、遠い夢の国には行けるなんてさ。樋口くん、行ったことある？」

「いや、ないよ」

家の近所の公立高校に進学していれば、今年の五月に修学旅行で訪れていただろうが、神倉学園には修学旅行がない。

「行ってみたい？」

「どうかな」

絶叫マシンが揃っているようなところならまだしも、お城があるようなメルヘンチックな遊園地で楽しむ自分の姿を想像することができなかった。

「だよな。そもそも夢の国なんて、人それぞれ思い描くものは違うはずなのに、誰かが造った目に見えるものや形あるものを、これが夢の国ですよ、って堂々と言い切っているところがおこがましいと思うんだ」

一理あると頷いた。

「でも、連れていってもらうのを楽しみにしていた頃もあった。しかも、中二。俺って人一倍ピュアだったんだよな。家で何が起きていたのか、俺一人、一年くらいずっと気づいていなかったほどの、間抜けなピュア」

森本は自虐的に笑い、スポーツ飲料を数口飲んだ。多分一度きり。訊き返してはならない話が始まる気配に、僕も喉をうるおした。僕は森本の顔に視線をまっすぐ向けたが、森本は伸ばした脚の少し向こう、誰かが一度だけ踏んだ、まだかたまり切っていないガムの残骸を見ながら、口を開いた。

「パパン……、いや、父が真珠に初めて手を出したのが、小学五年生になったばかりの頃。生理が始まって、これで解禁とでも思ったのか、あいつの頭の中だけは解らない。そこそこ裕福な家に生まれて、世間で言うところのエリート街道を歩んできた中に、頭がおかしくなる要素なんて見当たらないのに。実の娘を犯しても許されるような境遇なんて、ありえないんだけどな。まあ、もともと頭がおかしかったんだろう。あの見た目で、周囲が勝手に善人に仕立てあげてくれるから、これまでに何か兆候があったとしても、見落とされてたんだろうな」

母に見せてもらった森本議員の会報の写真や、母のはしゃぎぶりを思いだした。議員の顔が僕のようだったら、母は後援会に入っていただろうか。

「真珠は誰にも助けを求められず、心を閉ざしてしまった。魂抜かれて人形になったみたいに。でも、俺は学校でいじめにでもあったんだと思っていた。あいつの顔は、我が家の中でも化学反応が起きたかのような最高傑作だろ。女子は嫉妬深いからな」

僕は森本や真珠さんの母親の顔は知らない。勝手に真珠さんが大人になったような顔を思い浮かべ、絵に描いたような美しい家族なんだろうな、と想像していたが、どうやらそうではなさそうだ。

「樋口、今、うちの母はブスだって思ってるだろ。普通にきれいな人だったよ。明るくて、笑顔がチャーミングで……。真珠の内面は母譲りなのかもしれない。心がとても脆《もろ》い人だったんだ。旦那が娘にしていることに、割と早い段階で気づいたんだろうな。だんだん具合が悪くなって、やせ細って、目だけが異常にギラギラしていて。それさえも、選挙が近くなったから忙しいんだろうと、俺は思ってた」

パン、と二の腕に衝撃を受けた。ハッとして顔を上げると、森本が手のひらを目の前に突きつけてきた。つぶれた蚊の周りが赤く染まっている。僕の視線はいつのまにか森本から外れ、空をさまよっていたようだ。

「まだ、本題に入ってないんだ。コーヒーでも買ってこようか」

森本は両手をこすり合わせてつぶれた蚊を落とすと、腰を半分上げた。

「ゴメン、大丈夫。こう見えて、ちゃんと起きてるし、話も全部聞いてるから。ただ、内容を現実として受けとめるのに必死で、相槌《あいづち》とか打てなくて」

「そういうのはいらない」

森本は気を悪くした様子もなく、ベンチに座り直して長い脚を組んだ。僕はムズムズしてきた二の腕を二、三回掻いた。不真面目に思われたかと、ゴメンと小さく謝る。

「蚊も、なんで樋口の血なんて吸うかな。毛むくじゃらの腕にとまってさ。案外、見抜かれてるのかもしれないな。内面ってやつを」

これにも僕は答えられず、黙っていた。下がった視線は、やはりガムのところで留まってしまう。誰かが吐きだし、誰かが踏んだ、汚物の象徴のようなものなのに。

「なあ、樋口。俺とドリームランドに行かないか」

「はあ?」

「ってなるよな。さっき、あれだけ否定したのに。……夏休みの直前に、母が俺と真珠に同じ提案をしたんだ。真珠はいつもはボーッとしてるのに、あの時は喜んでたな。ずっと前から行きたがっていたし。俺は仕方ないなって顔しながらも、二つ返事でオッケーだ」

「じゃあ、行ったこと……」

「ない。夏休みの最後、八月二九日から三一日までの三日間で、父以外の三人で行くことになっていて、チケットもホテルの予約もできていた。母の体調じゃ夜行バスはきついだろうから、飛行機にすればいいじゃん、って俺は言ったのに、この町の人はみんなあのバスで行くでしょう、って。行きだけはバスに乗ることにした。早めの夕飯を食べた後、少し休んでおくから一〇時に起こしてくれと言われて、真珠と一緒に母の部屋に行ったら……、死んでた。睡眠薬、バカみたいに飲んで」

「そんな……」

「たまにさ、一家心中する前にドリームランド行ったっていう話は聞くことあるじゃん。だけど、出発直前に自殺するってどういうことなんだ? って思わない?」

「あとひと息のところで、気力が途切れてしまったのかな。遺書、とかは?」

「ない。だから、俺も最初はそう思ってた。父もそんなふうに言ってたから。何が、政治家の妻としてやっていけるほど、ママの心は強くなかったのに、パパはそれに気づいてやることができなかった。ママが死んだのはパパのせいだ、だ。後援会の人たちの前でもそう言って、おいおい声上げながら泣いてたし。そうしたら、周りが慰めるんだ。先生は悪くない。奥様は薬の量を間違えて、事故で亡くなったんだ、なんて」

僕の母が事故と言っていたのはそういうことかと合点した。

「だけど、それから半年後くらいだったかな。期末テストの勉強をしていて、喉が渇いたんだ。寒いし、ちょっと腹も減ったし、カップラーメンでも食おうかなって部屋を出たら、樋口がさっき聞いたのと同じ音が聞こえてきた。むしろ、何で今まで気づかなかったんだってくらい、無防備にヤッていたんだ。まあ、悪いことをしているっていう自覚がないからだろうけど。でも、まさかと思うじゃん。だから、真珠がうなされてるのかと思って、ドアを開けたんだ。思い切り」

森本の目に映った光景を想像し、それを掻き消すようにギュッと目を閉じた。鼓動が、つい一時間前と同じような速さになっていく。ドアを開けなくても、胸を掻きむしられるような思いがしたのに、森本は目の当たりにした。

しかも、他人ではない。自分の父親と妹だ。

「さて、問題です。悪魔は俺に何と言ったでしょう」

軽妙な口調で問われても、僕の気持ちは落ちつかない。また、頭が痛くなってきて、それを取り払うように首を振ったのが、解らないの合図と受け取られたようだ。

「正解は、おまえもやるか」

耳を疑うような話が続く中、ハンマーでの一撃をくらったような衝撃を受けた。本当に殴られたわけでもないのに、両耳の鼓膜の奥に、キーンという甲高いイヤな音が鳴り響いた。これ以上、何も聞きたくない。僕の脳が、そう警告を発信していたのかもしれない。

「ピュアな僕ちゃんは、過呼吸起こして病院に搬送されましたとさ」

おどけた表情でけらけらと笑う森本が痛々しかった。手を握ってやればいいのか、抱きしめてやればいいのか、背中を撫でてやればいいのか。友だちのいなかった僕には、励まし方が解らなかった。ただ、涙が出てきた。自分が泣いても仕方がないと知っていても、ただ泣くことしかできなかった。

「だけどね、人間は基本、自分を生かすために、自分自身をシフトチェンジしようとするんだ。それに失敗するとママンのように自殺してしまう。さあ、この家で生きていくためにはどうすればいい？　まあ、樋口くんなら、学校や行政機関に相談するとか言いだしそうだけどさ、軟弱な僕ちゃんには、あの家を出ていく覚悟はないわけよ。パパンの庇護下で生きていかなきゃならないのに、世間に正体をバラしたら、一巻の終わりだ」

森本はなおもおどけた表情で、手刀で首を切るそぶりをしながら舌を出した。もうやめろ、苦しいならそれ以上言うな、と制したかった。そうなってしまったおまえを僕はすでに知っているのだから。森本は僕の表情を見取ったのか、口の端だけで小さく笑うと、真顔に戻った。

「俺は自分も、きみが言うところの悪魔になることにした。だけど、真珠を傷つけることには抵抗がある。いや、あいつは本当に被害者なのか。案外、喜んで父を受け入れているんじゃないのか。二人して母を裏切っていたのかもしれない。だから、母は最後、真珠に復讐して死ぬことにした」

「復讐？」

いきなり母親の話に戻ったうえ、思いがけないワードが出てきてとまどった。

「ドリームランドだよ。あれが決まって、真珠はちょっとずつ以前のあいつに戻っていってた。宿題やって、ラジオ体操まで行ってたんだぜ。出発前に、始業式の準備を終わらせて、二学期は学校を休まないようにがんばる、なんて言ってたんだ。そのタイミングで普通の母親なら、自殺する？」

僕には母親の症状がよく解らなかったし、鬱病《うつびょう》などの症状にも詳しくなかったため、何とも答えることができなかった。ちゃんとドリームランドに行けるように体力をつけておくため、しっかり睡眠をとっておこうと、いつもより多めに薬を飲んだんじゃないか。そんな、軽はずみな想像を口にすることはできなかった。

しかし、言えばよかったのだ。調子のいいことを何でも、いくらでも。とっくに手遅れだと思っていることが、そうでない可能性だってあったのだから。

森本は一度立ちあがり、伸びをしてからまた座った。

「我が家は全員壊れている。自分の中に良心とか理性なんてものが残っているのなら、打ち砕いてしまえ。難しいことじゃない。真珠を犯せば、父と同じところまで落ちることができる」

僕は顔を覆った。できれば、耳を塞いでしまいたかった。

「でもさ、できなかったんだ」

「えっ？」

顔から手を外した。森本の横顔を凝視する。こいつはいつからこんな泣き笑いのような顔で話していたのか。

「反応しなかったんだよね、ここが。もしかすると、良心や理性の残骸がここに集まって最後の抵抗を試みていたのかもしれないな」

森本は片手でポンと股を叩いて、ニッと歯を出して笑った。

「まあ、後で、他の女で試しても無理だったから、理性云々の問題じゃないんだろうけど。真珠は憐れむような目で俺を見てたよ。惨めでさ。その時、ふと思ったんだ。こいつはこの目を母にも向けたんじゃないか、って。俺、死にたくなったもん。でもさ、知ってた？　臆病者は自殺もできないんだ。だからもう後は、やぶれかぶれ。自分でできないのなら、他の奴にやらせればいい。そうやって、真珠を売り始めたんだ。腹が立ったのなら殴っていいよ」

挑発しているような口ぶりではなかった。むしろ、殴ってほしがっているように見えた。だが、殴れない。僕は、ただただ森本を可哀そうだと感じた。

「そうやって、落ちるところまで落ちて、樋口に会ったんだ」

落ちるところまで、ではない。真珠さんをさんざん穢《けが》して、だ。森本を哀れに思いながらも、同情できないのはその点にあった。

「伊藤、いや、布施くんみたいに、俺を嫌っている奴はたくさんいたけど、露骨に否定してくる奴は誰もいなかった。なのに、きみはほぼ初対面で、俺の内面を否定した。自分が俺だったら、自殺するとまで言い切った。その顔で。ムカついたなあ。樋口くん、俺のような非情な奴は、何を言われても傷つかないって思ってるだろ。特に、自分が正論を吐いていると自信がある時は」

「あの時は……、ゴメン」

その後の行為は別として、あの程度の言動で、おまえは生きている価値のない人間だ、と言い放ったのも同然の発言をしてしまったことは、反省しなければならない。

「いいんだよ。きみは素直だね。だけど、きみの想像通りなんだ。本当に非情な奴は、そういうことを指摘されても、罵られても、蔑《さげす》まれても、傷つかない。うちの父のようにね。実は俺もあいつのことを、心の中で悪魔と呼んでいた。自分もそうなってやろうと思っていたし、もうなれているとも信じてた。だけど、きみに腹を立てた。俺が悪魔になりきれていなかった証拠だ。でも、そんなことには気づかずに、俺はきみを思い切り傷つけてやることにした。きみは外見をけなしても、かすり傷程度にしか感じない。だから、きみが生きていくための砦としている内面、正義とか理性を打ち砕いてやりたいと思った」

「大成功だったじゃないか。そのうえ、僕は悪魔呼ばわりまでしてやった」

怒りは湧いてこなかった。自分のことなどどうでもよかった。

「快感だったよ……、一時的にはね。だって、きみはその後、何をした？　真珠と仲良く調理実習だ。きみらの菓子作りを見る度に、俺の中のある感情が膨れあがっていった。さて、何でしょう？」

最後だけ、とってつけたようにおどけられても、そのペースに僕は乗ることができない。短い首を少し傾げただけだ。

「罪悪感だ。俺の中にもそういう気持ちが残っていたことを、察してほしかったな。まあ、無理か。自分でも、とまどったくらいなんだから。さっき言ったことと少し重なるかもしれないけど、俺が悪魔になろうと決めたのは、マトモだとあの家で生きていけないと思ったからだ。要は、俺は自分があの家で唯一マトモな人間だと信じていた。父は悪魔。真珠は、何をされても薄ら笑いを浮かべるしか能のない、壊れた人形。だから、きみも経験したようなことができた。あいつに傷つくとか、悲しいとかいう感情なんか残ってないと思ってたからだ。父が全部、ぶち壊した。修復不能」

「そんなことは……」

「なかった。自分で気づいたことにさせてくれよ。菓子作りを命令されたわけじゃない。あいつが自分の意思で動き、話し、菓子がうまいと褒められたら、嬉しそうに笑っていた。いつもの変な笑い方じゃない。壊れる前の笑顔だ。時間がかかるかもしれないけど、真珠は修復することができる。学校に行けるようになるかもしれないし、自分のやりたいことを見つけてその仕事に就けるようになるかもしれない」

「その通りだよ。真珠さんは器用だし、頭もいい。僕が用意するレシピは八人用のものが多いけど、最近の真珠さんは、その場で三人分に計算して作れるようになった。あとは、自分で服を買いにいきたいんだって。このあいだ、お菓子作り以外で何かしたいことはあるかって訊いたんだ」

「あいつ、そんなことまで」

森本は噛みしめるようにそう言うと、くっくと笑いだした。笑い、笑い、いくらなんでも近所迷惑になると思ったのか、声を抑えるように顔を両手で覆い、さらに笑うと、手を下ろした。一瞬、涙を拭ったように見えたが、その顔に泣いた痕跡はなかった。

「すごいな、樋口。やっぱり、きみしかいない。真珠は真人間に戻れる。だけど、どんなにきみが手を尽くしてくれても、あの悪魔がいる限り、無理だ。だから、俺は悪魔をこの世から葬り去ろうと思ってる。きみも協力してくれないか?」

葬り去る、が具体的に何を表しているのか、予測はついていたはずなのに、吸い込まれてしまうように大きく頷いてしまったのは、外灯に照らされた森本の白い顔が、神々しいほどに美しく輝いていたからに違いない。

蒸し暑さに目を覚ますと、部屋はとっくに明るくなっていた。時計は午後二時を指していた。どんなに夜更かしをしても、ぎりぎり午前中には起きていたのに、こんなことは初めてだった。背中のじっとりとした感触に、寝小便でもしてしまったかと、慌てて上半身を起こしたが、濡れているのは汗のせいだった。

よくこんな部屋で寝ていられたなと、エアコンのスイッチを入れた。汗をかき過ぎたせいで、体は重いが、頭はクリアだった。昨夜の出来事を鮮明に思いだすことができた。だが、思い返せば返すほど、全部夢だったのではないかという気がしてきた。

何せ、僕は人生初の酒を飲んだのだから。

森本と真珠さんと一緒にハンバーグを作り、森本の部屋で缶ビールを二本飲まされた僕は、酔っ払って意識が朦朧《もうろう》とし、尿意を催すという自然な欲求が、自宅のトイレへと結びつき、そのまま帰ってきてしまったのではないか。今頃、森本と真珠さんは僕にあきれ、二人して笑っているかもしれない……。

バカじゃないのか、と首を振った。おまえのくだらない小説のように、都合の悪い真実はすべて夢オチなどという展開にはならないのだ。

残念ながら、僕は酒に弱くない体質だった。水を飲むために台所に行き、あきれ顔の母に素麺でも食べるかと準備をしてもらっている最中に、カメラを出せと言われて、部屋に戻ってリュックを確認したものの見つからなかったことが、唯一のポカだった。

それでも、駅で聞いた森本のあの計画だけは、夢だったのではないかと、悪あがきのように自分に言い聞かせようとした。

――俺は父を殺す。

森本は笑みを消し、落ちついた声でそう言った。

森本がマトモな環境で育っていれば、生徒会長にでもなっていたかもしれない。僕は会計だか書記だかで生徒会に入り、最初は森本に対して人生の不公平さを感じ、嫉妬するかもしれないが、やがて彼の人柄にも惚れ、信頼できる会長をサポートできる立場にあることを、誇りに思うようになる。そして、彼の一言一句に深く頷くに違いない。

あの状況でそんなことを考えた僕は、頭がどうかしていたとしか言いようがない。だが、僕はそんな思いで、彼の言葉を聞いていたのだ。

――だけど、そのために自分の人生を奪われたくない。

殺人を犯すことを止めなければならないのに、それはそうだ、などと頷いていた。

――そこで、樋口に頼みがあるんだ。

森本は計画を語りだした。その場限りの思いつきではない。随分前から練っていたものだと感じた。だから、僕を夕飯に誘った。泊まるように言った。真珠さんと父親のことを話すだけでは信用しないだろうから、証拠を見せる、いや、聞かせることにした。

僕が逃げることを前提に、自転車で来るよう提案し、一緒に出てきて、計画を打ち明けた。

出会った日から、僕は森本の手のひらの上で転がされ、まんまと誘導されていたことになる。

——毒殺にしようと思う。

森本は外国製の液体ニコチンを手に入れたと言った。ニコチンといえば、タバコに含まれる有害物質だが、そんなもので殺せるのかと疑問を持った。問うまでもなく森本は、青酸カリよりも効果が高いのだと教えてくれた。真珠さんを売った金で買ったということも。

——それを、自殺に見せかけたい。だから、火をつけてくれないか。

数秒経って、えっ？　と問い返した。僕はてっきり、アリバイ作り、犯行時に森本と家から離れたところに一緒にいた、などと証言する程度だと思っていたのに。

——火？

どこに、何に、誰に。頭の中は一気に混乱した。

——俺の家に、火を放ってほしい。

——真珠さんは？

——俺と、ドリームランドだ。

今度は、は？　だ。ポカンと呆けた顔の僕に、森本は数学の文章問題を解いていくように説明を始めた。

まず、深夜零時頃、森本は父親を殺害する。父親は寝る前にブランデーを飲むため、毒はそこに混ぜておくという。それから、真珠さんを連れて、午前一時発のドリームランド行き夜行バスに乗るため、家を出る。

そして、バスが出発した午前一時過ぎ、僕が前もって森本から預かっていた鍵で勝手口を開けて家に入り、台所に火をつけて、出ていく。

――誰かに見られたら？

――家の近所で、そんな深夜に出歩いている人はいないだろうけど、俺に頼まれて、ドリームランドのガイドブックを届けに駅まで行ったら、ついでに戸締りの確認も頼まれた、ということにすればいい。勝手口の鍵を閉め忘れたかもしれない、と言ったことにしよう。そうしたら、最悪、鍵を持っていることがバレても、大丈夫だ。

自信満々に言われても、そんなにうまくいくだろうか、と不安は拭えない。

――そもそも、お父さんは自殺するような人じゃないだろう。

――八月二九日に決行する。母の命日だ。父は母の死を自分のせいだと悔いている。母の死の影響で、不良になった息子と不登校になった娘にも、責任を感じている。その辺りはすでに自分で言いふらしていることだ。それを俺が補強する。父は母の死後、家では自暴自棄になることが多かった。まあ、これは大嘘ではない。そして、突然、自分たち兄妹にドリームランドに行ってこいと、金を渡してくれた。僕と妹は、死んだ母との約束が果たせることを喜んだけど、父は最後のプレゼントのつもりだったのかもしれない。それに気づけなかったことが、無念です……。

森本は実際にインタビューでも受けているふうに、声を震わせ、目頭を押さえた。その様子を見て、僕の母が洟《はな》をすする姿も想像できた。

しかし、解った、と返事はできなかった。放火は重大な罪となる。僕が黙っているのを見て、森本は続けた。

――まあ、最終的に、バレたら本当のことを話してくれたらいい。俺に脅されたと言ってくれてもいい。俺としては、父を殺すことさえできれば、罰を受けることになっても、目的は達成できたことになる。俺は少年だからさ、なんだかんだで人生やり直すこともできるし。樋口が、俺に義理立てすることは何もない。

森本と大親友のような錯覚に陥りかけていたところを、彼自身が引き戻してくれた。そうだ、僕はこいつに騙され、傷つけられ、今も利用されようとしている。ならば、即刻、断ればいいではないか。

――俺は真珠を解放してやりたい。それが、真珠のためじゃなく、自分自身の罪滅ぼしとなり、罪悪感から解放されるためだとしてもね。ただ、犯行がバレてもバレなくても、これだけは共通している。真珠を樋口に託したい。マドレーヌだっけ？　二人で作ったあれをひと口食べた時、俺の心に刺さってた棘が抜けたような気がしたんだ。おとぎ話じゃないけれど、魔法の菓子だ。あれを二人でずっと作り続けてくれ。真珠を幸せにできるのは、きみしかいない。

――解った。

それは、真珠さんを守り抜くという決意だったが、犯行に協力するという答えでもあった。

夢であってほしかったことが、夢ではなかった。しかし、本当は夢だったのではないだろうかと思うほど、その後、普段通りの生活が続いた。ただ、森本や真珠さんとは関わっていない。

八月二三日から、後半の夏期講習が始まり、僕は毎日学校に通った。森本も休むことなく通い、始業から終業まで真面目に席に着いていた。彼から僕に声をかけてくることはなかったし、僕の方から話しかけることもなかった。

うっかり、あの計画のことなんだけど、とでも声をかけようものなら、何のこと？と冷たい声で返されるのではないか。それでも勇気を出して問い詰めると、もしかして本気にした？と蔑むように笑われるのではないか。そんな雰囲気を漂わせていた。

この夏休み中に起きた森本家での出来事じたいが、夢だったのではないかと思えるほどに。

だが一度だけ、ヒヤリとしたことがある。

「近所のスーパーで、樋口くんと森本が一緒にいるところを見たんだけど、まさかホントに、友だちになったとか？」

休憩時間に突然、布施くんから言われ、僕はどう答えたものかと黙り込んだ。すると、布施くんの背後から森本がやってきて、肩に手を回した。

「何、俺の奪い合い？　夏休みの宿題を写させてくれるなら、別に伊藤くん、ああ、布施くんか、きみでもいいんだけど。お礼にクイーンバーガーおごるからさ」

スーパーに隣接するファストフード店だ。布施くんは凍りついた。森本は意地の悪そうな笑みを浮かべて布施くんの頬に軽くキスをすると、僕とは目も合わさずに自席へ戻っていった。

このまま平穏に二学期が始まるんじゃないか。そうなることを願っていた反面、気を抜くと、真珠さんの顔が思い浮かんできて胸がざわついた。真珠さんに会いたいと金を渡してみようか、明日……、二七日に。

先に声をかけてきたのは、森本だった。午前の講習の終了後、森本は僕の席までやってきて、ＣＤショップの黄色いビニル袋を机の上に置いた。

「樋口くん、きみのおかげで夏休みの宿題が無事終わったよ。二学期からもよろしく」

おそるおそる袋の中を覗くと、英語のワークブックとＣＤ、小さな紙包みが見えた。ワークブックは僕のものではない。カモフラージュのために森本のを入れているのだと思った。紙包みは鍵だと察した。ＣＤは何度か聴いたボン・ジョヴィのものだった。これだけは、どうしてここに入っているのか解らない。

「お礼の品だ。気に入らなければ捨ててくれ」

「いや、ありがとう……」

戸惑いがちに礼を言ったのは、周囲に特別な仲だと思われないように演技をしたからではない。このＣＤが流れているあいだに僕が真珠さんにしてしまったこと、真珠さんが父親からされていたこと、それらをしっかり思いだせと、森本に念押しされたような気分になったからだ。

だから、迷惑そうな顔をしていたかもしれない。しかし、森本は僕の表情などものともせずに白い歯を見せ、爽やかな笑顔で片手を上げた。

「アデュウ、良太」

そうして、背中を向けて去っていく。飄々《ひょうひょう》とした足取りで……。

家に帰って改めて袋の中身を確認した。念のため、新品の軍手をはめた。紙包みの中身は鍵だけでなく、ライターも一つ入っていた。銀色の金属製で、羽を広げたクジャクの模様が彫られていた。森本の父親のものかもしれない。火をつけた後、現場に残していけばいいのか。

手紙のようなものはないかと捜すと、やはり森本のものだったワークブックに折りたたんだ白い便箋が挟まっていた。

『覚悟を決めた。あとは頼む。親愛なる友、樋口良太へ　森本誠一郎より』

ああ、森本はそんな名前だった。今日、あいつは、僕を良太と呼んだ。次に会う時は、僕も誠一郎と呼んでみようか。自然と込みあげた笑みをフッと吐きだしながら、僕は人差し指の先で、美しく整った文字で書かれた友人の名前をなぞった。

二八日の講習に、森本の姿はなかった。

自転車を出す音で家族が目を覚まさないように、昼間のうちに最寄駅の駐輪所に置いてきた。

暗闇に紛れることができるよう黒い服を着ることにした。だが、僕の持っているそれは、森本家を訪問するために母が買ってきたポロシャツだけだった。これを着た日はロクなことが起こらない。一瞬ためらったが、だからこそ今夜着る意味があるのではないかと、勢いよく頭からかぶった。ズボンは動きやすいよう黒のジャージにした。

深夜零時、両親が床に就いているのを確認し、足音を潜めて家を出た。

駅に向かう。雨が降っていたらこの計画は中止になったかもしれない。空には満天の星が瞬いていた。日中の暑さは和らぎ、道路沿いの空き地からは、秋の虫の鳴き声が聞こえてきた。

自転車に乗り、線路沿いの道を走った。高校二年生の夏休みの真夜中に、主人公が自転車で走る場面が出てくる小説はそれほど珍しくない。しかし、目的が放火という物語はあっただろうか。好きな女の子を救うという話ならあったかもしれない。

森本の家の最寄駅が見えてきた。時刻は零時四五分、待合室の片隅に、真珠さんの姿があった。人ごみが不安なのか、ベンチに腰かけた膝の上の赤いリュックに、顎を乗せてギュッと抱きしめている。隣に森本がいるのかどうかは見えなかった。駅に寄って確認したい気持ちはあったが、事件発覚後、共犯だということがバレてしまう。目撃者だらけの中に飛び込んではいけない。

そのまま駅を通過した。もしかすると、森本とすれ違うかもしれない。少しきょろきょろしながら森本の家へと続く坂道を上ったが、誰とも、野良犬一匹ともすれ違うことはなかった。

坂の途中にある公園で自転車を降りた。家の前に停めておくのは危険だ。二〇〇メートルほどの道のりを歩いていくことにする。夜の住宅街に音が鳴り響いているのではないかと冷や汗が流れるほど、心臓がバクバクと波打っているのを感じた。

幸い、我が家の周辺よりこの辺りの方が緑が多いのか、虫の声が大きく響いていた。僕の息遣いや足音をかき消してくれる。だが、徐々にこれは虫の声ではなく、自分の耳鳴りではないかと不安が込みあげ、歩くペースは上がり、最後は走って、三〇センチほど開いていた門の隙間に体をすべり込ませて、腰をかがめたまま裏口へと向かった。

念のためにポケットサイズの懐中電灯を持ってきていたが、長時間外にいたためか目は闇にすっかり慣れて、明かりを灯さずに、軍手をはめた手で勝手口の鍵を開けることができた。靴のまま上がる。

季節外れの灯油のにおいが鼻をついた。床にまいているのだろうか。森本がやった？

ということは、この家のどこかで、森本の父親は死んでいるということか。

見慣れた台所の中央のテーブルには、白っぽいものが積み重ねられていた。近寄ると、森本議員の会報の冊子だということに気がついた。これに火をつけろということか。

家で見たものと違い、表紙の写真は、選挙に当選した時の様子を写したもので、バンザイをする森本議員の横に白っぽい服を着た女性が立っていた。暗闇の中、顔まではっきりしない。真珠さんの母親を見てみたい。ポケットに手を突っ込んだが、思いとどまった。

こんなところに長居してはならない。反対側のポケットに手を入れてライターを取りだした。二、三回空回りした後、火がついた。そのまま冊子に近づける。

きれいで、優しそうな人じゃないか。炎がその顔を呑み込んだ。あっと言う間に、天井に届きそうなほどの火柱が上がる。薄い冊子のタワーは炎をまとったままテーブルの上で崩れ、床へと舞い落ちていった。足元一帯に炎が上がる。

外へ出なければ。

ガタン、と音がした。いつもの半分しか喉を通らなかった夕飯のカレーが込みあげてくるのを必死で飲み込み、息を止めた。廊下へ続く台所のドアが、ゆっくりと開いた。

入ってきたのは、真珠さんだった。僕は息を止めたまま、彼女を凝視した。

「お兄ちゃんが、今日からわたしは自由だって言った。リビングのソファで、パパが寝てる。火事……、樋口くんがやったの?」

ゆっくりと確認するようにつぶやく真珠さんに向かい、僕は頷いた。

「きみこそ、どうしてここに？」

「一人でバスに乗るのが、怖かったから……。待合室から、樋口くんが見えた」

「一人って、森本は？」

「一緒に駅に行った後、用事を思いだしたから、明日、飛行機で追いかけるって。お昼の一二時に、眠り姫のお城の前で会おうって、帰っていった」

森本はこの近くにいるということか。僕が本当に火を放つか信用できず、どこかで隠れて見ているのかもしれない。

炎が、灯油のまかれていない床の部分も蝕み、その面積を広げている。煙と熱さに耐えかね、僕は真珠さんの肩を抱えて廊下に出た。ドアを閉める。

「とにかく、外に出て逃げよう」

煙がドアの隙間から流れ込んできた。げほげほとむせてしまう。

「樋口くんは先に逃げて」

「どうして？　危ないじゃないか」

「燃えてほしくないものがあるから」

「じゃあ、一緒に」

「いらない」

「きみを置いてなんて」

「大丈夫。樋口くんはわたしを人形のように思ってるかもしれないけど、わたしは自分でわざとスイッチを切ってそうしているの。今は、ちゃんとスイッチを入れている。だから、早く出ていって。お兄ちゃんと何をたくらんでるのか知らないけど、わたしにもうかかわらないで」

「だけど……」

「早く失せろ！　このブサイクが！　二度と、わたしの前に顔を見せないで。わたしはあんたなんか知らない。お兄ちゃんの友だちでもない。この家に通したこともない。汚い野良犬はとっとと出ていけ！」

真珠さんはこれまでとは別人のような尖《とが》った声で、僕に汚い言葉を投げつけた。心臓を思い切り抉《えぐ》られた気分になった。言葉が飛んできただけなのに、胸が痛かった。真珠さんの部屋の鏡に映った醜い顔をした裸の自分の姿が、暗闇の中にいくつも浮かび、僕に迫ってきた。

「あんたとヤッた時が、一番気持ち悪かったんだから！」

ブツリと僕の中の何かが切れた。腰が抜けたかのように力の入らない下半身をどうにかぐにゃぐにゃと動かしながら、手探りで廊下を進み、玄関から外に飛びだした。周囲の様子を確認する余裕もなく、転がるように坂道を下っていった。

どこからか、森本の笑い声が聞こえたような気がした。

隠れて僕を嘲《あざけ》っているのか。どこまでがおまえの計算なのか。真珠さんの僕への本心を知っていたのか。そんなに僕を憎んでいるのか。

自転車をどんなふうにこいだのか、まったく記憶に残っていない。

薄明かりの中で目を覚ました。脱いだ服を部屋のゴミ箱に放り込み、真っ裸になっていた。このまま日が昇れば、また、昨夜のことは夢だったのではないかと思えるかもしれない。布団に横になったままカーテンのかかった窓を凝視した。だが、外はどんどん暗くなっていく。

どういうことだ、なぜ、朝が訪れない。パニック気味になりながら、洗濯済みの服を、袖に頭を突っ込んだりしながらどうにか着て、部屋を出て階下に下り、居間に入ると、僕よりもさらに混乱状態に陥っている母が、泣きながら誰かと電話をしていた。

点いたままのテレビ画面を見て、今が朝ではなく、夕方であることを知った。やがて映像が切り替わり、画面に焼け落ちた家が映された。この火事で二名死亡、と女性アナウンサーの声がかぶり、死亡者の名前のテロップが出た。

『森本総一郎《そういちろう》(47) 森本誠一郎 (17)』

誠一郎？ 森本が、死んだ？ どこで？ 家の中に、いた？

続く男性アナウンサーの声が僕の思考を遮った。

「なお、先ほど、警察は昨夜から行方不明になっていた長女を保護した、という情報が入ってきました。長女に大きな外傷はありませんが、精神状態が不安定なため、容体が落ちつき次第、話を聞いていくということです……」

真珠さんが警察に。あの後、何が起きたというのだ。僕はその場にへたり込むしかなかった。

おそらくスイッチを切った状態で、彼女が警察で語った事件の全容は、僕の予想のまったく及ばないものだった。

世の中の人が知る「森本総一郎県議及び長男死亡事件」の真相はこうなる。

八月二九日午前一時半頃、森本家から火が上がっていると、近隣の家から通報が入った。消火作業が終了したのは午前五時頃。焼け跡から遺体が二体発見される。一体は、この家の主である森本総一郎県議会議員、もう一体は、長男で高校二年生の森本誠一郎だと解る。中学二年生の長女の消息は不明であったが、同日午前一一時頃、県内の空港ロビーにあるベンチに、一人で座っているところを保護される。

長女は精神状態が不安定と見られる中で、自分が自宅に火をつけたと繰り返し証言した。動機については、父親からは小学生の時から性的虐待を受けており、母親はそれを知って自殺、中学生になってからは兄からも父親と同様の虐待を受けていたため、人生をやり直したいと思った、と話している。

なお、同日は、母親の三回目の命日でもあった。

真珠さんは何故そんな嘘をついたのか。

そうじゃない、そうじゃないんだ。叫びだしたい気持ちを必死で抑えながら、僕は残り僅かな夏休みを、居間のテーブルに新聞を広げたまま、テレビにかじりついて過ごした。だが、真相を話すため、警察署に行くという覚悟は持てなかった。

自分の人生を壊したくなかった。人生を犠牲にしたところで、真珠さんは僕のものにならないというのに。すべてを失ってでも真珠さんを守りたい、とは思えない自分を卑怯者だと責める自分もいたが、耳の奥で、僕を罵る真珠さんの声が消えないうちは、立ち上がることはないだろうということも、自分自身よく解っていた。

信じられない、と叫んでいたのは母の方だった。

「森本先生が娘にそんな汚らわしいことをするなんて。奥さんの連れ子ならともかく、実の娘にそんな鬼畜のようなことができる親なんか、いるはずがない。頭のおかしくなった娘が、いかがわしいマンガか何かで読んだことを、意味も解らずわめいているだけに決まってる」

それは事実なんだ、とは言えなかった。僕にも、何が起きたのか把握し切れないところがあり過ぎた。あの家にいたのに。自分が火をつけたというのに。

九月一日は、けだるい体に鞭打って登校した。男子校であっても、森本家の事件の噂話でもち切りだった。耳を塞いでしまいたかったが、あまりにも多くの声が交ざり過ぎた雑音からは、まったく核心に触れる内容が聞こえてこなかったことは、不幸中の幸いだったかもしれない。

誰とも口を利かないまま帰宅すると、ポストに僕宛ての封書が届いていた。普段は自分でポストを開けることはないが、帰宅途中にすれ違った郵便局員の姿に、ふと予感するものが湧きあがった、ような気がした。

差出人の名前は、同じクラスの布施くんだった。僕の鼓動が速打ちし始めたのは、その筆跡に見覚えがあったからだ。これは、布施くんからではない。

自室に駆け込み、はさみで丁寧に封を切った。白い、横書きの便箋にも見覚えがあった。

樋口良太へ

この手紙が届く頃、俺はもうこの世にいないことを、きみはすでに知っていることだろう。

きみは俺の死を驚いただろうか。こうすることは、きみに計画を話す前から決めていた。嘘をついて申し訳ないと思っている。

臆病者の俺は、父に毒を飲ませることができない。自殺することもできない。せいぜい使えるのは、母が遺した睡眠薬くらいだ。母もこの方法を選んだ。だが、死ぬ意思のない父に致死量の睡眠薬を飲ませることは難しい。自分でも大量に飲める自信がない。だから、二人とも眠っているあいだに死ねるよう、きみに火をつけてもらうことにした。

だが、その計画をきみに伝えても、賛同を得ることはできないだろう。俺が寝ている家に、きみは火を放つことなんてできない。生きている父に対してもだ。だから、嘘をつくことにした。

こんなことは、知らせない方がよかったのかもしれない。もしくは、父に毒を飲ませた後、自分も服毒自殺をすると決めていた、とでも書けばよかったのか。しかし、消火活動が早くすすみ、遺体からニコチンではなく、致死量に満たない睡眠薬が検出されたことをきみに知られたら、きみは自分が俺と父を殺したことになるんじゃないかと、打ちのめされた気分になるのではないかと思い、この手紙を書いておくことにした。

そうかな？　きみにだけは本当のことを知っておいてほしいと願っただけかもしれない。

ここに断言する。俺の死は自殺だ。そして、父を殺したのは俺だ。

世間に真相を打ち明ける必要はない。俺は父親の自殺に巻き込まれた哀れな息子とみなされてほしいところだが、それを裏打ちする証言者はいないわけだから、親子の死の原因はうやむやなままになってしまうのではないだろうか。

俺の自殺に父親が巻き込まれた、二人で心中、というパターンも考えられるな。

どんな結果になろうとも、きみは知らないふりをしてくれればいい。そして、本当に火をつけたことは忘れてくれ。きみは真珠を父から解放し、俺を自由な世界に送りだしてくれたのだから。

胸を張って今後の人生を歩んでくれ。

真珠はドリームランドで保護されただろうか。真珠にとって悲しい場所とならないように、いつか二人で行ってくれ。真珠を一生、守り続けてくれ。

良太、俺はきみに最後まで酷いことをし続け、今もきみを苦しめているはずだが、この人生でたった一人の親友は、きみだったと思っている。

ありがとう、そして、さようなら。

森本誠一郎より

読み終えた手紙を僕は力いっぱい握りつぶした。

「バカか、おまえは」

声に出してつぶやいた。

「バカか、僕は！」

喉がちぎれるほどの声で叫んだ。

火の上がる台所に現れた真珠さんは何と言った。リビングのソファでパパが寝てる、ではなかったか。寝てる、彼女は確かにそう言った。火をつけたのは僕だということも確認した。

じゃあ、真珠さんの中でどんな式が成り立つ？

このままパパが焼け死ねば、樋口がパパを殺したことになる。

森本が関わっているとは察しながらも、僕が父親は死んでいると信じていたことは知らなかったはずだ。だから真珠さんは、僕が森本に頼まれて、もしくは唆《そそのか》されて、父親を殺す意思を持ってあの場にやってきて火を放った、と解釈した。

動機は？　自分のためだ。樋口はわたしのために、パパを殺そうとしている。

そんな僕を、真珠さんはかばおうとしてくれたのではないか。睡眠薬のことも、報道では触れられていない。森本の計画を何も知らない真珠さんは、ただ、自分が火をつけたと繰り返している。

僕を守るため、あの場から追い払うため、そして、僕がのこのこ警察に出頭しないために、あんな酷い言葉を投げつけたのではないか。

もし、少しでも明かりが灯っていて、真珠さんの表情が見えていたら、僕は意地でもその場を動かなかったかもしれない。もしくは、真珠さんの手を無理やりにでも摑んで、一緒に外に出たかもしれない。いっそ、石地蔵のごとく炎の中にいればよかったのだ。

なのに、僕は真珠さんを置いて逃げだした。偽りの言葉を真に受けて。

真珠さんが火事を通報しなかったということは、彼女自身が父親を見殺しにしたことになる。森本が家にいたことは知っていたのだろうか。真珠さんが兄のことをどう思っていたのか解らないが、殺したいほど憎んでいなかったのであれば、胸を痛めていないことを祈るばかりだ。

せめて、森本の思いだけでも真珠さんに伝えることができれば……。

だが結局、僕は森本の手紙と自分の犯した過ちを、公にする勇気を持つことができなかった。すべての罪を真珠さんがかぶり、彼女は精神鑑定の結果、医療少年院に送致されることが決まった。

なあ、誠一郎。僕が真珠さんを守るのではなく、真珠さんが僕を守ってくれたよ。それをおまえはどう思う?

空に問いかけても、答えはない。ただ、己の弱さに打ちひしがれるだけだった。強い人間になりたい。心の強い人間に。もしも再会できるなら、今度こそ、僕が真珠さんを守れるように。


それから五年後、高校時代の同窓会で、鉄道マニアになっていた布施くんから、僕は真珠さんの消息を知ることになる。新しい名前となった彼女との物語をここに書くのは、蛇足というものだろう。墓場まで持っていく必要のない、幸せな物語を綴るのは、僕でなくともよいはずだ。

終章

バスは今、どの辺りを走っているのだろう。カーテンの向こうは、まだ暗闇の気配が漂っている。彼女……、亜里沙は寝息を立てている。だけど、その息遣いは少し荒く、眉間にはキュッと深いシワが刻まれたままだ。

今頃、アパートはどうなっているだろう。そして、ママは……。

ママと早坂は木曜の夜がいつもそうであるよう、一〇時過ぎに帰ってきた。わたしは押入れに隠れるか、外に出ていくかするのだけど、その時は、玄関で靴をぬごうとしているママのところに行って、突然始まってしまったからと、コンビニで生理用品を買ってきてほしいと頼んだ。

——石地蔵、おまえ女だったのか。

からかう早坂を無視して、押入れの上段に逃げ込んだ。襖《ふすま》は三センチほど開けておいた。もちろん、様子をうかがうためではあるけれど、エアコンの冷気が流れ込んできて助かった。生理なんて、あの教室での出来事以降、ピタリと止まっている。

早坂もわたしにそれ以上はちょっかいを出さず、いつもの通り、キッチンのシンクの上に置いてあるグラス掛けから、自分専用と決めている、ウイスキーのおまけについていたグラスを取り、冷凍庫を開けた。チッと舌打ちする。

――氷くらい、作っとけよ。

氷をたくさん入れられると毒が薄まると思い、かといってまったくナシでは、わたしに氷を買ってこいと言い出しかねないので、氷ケースはカラにして、小さな白いプラスチックの製氷皿一つ分だけ残しておいた。

早坂は製氷皿を捻るようにして氷をグラスに入れ、冷蔵庫の上に置いてあったウイスキーのボトルを取り、八分目まで注いで、部屋の中央に戻り、グラスを持っていない方の手でテーブルの上のリモコンを取ると、テレビを点け、それがいつも見ているバラエティ番組なのを確認して、ドカッと座り、一気にウイスキーを呷《あお》った。

吐き出しはしないものの、味や香りがおかしいことに気付いたのか、眉をひそめてグラスを鼻に近付けた。

バレたかもしれない。早坂はコーヒーの微妙な味を識別して、フランスの名店「ガルニエ」で働けるようになったというエピソードを今更ながらに思い出した。体じゅうから汗が噴き出した。ナイフの入ったハーフパンツのポケットに手を入れた。

早坂が押入れの方を向き、腰を上げた。

殺される！

だけど、すぐに膝をついた。苦しそうに喉をかきむしりながら、畳の上でのたうちまわり始めた。唸り声は、水、と言っているようだけど、当然、わたしはそんなものは差し出さない。

ママが帰ってくる前に、火をつけなければ。

わたしは襖を閉めたまま、押入れの隅に用意しておいた手紙の束（赤いリボンで結んでみた）にライターで火をつけた。炎は一気に四年半分のわたしを包み込む。

襖を開けて、部屋に出た。早坂はまだ呻《うめ》いている。さっきより勢いは弱まっていた。

押入れの下段からリュックを取り出して、背負った。

そこで、玄関ドアが開いた。ママが帰ってきたのだ。

ママは呻き声を上げている早坂におどろき、開けたままの押入れを見て、何かを察したようにわたしの方を向いた。何か言わなきゃ、と思いながらも言葉が出てこなかった。

——早く行かないと、バスに間に合わないわよ。

ママは優しく微笑んだ。

——ママ……。

わたしはママに駆け寄った。わたしは早坂がママにしていることを知ってしまった。だから、ママを助けたかった。そう言いたいのに、涙しか出てこない。その涙を、ママは指先でそっと拭ってくれた。

——章子はパパにそっくりね。顔も、性格も、こうして私を助けてくれようとしているところも。私に何も相談してくれないところも。

——ママ……、わたし、全部知ってるの。パパがわたしに残してくれてた。ママの本当の名前は……。

——文乃よ。文乃と章子で文章になる。

ママは、片手に持っていたレジ袋を足元に置いて、両手で包み込むようにわたしの頭をなでた。大切なものを愛おしむように。それから、両手の親指と人差し指の先で、わたしの耳をつまんだ。

——耳の形は私と一緒。

そんなこと、今まで気付きもしなかった。ママの耳を確認したいのに、ダムが決壊したようなわたしの目には、ぼんやりとした輪郭しか映し出すことができなかった。

——さあ、早く。あとはまかせて。パパも書いていなかった？　ママは案外、頼りになるって。

ママはわたしを両腕でギュッと抱きしめてくれた。

——行ってらっしゃい。

言いたいことは山ほどあったのに、ママに背中を押されるようにして、わたしは無言のまま、紐を水玉のリボンにつけかえたスニーカーを足にひっかけ、外に出た。

——帰ってきたら、一緒に樹を植えに行きましょうね。

どこかから賛美歌が聴こえてきそうな慈愛に満ちた顔のまま、ママはドアを閉めた。

ママ、ママ、ママ……。

ドアを開けて部屋に飛び込みたい。だけど、そうすればきっと、ママはわたしを汚い言葉で罵《のの》り出すに違いない。心の中で涙を流しながら。わたしはアパートに背を向けて、スニーカーのリボンをきつく結び、駅へと向かう道を駆け出した。

全力疾走した。

ママ、ママ、聞きたいことはたくさんあった。

ママが早坂の言いなりになっていたのは、早坂の顔が死んだお兄さんにそっくりだったからでしょう？

ママは、お父さんのことは自分の意思をもって見殺しにしたけど、お兄さんが家にいたことは知らなかったんじゃないの？　だけど、パパとお兄さんとのあいだでどんな話が交されていたのかわからなくて、お兄さんを貶める証言をした。友だちに売っていた、と言わなかったのは、パパに疑いの目が向けられないよう、かばうため。

もしくは、たとえあの時、お兄さんのことも殺したいほど憎んでいて、本当に何の罪悪感も抱いていなかったとしても、パパと再会したことで、お兄さんの本心を知り、罪の気持ちが芽生えたのかもしれない。

お兄さんへの罪滅ぼしのような気持ちで、早坂と接していたとしたら、それはママの間違いだよ。早坂は早坂なのだから。

だけど、ママは早坂からわたしを助けてくれたんじゃない？　早坂のレストランが火事になったのは、今になって、ママがやったんじゃないかと思ってる。

ママ、わたしは帰ってきたら自首をする。それが、ママの望まないことであっても、わたしの決意は変わらない。ママがパパを守ったように、今度はわたしにママを守らせてよ。

だって、耳の形が同じなんでしょう?

でもその前に、勇気を充電させてください。

足を止めて、一度だけ振り向いた。わたしの過去も、パパとママの過去も、もう消えてしまっただろうか。涙を拭い、大きく深呼吸してから、再び、亜里沙と待ち合わせている駅へと向かった……。


窓の外が白んできたような気がする。同じことを感じたのか、前の席の窓際の人がカーテンをそっと三センチほど開けた。柔らかい光が眉間を差し、キュッと目を閉じた後、朝の到来をかみしめるように大きく欠伸をした。

ほどなくして、車内アナウンスが流れ、あと三〇分くらいでドリームランドに到着することを告げた。亜里沙も目を覚ました。両肘を曲げたまま伸びをして、カーテンを開けた。まぶしそうに目をしばたたいている。

「おはよう」わたしが言った。

「おはよう」亜里沙が返した。

よく眠れた？　なんてお互い聞かない。いい天気だね、と言い合った。バスは広大な駐車場へと入っていき、長旅が終わった。わたしたちを待ちぶせしているおとなはいなかった。ホッと安堵の息をつく。

駐車場内を歩いて、ゲート前まで向かった。バスも乗用車も何十台、何百台と停まっている。ナンバープレートに表示された地名は、北から南まで全国各地のもので、大都市の名前が記されているはずなのに、どこの県にあるのかわからない、初めて知る地名もいくつかあった。

ゲート前ではまだ、お城などの主だった建物やアトラクションは見えなかった。それでも、やっと来られたのだ、という思いが込み上げてくる。

改札口のようなところには、長蛇の列が三本できていた。皆、地べたに座っている。入場券をまだ持っていない人たちかと思っていたら、それとはまた別の列ができていて、あとは開園を待つばかりの人たちだということがわかった。わたしたちも真ん中の列に続いた。すぐに、後ろにも長い列ができた。

まだ、開園まで一時間ほどあるのに。だけど、遅れて到着するよりは、早く着いてワクワクしている方がいい。日差しもまだ柔らかく、風も心地いい。周囲からは、最初にあれに乗ってとか、夏限定の焼トウモロコシ味のポップコーンがあるなどと、楽しそうな声が聞こえてくる。

わたしも亜里沙に何か聞いてみよう。亜里沙はアリの観察でもするように、足元の地面の一点を凝視していた。片手をパーカーのポケットに入れ、もう一方の手は膝の上に置いていた。

「亜里沙、午後からはマウンテンの方に行くよね」

亜里沙はハッとしたように顔を上げて、ポケットに入れていた方の手も出し、両手でキャップから出た前髪を整えながら、えっ、と、うん、が混ざった返事をした。

ふと、亜里沙の手にキラリと光るものが握られていることに気が付いた。

「亜里沙、それ！」

何のことかよくわかってなさそうな亜里沙の前で、わたしはリュックに入れてある封筒から同じものを取り出した。

金のプレート、ドリームキャットの栞だ。

東京ドリームマウンテン三〇周年記念、と彫られた……。

「亜里沙も持ってたんだ」

「小四の終わりかな。家のポストに入ってた。未来の自分からの手紙？　みたいなのと。誰かのイタズラ、多分、篠宮先生じゃないかと思ったけど、健斗に見せたら、絶対に本物だってはしゃいじゃってさ。自分があたしを連れていって、買ってあげたものだなんて言い出して。まあ、ドリームグッズのパチモンを篠宮先生が持ってるっていうのもおかしいし、あたしもあの子に合わせて、そういうことにしていたんだ」

弟を連れてくる。それは、この栞のことだったのかもしれない。そう思えるほど、栞に注ぐ亜里沙のまなざしは優しい。だけど再び、亜里沙の視線は足元に落とされた。

「アッコの靴……。ちゃんと言わなきゃね。実はあたし、火はつけれなかったんだ」

亜里沙は絞り出すような声で言った。周囲の耳は気にしてなさそうだ。シッ、と言いかけたものの、誰もが自分たちのこれからに夢中で、わたしたちのことなど眼中にもなさそうに見えて、亜里沙の言葉をさえぎるのはやめた。

「県住の人たちに迷惑かかるし……。でも、毒は飲ませた。カレーじゃ薄まるかもしれないから、アイスコーヒーに混ぜて、カレーと一緒に出してやった。あいつ、オシャレカフェみたいじゃねえか、なんて嬉しそうにガブガブと一気に飲んで、苦しみ出した。それだけでもう、怖くて、怖くて。もっと、バタンってすぐに死んじゃうイメージだったから。亜里沙、水、とか言われてもさ、どうすりゃいいのかわかんなくなって、そのまま逃げ出してきたんだ」

わたしも早坂の苦しむ様子を思い出した。

「なあ、アッコ。あいつ、死んでねえんじゃないかな。あたしはそれが一番怖い。バスを待ってるあいだも、あいつが追いかけてくるんじゃないかと思って。ここまで来れたけどさ、今度はうちに帰るのが怖い。あいつはあたしが殺そうとしたことを知っているんだから、容赦なく、今度はあたしを殺しにくるはずだ。それか、変態ジジイらに売られるか」

亜里沙は背中を震わせた。その振動で溢れたかのように涙がこぼれ落ちた。亜里沙は栞を握りしめたまま、顔を覆って泣き出した。周囲の視線を感じる。わたしたちはアトラクションの順番でもめている、くらいに思われていればいいのだけど。

わたしは亜里沙の背中に手のひらを当てた。自分の背中に、ママに抱きしめられた感触がフッと湧き上がってきた。

亜里沙には守ってくれる人がいない。わたしを助けてくれた、大切な友だち。

このままドリームランドに入場して、わたしたちは心の底から楽しめるだろうか。大切な人たちの思いを抱いて夢の国にやってきたと、堂々と胸を張って歩けるだろうか。笑えるだろうか。今日の思い出が生きる希望となるだろうか。

亜里沙の背中から手を離し、両手で自分の耳たぶをつまんだ。そして、亜里沙に向き直った。

「ねえ、亜里沙。わたしたちがドリームランドを訪れるのは、今日じゃない」

えっ、と亜里沙が顔から手を外してわたしを見た。

「二人でこれを持ってるってことは、三〇歳のわたしたちは一緒に行ったたってことじゃない？　それでどっちかが、過去の自分にこれを送ろうと言い出したんだよ、きっと。だから、今日はやめよう」

「帰るの？」

「いや、助けを求めよう。世の中には、ちゃんと話を聞いてくれるおとながいるんでしょう？　日本中からこれだけの人たちが集まってきているんだよ。子どもが多いけど、ちゃんとおとなもいる。心から訴えれば、誰かが耳を傾けてくれると思わない？」

「どうやって？」

「叫ぼう。大きな声で。恥ずかしければ、わたしがやる」

わたしは栞を握りしめたまま、勢いよく立ち上がった。時間が経つにつれ、恥ずかしさや怖さが込み上げてきて、できなくなってしまうはずだ。その前に、一度だけでも、小さな声になってもかまわないから、助けを求めよう。

「ハイテンション」

そうつぶやくのが聞こえたかと思うと、すっと亜里沙も立ち上がった。背の高い亜里沙が片側を隠してくれたようで、緊張がやわらいだ。栞を持っていない方の手で、手を握られる。わたしも強く握り返した。

二人で顔を見合わせる。亜里沙が右側の口角を上げてニッと笑った。わたしも目がなくなってしまうほどに細めて笑い返した。

掛け声は必要ない。二人同時に、大きく息を吸った。

さあ、叫ぼう。

いつか、笑顔で夢の国のゲートをくぐることができる、未来のために――。

あとがき

今日の日本では、七人に一人の子どもが貧困状態にあるとされています。

そう聞くと、多くの人は学校の教室を思い浮かべるのではないかと思います。四〇人学級では、クラスに五、六人ということか、と。自分のいた教室、子どもが通う教室、一、二人、思い浮かぶ顔があっても、五人まではいなかった（いない）のでは……。

その先に、恐ろしい考えが待っています。

また、マスコミが大袈裟に報道しているのではないか。もしくは、ここで言われる貧困とは、命の心配をする必要はないくらいの、ゆるいものではないか。案外、自分も貧困に分類された（される）のではないか（そうでない人が半笑いの気分で）。

自分の目に映るものだけで、社会を判断するのは危険なことです。

だって、自分は公立の学校に行って、高級住宅地ではない普通の場所で、それほど贅沢ではない生活をしている、平均的な日本人だ。そこで目に留まらない人が、いったいどこに隠れているというのか。そんなふうに考える人たちもいます。

それは見ようとしていないから。毎日歩く道端に、きれいな花が咲いていても、意識を向けなければ気付くことはできません。それほどに、自分のことだけで精いっぱいの人が、近年、増え続けているのではないかと思います。

他人に目を向ける余裕などないかもしれない。手を差し伸べるゆとりなどないかもしれない。だけど、同じ社会を生きている、割と近いところに、助けを必要としている子どもが存在するということを、知ってほしい。

知るという行為が、救済や抑止力につながることがあると、私は思うのです。

章子や亜里沙、作中の人物たちに起きた出来事を、大袈裟だと感じる人がいるかもしれません。何十年にわたってくまなく探せば出てくるレアケースを、一堂に会して、自分が目立つために、インパクトの強い物語を作ったわけでもありません。

すべて、現実でも、起きていることなのです。特別な場所で、ではなく、多くの人たちが普通だと感じている社会の中で。現在進行形で起きていることの、ほんの一部を切り取っただけなのです。

本書を読んだ方が、自分の目の前を走るバスを見て、あれに章子や亜里沙が乗っているかも、と思い浮かべてくだされば、うちの近所にはどんな子たちが住んでいるのだろう、と少し周囲を見渡してくだされば、『未来』という作品を世に出せた意味があるのではないかと思います。

デビュー作『告白』の単行本刊行から、今年で一三年目です。

一〇周年記念に四七都道府県サイン会を行い、全国各地の読者の方々から温かい声援をたくさんいただき、次の一〇年へと背中を押してもらいました。海外の読者の方々とふれあう機会も増え、自分の想像をはるかに超えた多くの人たちに作品が届いていることを知り、ますます身が引き締まる思いとなりました。

しかし、ここ数年、以前ほど、熱く滾《たぎ》る思いや言葉が、自分の中から溢れ出してこなくなったと感じるようになりました。もちろん、物語に必要なのはそれだけではないので、別の引き出しを開けながら、言葉を紡いではいたのですが……。

年齢のせいか、これがスランプなのか、と焦る時期もありました。

ところが、今回、『未来』の文庫化作業のため、原稿に再び正面から向き合って気付きました。思いはすべて、この中に落とし込んでいたのだ。まさに、身を削って書いた血肉が作品のいたるところにあり、私の実体は空洞となってしまったままだったのだ、と。『告白』の中に「書いて忘れる」という記述があるのですが、まさにその状態だったのです。そして、新たな思いをインプットしないまま、何も出てこない、とボヤきつつ、パソコンに向かっていたのです。

原稿を読みながら、自分が書いた文章にもかかわらず、まるで初めてその一節に触れるかのように、脳の奥までしみ込んできたフレーズがたくさんあります。恥ずかしげもない自画自賛ですが、そうやって自分を再構築して、改めて、本書を書いた時の思いを多くの人たちに届けたいという気持ちが強くなりました。

子どもの貧困問題は、私が一冊書いたところで何の変化をもたらすことのできない、厚い鉄の壁のような社会問題だと思います。それでも、本書を読んでくださった方の数だけ、壁に杭を打ち込むことができればいい。傷くらいつけられるのではないか。

そして、私にとってはそれが、貧困問題だけでなく、デビュー作から向き合おうとしてきた、いじめや家族の問題等、社会の中にある大きな壁に立ち向かう作品を書く力になるのだと信じています。

壁の向こうにある『未来』を、見てみたいとは思いませんか?

初めて書いた「あとがき」を含め、『未来』をお読みくださり、ありがとうございました。

二〇二一年　六月吉日

湊かなえ

本作品は二〇一八年五月、小社より単行本刊行されました。

双葉文庫

み-21-09

未来《みらい》

2021年8月8日　第1刷発行

【著者】

湊《みなと》かなえ

【発行者】

箕浦克史

【発行所】

株式会社双葉社

〒162-8540 東京都新宿区東五軒町3番28号

［電話］03-5261-4818(営業)　03-5261-4831(編集)

www.futabasha.co.jp（双葉社の書籍・コミックが買えます）

【印刷所】

大日本印刷株式会社

【製本所】

大日本印刷株式会社

【カバー印刷】

株式会社久栄社

【DTP】

株式会社ビーワークス

【フォーマット・デザイン】

日下潤一

ISBN978-4-575-52487-1 C0193

Printed in Japan

少女

湊かなえ

少女たちの無垢な好奇心は日常を変え、物語は思いもよらぬ結末を迎える。女子高生たちの残酷な夏を描いた長編ミステリー。

贖《しょく》罪《ざい》

湊かなえ

十字架を背負わされた四人の少女たちを襲う悲劇の連鎖。心の闇と哀しみを描いた長編ミステリー。エドガー賞ノミネート作。

夜行観覧車

湊かなえ

父親が被害者で、母親が加害者――。遺された子どもたちは、どのように生きていくのか。著者初の「家族」小説。

Nのために

湊かなえ

四人の証言から浮かび上がる、それぞれの「N」に対する想い……。切なさに満ちた純愛ミステリー。